EMILY HENRY

O AMOR QUE PARTIU O MUNDO

Tradução
Larissa Helena

Rio de Janeiro,

Copyright © 2016 por Emily Henry. Todos os direitos reservados.
Copyright da tradução © 2022 por Casa dos Livros Editora LTDA.
Título original: *The Love That Split The World*

Esta edição foi publicada por acordo com Razorbill, uma marca Penguin Young Readers Group, uma divisão da Penguin Random House LLC.

Todos os direitos desta publicação são reservados à Casa dos Livros Editora LTDA. Nenhuma parte desta obra pode ser apropriada e estocada em sistema de banco de dados ou processo similar, em qualquer forma ou meio, seja eletrônico, de fotocópia, gravação etc., sem a permissão do detentor do copyright.

Diretora editorial: *Raquel Cozer*

Gerente editorial: *Alice Mello*

Editora: *Lara Berruezo*

Editoras assistentes: *Anna Clara Gonçalves e Camila Carneiro*

Assistência editorial: *Yasmin Montebello*

Copidesque, revisão e diagramação: *Balão Editorial*

Releitura: *Thaís Lima e Suelen Lopes*

Ilustração e design de capa: *Sávio Araújo*

Dados Internacionais de Catalogação na Publicação (CIP)
(Câmara Brasileira do Livro, SP, Brasil)

Henry, Emily
  O amor que partiu o mundo / Emily Henry ; tradução de Larissa Helena. -- Rio de Janeiro : HarperCollins Brasil, 2022.

  Tradução de: The love that split the world.
  ISBN 978-65-5511-408-9

  1. Ficção norte-americana I. Título.

22-124078   CDD-813

Índices para catálogo sistemático:

1. Ficção : Literatura norte-americana   813
Eliete Marques da Silva - Bibliotecária - CRB-8/9380

Os pontos de vista desta obra são de responsabilidade de seu autor, não refletindo necessariamente a posição da HarperCollins Brasil, da HarperCollins Publishers ou de sua equipe editorial.

HarperCollins Brasil é uma marca licenciada à Casa dos Livros Editora LTDA.
Todos os direitos reservados à Casa dos Livros Editora LTDA.
Rua da Quitanda, 86, sala 218 – Centro
Rio de Janeiro, RJ – CEP 20091-005
Tel.: (21) 3175-1030
www.harpercollins.com.br

Para aqueles que me amaram muito: obrigada.
E para aqueles que ficaram cansados: vocês todos são muito amados.

1

NA NOITE ANTERIOR ao meu último dia oficial do ensino médio, ela volta. Eu a sinto no meu quarto antes mesmo de abrir os olhos. Sempre foi assim.

— Acorda, Natalie — sussurra. Ela sabe que estou acordada; se uma mosca zumbisse no corredor, eu acordaria. Assim como sabe que o tapete babão e roncante em formato de são-bernardo ao pé da minha cama, o *cão de guarda* que mamãe e papai adotaram para me ajudar a dormir melhor, vai continuar babando e roncando durante toda a nossa conversa.

Abro os olhos na escuridão, afasto as cobertas e me sento. Os grilos murmuram do lado de fora da minha janela, e o luar azul-esverdeado brilha através da vegetação e alcança o carpete.

Ali está ela, sentada na cadeira de balanço no canto, como toda vez que me visita desde que eu era uma garotinha. As feições antigas envoltas pela noite, o cabelo grosso preto-acinzentado solto sobre os ombros. Ela usa as mesmas roupas cinza de sempre e, apesar de fazer quase três anos, não parece nem um pouco mais velha do que da última vez que a vi, ou mesmo do que da primeira vez. Na verdade, ela talvez até pareça um pouco mais jovem. Talvez porque *eu* esteja mais velha e em geral menos aterrorizada com rugas e manchas de idade que no passado.

Considero gritar, girar o botão da luminária de cabeceira ou fazer qualquer coisa que meus dezoito anos me ensinaram que causará o desaparecimento Deles, só para dar uma lição nela, por ter me abandonado por tanto tempo, por ter me deixado pensar que ela finalmente se fora para sempre.

Apesar da minha amargura, não quero que ela suma, então apenas fico parada.

— Legal da sua parte dar uma passada — sussurro. As palavras machucam minha garganta, que ainda não despertou. Minha visão está se ajustando também, reconstituindo os detalhes enrugados do rosto dela, as linhas de expressão ao redor da boca e os adoráveis pés de galinha nos cantos dos olhos escuros. — Onde você esteve?

— Estive bem aqui — diz ela. É uma de suas típicas respostas enigmáticas.

— Faz quase três anos.

— Para mim, não faz.

De novo, pela milésima vez, inspeciono o xale desgastado e o vestido esfarrapado que pende de seu corpo ossudo.

— Não faz — repito. — Você está fora do tempo, não é?

Ela encolhe apenas o ombro direito.

— Suas palavras, não minhas. Algum *outro* veio ver você?

Esfrego a parte de baixo da palma da minha mão por cima da órbita dos olhos, ganhando tempo. Tenho vergonha de admitir que ninguém veio e que sei exatamente por quê. Apesar de eu querer ficar brava com ela por ter me abandonado, é minha culpa que não a vejo há três anos. *Eu* provoquei o desaparecimento. Mas não importa se admito ou não: ela já sabe tudo de qualquer jeito. Como se quisesse provar esse argumento, ela diz:

— Acho que Gus peidou.

Me debruço na cama e olho para o cachorro felpudo. Enquanto dorme, a língua dele está pendurada e o nariz, perpetuamente escorrendo, não para de fungar. Uma das patas traseiras começa a chutar em resposta a um sonho, e o cheiro terrível a que ela deve ter se referido me alcança.

Cubro o nariz com o antebraço.

— Argh, *Gus*. Você é um monstro, e eu amo você, e você é nojento.

Espero o pior do fedor passar antes de responder à pergunta dela.

— Não houve outros. Todos se foram. A dra. Langdon disse que a terapia EMDR funcionou. Ela disse que foi por isso que você parou de aparecer. Pelo jeito, qualquer trauma que eu tinha foi resolvido. Sou uma garota de sorte. Ou era, até cinco minutos atrás.

EMDR. A sigla em inglês para Dessensibilização e Reprocessamento

"Através do Movimento dos Olhos". Um tipo de psicoterapia usado para tratar os efeitos do transtorno de estresse pós-traumático e, no meu caso, para bloquear a mulher na minha frente e os vários outros que apareceram à minha cabeceira ao longo dos anos.

Ela pensa por um instante.

— Sabe, um momento atrás... um momento para mim, quer dizer, três anos para você... falei uma coisa sobre a dra. Langdon. Você deu o recado?

Continuei encarando-a firme.

— Você se lembra do que contei a você, Natalie? — insiste ela.

Faço que sim com a cabeça.

— Você falou que ela iria morrer num incêndio.

— E?

— Ela ainda está viva — informo. — Ela também sugeriu que eu tentasse Lorazepam, mas é claro que mamãe não aprovou. Pelo jeito este é um momento estressante demais na vida de um adolescente.

Deus — o apelido secreto que lhe dei anos atrás, apesar de ela insistir que eu a chame de Avó — ri e olha para baixo, para suas mãos desgastadas, dobradas sobre o colo.

— Garota, você não faz ideia.

— Você já teve a minha idade? — pergunto.

As sobrancelhas grossas dela se erguem sobre os olhos escuros anuviados.

— Sim — responde ela, baixinho.

— Foi estressante?

Ela fecha a boca com força.

— Quando eu tinha sua idade, não sabia nada. Nada sobre mim mesma, nada sobre o universo ou sobre corações partidos. Eu me lembro de sentir pavor de crescer, medo de perder meus amigos, certeza de que iria perder a sanidade. A vida parecia um liquidificador querendo me abocanhar. Mas as coisas que aconteceram comigo quando eu era só um pouquinho mais velha que você... Aquelas coisas fizeram o liquidificador parecer um relaxante banho de espuma.

Olho para baixo, para o rasgo na minha colcha. Mamãe fez este cobertor usando um molde quando minha mãe biológica estava grávida de mim. Pertenceria a outro bebê, de uma adoção que não foi concluída. Em vez disso, tornou-se meu quando passei a ser dos meus pais.

— Senti a sua falta — digo à Avó.

— Senti a sua também.

— Achei que você tivesse dito que foi apenas um minuto para você.

— E foi.

Por um instante, ficamos ambas em silêncio, encarando uma à outra. Então ela pergunta:

— Como estão os gêmeos?

— Bem — respondo. — Coco vai pedir transferência para uma escola de ensino médio especializada em Artes Cênicas no ano que vem. Jack ainda joga futebol. Mamãe está *tão orgulhosa* de todos nós que pode explodir de alegria qualquer dia desses, então acho que é bom. No fim do verão, ela e papai vão nos levar para São Francisco, e depois até Seattle. — A viagem é uma tradição deles desde que se casaram. Mamãe nunca havia viajado antes disso, e a única reserva com relação a casar-se com papai era que ela sabia que ele amava tanto o Kentucky que nunca sairia daqui. Eles eram pobres na época, mas papai ainda assim prometeu que veriam o mundo, ou, pelo menos, a parte continental dos Estados Unidos. Eis que nascia o anual Pé na Estrada da Família Cleary.

Avó fecha os olhos por um bom tempo, e os cantos se enrugam belamente quando ela os abre.

— Achei que este ano era Boulder passando por Denver até Mesa Verde — diz ela. — Jack pega uma infecção alimentar e Coco não come em nenhum lugar que não faça parte de uma franquia depois isso.

— Isso foi ano passado — explico. — Neste ano, é a rodovia 101 inteira. Provavelmente um bom momento para fazer um estoque de Dramin, se você estiver querendo uma dica das boas.

— E você? Como vai você?

— Estou ótima. Vou me mudar para Rhode Island em agosto, para começar Brown... mas você provavelmente já sabia disso.

Ela faz que sim com a cabeça e voltamos a ficar quietas. Senti falta desta sensação, de ficar sentada acordada de noite com ela enquanto o restante do mundo sonha. Os últimos três anos pareceram caóticos sem estes momentos de tranquilidade.

— É verdade que Deus nos abandona quando crescemos? — pergunto. — É por isso que não tenho visto você?

— Eu nunca disse que era Deus.

É verdade; ela evita a pergunta de *o que* exatamente ela é desde a primeira vez que apareceu, quando eu tinha seis anos, e não por falta de perguntas, suposições e hipóteses da minha parte.

Antes da Avó, todas as alucinações eram apavorantes: esferas escuras flutuando a trinta centímetros do meu rosto, homens grisalhos de jaquetas verdes com olhos como poços sem fundo, mulheres pintadas como palhaços posando ao lado da minha cama. Quando vinham, eu gritava, tentava alcançar a luz, mas, no tempo que os meus pais levavam para correr até a porta do meu quarto, as coisas desapareciam, evaporavam para dentro das paredes como se jamais tivessem vindo.

— Foi só um pesadelo. — Mamãe tentaria me tranquilizar, passando seus longos dedos pelos nós no meu cabelo. Então papai pegaria cobertores no armário do corredor para fazer um ninho no chão ao lado da cama deles, onde eu terminaria a noite.

Quando a Avó apareceu ao meu lado daquela primeira vez na calada da noite, a sensação foi diferente. Não era como se eu tivesse um extenso vocabulário para ocorrências espirituais ou metafísicas — minha família é do tipo "igreja duas vezes por ano", e essas visitas bianuais nunca me ajudaram em nada —, mas eu também nunca sentira nenhuma aversão ao *conceito* de Deus, apenas à ideia de que seria possível defini-Lo precisamente em todos os detalhes.

Deus é uma coisa que penso entrever em vislumbres por toda parte: um calor enorme e vago que às vezes capto pulsando ao meu redor, me dando arrepios e fazendo lágrimas arderem em meus olhos; uma Coisa misteriosa e ilimitada entremeada no mundo inteiro que se recusa a ser reduzida a um nome ou um conjunto de regras e, em vez disso, se insinua por milhões de histórias, verdadeiras e inventadas, conectando tudo o que respira.

Eu dera à Avó esse apelido não porque achava que ela *fosse* aquela Coisa, mas porque eu A via nela, e sabia que ela pertencia à Coisa. Eu não tinha outra palavra ao meu dispor que pudesse abranger um ser que saía das paredes para me proteger do escuro.

Enquanto as visitas estilo *O Iluminado* não tinham sido o suficiente para fazer meus pais me levarem num psiquiatra, um ser celestial idoso de origem indígena norte-americana aparecendo para me contar histórias sobre a Criação bastou. Quando mencionei *Avó* no café da manhã, mamãe imediatamente saiu da cozinha para ligar para papai. Ficou evidente que eu havia feito algo errado — só não sabia o *quê* — quando, uma semana mais tarde, mamãe voltou para casa após uma sessão com a psicóloga infantil e teve a primeira *conversa* comigo.

— É totalmente natural você se perguntar sobre os seus ancestrais, querida — disse ela com a voz trêmula. Soava como algo tirado de um dos livros estilo *Você foi um presente especial* que ela lia para mim quando eu ainda engatinhava, no lugar do discurso "você foi adotada" que outras crianças que eu conhecia ouviram mais tarde. — Tudo bem você querer explorar sua identidade.

— Meus olhos estavam abertos — falei, então. — Eu não estava sonhando. A Avó é real.

Eu não podia convencer mamãe ou papai ou a dra. Langdon, mas ainda assim sabia: a Avó era real. Ela pode nunca ter admitido ser Deus, mas eu sabia que era algo, ou parte de algo, sublime.

— Tá — falo —, o Grande Espírito, o Cara lá de Cima, o Criador da Terra, ou Holitopa Ishki, ou qualquer que seja o nome que queira usar para si mesma... Só responde a pergunta: você vai me abandonar agora que sou adulta ou o quê?

A boca da Avó se retesa. Ela fica de pé, e meu coração começa a martelar — em todas as dezenas de noites em que a vi, ela nunca se levantou. Ela atravessa o quarto, se empoleira na beirada da cama e pega minhas mãos. A pele dela é inacreditavelmente macia, como veludo, como sedimentos erodidos ou seda antiga.

— Esta pode ser a última vez que você vai me ver, Natalie. Mas *sempre* estarei com você.

Pisco para conter as lágrimas e balanço a cabeça. Minha amiga mais antiga no mundo, alguém que não existe de acordo com todos os especialistas, que é apenas e integralmente minha. Não deveria ser uma surpresa tão grande. Estou indo embora para Brown em três meses. Em breve, aquela cadeira de balanço, este quarto, os morros ondulantes e azulados do Kentucky pertencerão todos ao passado. Será que realmente pensei que ela viria comigo? Ainda assim, me ouço perguntar:

— Por quê?

Ela passa a mão pelo meu cabelo, afastando-o da minha testa, do mesmo jeito que mamãe sempre faz.

— Deita, menina. Vou contar a você uma última história, e quero que escute com atenção. É importante.

— Sempre é importante.

— De fato, sempre é importante.

Ela volta para a cadeira de balanço, parando para fazer carinho na cabeça de Gus quando ele solta um ganido inconsciente. Ela se senta e pigarreia antes de começar:

— Esta é a história do início do mundo e da mulher que caiu do céu.

— Já ouvi essa antes — comento. — Na verdade, se me lembro bem, foi a primeira história que você me contou.

Ela faz que sim.

— Foi a primeira e, portanto, será a última, porque agora você aprendeu a escutar.

Aprenda a escutar, escutar com o seu corpo, a permitir que a história a preencha. Eram coisas que ela sempre dizia. Para ser sincera, não faço praticamente nenhuma ideia do que ela esteja falando, em parte porque só a vejo no meio da noite, quando meu cérebro está todo enevoado, e em parte porque a voz dela é o equivalente fônico de uma caixinha de música tocando "Clair de Lune", tão reconfortante que as palavras se perdem no edredom do som. Eu me recosto e fecho os olhos, deixando a voz tomar conta de mim.

— Houve um mundo antigo que veio antes do nosso — começa ela —, um mundo que nunca antes vira a morte. E naquele mundo havia uma jovem que era muito forte e muito estranha. O pai dessa mulher foi a primeira pessoa a morrer no mundo e, mesmo depois disso, ela continuou falando com o espírito dele com frequência. A morte abrira os olhos do pai dela para todo tipo de segredos que a mulher ainda não conseguia ver e, por causa disso, o espírito dele disse à filha que se casasse com um estranho em uma terra distante que ele escolhera. Então, contra a vontade da mãe, a jovem confiou no espírito do pai e fez a jornada para a terra distante, onde se apresentou ao desconhecido. Este homem era um feiticeiro poderoso e recebeu a proposta de casamento da mulher com ceticismo, já que ela ainda era muito jovem e ele precisava de uma esposa forte e resoluta. O homem decidiu que daria a ela três provas e, se ela passasse, então eles se casariam.

"Primeiro, ele a levou para choupana e lhe deu milho. 'Moa este milho', disse ele à mulher. Ela pegou o milho e o deixou na água até quase ferver e, apesar de haver muitas pilhas de milho, ela o moeu contra a pedra muito rapidamente, e o feiticeiro ficou impressionado.

"Como segunda prova, ele ordenou que ela tirasse as roupas e cozesse o milho ao fogo. O milho pipocou e estourou nela, a papa queimando-lhe a pele, mas ela não se encolheu. A jovem ficou de pé, sem se mover quando o milho a queimava, até o término do cozimento.

"Como prova final, o feiticeiro abriu a porta da choupana e convocou seus servos bestiais, que vieram correndo, e os convidou a comer o alimento diretamente da pele nua da mulher. Apesar de os dentes e as línguas afiadas a cortarem e lacerarem e repugnarem, ela ainda se manteve serena e firme. Então o feiticeiro concordou em se casar com ela.

"Por quatro noites, os recém-casados dormiram com as solas dos pés se tocando, então o marido mandou a esposa de volta ao vilarejo com um grande presente de carne para todo o clã dela. Ele lhe disse que dividisse a carne igualmente entre todos no vilarejo. Também disse que eles deveriam recolher os telhados para que ele pudesse abençoá-los com uma chuva de milho branco naquela noite, e assim ela fez, e assim foi.

"Quando ela retornou, a choupana dele tornou-se o lar dela também, e a mulher começou a passar os dias junto a uma árvore específica que crescia ali. Era uma árvore com flores feitas de luz, tão brilhantes que iluminavam toda a terra. A mulher amava a árvore, que fazia com que ela se sentisse menos estranha, menos deslocada, e ficava sentada sob os galhos e conversava com todos os espíritos e com o pai morto. Ela amava tanto a árvore que certa vez, tarde da noite, quando todos dormiam, a mulher saiu e se deitou com ela e engravidou.

"Nessa época, o marido dela ficou doente, e nenhum dos curandeiros conseguia curá-lo, mas todos disseram a ele que a doença fora causada por sua esposa. Ele sabia que estavam certos; o homem nunca conhecera uma pessoa tão poderosa como ela. Ele lhes perguntou o que deveria fazer. Divórcio não existia naquele lugar. A única morte que ocorrera no mundo era a do pai dela, e ninguém compreendia isso ainda. Mas os curandeiros eram sábios e encontraram uma solução.

"'Extirpe a árvore de luz', disseram-lhe, 'e chame-a até o lugar e a engane para que caia dentro dela. Então substitua a árvore, e seu poder será restaurado.'

"Naquele mesmo dia, o feiticeiro arrancou a árvore de luz, mas, quando olhou dentro do buraco, viu um mundo completamente diferente lá embaixo. Ele chamou a esposa e, quando ela veio, ele disse: 'Olhe, se debruce aqui, tem outro mundo sob nós'. Ela se ajoelhou ao lado da árvore e espiou pelo vazio onde antes haviam estado as raízes. No começo, ela viu apenas escuridão, mas então, bem mais abaixo, viu azul, um azul cintilante e vivo que era *lindo*. Era repleto de esperança e alegria e sonhos e o mesmo tipo de luz que crescia por toda a sua árvore. Ali estava a própria fonte de toda a luz que a confortara durante a solidão. Ela olhou para o marido, sorrindo, e disse: 'Quem teria adivinhado que a árvore de luz crescia bem em cima de um lugar tão lindo?'.

"Ele assentiu. Então, com cuidado, sugeriu: 'Imagino como deve ser lá embaixo'.

"Ela disse: 'Também me pergunto'.

"Ele disse: 'Talvez alguém pudesse ir lá e descobrir'.

"Mas a esposa ficou chocada. 'Como alguém poderia fazer isso?', perguntou ela.

"'Pule', disse ele.

"'Pular?', disse ela, se debruçando sobre o buraco novamente. Ela tentou estimar o quão lá embaixo ficava o novo mundo, mas não fazia ideia. Ela nunca vira uma distância tão grandiosa, tinha certeza.

"'Alguém tão corajosa como você poderia fazer isso com facilidade', disse o marido. 'Tornar-se uma brisa suave, ou uma pétala ou flor da árvore de luz, ou qualquer espécie de coisa, e pular suavemente e flutuar até embaixo, ou mergulhar como uma águia, para aquele lindo mundo.'

"Por um longo momento ela manteve os olhos fixos naquele azul cintilante, naquele azul infinito de coisas que ela nunca vira, sonhos que nunca sonhara. 'Eu poderia pular', disse ela. 'Poderia flutuar. Poderia cair no azul brilhante.'

"'Sim, poderia', disse o marido. Por outro longo momento, ela permaneceu ali, contemplando e refletindo ajoelhada na beirada. Então se levantou e flexionou seus músculos rijos, dobrou os joelhos, estendeu os braços bem acima da cabeça e mergulhou pelo buraco para o lindo azul.

"Por um longo tempo, o feiticeiro, que já não era mais seu marido, observou o corpo dela despencar pela escuridão. Os curandeiros que o haviam aconselhado chegaram à choupana e ao buraco diante do qual ele permanecia de pé. 'Ela pulou', disse ele, então eles ergueram a árvore de volta ao seu lugar e cobriram o buraco que levava ao novo mundo."

— E, porque ela pulou, nosso mundo teve início — conclui a Avó.

— Dependendo de quem estiver contando a história — falo, sentando.

A Avó inclina a cabeça e repete:

— Dependendo de quem estiver contando a história. — Cerca de um terço das histórias que ela me contara era algum tipo de narrativa sobre a Criação, e não há duas que se repitam. Não sei de quem são todas essas histórias precisamente, apesar de em geral ter uns palpites decentes dependendo dos nomes, se são Esquilo e Dama do Milho ou Abraão e Isaque.

— Sabe... — A Avó inspira fundo e espia as próprias mãos no colo. — Tem um motivo para eu ter contado todas essas histórias a você, Natalie.

Volto a me sentar. Não é como se eu não tivesse perguntado a ela *um milhão de vezes*: Por que você aparece no meu quarto no meio da madrugada para me contar essas coisas?

— Você disse que as histórias *eram* o motivo.

Ela suspira, e a voz dela fica mais fraca, mais áspera:

— As histórias importam. Separadas de nós, elas importam. Somos parte delas, Natalie. Somos muito menores que elas. Mas há outros motivos também.

Vejo lágrimas revestindo seus cílios escuros, e de repente ela parece bem mais jovem.

— O que houve? — digo. — Avó, qual é o problema?

— Não quero assustá-la — responde ela. — Mas você precisa estar preparada para o que está por vir.

Sinto arrepios formigando em meus braços quando a Avó enterra o rosto nas mãos. Levanto-me da cama e me agacho diante dela. Nunca a vi assim. Sempre a vi apenas de um jeito. Ela agarra minhas mãos com força, e seus olhos encontram os meus.

— As histórias. Tudo está nas histórias.

— Tudo o quê? — pergunto.

— Tudo. A verdade. O mundo inteiro, Natalie — diz ela bruscamente. — Aquela garota pulou no buraco sem saber o que aconteceria, e o mundo inteiro foi criado. Você compreende isso, certo? O *mundo inteiro*.

— Eu compreendo — minto, para acalmá-la. Porque agora *estou* assustada e preciso que ela seja a Avó que conheço, para que eu possa ser a criança que é tranquilizada diante do próprio medo do escuro.

— Que bom. — Ela toca a minha bochecha. — Que bom. Porque você só tem três meses.

— Do que você está falando...

— Três meses para salvá-lo, Natalie.

— Salvar? Salvar *quem*?

Os olhos da Avó, de repente imensos e turvos, se desviam para além dos meus ombros, e o queixo dela cai.

— *Você* — diz num suspiro. — Já... *você já está aqui*.

Olho por cima do ombro, o pescoço tomado pelos formigamentos, mas não há ninguém lá.

— Não tenha medo, Natalie. Alice vai ajudá-la — afirma a Avó. — Encontre Alice Chan.

Quando me viro de volta, a cadeira de balanço está vazia, ainda balançando para a frente e para trás como se a idosa tivesse acabado de se levantar dela.

Estou sozinha de novo. Não sou mais a garota que fala com Deus.

2

CAIO DA CAMA e corro para interromper o berro do despertador do meu celular. Não sei como voltei a dormir depois dos eventos da noite passada, mas parece que foi o que aconteceu. O luar esmoreceu, e as mortiças luzes dos postes ao longo da nossa rua sem saída se acenderam, espalhando brilhos amarelados pelo roxo-azulado das minhas vidraças úmidas pelo orvalho. Os mais madrugadores dos pássaros e motores engasgados de picapes estão despertando, mas os grilos guizalhando não receberam a notificação de que esta hora desagradável é tecnicamente considerada "manhã".

Aciono o interruptor do meu closet, e Gus ruge contrariado antes de se virar e voltar a dormir de imediato. Fico com tanta inveja que jogo uma almofada nele, e teria me sentido terrivelmente culpada se não fosse pelo fato de que ele apenas solta um ronco e cobre os olhos com uma das patas.

Por mais exausta que esteja, não consigo afastar o medo que ficou da noite passada. Desde que consigo me lembrar, a Avó foi uma força de tranquilidade na minha vida. Quer dizer, as histórias dela não costumavam ser felizes nem inspirar nenhum tipo de tranquilidade, mas a presença dela sempre fez com que eu me sentisse segura. Até a noite passada.

Do que é que ela poderia estar falando?

Minha tentativa de rastrear "Alice Chan" no Google durante a madrugada não deu em nada. Ao que parecia, metade da população era formada por Alice Chans, a importância de cada uma ainda menos evidente que a da anterior.

Três meses para salvá-lo. Balanço a cabeça como que para apagar as palavras.

Coloco um vestido estilo camiseta preto acinturado e pego uma jaqueta jeans de um cabide no suporte superior. Pode estar fazendo quase trinta graus com 99 por cento de umidade do lado de fora, porém, com a diretora Grant na menopausa, a temperatura na escola é completamente imprevisível. É melhor estar preparada. Inspeciono a organizada fileira de saltos altos que costumavam ter algum uso, mas que agora parecem tão necessários quanto uma peruca de pelos pubianos, e em vez disso pego um par de botas antes de voltar para o meu quarto.

Duas das minhas paredes estão pintadas de um laranja medonho, as outras duas de um preto brilhante: as cores da escola. Como se isso não fosse ruim o suficiente, a maior parte de uma das paredes pretas é ocupada pelo nosso mascote, Raider, um pirata de um olho só com duas espadas cruzadas atrás da cabeça. Minhas roupas de cama são brancas, assim como o suporte para vela e a luminária clássica na minha escrivaninha. Quando sinto dores de cabeça, esses são os três pontos que preciso escolher para focar, a não ser que eu esteja a fim de me deitar dentro do closet.

Mamãe e papai decoraram o quarto para mim enquanto eu estava num acampamento de dança no verão antes do sétimo ano da escola e já parecia ansiosa e entusiasmada com o ensino médio. Evidentemente, o esquema de cores berrantes para eu entrar no espírito escolar foi a melhor coisa de todos os tempos até mais ou menos um ano atrás, quando percebi que eu tinha olhos e passou a ser simplesmente a pior coisa de todos os tempos. Com um aparelho de som melhor e mais alguns discos do Black Eyed Peas, meu quarto poderia deixar a Baía de Guantánamo no chinelo.

Nos anos desde a primeira Reforma Infernal, também acrescentei meus próprios toques: quadros de cortiça cobertos de bilhetes de amigos, molduras cheias de faixas e medalhas da equipe de dança, pompons pretos e laranja enfiados atrás da minha escrivaninha e da minha cômoda, uma dezena ou mais de porta-retratos com fotos de festivais e jogos de futebol americano e bailes.

Aqui estou eu, repetida um milhão de vezes, sorrindo de volta para mim mesma: o mesmo cabelo escuro e grosso, olhos castanhos profundos e pele escura; mesmo rosto quadrado com maçãs altas. Ali estou eu beijando Matt Kincaid, pelos quatro anos consecutivos em que beijei Matt Kincaid. De pé no ginásio, precisamente no centro da fileira do meio da equipe de dança, com todas as outras meninas de altura perfeitamente mediana. Abraçando Megan e fazendo aquela pose pavorosa das *Panteras* de um jeito totalmente não irônico que não pode ser desfeito, por toda a Escola Gray de Ensino Fundamental.

Desde que a Avó desapareceu, me sinto cada vez menos como a garota nas fotos e cada vez mais como se precisasse dar o fora daqui. Me despedi da equipe de dança, me despedi de Matt e, desde que entrei para Brown, comecei a me despedir do Kentucky em geral. Agora, a três meses da minha grande fuga e do novo começo, a visita da Avó me deixou toda confusa de novo.

— NAT, JACK, COCO, CAFÉ DA MANHÃ! — berra mamãe da cozinha, e meu estômago dá uma cambalhota quando passo pela cadeira de balanço para descer.

Geralmente sou a última a sair do quarto de manhã. Coco, a verdadeira definição de eficiência, é sempre a primeira à mesa, subindo de novo dentro de alguns minutos para apressar Jack enquanto tagarela sobre a lista de coisas de que ele precisa para a escola, ao mesmo tempo em que troca mensagens no celular, trança o cabelo ou passa rímel. Sem ela, Jack provavelmente sairia de casa sem as calças e, para falar a verdade, ele também conseguiria ter um dia bastante bom.

No andar de baixo, Jack está com um prato repleto de bacon, que ele enfia na boca com um garfo. Tenho quase certeza de que está com os olhos fechados. Diante de Jack, Coco está mandando uma mensagem segurando o celular em cima de uma tigela de frutas, com seus belos olhos azuis perfeitamente envoltos em camadas precisas de delineador e sombra. Ela é a cara da mamãe, a não ser pelo nariz anguloso, que é do papai. Sempre me perguntei como deve ser isso de se parecer com os pais.

Uma coisa excelente em ser adotado é que você sempre pode se preocupar se vai acabar namorando alguém com quem divide a genética. Se eu fosse completamente indígena, eu não teria que pensar sobre o assunto em uma cidade de maioria branca como Union, mas me disseram que meu pai biológico era branco, o que complica as coisas.

Mamãe ergue os olhos do fogão, tapa a boca com uma das mãos e arqueja como se a manga da camisa tivesse acabado de pegar fogo.

— Ah, querida. Olha só para você. É tão linda. — Ela começa a sacudir as mechas onduladas loiro-acobreadas como se isso fosse ajudá-la a conter a emoção, então estende os braços. Avanço relutante, arrastando os pés, para o abraço. — Não acredito que é seu último dia no ensino médio! Eu me lembro como se fosse ontem de quando a trouxemos para casa.

— É, eu era a maior bebê chorona.

— Ah, para, não era nada. Você era tão quietinha e tão curiosa. Por toda aquela primeira noite simplesmente ficamos acordados olhando para você, e você só olhou de volta para a gente e não deu um pio...

— Mamãe — diz Jack da mesa.

— A gente sabia que você era especial, e agora olha que menina talentosa, esperta...

— Mamãe, acho que tem alguma coisa pegando fogo — diz Coco, sem tirar os olhos do celular.

— O quê? — Mamãe se vira de volta para o fogão, imediatamente perturbada pela omelete queimada grudada em sua frigideira de ferro fundido. — *Merda*.

— Não sabia que você falava francês, mamãe — brinco.

— Você ouviu a mamãe falar "merda"? — pergunta Jack a Coco, a boca cheia de bacon.

— É, ela é tão esquisita — responde Coco categoricamente. São opostos completos: Coco, o tipo perfeccionista concentrado em seus objetivos, e Jack, pateta, atlético e dançando conforme a música. Ainda assim, os dois sempre foram inseparáveis. Acho que é o resultado de coabitar um útero por nove meses.

Mamãe abana um descanso de prato na nuvem de fumaça.

— Me dá cinco minutos. Vou fazer outro para você.

Eu me sirvo de uma xícara de café e passo pelas portas de vidro para a varanda, onde papai está de pé, bebendo café e usando uma camisa jeans de mangas longas, apesar da neblina quente da manhã.

— Bom dia — cumprimento.

Ele se encolhe surpreso antes de se virar e bagunçar meu cabelo.

— Como você está, docinho de coco? — Encolho os ombros, e papai descansa a caneca na balaustrada, cruzando os braços. — Pesadelos?

Papai tem esse jeito de saber das coisas, pelo menos no que diz respeito a mim e a cavalos, sem compreender os detalhes práticos de *como* ou *por quê*, mas ele não se intromete. Quero contar tudo para ele, mas não consigo falar, e de repente percebo o motivo: estou apavorada de ser ele... E se for papai quem preciso salvar?

Balanço a cabeça e me inclino para o pátio sombreado. Papai dá um longo gole em sua xícara.

— Se lembra daquelas malcriações que você costumava fazer? Não sei por quê, mas estava pensando justamente nelas. Você se jogava no chão e gritava e chutava e mordia e soluçava, não importava onde estivéssemos.

Suspiro.

— Certas coisas nunca mudam.

O sol desponta pelas árvores além do nosso quintal, deixando tudo dourado nas bordas, até os olhos castanhos do papai. Eu ficava tão feliz quando as pessoas que não sabiam de nada me diziam que eu tinha os olhos dele. Quando eu era pequena, achava que talvez os meus fossem do mesmo tom que os dele porque eu era realmente destinada a estar com papai e ser dele.

— Sabe, quando um cavalo dá pinote ou morde, é só frustração por não conseguir se comunicar.

Ergo uma sobrancelha.

— É mesmo?

Ele faz carinho na minha nuca como se eu fosse uma jovem égua.

— Se você precisar conversar, sempre vou escutar. — Ele beija o topo da minha cabeça, então segue em direção à casa.

— Papai?

Ele se vira.

— Sim?

Seria um alívio contar a ele sobre o aviso da Avó, mas não consigo extrair as palavras. Às vezes, é tão difícil falar; assustador, até. Meu ritmo cardíaco se acelera, minhas mãos tremem, e parece mais fácil manter as coisas no escuro que arrastá-las para a luz.

— Toma cuidado — consigo dizer.

Apesar de ele franzir as grossas sobrancelhas castanhas, não faz nenhuma pergunta.

— Por você, docinho de coco, sempre.

Três meses para salvá-lo, e eu nem sequer sei quem devo salvar. Tenho que encontrar Alice Chan.

DEIXO DE ALMOÇAR para escapulir até o banheiro, onde conecto meu telefone prestes a ficar sem bateria e volto à minha pesquisa frenética no Google. Clico em todos os resultados que consigo (Alice Chan, a Dentista Local, Alice Chan, a Advogada Penal a Duas Cidades de Distância, Alice Chan, Professora na NKU), até que o sinal toca, então corro de volta para o meu escaninho. Estou pegando as coisas para a próxima aula quando sinto mãos taparem os meus olhos.

— Adivinha quem é.

— Harry Styles?

— Chegou tão perto que nem dá para acreditar.

— Tá, quero uma dica.

— Sou um dos seus maiores fãs.

— Essa é difícil, porque a única coisa que me vem à cabeça além do Harry Styles é o fantasma de River Phoenix, e não conseguiria sentir as mãos dele.

Matt tira as mãos dos meus olhos e se apoia no escaninho ao lado do meu, com aquele sorriso perfeito que nem mesmo o melhor ortodontista poderia ter fabricado. Seu cabelo claro está penteado para trás, e ele ostenta a camisa de futebol americano.

— Natalie Cleary, alguém já te disse que você é muito estranha?

— Acho que em algum momento essa afirmação passou a fazer parte da lei no estado de Kentucky, e é por isso que vou cursar faculdade em Rhode Island.

Ele faz um beicinho.

— Vou sentir falta da sua esquisitice.

— Só porque você nasceu sem.

— Provavelmente. — Ele sustenta o meu olhar por um tempo ligeiramente longo demais, e sua pele clara começa a ficar ruborizada.

Terminamos há quase um ano, e ambos tivemos a nossa própria cota de aventuras desde então, mas às vezes esses sentimentos antigos parecem prontos para ressurgir.

Como se impelida pelo meu subconsciente, que tem certeza de que *não* quero acabar casada com Matt Kincaid e vivendo na fazenda dele em Union, no Kentucky, quebro o silêncio:

— Apesar de que a sua mãe só come comida bege. Isso é esquisito.

A testa dele se enruga.

— Do que é que você está falando?

— Ela me disse que odeia tudo o que é verde. Um dia também disse a frase: "Eu não gosto de fruta".

— Um monte de gente é assim.

— Sim, gente com menos de dez anos de idade.

— E, tipo, várias pessoas em geral.

Dou de ombros.

— De qualquer jeito — prossegue ele —, só vim ver se você pretende ir ao Jogo dos Veteranos.

— Sou uma veterana, então...

— Mas você não faz mais parte de nenhuma equipe.

— E o que é que tem?

— E nós dois terminamos.

— Espera, o quê? Quando?

Ele revira os olhos.

— Então você vai?

— Eu vou.

— Tá, maneiro — diz ele, sorrindo. — A gente podia fazer alguma coisa depois. Em nome dos velhos tempos.

— Velhos tempos? — falo, desconfiada. Não é como se Matt e eu tivéssemos parado de andar juntos desde que terminamos, mas, como tivemos uma recaída há seis meses, a terceira, eu me atribuí o dever solene de nunca mais ficar sozinha com ele fora da escola. O beijo em si tinha sido ok, mas a questão era que, não importava o quanto eu não quisesse arruinar a nossa amizade, eu *não* queria continuar namorando com Matt e estava bastante certa de que ele *queria* continuar me namorando.

— Não sei bem se os "velhos tempos" são algo a que deveríamos almejar, Matt.

— Os velhos tempos *antigos* — esclarece ele.

Ah. Isso nos colocaria de volta precisamente no quinto ano, a idade das trevas antes de Matt Kincaid me escolher para ser a namorada dele e o correspondente feminino em popularidade. Mesmo na época, ele já era um ímã social, o garoto de quem todo mundo queria estar perto, e ter a atenção dele fazia com que eu me sentisse o ser humano mais interessante e engraçado do planeta.

Megan já era próxima de Matt, e logo eu e ele ficamos amigos também. No sétimo ano, os olhares dele começaram a ficar acanhados, demorados, e isso fez com que eu me sentisse o próprio sol. Levou mais um ano antes de ele me beijar, e mais quatro até terminarmos. A essa altura, a Avó tinha ido embora, e eu me sentia como uma supernova no meio de um colapso gravitacional, com todas as coisas que eu achava que faziam com que eu fosse *eu* desaparecendo rapidamente.

Matt tentou compreender por que eu estava me retraindo, por que a dança e a popularidade e o espírito escolar começaram a me deixar enjoada. Na realidade, não era nenhuma dessas coisas em si, nem mesmo Matt; era o que todas essas coisas suscitavam em mim: como por anos eu fiz coisas que não queria fazer, ri de coisas que me incomodavam, fui a festas às quais não tinha o menor interesse de ir porque o que parecia mais essencial para a minha sobrevivência e para o meu interesse era ser vista como Qualquer Outra Pessoa de Union. Quando parei de lutar para me tornar esse alguém, Matt e eu começamos a romper. Terminei o relacionamento antes que ficasse pior, antes que nos sentenciasse a uma vida de limbo perpétuo porém tolerável.

Ele fica vermelho com meu longo silêncio.

— Sabe, eu, você, Megan. Todo mundo.

— Ok, encontro marcado, então.

— Encontro?

Por que é que eu faço isso? Por que esse tipo de coisa sempre escapa da minha boca toda vez que parece que eu e Matt estamos prestes a seguir em frente? Tento fazer com que minha voz soe leve, provocadora:

— É. Eu, você, Megan e o fantasma de River Phoenix.

— Quem é River Phoenix?

Inclino a cabeça.

— Você por acaso *tem* internet naquela sua fazenda, Matt? O que te mantém aquecido à noite senão celebridades tomadas pela angústia que morreram antes mesmo de nascerem?

— Futebol americano, Nat.

— Bem, não tenho como saber com certeza, mas imagino que haja sites inteiros dedicados a futebol americano, também.

— Devidamente registrado — diz ele. — De qualquer jeito, por que você se importa tanto assim com esse tal de Phoenix quando tem um fantasma assombrando nossa própria sala de ensaios da banda da Riley?

Arquejo e agarro a manga dele.

— Espera: você acha que River poderia ser o Fantasma da Sala de Ensaios?

Matt revira os olhos e abre a boca, mas, antes de ele falar, sinto meu estômago revirar e me curvo para a frente, lutando contra a sensação de que estou caindo. As luzes no teto se apagam. O corredor inteiro fica escuro e em silêncio. Xingo baixinho e estico a mão para ele, sem encontrar nada além de ar.

— Matt?

Minha nuca começa a formigar conforme os enxames de cores se desvanecem, permitindo que meus olhos se ajustem. Meu coração começa a martelar no peito quando meus olhos tentam me dizer algo impossível: todos desapareceram. Estou *sozinha* no corredor escuro como piche.

Tem uma corrente de ar que eu já senti antes, apenas em momentos muito específicos da minha vida: a força trêmula de um sonho invadindo a realidade, da mesma maneira que o homem de casaco verde e as outras alucinações faziam antes de a Avó surgir.

Estou sonhando. Este é um tipo novo de alucinação e, como sempre, parece muito real, impossível, mas inegável. Tento engolir, só que minha garganta está seca demais, e meus braços tremem conforme arrasto os pés para a frente, a palma da mão deslizando pelo metal frio dos escaninhos.

— Matt? — chamo mais alto. Minha voz ecoa contra o azulejo desgastado.

Algo roça em meu braço, e abafo um grito meio engasgado quando, de uma só vez, as luzes florescentes do teto piscam de volta à vida e todo mundo reaparece.

— Ai, meu *Deus*. — Levo a mão ao peito e tento acalmar minha respiração acelerada de volta a inspirações uniformes. Meus olhos registram as sardas esmaecidas de Matt, a mão dele no meu braço. As sobrancelhas dele se unem, e ele olha para trás como se esperasse ver um tornado se lançando na nossa direção.

— Nat? — Ele sacode meu braço de leve. — Você está bem?

— Energia — ofego. Matt inclina a cabeça. — As luzes se apagaram. — *E todo mundo desapareceu.*

— Hã. — Ele encolhe os ombros. — Não devo ter reparado.

Obrigo minha garganta seca e áspera a engolir.

— Talvez não.

Matt olha em volta e fala na minha orelha:

— O que está acontecendo, Nat? — insiste ele. — Pode me contar.

Dou um passo para trás, me afastando dele, guardando todo o medo de volta no fundo do meu ser.

— Nada. Estou bem.

Ele suspira.

— Vejo você à noite.

Conforme ele se afasta, cumprimentando Derek Dillhorn ombro no ombro, volto os olhos para as lâmpadas no teto, observando, aguardando. *Não quero assustá-la*, dissera a Avó, *mas você precisa estar preparada para o que está por vir.*

3

DEPOIS DO JANTAR, Jack e Coco voltam para a Riley comigo no jipe, que está fazendo um som como se tivesse um gato preso no motor.

— Meu Deus, o que vocês acham que é? — pergunto a eles.

— Não sei — responde Jack. — Seu radiador?

— Ele não faz ideia — diz Coco, sem erguer os olhos. — Ei, você e Matt vão voltar?

— Por que você faria uma pergunta dessas?

— Abby disse que ele te chamou para sair, e que você aceitou. Eu acho isso ótimo.

— Sério? Porque você está parecendo o Stephen Hawking quando *ele* diz que alguma coisa é ótima.

— Que coisa cruel, Nat — comenta Coco, sem inflexão na voz. — Ele não tem culpa de a voz dele ser assim.

— A voz *dele* não é assim. A máquina é que tem aquela voz. Ele poderia escolher qualquer voz que quisesse. Ele poderia ter a voz do Morgan Freeman, se quisesse.

— Será que Matt consegue fazer com que me aceitem no time da universidade se vocês voltarem? — indaga Jack.

— Aí você viria nos visitar com mais frequência? — diz Coco.

— Os testes para o time de futebol americano não funcionam assim, Jack. E o mais importante: eu não vou voltar com Matt, e o que é esse som?

— É o carburador — responde Jack.

— Ele não faz ideia — diz Coco.

Paramos na ponta do estacionamento e atravessamos a pé pelo asfalto. Há uma brisa leve, mas a umidade faz com que o cabelo e o vestido fiquem grudados em cada centímetro do meu corpo, e espero que esta noite passe rápido para eu poder voltar para o ar-condicionado.

Eu costumava sonhar com esta noite.

Andamos até o campo de futebol americano, cujas luzes brancas e fortes de estádio nos convidam como lâmpadas anti-inseto. Pais compareceram excessivamente arrumados, suas roupas formais sufocantes demais para o calor, e eles tentaram compensar o inevitável odor corporal com uma dose aumentada de animação e zelo. Noto Rachel e o restante da equipe de dança grudados na cerca de alambrado em volta do nível superior, e elas dão gritinhos e apontam e acenam até eu acenar de volta e começar a andar até lá. Jack e Coco se separam para ir atrás de alguns dos calouros do time de futebol e se sentar com as garotas e namoradas populares.

— Vocês estão incríveis — falo para as Raideretes. Elas vão dançar esta noite, então vestiram o uniforme completo e maquiagem brilhosa, os cabelos puxados para trás em rabos de cavalo perfeitos, os cílios impossivelmente longos.

Rachel faz beicinho.

— Queria que você dançasse com a gente hoje. É tão esquisito ver você aqui sem o uniforme.

— Ééé — gaguejo. — Bem esquisito, mas preciso desse tempo para me concentrar na escola, e vocês conseguiram seguir em frente mesmo sem mim na fileira de trás. Enfim, boa sorte. Ou quebrem a perna. Ou *merde*. Ou só... sei lá. Façam coisas, e façam bem.

Dou meia-volta e começo a andar para as arquibancadas de metal, e uma sensação de alívio me preenche quando percebo Megan sentada na beira do time de futebol feminino. Eu me empoleiro ao lado dela.

— Oi.

— Oooo-iiii — diz, me dando um abraço. — Como você está?

— A Avó está no pedaço.

A boca dela se escancara.

— Não acredito.

Faço que sim com a cabeça. Confio em Megan para falar da Avó, porque ela é a única que acredita de fato. Mais que qualquer um que eu conheço, ela acredita em Deus, sempre acreditou. E, mesmo que Deus não chegue a falar com Megan do jeito que a Avó fala comigo, e nossas ideias de quem Deus é não sejam idênticas, Megan não esboçou nenhuma surpresa quando lhe contei meu segredo, porque ela acredita em coisas invisíveis, e ela me ama o suficiente para achar que, se Deus fosse aparecer na Terra, a melhor amiga dela obviamente seria a pessoa para quem Ele apareceria.

— Uau. — Ela me dá mais um abraço rápido. — Você tem que me contar tudo.

Concordo de novo. A equipe de dança está descendo das arquibancadas em uma fileira uniforme, os pompons às costas, os cotovelos estirados para os lados e os queixos erguidos.

— Vou contar — prometo —, depois que Rachel nos mostrar o sentido da vida através da dança.

Mesmo durante a dança, há algo de mágico pairando intensamente no ar esta noite, junto com a umidade.

Talvez seja o brilho das luzes no campo amarelado ou a claridade delas nas arquibancadas. Talvez seja a banda marcial com seus chapéus de penas brancas, todos enfileirados à esquerda da *end zone* de um laranja vívido, clangorando o hino do time. Eles se movem em meio à coreografia como se estivessem todos meio altos — e não de um jeito ruim. Como quando mamãe toma uma taça de vinho tinto e anda com aquele gingado. Normalmente, ela se move com uma postura perfeitamente ereta, firme e aprumada, como se voltasse a ser a Miss Outubro do Calendário da Equipe de Dança da Universidade do Kentucky, com seu lindo cabelo loiro-acobreado soprado por um ventilador fora do enquadramento.

Mas o vinho faz com que ela se esqueça de como andar desse jeito, ou talvez ela apenas se despreocupe o suficiente em relação à própria imagem para *querer* balançar os quadris. De qualquer maneira, é agradável; e o jeito como a banda marcial está tocando o hino do time, para ninguém a não ser o time da casa, é meio que parecido.

E todas aquelas sensações que esqueci de sentir hoje quando estava na escola, abraçando gente que conheço desde sempre e dizendo adeus e prometendo manter contato, estou sentido agora.

Então penso na Avó e em como talvez eu nunca mais a veja.

E penso na varanda diante da minha casa, e em quantas noites Megan e eu ficamos sentadas ali quando éramos pequenas: noites de verão quando estávamos grudentas e sujas de brincar, quando Gus era apenas um filhotinho. Todas aquelas tardes que brincamos de esconde-esconde e pega-pega com as crianças da vizinhança que estudavam no St. Henry e no St. Paul — e às vezes com Matty, quando o pai dele o deixava em casa depois que ele terminava as tarefas — até que o sol despencava abruptamente e caía a noite.

Agora vejo vaga-lumes na grama perto da pista de corrida em volta do campo de futebol americano e também pairando sobre o monte que se ergue à esquerda da banda marcial — o mesmo morro onde dei meu primeiro beijo em Matt Kincaid, o quarterback em pessoa, quando estávamos no nono ano.

Minhas pálpebras pesam, e o hino está ficando cada vez mais lento, até que, de repente, eu devo cochilar, porque tenho aquela sensação abrupta de estar *caindo* bem no meio do corpo, então tudo desaparece.

Não o estádio ou o campo, mas o som, a banda, as pessoas. Até Megan.

Tudo e todos, a não ser por mim e os grilos e aquelas benditas luzes do estádio.

Como se outra luz estivesse piscando para dentro do meu campo de visão, uma pessoa aparece, lá no meio do gramado. Um garoto, de pé e de costas para mim, alto com ombros largos e cabelo longo e escuro de um jeito meio sujo. Ele está segurando um saco laminado na mão direita e a ergue até a boca, dá um gole no que quer que haja lá dentro, então inclina a cabeça para trás e olha para cima.

O silêncio é tão grande que faz o mundo inchar, e o garoto parece mais distante do que seria possível.

Sigo o olhar dele para cima, e o céu do Kentucky parece quilômetros mais alto do que jamais esteve. Há uma lua minguante esta noite, com uma mistura razoável de nuvens e um punhado de estrelas. Olho de volta para o cabelo desgrenhado do garoto, suas costas e sua bunda, tentando determinar quem é ele, mas não consigo.

Estou sonhando com um estranho. Acho que isso não é tão esquisito, na verdade. Lembro-me da primeira vez que a Avó apareceu ao pé da minha cama, de como eu deveria ter sentido medo, mas não senti, de como eu sabia que deveria confiar nela e senti que a conhecia, diferentemente do que acontecera com todos os visitantes que vieram antes dela.

Eu me levanto e me inclino contra o gradil no vão entre as arquibancadas. Quero descer até o campo, ficar de pé com este menino entre o céu e a grama até que cada parte de mim esteja em contato com cada camada do mundo. Parece importante, mesmo que eu esteja tão certa de que isto é um sonho, então fico meio tímida e acanhada, como se eu não fosse saber o que dizer quando chegasse lá embaixo.

Minha necessidade de ir até lá afinal se sobrepõe a todo o resto. Desço um degrau, e o metal range sob o meu pé.

O garoto no campo deve ouvir, porque começa a se virar, mas, antes que eu consiga ver o rosto dele, tudo volta ao lugar: o hino está terminando; a multidão está gritando, aplaudindo, torcendo.

E ele desapareceu.

— Nat? — grita Megan por cima do barulho.

Estou de pé na passagem, segurando o gradil.

— Você está bem?

— Eu não sei.

— Quer ir embora? — pergunta ela. — Podemos ir.

— Não — respondo com sinceridade, voltando a me sentar ao lado dela. Eu não quero tirar os olhos do campo. Alguma coisa está acontecendo aqui, algo que estou com medo de perder.

— Tem certeza?

Faço que sim. Preciso ficar e assistir. Preciso entender isto.

Além do mais, posso não integrar nenhuma equipe, mas Megan sim, e esta noite é importante para ela e para todas as garotas com quem estamos sentadas.

Depois do espetáculo da equipe de dança, vêm as premiações dos veteranos, para softbol e beisebol, seguidas pela apresentação das líderes de torcida, as premiações para os veteranos do futebol, e nessa altura sou forçada a dar uma cotovelada nas costelas de Megan, porque os olhos azuis como gelo de Brian Walters a estão encarando bem descaradamente.

— Ele quer ter seus magníficos bebês de olhos azuis — sussurro.

— Se ninguém contar para Brian que ele não tem útero, será que tenho chance? — sussurra ela de volta.

O prêmio seguinte é para tiro ao alvo, que é quando Megan e eu descobrimos que nossa escola tem uma equipe de arqueiros. Então vem o basquete, depois uma apresentação de guarda-bandeira, até que finalmente chega a hora dos prêmios para o futebol americano.

O treinador Gibbons se aproxima do pódio para chamar os alunos do último ano, e a plateia irrompe em assovios e bate os pés. Matty está de pé numa extremidade, lindo e encabulado, bem no estilo de um príncipe da Disney da vida real com sua camisa de jogador alinhada e calça jeans.

— Como a maioria de vocês sabe, sou um homem de poucas palavras — começa o treinador no microfone. — Mas as falo devagar, o que ajuda. — Uma risadinha de aprovação ecoa pelas arquibancadas e, fiel à palavra, o treinador começa a falar lenta e metodicamente sobre como cada um dos formandos contribuiu para o time.

Sempre adorei assistir às partidas de Matt. Ele tinha uma graça que a maioria dos atletas simplesmente não tem. Você pode ser bom em um esporte sem isso — bom, mas não excelente. Mamãe diz que papai tinha aquela graça no basquete antes de romper o ligamento do joelho no primeiro semestre da faculdade; ele estava rumo à NBA quando aconteceu, ela conta. Sempre achei difícil imaginar isso, uma vez que eu já o conhecera somente como treinador e médico de cavalos. Sinceramente, ele é tão bom *nisso* que nem parece possível ou justo que ele possa ter tido outro talento do mesmo calibre. Neste momento, Jack não se importa com nada além de futebol americano, mas parte de mim se pergunta quais talentos secretos ele poderia descobrir se não pudesse mais jogar — então tento afastar esse pensamento horrível da minha mente para não desejar sem querer que meu irmão caçula sofra um acidente.

Ficar perdida no grande momento de Matt quase me faz esquecer do sonho, mas então acontece outra vez: uma tremulação no campo, próximo aos oito formandos em fila ao lado do treinador. De repente, no fim da fila, aparece um nono rapaz. Só que não exatamente, porque a cada vez que ele pisca no meu campo de visão, os outros desaparecem, e só ele fica.

Alto, de ombros largos, a boca carnuda, cabelo longo e escuro e olhos sérios castanho-esverdeados.

As duas imagens piscam se alternando, quatro ou cinco vezes em rápida sucessão, como se duas mãos invisíveis e gigantescas estivessem cobrindo num momento o time, no outro o garoto. Quando o vislumbre desaparece, é o time que continuo vendo.

Olho ao redor, para a multidão, procurando sinais de que outra pessoa também viu o nono garoto aparecer no campo, mas todo mundo continua fascinado pelo discurso do treinador, sem demonstrar o menor incômodo diante da forma como o mundo acabara de estremecer.

— Nat? — sussurra Megan.

— Você o viu? — pergunto.

— Quem?

— O cara no campo?

Os olhos azuis dela correm até o treinador, e ela ajeita a postura para olhar em volta dos dois lados do púlpito. Quando, porém, olho de volta para o campo, o garoto já desapareceu.

— Estou ficando louca.

— Não está — sussurra ela. — Você disse que a Avó está na área. Será que não é um dos amigos dela?

— Eu não sei se ela *tem* amigos.

— É claro que ela tem amigos. Você acha que os anjos são o quê?

— Não sei se ela é que nem *esse* Deus aí.

— Ela conta histórias bíblicas para você, não conta? — Megan sempre agiu como se a Avó fosse Jesus de máscara. Eu, por outro lado, nunca soube *o que* pensar sobre onde o Deus dela termina e o meu começa. Às vezes, quando Megan fala sobre a fé dela, penso: *isso, exatamente!* Mas as histórias da Avó me fazem sentir que o conceito de Deus é grande demais para um livro ou pessoas enfileiradas em bancos de igreja ou até mesmo uma religião internacional. Deus é uma coisa que reconheço quando vejo, e vejo o tempo todo: em Megan, no céu noturno e no sol da manhã, e na Avó.

— É... Às vezes. Mas ela também me conta histórias sobre gente com nomes tipo Esquilo e Tâmia. Essas pessoas estão na Bíblia? Foi no Antigo ou no Novo Testamento que a Avó Aranha roubou o fogo? Porque eu achava que era uma história de origem choctaw.

Megan empurra o cotovelo contra o meu.

— Tá bem, não sei qual é a conexão entre todas essas coisas, mas a questão é que eu conheço você. Você não é louca. A Avó é real e o que quer que esteja acontecendo com você não é invenção da sua mente. Vamos descobrir o que está havendo, ok?

Afundo os dentes no meu lábio e faço que sim. Tiro o celular da bolsa para continuar a minha busca no Google e o ícone da bateria na telinha praticamente faz cara feia para mim. É então que me lembro do carregador que deixei no meu escaninho, junto com outras coisas que eu planejava recolher na semana seguinte.

Estou prestes a dizer a Megan que vou dar uma corrida até a escola para carregar meu telefone quando o treinador encerra a premiação e a multidão irrompe em aplausos. Assim que os jogadores começam a voltar para as arquibancadas, todo mundo se levanta para se abanar e sacudir as camisas suadas. Matt salta pelos degraus até nós e coloca o braço em volta dos nossos pescoços, dando um beijinho na têmpora de nós duas, apesar de eu não conseguir deixar de reparar no tempo que dura o beijo amigável em mim.

— Eca, você tá suado — reclama Megan, afastando-o.

Ignorando-a, ele fala:

— Querem sair para comer?

— Claro — digo. — Só preciso buscar uma coisa no meu armário antes.

— Melhor correr; eles vão trancar tudo assim que colocarem o púlpito de volta no ginásio.

Mamãe e papai conseguiram abrir caminho pelos degraus até nós e estão abraçando Megan e Matt.

— Ah, que divertido ver vocês três juntos de novo — diz mamãe, apertando o cotovelo de Megan e exibindo aquele sorriso que lhe rendeu a licença de agente imobiliária. — Não é divertido, Patrick?

Papai faz que sim, mas não diz nada. O treinador acha que é um homem de poucas palavras, mas eu gostaria de vê-lo passar um dia nos estábulos com papai. Mamãe se vira para mim e adota uma expressão tão impregnada de empatia que penso que o esforço deve machucar a alma dela.

— Foi difícil para você, ver a apresentação do time de dança?

— Foi difícil para mim — interrompe papai, baixinho. — Achei que as órbitas dos olhos de Rachel Hanson iam pular para fora da cabeça dela. Como chamam aquelas coisas que ela faz com o rosto?

— Expressões faciais? — sugere Megan.

— Acho que chamam aquela expressão específica de "soltei um peido molhado enquanto fazia um *grand jeté*" — falo.

— *Natalie* — mamãe me repreende.

— Quando um cavalo faz aquela cara, você sabe que está numa situação de vida ou morte — considera papai.

— Quando Rachel dança, todo mundo fica numa situação de vida ou morte — concorda Megan, pensativa.

Mamãe enterra o rosto nas mãos.

— Ela vem de um lar problemático.

— Sim, que nem o Equino Bélico e a Seabiscuit, mamãe. Isso não é desculpa.

A ESCOLA ESTÁ escura e fria, apesar de o ar ainda pesar com a umidade. Olho por cima do balcão para o refeitório e para a parede de janelas que dá para o gramado. Pensando nessa tarde, dou uma breve espiada no hall de entrada mergulhado em sombras antes de sair correndo pelos corredores escuros demais.

Quanto mais me afasto das portas, mais apavorada fico por estar sozinha no escuro. A voz da Avó ecoa em minha cabeça a cada passo. *Você precisa estar preparada para o que está por vir.*

Giro as combinações no meu cadeado, vasculho as fileiras obsessivamente arrumadas de fichários e recordações que ainda restam lá dentro, enfio o carregador na bolsa e me viro para ir embora antes que o inevitável assassino empunhando um machado apareça.

Algo me faz parar.

Uma música linda, soando pelo corredor escuro da sala de ensaios.

Eu ouvi o mito do Fantasma da Sala de Ensaios pelos últimos quatro anos. Sempre que pensava sobre o que faria se confrontada por seu canto de sereia, jamais me imaginei me aventurando na direção dele.

Mas não tem fantasma nenhum, lembro a mim mesma. Não passa de um formando sorrateiro, que devo conhecer, e de uma música de uma beleza assombrosa que percorre as teclas de um piano sem se dar conta.

Eu me esgueiro pelo corredor e fico de pé do lado de fora das portas de madeira, apenas ouvindo por um tempo. A música é triste, de partir o coração até, e sou tomada por frustração por não encontrar palavra melhor para descrevê-la. Me ocorre então que a Avó teria. Ela teria uma história inteira que soaria exatamente como esta música. Abro a porta com a maior discrição possível e deslizo para dentro.

O piano de cauda preto fica na extremidade da sala, todo arranhado, mas ainda elegante. A pessoa que o toca não acendeu uma única luz, de modo que é difícil vê-lo. Mas se os ombros largos e o longo cabelo levemente sujo não revelassem quem era, o saco laminado em cima do piano definitivamente teria bastado.

Quem é esse cara? Talvez ele realmente *fosse* um ser como a Avó. De qualquer maneira, não quero interromper a música. Fico perto da porta, ouvindo e assistindo, com a cabeça inclinada para trás contra a superfície úmida. As mãos dele, grandes demais, se deslocam com graça pelas teclas, os ombros muito largos retesados sob a camiseta gasta, e a imagem — um garoto do tamanho de um urso-pardo encurvado sobre um piano que não deveria conseguir fazer as teclas cantarem de maneira tão delicada e adorável — seria engraçada se a música não fosse tão cativante.

Fecho os olhos e penso sobre todas as histórias da Avó, encontrando a que me dá a sensação mais parecida com a desta música.

4

— **ESTA HISTÓRIA** é verdadeira, menina — disse a Avó. — Portanto, escute com atenção.

— Você diz isso sobre todas elas — argumentei. Eu tinha nove anos e, até então, nenhuma das histórias parecera verdadeira.

— Todas elas *foram* verdadeiras — replicou a Avó. — Mas você vai achar que esta é mais verdadeira que as outras.

— Quer dizer que realmente aconteceu?

— Nenhuma história é mais verdadeira que outra que tenha a verdade em seu coração.

— Do que é que você está *falando*? — perguntei.

— Histórias nascem da nossa consciência — disse ela, entrelaçando os dedos no colo. — Vêm de coisas que já sabemos. Vêm das coisas que aprendemos com nossos ancestrais e familiares. Todos aprendemos coisas diferentes, dependendo de onde nascemos, então as histórias que você ouvir serão diferentes. Assim como as coisas que os seus familiares decidirem fazer serão diferentes. Assim como as coisas que *você* decidir fazer serão diferentes. A maneira de tomar as melhores decisões é ouvir todas as histórias e sabê-las de cor e senti-las. Você precisa saber, Natalie, que nenhuma história é mais verdadeira que a própria verdade. Todas as histórias e todas as nossas vidas nasceram desta compreensão.

— Então, o que é a verdade?

— É difícil determinar. E por isso é tão importante escutar, e olhar tanto para trás quanto para a frente pelos fios que a Avó Aranha tece entre as coisas. Você entende?

— Nunca entendo uma palavra do que você diz — respondi.

Ela deu de ombros.

— Bem, de qualquer forma, você vai gostar desta porque aconteceu, e um cara branco com um chapéu a escreveu e selou com cera para provar. Começa em um lugar chamado Nee-ah-ga-rah ou, se você prefere dizer as coisas do jeito errado e estúpido, pode pronunciar "Niágara", tipo Viagra. Quer dizer águas troantes.

— A cachoeira?

— Essa mesma — confirmou a Avó. — Nee-ah-ga-rah era um lugar sagrado para o povo seneca, que acreditava que as quedas-d'água eram uma porta de entrada para o mundo espiritual, os Afortunados Campos de Caça. Quando iam até lá, conseguiam ouvir o rugido de um poderoso espírito que habitava as águas.

— Quer dizer que eles conseguiam ouvir a água — falei.

— Talvez — disse a Avó.

— Com certeza.

— Como você sabe?

— Porque espíritos não existem — falei.

— Como você sabe? — perguntou ela.

— Porque minha mãe me contou.

— E o que sua mãe lhe contou sobre mim? — perguntou ela e, quando não respondi, prosseguiu, com um toque de presunção: — Todo ano, os seneca faziam um sacrifício: uma jovem donzela desse povo era entregue ao grande espírito da queda-d'água, e ser escolhida era considerado uma grande honra. As mulheres competiam pela oportunidade de se deitar na canoa branca que faria a passagem pelas águas para dentro do mundo espiritual. Lá, ela ficaria com o restante de sua estirpe e seria honrada por seu sacrifício.

"Em 1679, havia uma mulher forte e bela chamada Lela-wala, que desejava ser escolhida para o sacrifício daquele ano. Lela-wala era a filha do chefe dos seneca Olho de Águia e, apesar de a esposa dele e seus outros filhos terem morrido anos antes, ele deu a bênção e Lela-wala foi escolhida para o sacrifício. Havia também um explorador francês chamado La Salle, que vivia junto aos seneca havia algum tempo, dedicado a convertê-los ao cristianismo, como era o costume na época. Quando ele descobriu os planos do povo para sacrificar Lela-wala, foi até o chefe Olho de Águia e aos outros líderes para implorar que detivessem o sacrifício.

"Mas eles não se deixaram persuadir. Um dos líderes da comunidade respondeu a La Salle: 'Suas palavras testemunham contra você. Você diz que Cristo nos deu o exemplo. Vamos segui-lo. Por que um sacrifício é grandioso e o nosso é terrível?'

"E assim La Salle foi embora, arrasado e furioso com o chefe Olho de Águia. Mas ele não entedia os seneca nem seus costumes. Ele não viu o pesar do chefe Olho de Águia diante da decisão da filha: o chefe era um homem muito corajoso que tinha que honrar a filha e seu povo, apesar do quão preciosa Lela-wala era para ele. Enquanto ele era parte da grande teia da vida e dos parentescos, tanto humanos quanto inumanos, ela era a coisa mais querida ao seu coração que ainda vivia.

"No dia do sacrifício, os seneca se reuniram na margem do rio para comemorar, com um banquete e músicas e danças e jogos, de acordo com o ritual. Quando enfim chegou o momento de a canoa branca virar a curva, todos ficaram em silêncio e observaram quando o barquinho entrou no campo de visão, decorado com frutas e flores em homenagem à vida e à morte de Lela-wala, e ao papel que ambas tinham na história desse povo indígena.

"Porém, quando o barco entrou na agitação da corrente, o povo viu uma segunda canoa branca deslizar de baixo das árvores na outra extremidade do rio. O pesar do chefe Olho de Águia fora tão profundo que ele decidira se reunir a Lela-wala em seu sacrifício. A corrente o carregou velozmente até a queda-d'água, e logo ele estava ao lado da filha.

"Eles se entreolharam, as mãos estendidas sobre a água que os separava, e a comunidade perdeu a serenidade perfeita, um grito ao mesmo tempo de desespero e gratidão se erguendo entre eles. Juntas, as duas canoas brancas caíram pelas cataratas, e a donzela e o chefe deslizaram para os Afortunados Campos de Caça, onde foram transformados em espírito puro e ficaram íntegros e limpos e fortes.

"Desse dia em diante, viveram sob as cataratas, onde o som dos rugidos é como uma música suave."

— Você estava errada — falei, depois de um longo silêncio.

As sobrancelhas escuras da Avó se ergueram de súbito, e seus olhos brilharam.

— Sobre o quê?

— Não gostei dessa história.

— E você achou que eu *nunca* errava.

Refleti bastante por um longo momento.

— Lela-wala e Olho de Águia foram *mesmo* para os Afortunados Campos de Caça?

Ela refletiu bastante por um longo momento.

— Eu acredito que foram.

— Tenho medo de morrer — falei.

— Até Jesus teve medo de morrer, querida.

— Como você sabe disso?

— Eu sei tudo.

— Nem *tudo*.

— Certo. Eu li num livro, e senti que era verdade. Satisfeita?

— E a garota que caiu do céu estava assustada quando caiu, não foi? — falei, e a Avó assentiu.

— Nenhum de nós está sozinho, Natalie. A história dela é a minha história, é a sua história.

É NISSO QUE a música me faz pensar, e estou tão mergulhada na memória que levo um segundo para voltar à realidade quando o garoto para de tocar, estica o braço para pegar a garrafa no saco laminado em cima do piano e dá outro gole.

— Isso foi lindo — digo, atravessando a sala, e ele se vira no banco e cospe tudo o que estava na boca pelo carpete.

Ele passa o braço grosso e bronzeado pela boca e pergunta:

— Quem é você?

— Eu? — Dou uma risada. — Está falando sério?

Risos fluem pelo corredor, e o garoto agarra meu braço e me puxa na direção do fundo da sala.

— Ei! — reclamo, tentando me soltar dele. — O que é que você está fazendo?

Ele joga para o lado uma das cortinas que cobrem dois assentos de janela profundos e um nicho com pilhas de cadeiras e suportes de metal para partitura. Ele me empurra para trás da cortina e entra depois de mim, bem quando ouço as portas rangerem e a risada entrar na sala. Reconheço as vozes de imediato: Matt, Megan, Rachel e Derek Dillhorn.

— Não vai passar desta noite — diz Rachel, triunfante. — Vamos encontrar aquele fantasma.

— Ou poderíamos voltar para o estacionamento. A Nat já deve estar esperando a gente a esta altura — diz Matt.

— Deixa ela esperar — responde Rachel. — *Eu* não vou me formar sem uma boa história do Fantasma da Sala de Ensaios.

— Uuuh-uuuuh-uuuhh — zomba Derek. — O fantasma de um nerd... O que poderia ser mais assustador?

— Tá bom, pode dizer o que quiser — retruca Rachel —, mas, no verão passado, no aniversário de Matty, eu sem querer fiquei bêbada com a Kelly Schweitzer e dei uns pegas em Wade Gordon, e, *sem* brincadeira, ele beijava muito bem para alguém que passa o tempo todo com a boca no trombone.

— Como se você fosse lembrar — rebate Derek. — Você vomitou em Wade, e ele provavelmente ainda considera aquela a melhor noite da vida dele.

— Aimeudeus, eu tinha me esquecido disso. — Rachel irrompe numa risada histérica.

Olho para o garoto de pé entre a cortina e eu. Com o luar se infiltrando pelas grandes janelas atrás de nós, consigo vê-lo com clareza. Definitivamente é o mesmo cara do campo. Quando os olhos dele descem para encontrar os meus, ele leva um dedo aos lábios, então aproxima a boca da minha orelha e mal dá para ouvir o sussurro:

— *Não quero estragar o fantasma deles.*

Ele tem o sorriso de um garotinho tímido, completamente em desacordo com seus olhos sérios castanho-esverdeados, os quais são difíceis de imaginar que possam parecer qualquer coisa exceto levemente preocupados. Quando ele se afasta, aceno em compreensão.

Matt, Megan e os outros ainda se movimentam pela sala, e o não fantasma e eu parecemos perceber ao mesmo tempo o que vai nos trair, porque ele aponta para os nossos pés. A cortina vai quase até o chão, mas não chega a encostar; se meus amigos continuarem explorando o lugar, o mito do Fantasma da Sala de Ensaios estará prestes a ser desmascarado.

Ele estende a mão por cima do meu ombro para repousar a garrafa na janela côncava depois do assento atrás de mim. Seus olhos encontram os meus, e as mãos dele pairam sobre meus quadris, oferecendo silenciosamente para me erguer para o assento. Faço que sim com a cabeça. Quando ele me ergue, me sinto ruborizar, meu coração acelerando por estar tão próxima de um estranho. E não apenas por ele ser um estranho, mas porque cerca de uma hora antes eu o observei olhando para a lua e então o ouvi tocar aquela música e agora estou perto *daquela* pessoa.

A pele e camiseta dele estão quentes, úmidas pela transpiração, e seu cabelo macio toca meu pescoço. A fragrância é um misto agradável de grama, suor e a bebida alcoólica doce na garrafa.

Ele me solta, e me movo em silêncio até ficar com as costas contra um dos lados da profunda reentrância da janela. Mexo no meu rabo de cavalo só para ter o que fazer enquanto ele se alça até o assento e se apoia na parede do outro lado, a cabeça jogada para trás e os lábios entreabertos.

Tento não olhar para ele; mas cada vez que cedo, ele está com aquele sorriso tímido infantil que me faz sorrir como uma idiota em resposta. É tão constrangedor que desvio o olhar, mas, quando volto a encará-lo, acontece de novo, só que pior. Depois de um tempo desisto e simplesmente me deixo ficar sentada no vão da janela, encarando este completo estranho, sorrindo com todos os dentes à mostra enquanto meus amigos conversam diante de uma cortina vermelha do outro lado do mundo.

O garoto ergue a garrafa envolta em um saco laminado. Pego-a e dou um gole, ainda que, até onde eu saiba, ele possa ter herpes ou no mínimo ser o tipo que nunca escova os dentes. O que quer que tenha dentro da garrafa, tem um gosto doce e provoca uma careta quando engulo. Quando abro os olhos de novo, vejo os largos ombros do garoto meio que se encolherem numa risada silenciosa. Ele pega a garrafa de volta e a segura no colo.

— Onde vocês acham que a Natalie está? — O som da voz de Matt dizendo o meu nome me leva de volta para a conversa do outro lado da cortina.

— Natalie, Natalie, Natalie — geme Rachel. — Sério, Matt, você não sacou que desde que aquela garota entrou para Brown ela ficou boa demaaaais para nós, povinho de Union?

— Ah, cala a boca — diz Megan. — Matt, ela já deve estar no carro dela a esta altura.

— Tenta ligar de novo — sugere Matt.

Meu coração martela no peito quando começo a vasculhar a bolsa. Consigo encontrar o celular e colocar no silencioso antes que Sheryl Crow e Stevie Nicks possam delatar meu esconderijo exigindo saber, sonoramente, se o mundo inteiro é "forte o suficiente para ser o meu homem".

Mas meu telefone não chega a se iluminar com uma ligação, e Megan diz:

— Direto para a caixa postal.

Olho para a tela, esperando ver que estou sem sinal, mas, de acordo com as barrinhas, tenho. Que lixo de celular.

— Talvez em vez de desperdiçar mais um minuto com a gente, ela simplesmente tenha preferido começar a *caminhar* até Rhode Island — provocou Rachel. — Vai ver ela é tão esperta que já até construiu um carro flutuante para levá-la.

— Ou vai ver ela invocou o espírito de um cavalo — diz Derek.

— Vocês são uns escrotos — critica Megan. — Vamos voltar para o estacionamento, Matt.

— Ah, a gente só estava brincando — explica Derek. — Você sabe que a gente ama Natalie.

Eles ainda estão conversando, mas a porta volta a ranger, e a ouço se fechar de novo, abafando a voz deles. Ouço a conversa recuar pelo corredor e, por um longo tempo, o garoto e eu não nos movemos nem conversamos. Tenho dificuldade de erguer os olhos, e não me importo muito com o que Rachel ou Derek dizem sobre mim, mas estou meio constrangida de terem falado na frente do estranho com quem agora preciso conversar.

Enfim encontro os olhos dele de novo e, depois de um longo instante de silêncio, ele inclina o queixo e diz:

— Oi.

Começo a rir, mas sai meio baixo e esquisito. Talvez seja porque está escuro e ainda estamos sentados bem perto um do outro.

— Oi — respondo.

Ele oferece a garrafa para mim outra vez e a pego apesar de o que quer que tenha lá dentro ter um gosto nojento. Forço outro gole e tento esconder a dificuldade, sem conseguir. As sobrancelhas grossas dele tremem, o canto da boca se ergue, divertido, e lhe devolvo a garrafa.

— Pode ficar — diz ele, deixando a mão cair no colo. — Acho que você gosta mais do que eu.

— Ah, duvido muito. — Ofego.

Ele ri de novo e pega a garrafa, olhando para ela como se tentasse ler o rótulo através do saco laminado.

— É, é bem ruim.

— O gosto lembra o mijo de Satanás quando ele está com infecção urinária. O que é isso?

— Não faço ideia — diz ele. A voz é baixa e meio lenta, mas de um jeito agradável. Ele soa como um mês de verão, e me pergunto de onde a família dele é para o sotaque ser tão mais pesado que o da maior parte das pessoas daqui. — Foi um presente.

— Ah — falo. — Daí o papel de presente, imagino.

— Gostou? Coisa do meu pai… Ele pensa em tudo.

— Seu pai te deu Mijo Satânico de presente? Você quer que eu ligue para o juizado de menores? Estou aqui com o pior celular do mundo.

Ele dá outra daquelas risadas contidas, em que seus ombros se erguem e as sobrancelhas se curvam, mas não solta nenhum som de verdade, então dá outro gole.

— Aquela música era realmente linda. O que era?

— Não sei — responde ele, olhando para a mão com um sorriso apagado. — Acho que ouvi em um comercial das Autopeças Usadas do Gary ou algo assim.

— Ah, certo — digo. — Deve ter sido onde ouvi também. Propagandas sempre me comovem.

O canto esquerdo da boca dele se levanta, os olhos se erguem para os meus, e eu ignoro o ímpeto de desviar o olhar.

— O que é que você estava fazendo aqui dentro, afinal? — pergunta ele.

— Eu por acaso estudo aqui — digo a ele. — Ou estudava, até hoje. O que é que *você* está fazendo aqui?

— Assombrando — responde, estendendo os braços para os lados. Mijo Satânico espirra pelo gargalo da garrafa, escorrendo pela mão dele para o assento da janela, e ambos rimos e esticamos as mãos para a poça, lutando para limpar a sujeira, e fracassando. — Desculpa — diz ele, olhando para mim por entre os fios de cabelo escuro que caíram em seu rosto. — Derramei uísque na sua escola toda. Meio indelicado da minha parte.

— Tudo bem. Sério, hoje foi meu último dia. Não preciso mais desta escola. Fique à vontade para derramar coisas nela.

— Mas tem um monte na sua mão também — observa ele. Quando olho minha mão, parada ao lado da dele, sinto a testa e as bochechas corando. Tem momentos em que eu realmente dou valor à cor da minha pele, e este é um deles.

O olhar dele volta ao meu e me endireito, deixando uma quantidade mais normal de espaço entre nós dois.

— Meus amigos estão me esperando — falo. — Preciso voltar.

Ele faz que sim. Desço da janela, deslizando as cortinas nos trilhos para permitir que o luar se estenda pela sala. Olho de volta para ele e hesito por um instante.

— Ok. — Aperto o rabo de cavalo e sigo em direção à porta.

— Ei — ele chama, me fazendo parar.

— Sim?

— Natalie... É o seu nome?

Faço que sim. O rosto dele está marcado pelas sombras, mas ainda consigo ver parte do sorriso.

— Natalie Cleary — respondo.

— Prazer em conhecer você, Natalie Cleary.

— Prazer em conhecer você também...?

— Beau — diz ele.

— *Beau.*
Ele assente.
Beau.
— Vejo você por aí.

QUANDO VOLTO AO estacionamento, Matt Kincaid está dizendo "O que acham do Hooters?", e é assim que sei que chegou a hora de ir para a cama.

— Acho que vou voltar para casa — falo, e os quatro dão um pulo.
— *Meu Deus*, Natalie. — Rachel está com a mão no peito, as pálpebras tremulando, dramáticas.
— Falando sério, você *flutuou* até aqui? — diz Derek.
— Onde é que você estava? — pergunta Matt, e me sinto imediatamente culpada. Por me esconder deles, por deixar que me procurassem e, sendo sincera, por flertar com outra pessoa que não ele.
— No meu armário. — Levanto a minha bolsa como se fosse uma prova.
— Fomos até o seu armário — diz Rachel, afundando a mão na cintura. — Você não estava lá e, aliás, perdeu o Fantasma da Sala de Ensaios.
— Passei no banheiro. — Agora estou mentindo, e sei pelo arqueado nas finas sobrancelhas loiras de Megan que ela sabe. Tudo bem, pretendo contar tudo para ela, mas não quero estragar a história de fantasma de todo mundo, e *não* quero falar sobre garotos com Matt Kincaid.
— Não temos que ir ao Hooters — tenta. — Poderíamos ir na BW3.
— Qual é o problema com o Hooters? — diz Rachel.
— Literalmente todos — falo.
Ela dá uma risada áspera.
— Você realmente se acha boa demais para comer no Hooters.
— Rachel, qualquer coisa com papilas gustativas que funcionem direito é boa demais para comer no Hooters — rebato. — A comida lá é um nojo, e eu tô cansada.
— Ou no Barleycorn's — sugere Matt. — Não vamos lá faz um tempo. — Matt era o tipo de namorado que tentava me agradar ou pelo menos ficar do meu lado em público. O *eu não entendo por que é*

que você não podia simplesmente ter concordado comigo/ficou ofendida com aquilo/não quer fazer as coisas que a gente costumava fazer sempre vinha mais tarde, quando estávamos a sós, mas eu tinha a sensação de que ele sinceramente queria compreender.

— De repente, estou me sentindo exausta também — diz Megan.

— Vamos simplesmente tomar umas na casa de Rachel — lança Derek.

— Eu não estou muito a fim de beber — diz Matt.

— Desde quando, cara? — quer saber Derek.

— Você costumava comer no Hooters — insiste Rachel, ainda me pressionando. — Antes de virar a feminazi nervosinha que vai para a faculdade da Ivy League.

— E *você* costumava usar rímel azul — rebato. — As pessoas crescem.

— É, sabe, eu me lembro do rímel azul. Minha irmã piranha comprou pra mim: a que trabalha no Hooters.

O comentário me tira do sério e retruco:

— Rachel, não me importo se Janelle quiser trabalhar no Hooters. Não me importo se você e o restante do mundo quiserem gastar seu dinheiro em frango seco e molhos feitos com ketchup. E, menos que tudo, menos do que praticamente qualquer coisa que eu consiga imaginar, não ligo para a quantidade de sexo que a sua irmã faz ou deixa de fazer. Essa é a questão com toda a ideia de *feminazi nervosinha*: a gente não se importa quando outras mulheres querem usar shorts laranja idiotas com tênis brancos e fazer bastante sexo, ou quando querem usar hábitos e morar num convento, ou quando querem andar por aí de tapa-mamilos e nunca dar beijos de língua, desde que seja permitido que elas façam o que *elas* quiserem. E, neste momento, tudo o que *eu* quero é ir para casa. Ok?

Ela cruza os braços e me olha de cara feia e em silêncio, então me viro e vou batendo o pé até o meu carro. Não sei o que deu nela ultimamente, mas Rachel nunca deixa passar nada do que eu digo sem uma briga.

— Me liga mais tarde — grita Megan.

Entro no jipe e olho de volta para onde eles estão parados sob a forte luz branca que inunda os fundos do estacionamento a algumas fileiras de mim.

— Amanhã — grito de volta.

Esta noite preciso encontrar respostas.

Acelero para fora do estacionamento, passo pela fazenda de Matt, pelas igrejas caiadas, pelas estradas sombrias e estreitas ladeadas de vegetação exuberante que se torcem e recurvam conforme determinado pelos rebanhos de búfalos que as moldaram há muito tempo. Penso em Beau e sua música, cujos sons não consigo lembrar, mas ainda consigo *sentir*.

Derramei uísque na sua escola toda.

As vogais meio abertas. Penso nele em todo o caminho para casa.

Prazer em conhecer você, Natalie Cleary.

Uma cadência solta. Penso nele até cair no sono.

Três meses.

5

PASSEI O FIM de semana inteiro catalogando as Alice Chan, sem nenhum resultado conclusivo. Quando chega a noite de domingo, ainda estou me virando inutilmente de um lado para o outro na cama, remoendo cada uma das últimas palavras ditas pela Avó e rememorando o desaparecimento de Matt e de todos os outros na escola e o aparecimento de Beau no campo de futebol, na tentativa de encontrar algum sentido em tudo.

Antes da Terapia de Dessensibilização e Reprocessamento Através do Movimento dos Olhos, eu tinha pesadelos terríveis, vários deles recorrentes. O pior de todos tinha a ver com uma escuridão vasta e sem forma que perseguia a mim e à mamãe por uma estrada rural, em determinado momento nos golpeando com tanta força que o carro rodopiava para fora do asfalto e derrapava direto contra uma árvore, dobrando-se ao meio. O sonho me fazia acordar ofegante às vezes, mas essa ainda não era a pior parte do pesadelo. O pior eram as alucinações. Eu tinha dois tipos diferentes: hipnopômpica e hipnagógica, mas não vejo como o que aconteceu com Matt no corredor ou a visão de Beau no campo poderia ser uma dessas.

Alucinações hipnopômpicas acontecem quando você está dormindo: seu corpo acorda, inclusive os olhos e a visão, antes da mente acordar por completo. Assim, você pode ver seu quarto exatamente como ele é, com a diferença de que tem uma torrente de aranhas se arrastando por todo o seu corpo, ou sangue escorrendo pelas paredes, ou idosas indígenas sentadas em sua cadeira de balanço. Essas alucinações podem ser visões, cheiros, ou mesmo um som ou uma sensação.

Alucinações hipnagógicas são quase iguais às hipnopômpicas, mas a hipnagogia acontece quando você está adormecendo, em vez de quando está acordando: seu corpo, olhos e visão permanecem acordados, apesar de o seu cérebro já estar sonhando.

Sabe quando está caindo no sono, quando está quase lá, e de repente a sua cama é puxada de baixo de você e sente que está caindo? Você acorda com um espasmo e percebe que está seguro: estava na cama o tempo todo.

Parabéns, você acaba de ter a mais comum das alucinações noturnas.

Você não precisa de tratamento se acorda com a sensação de que está caindo. Pelo jeito, você *precisa* de tratamento se tem insônia, ansiedade, ataques de terror noturnos e é visitada três vezes ao ano por uma divindade que, ao que tudo indica, é onipotente.

A EMDR deu um basta em tudo isso, quase me fazendo acreditar que a Avó *fora* um sonho.

Pela primeira vez, desejei que ela estivesse aqui. Assim, o aviso que ela me deu não significaria nada. Eu não teria que ficar correndo atrás do que pareciam ser cinco bilhões de Alice Chan das redondezas. Empurro o focinho roncante de Gus para o lado para poder me revirar pela milionésima vez. Até mesmo o sono parcial alucinatório seria bem-vindo hoje, mas ele não vem.

Às duas da manhã, desisto de dormir e estico a mão para pegar o celular na mesinha de cabeceira, ensaiando outras combinações de palavras de busca. Num acesso de inspiração, digito: *Alice Chan Kentucky alucinação hipnopômpica*.

Meu coração para quando vejo o primeiro resultado.

Visitações: Premonições e Outros Fenômenos Paranormais Envolvendo Hipnopompia e Hipnagogia, por Alice Chan, professora de psicologia na Universidade Northern Kentucky.

Abro o resumo e sei de imediato: achei a Alice da Avó.

O PRIMEIRO EVENTO da Semana dos Calouros é o Desfile Superlativo, o que menos me empolga, mas, depois do sucesso da noite passada, estou irrequieta com a empolgação e o nervosismo. A falta de sono e o excesso de cafeína sem dúvida não estão ajudando. Quando chegamos à escola, está chuviscando e trovejando. Deixo Jack e Coco na porta da frente, então manobro até os fundos, onde o Comitê da Semana dos Calouros está carregando os "carros alegóricos", que pelo jeito é como se chama uma picape na qual penduraram um banner preto e laranja.

Quando vejo o carro alegórico que designaram para mim e meu par, estaciono o mais distante que consigo de ambos e espero por Megan, lendo e relendo o resumo do artigo de Alice Chan como se eu já não tivesse decorado cada palavra. Um minuto mais tarde, o Honda Civic preto de Megan para ao meu lado, e ela salta do carro dela para o meu, sacudindo a chuva quente do cabelo e do capuz.

— Ok, vejamos.

Entrego meu celular para ela prontamente.

— Por que parece que seu telefone teve que atravessar os céus para cair na Terra?

— Hã, talvez porque eu tenha ficado nele direto pelas últimas 48 horas, durante as quais eu também estava fazendo sanduichinhos de chantilly direto da lata com batatas chips.

— Ah, alimentação saudável. — Megan volta os olhos para o celular e os passa pelo texto. — Então é tipo uma leitura leve, agradável, de levar para a praia, né?

Indico o retrato da mulher de olhar severo, cabelo curto e uma carranca de lábios finos na parte de cima da tela à direita.

— Alice Chan está à frente do Departamento de Psicologia da NKU.

— E por que você acha que é ela a Alice *da Avó*?

— Porque sim. — Pego o celular de volta. — Olha aqui. Este é exatamente o tipo de coisa esquisita sobre o sono que eu passei por todos estes anos. Alucinações hipnopômpicas e hipnagógicas são apenas sonhos, mas que você tem enquanto seu corpo está tecnicamente acordado. Talvez tenha sido isso o que aconteceu comigo naquele dia no corredor, e também na noite de formatura. De qualquer jeito, foi isso que a dra. Langdon sempre pensou que a Avó fosse: uma alucinação noturna.

Megan faz beicinho.

— Mas ela não é. Sem ofensa, ela sabe coisas demais para ser um produto do seu subconsciente...

— Obrigada por isso. Mas a questão é que Alice Chan não é uma terapeuta, é uma pesquisadora. Ela mesma diz que essas alucinações na verdade são "visitações de fenômenos paranormais". Talvez ela saiba induzi-las. Se ela puder trazer a Avó de volta... — Não termino a frase, e Megan estende a mão por cima do câmbio para apertar a minha. Ela está tentando me acalmar, mas suas feições também estão claramente retorcidas pela preocupação. Eu não devia ter contado sobre o aviso da Avó. Já estou pirando o bastante por nós duas. — A Avó me disse para encontrar esta mulher por *algum* motivo. Ela pode ajudar.

Os lábios finos de Megan se comprimem enquanto ela reflete.

— Você já ligou para essa ilustre dra. Chan?

— Ainda não. Vou fazer isso logo depois do meu casamento.

Megan faz uma careta e olha pela janela para o meu carro alegórico. A faixa tem os dizeres SR. E SRA. MATT KINCAID, nossos nomes envoltos em corações em preto e laranja. Matt está de pé na caçamba da picape usando o casaco do time com o nome dele atrás e, por baixo, um moletom cujo capuz protege o pescoço e o rosto da chuva. Uma garota não poderia desejar uma procissão mais classuda.

— Você acha que esta é a primeira vez na história em que o casal votado Mais Provável de se Casar não está nem junto quando foi indicado? — pergunto.

— As pessoas são escrotas — responde ela.

— Aquela faixa é escrota.

— Não aparece nem o seu *nome*, que dirá o sobrenome.

— O nome do meu marido é tudo de que preciso agora — falo. — Ao contrário de gente como você, que ganha o prêmio de Mais Atlética.

— Verdade — diz Megan.

— Está pronta?

— *Eu* tô — responde Megan. — *Você* que não. Eu vi o vestido de casamento que Rachel e o Comitê da Semana dos Calouros compraram para você no brechó.

— Ai, meu Deus.

— Isso aí. Melhor rezar. Aliás, que barulho é esse?

— Acho que é o carburador.

— O que é um carburador?

— É uma coisa dentro do carro que às vezes faz esse barulho quando você está prestes a comprometer sua vida com a pessoa errada na caçamba de uma picape.

— Aaahh, saquei — diz ela. Então emenda: — Ele ainda ama você, sabe.

— E eu o amo. Mas não desse jeito, acho que não.

Megan assente. É assim que devia ser. Duas pessoas que deviam ficar juntas têm que se entender, confiar uma na outra. Eu devia saber que poderia contar a Matt sobre a Avó e ele de fato escutaria, mas nunca cheguei a *sentir* isso de verdade, então nunca contei. Passamos cada minuto juntos, mas eu ainda deixava de contar tanta coisa para ele... Tudo o que ele não fosse entender. E o fato de que ele sempre parecia tão perfeito, tão imperturbavelmente são e normal, só tornava tudo mais difícil para mim. Quando terminamos, ele deve ter sido pego totalmente de surpresa, apesar de que, para mim, olhando para a situação na época, esse fim já vinha se aproximando há eras.

Megan e eu saímos de dentro do jipe e damos uma corridinha pela chuva até os carros alegóricos.

— Legal da parte de vocês aparecer — grita Rachel do outro lado do estacionamento. — Não é como se o restante de nós estivesse aqui em pé esperando na chuva. — Ela só entrou para o Comitê da Semana dos Calouros como alternativa aos cursos de verão (que era uma alternativa a todas as detenções que ela tinha que cumprir), mas pelo jeito como está falando parece que a gente acabou de interromper o casamento dela. Rachel planta uma das mãos no quadril e aponta o dedo da outra de um jeito incisivo, primeiro para o meu carro alegórico, depois para o de Megan.

Começo a andar até a longa fila de camionetes e conversíveis na direção da picape vermelho-cereja de Derek. Toda a turma de formandos foi convidada a participar do desfile, mas os que "ganharam" algum superlativo vêm primeiro. São apenas algumas voltas em torno da escola, com os alunos dos outros anos assistindo pelas janelas das salas de aula, e em seguida um café da manhã com panquecas no refeitório. Bem desinteressante, mas é uma tradição pela qual ansiei por muito tempo. Todos nós, acho.

— Se não é minha bela noiva — proclama Matt da caçamba da picape.

— Oi — cumprimento, séria. Não quero ser fria, mas parece a melhor opção quando seu ex, cujo coração você preferiria não continuar despedaçando, está ao seu lado em cima de um carro alegórico dedicado ao seu relacionamento, com vários "Matt & Nat" entalhados em todas as árvores e cabines no banheiro por toda a escola. Até o casaco do time que ele está usando proclama nosso amor "imortal": Matt Kincaid, primeiro quarterback, sempre foi o número quatro desde os doze anos de idade, quando ele escolheu o número da camisa em homenagem ao meu aniversário, no dia 4 de abril.

Enquanto ele me estende a mão e me ajuda a subir, meus olhos aterrissam na monstruosidade horrenda de tafetá e renda brancos estendida sobre um dos lados da parte de trás da camionete.

— Meu vestido — digo. — É exatamente como eu imaginava.

Matt ri, ergue o vestido num movimento rápido e passa a imensa quantidade de tecido por cima da minha cabeça para que eu o vista.

— Você não teria que usar um smoking ou alguma coisa do tipo? — resmungo, forçando a cabeça e os braços pelos respectivos buracos.

— Rachel me deu um paletó — diz ele. — Está por baixo do casaco.

— Ah, que conveniente — respondo, então uma baforada doce me atinge. — Isso no seu hálito... é uísque?

Ele olha para os próprios pés, coça a nuca, então fixa os olhos em mim.

— Talvez.

— Desde quando você bebe uísque às oito da manhã?

— Bem, acho que você não teria como saber, não é mesmo, Nat? Você não está exatamente bombando no meu celular esses dias.

— Justo — digo. Quando terminamos, eu já achava meio irritante essa persona explosiva de festeiro dele. No começo, supus que estava sendo absorvido pelo monstro de várias cabeças que um time de futebol pode ser e deixando de lado seu verdadeiro eu. Quando, porém, ele começou a beber mais e com mais regularidade, eu sabia que não era esse o caso.

— Quer um pouco? — oferece Matt, batendo numa elevação em forma de cantil em seu bolso.

— Um cantil? — Ele faz que sim. — O que é isso, por acaso estamos em Atlantic City nos anos 1920?

— Você quer ou não?

— Espera, estou prestes a conseguir uma piada sobre a cidade de *Footloose* em que ninguém bebe.

— Nat — diz ele. — Sim ou não?

— Não, valeu — falo. — Não quero cair do palco em cima dos chefões da máfia quando eu estiver dançando o charleston.

Ele ri de novo e sacode meus ombros.

— E aí, o que acha? Está pronta?

— Para debutar com meu vestido de melindrosa no meio dos contrabandistas de álcool?

— Para se casar — diz ele.

— Ah. — Olho para a escola de tijolos vermelhos desbotados, a grama verde aparada e as árvores, as colunas de nuvens escuras se formando no céu. O trovão ressoa à distância, e este vestido de segunda mão está ficando encharcado, mais pesado com chuva a cada segundo.

De repente, acontece de novo.

Sinto meu estômago se revirar como se eu estivesse numa montanha-russa. Matt, Megan, Rachel e todos os outros, a picape de Derek, a escola em si — todas as coisas — desaparecem.

Estou sozinha, de pé num campo de morros ondulantes verde-azulados, sentindo o sopro frio de vento sob a tempestade que se aproxima, meu cabelo e meu vestido pingando. O trovão retumba outra vez, mais perto agora, e a chuva escorre pelos meus cílios, embaçando minha visão. No morro diante de mim, onde deveria estar a escola, vejo um rebanho de búfalos.

Consigo ouvi-los comendo a grama. É um som denso, ofegante, de mastigação, e vejo as nuvens de névoa exaladas por suas narinas aveludadas. As grandes cabeças se movem para trás e para a frente enquanto comem; os grandes olhos castanhos com cílios inacreditavelmente longos e curvos me observam, apesar de não parecerem preocupados.

Então acaba, tão rápido como começou.

Sinto um frio na barriga. A escola volta a tremeluzir no lugar. Os búfalos piscam e deixam de existir. Matt está na minha frente, o piso enrugado da caçamba da camionete firme sob os meus pés. Os sons do mundo voltam com tudo, meus colegas de classe assobiando, rindo e conversando ao meu redor, se apoiando nas buzinas e deixando Rachel maluca enquanto ela tenta fazer todo mundo avançar.

— VAI PRO INFERNO — grita ela. — Sério, Tony, *vai pro inferno*!

— Nat? — diz Matt. — Foi só uma piada. Eu não acho que vamos nos casar de verdade. Você sabe disso, né?

Faço que sim, distraída.

— Quer dizer, a não ser que você *queira se* casar, nesse caso...

— Matt — aviso, imediatamente alerta de novo.

— Não faz isso, Nat. Não fala o meu nome como se você estivesse prestes a me dar uma notícia devastadora. Foi só uma piada.

— Eu me importo com você — digo a ele. — Você é uma pessoa boa.

— Mas...? — diz ele, sem rodeios.

Mas ainda estou me recuperando do fato de que você desapareceu há um segundo.

Mas estou ocupada demais tentando descobrir o que está acontecendo comigo para ter esta conversa de novo.

Mas estou preocupada por ter começado a gostar de você porque você fazia com que eu me sentisse normal, no sentido mais Union da palavra.

Mas você não consegue parar de tentar me transformar de volta na Natalie por quem você se apaixonou, aquela que tentava desesperadamente ser a epítome da rainha do baile de formatura, em vez da garota com duas mães, dois pais e duas nações.

— Mas eu vou me mudar para Rhode Island, para começo de conversa — decido.

— E por que é que tem que ser Rhode Island? — questiona ele.

— Não sei. Acho que só não pode ser o Kentucky.

Ele dá uma risada áspera.

— Por quê? Você quer se certificar de que não tem nada melhor lá fora?

— Eu não estou indo para a faculdade atrás de um namorado, Matt. Eu estou indo para entender quem eu sou e o que quero fazer. Por que *você* tem o direito de descobrir essas coisas e eu não?

— Ah, tá certo. Sou machista, eu tinha esquecido — rebate ele.

— Bom, eu não me lembro de *você* ter se disposto a ir estudar em Rhode Island — grito. — Você está tão convencido de como exatamente sua vidinha perfeita deveria se desdobrar que não reparou que não é o que eu quero e que *eu* não sou quem você quer. Você gosta de mim *apesar* das coisas com as quais eu me importo, consegue imaginar como essa sensação é ruim?

Por um instante, ficamos os dois em silêncio, encarando um ao outro. Me pergunto se algum de nós ainda consegue ver o outro com alguma clareza ou se estamos empacados, olhando as imagens congeladas de quem costumávamos ser. É a única explicação possível de por que Matt ainda ia querer ficar comigo quando nos distanciamos ao ponto de discordar em praticamente tudo.

A desavença entre Rachel e Tony foi resolvida, e a picape da frente deu um solavanco, voltando a se movimentar, arrancando aplausos de todos exceto nós dois.

Enquanto todo mundo está comemorando e gritando, mostrando o dedo do meio para os colegas de equipe mais jovens e gritando declarações de amor a uma insatisfeita sra. Perez, observo Matt se virar para não olhar para mim, voltando-se para o lado onde momentos antes vi búfalos pastando.

Sinto frio e solidão, e ainda estou olhando para um quebra-cabeça cujas peças não fazem sentido.

Búfalos e corredores sem luz, garotos misteriosos no campo de futebol e as histórias da Avó. Um aviso e uma corrida contra o tempo. Um vazio dolorido. O que a Avó está tentando me dizer?

ÀS OITO DA noite de quinta-feira, chegamos à escola de pijamas. Nos apresentamos na entrada, onde o sr. Jackson, o policial Delvin e um monte de pais passam o olho pelas nossas mochilas e se certificam de que trouxemos nossos formulários de autorização antes de nos mandarem para o refeitório, no andar de baixo, onde pizza e refrigerante nos aguardam.

Às dez horas, projetam um filme do Nicholas Sparks no ginásio, que parece um pedido para que pessoas em um estado nostálgico, sensível e à flor da pele engravidem numa cabine do banheiro, mas que inferno! A classificação etária é apenas treze anos, e estamos nos formando! Passo essas duas horas como tenho passado cada uma das horas nos últimos tempos: deprimentemente checando se tenho e-mails ou ligações perdidas da dra. Alice Chan.

Depois do filme, todos voltam para o refeitório para mais açúcar, na forma de um bufê de sundaes. Enquanto Megan e eu estamos na fila para montar nossas montanhas de sorvete, ela me dá uma cotovelada e aponta para a mesa num canto onde Matt e Rachel estão esperando Derek voltar com o passe para o banheiro. Rachel, Matt e Derek são parte de uma panelinha que claramente exagerou no contrabando das minúsculas garrafinhas de tequila, e os passes para ir ao banheiro passaram a ser um artigo de primeira necessidade em alta, conforme os jogadores de futebol e suas namoradas começam a cair como dominós sob o efeito do Jose Cuervo.

Rachel está caída contra o ombro de Matt, a boca escancarada e a cabeça deslizando quando ela cochila a cada poucos segundos. Os olhos brilhantes dele encontram os meus, e percebo que Matt também não está em muito boa forma.

— Você vai ter que conversar com ele em algum momento — diz Megan, como se estivesse lendo minha mente.

— Eu sei — falo. Não trocamos uma única palavra desde a nossa briga no carro alegórico, o que faz deste o maior período de tempo que já passamos sem nos falar. Meu peito parece estar atado em nós. Mesmo quando *não* penso a respeito, meu corpo sente o quão errado é estar de mal com ele. Eu nunca quis que fosse assim: metade do propósito de terminar era evitar chegar a um ponto em que nos odiássemos, e agora sinto como se estivéssemos nos equilibrando nessa corda bamba.

— Mais cedo talvez seja melhor que mais tarde — diz Megan.

— Talvez.

— Tipo, de preferência antes do sábado à noite.

— Argh, a festa de aniversário dele — resmungo, me lembrando. — Eu estava pensando em talvez não ir e, em vez disso, fazer algo divertido, tipo tirar o pó da minha casa inteira.

— Nat — diz Megan, com delicadeza. — Eu vou embora para treinar em Georgetown em, tipo, dezesseis dias. Não quero que você fique sozinha o verão todo.

— Como ousa dar início a uma contagem regressiva — digo, mal-humorada. — Estou fazendo o possível para manter a negação.

Ela franze o cenho e me dá um abraço.

— Eu também.

— Talvez a gente possa viver em negação juntas para sempre? — sugiro.

— Acho que vou reparar no buraco em forma de Nat que vai se formar no meu coração quando eu parar de ver você todos os dias — diz ela.

— Não, quero dizer, talvez tenha uma cidade chamada Negação, e a gente possa literalmente se mudar para lá e esquecer essa coisa de faculdade.

— Tá bem — responde ela, saindo do abraço. — A ideia é boa. Vamos nos mudar para Negação.

À uma da manhã, os meninos são mandados para montar os sacos de dormir no ginásio, e as meninas são banidas para a biblioteca, onde nossos respectivos acompanhantes marcam nossos nomes e nos trancam lá dentro. No começo, o lugar ferve de conversa e risadas, mas logo passamos a sussurros e risadinhas abafadas, até que um coro de respirações profundas e cadenciadas toma conta. Uma por uma, as retardatárias também caem no sono. Eu ainda continuo acordada, encarando o teto.

Esta noite marca uma semana inteira desde que vi a Avó pela última vez. É uma semana a menos que tenho para salvar quem quer que esteja em perigo, e não consegui nem uma resposta automática de ausência do escritório da dra. Alice Chan. Me reviro na cama a noite inteira, preocupada com a Avó e me perguntando para onde ela foi, sobre quem pode estar em perigo e como a vida vai ser sem Megan, sem Matt, e até sem Rachel e Derek e todos os outros.

Finalmente, horas depois que o último par de pulmões entrou num ritmo estável, me sinto resvalar para o sono, e minha mente rodopia para longe de tudo que é sombrio e inquietante, na direção de tudo que é caloroso e mágico. Aquela noite no campo de futebol com Beau e todas as noites encantadoras que vieram antes dessa naquele campo, quando a plateia estava eletrizada de empolgação, vozes ficando roucas de tanto gritar para o vento conforme o sol deslizava e as estrelas surgiam para substituí-lo do outro lado do céu.

Vejo a cor púrpura do crepúsculo, ouço o coro da torcida pontuada pelos assovios de pais fanáticos, sinto o burburinho das pessoas se apaixonando umas pelas outras, com o campo tomado de mosquitos e vaga-lumes, repleto da própria noite.

Estou deitada de costas, quase dormindo, quando meu estômago sobe pela garganta e o mundo mais uma vez se recompõe. As paredes, as estantes de livros, o teto: tudo desaparece, deixando para trás apenas o amplo céu noturno.

Sento num movimento brusco e fixo os olhos no azul e nas estrelas cintilantes acima. Olho ao redor e descubro que estou sozinha no topo de um morro gramado rodeado por uma floresta. Sei onde deveria estar o estacionamento, onde deveria começar o campo de golfe logo além de uma fina faixa de árvores, mas nenhum dos dois existe neste lugar. Em vez disso, na base do morro, vejo alguns búfalos deitados, estirados na grama, suas grossas pálpebras suaves no sono. Alguns estão amontoados em pares, de maneira que as enormes cabeças repousam uma na outra; outros descansam solitários a alguns metros. Eu me ouço rir.

Soa um pouco como se eu estivesse sendo estrangulada, provavelmente porque todo o ar deixou meus pulmões. Me levanto e giro no lugar, e sou completamente preenchida de apreensão e admiração simultâneas. Meu estômago se acalma e, simples assim, a biblioteca está de volta, como se a coisa toda não tivesse acontecido. A não ser pelo fato de eu agora estar sozinha dentro dela. As outras garotas não estão ali. Nem os acompanhantes, os sacos de dormir, ou qualquer bolsa exceto a minha.

— O que é que está acontecendo comigo? — sussurro para o aposento vazio.

O relógio em cima das portas diz 4h34 da manhã. A biblioteca está escura demais, silenciosa demais. Eu escolheria os búfalos adormecidos em vez disso sem piscar duas vezes. Por alguns minutos, apenas giro em círculos, esperando todo mundo voltar a aparecer. Depois de um tempo, entretanto, fico ansiosa demais para continuar parada. Preciso pensar. Preciso descobrir o que está acontecendo. Agarro minha bolsa e vasculho dentro dela. Megan tinha planejado correr de manhã, por volta das seis, e eu trouxe um top esportivo, shorts e tênis de corrida para a remota possibilidade de ela conseguir me convencer a me levantar junto com ela. Uma boa noite de sono é tão rara para mim que, quando ela vem, ganha de tudo. Principalmente de exercício de manhã cedo.

Me visto o mais rápido que consigo, consciente o tempo todo de que o prédio poderia desaparecer ou as pessoas dentro dele poderiam reaparecer sem qualquer aviso. Passo para o corredor e vagueio pelo vazio, meus passos ecoando. As portas de entrada estão trancadas por dentro, mas o policial, Delvin, não está à vista em lugar nenhum; aperto os olhos na escuridão e percebo que o estacionamento está vazio também. Saio dali, deixando um calço para manter a porta aberta, e ergo o cabelo num rabo de cavalo quando começo a caminhar até o asfalto. Na beirada do estacionamento, começo num trote e viro na calçada em direção ao estádio de futebol e às quadras cobertas, o impulso me fazendo passar depressa por eles até a rua de interseção ali atrás. Não sei aonde estou indo — se estou tentando correr os dez quilômetros de volta para casa ou se vou voltar para a escola em algum momento, mas ficar em movimento sempre me permite sair da minha cabeça um pouquinho e, quando volto, as coisas geralmente parecem mais nítidas.

Dançar costumava ser isso para mim também: um momento em que não havia nada a fazer exceto *ser eu mesma* e deixar todo o restante esmaecer. Para muitas das meninas na equipe, a questão era o espetáculo; para mim, acho que sempre foi sobre comunicação. Sei que teoricamente era pequena demais para me lembrar dos ataques de birra que o papai mencionou no outro dia, mas eu me lembro. Me lembro de sentir como se minha garganta fosse fechar. Me lembro de sensações tão intensas e inomináveis que tudo o que eu conseguia fazer era chorar ou às vezes gritar. A menor coisinha podia acionar o gatilho, qualquer coisa que eu achasse injusta ou intimidadora. Quando eu era um pouco mais velha, me lembro de lutar para manter essas emoções difusas dentro de mim, e às vezes sentia uma frustração tão sem foco que berrava com o rosto afundado no travesseiro à noite. E então me lembro de ir à minha primeira aula de dança, um workshop inspirado em balé para crianças do jardim de infância, e como tudo mudou.

Por uma hora toda semana, eu cambaleava em um collant preto com babados e meia-calça cor-de-rosa, saltando pelo chão em pré-*chassés*, girando em prelúdios aos *chaînés*. Imitávamos animais e árvores em crescimento e piões caindo de galhos, fingíamos segurar bolas de praia e nadar. Tentávamos ficar o maior que conseguíamos, depois o menor que conseguíamos.

Acima de tudo, me lembro do grande alívio corporal ao afundar no assento do carona no caminho para casa depois da minha primeira aula. Eu me senti vazia, de um jeito bom. Como se as coisas que eu não conseguia explicar com palavras tivessem encontrado um jeito de sair, e então eu pudesse relaxar, pudesse apreciar o silêncio caloroso e aconchegante entre mamãe e eu.

Provavelmente minha coisa favorita a respeito daquela aula, e da dança em geral, era ver a maneira como os mesmos movimentos podiam parecer tão diferentes quando executados por diferentes corpos. Quando entrei para a equipe de dança no ensino fundamental, aprendi a manipular minhas inclinações naturais para poder ficar em sincronia perfeita com todos os outros, mas, quando perdi a Avó, meu talento para me adaptar começou a me deixar enjoada. Eu sentia mais como se estivesse me escondendo do que como se estivesse em sincronia.

Ao correr, passo pela neblina da lembrança e de volta ao calor abusivo e à manhã ainda escura, virando à direita na cerca branca que rodeia a propriedade da família de Matt, e retomo o ritmo. Conforme meus membros se soltam, meus músculos se aquecem e minha pulsação acelera, minha mente desliza para o seu doce recanto: a inigualável paz silenciosa que se tem com o exercício. De alguma maneira, pulo a terrível parte do meio de qualquer atividade física, em que meu corpo geralmente grita e minha mente não consegue parar de berrar *odeio isso, que porcaria, odeio isso*, e mergulho direto no nirvana de estar encharcada de suor. Inabalável pelas densas nuvens de mosquitos percorrendo a grama ao redor dos meus tornozelos. Emocionada pela intensa miniatura de nascer do sol visível para além dos morros.

Corro pelos campos em declive até a grande casa branca de fazenda dos Kincaid e a propriedade adjacente caindo aos pedaços que eles costumavam alugar, então me viro e começo a subir de volta em direção ao estádio e à pista de corrida quando o sol atinge o topo das árvores. Os portões estão trancados, mas escalo a cerca de alambrado com facilidade e prossigo até as arquibancadas em direção ao campo bem quando o mundo — o meu mundo — é banhado por uma luz rósea. Só que não é mais o meu mundo *apenas*. Tem outra pessoa lá, correndo na pista.

Eu me apoio na grade e observo o garoto dando a volta no campo. Ele é alto e forte, mas também rápido... Jogador de futebol com certeza, eu chutaria que um running back. Na extremidade do campo, ele faz a curva na pista, e me sinto sorrir involuntariamente quando ele repara em mim.

— O que é que você está fazendo, deixando a minha pista toda suada? — grito para ele.

Ele para bem na minha frente, descansando as mãos na cintura enquanto recupera o fôlego.

— Ora, é um prazer vê-la também, Natalie Cleary.

7

— **VOCÊ MORA** por aqui? — pergunto.

Ele avança até as arquibancadas e estende a mão por cima da cerca de alambrado que me separa dele. A camisa branca está gasta e terrivelmente manchada de lama e grama, as mangas cortadas para revelar longas faixas de pele bronzeada nos dois lados da caixa torácica e barriga.

— Não muito longe — conta ele. — E você?

— Descendo a Wetherington — respondo. Ele assente, mas não diz nada, e seu sorriso é intimidador. Eu cutuco a cerca com o pé. — Que cara foi essa?

— Nada — diz ele. — São casas bacanas.

— E?

Ele olha para além do campo, o amarelo intenso do sol nascente batendo em seus olhos castanho-esverdeados e pincelando a ponta dos fios de cabelo dele em luzes carameladas.

— Você se veste muito bem. Aposto que é de boa família.

Então me ocorre que talvez meu chamado nesta vida seja fazer Beau falar esses *béin* de vogais abertas o máximo de vezes possível.

— É uma boa família, sim — falo. O top esportivo com alças elaboradas e os shorts de corrida que absorvem a umidade provavelmente são as melhores roupas que tenho. Minha mãe acha que roupa de ginástica é sagrada, portanto constantemente joga fora minhas coisas velhas e manchadas e reabastece meus suprimentos. — E quanto a você? Toca piano como Mozart, sua família não deve ter uma condição ruim.

Beau solta a grade, anda até os degraus e vem ficar do meu lado. Quando ele se apoia no gradil, repousa o braço contra o meu, e tomo cuidado de não me mexer nem um pouco, para ele não se mover também. Quero ficar aqui, encostada nele.

— Moro com o meu irmão, Mason, e às vezes minha mãe — diz ele. — Ela me fez ter aulas quando eu era pequeno porque queria sair com o professor, e agora, quando quero tocar, venho até a escola.

— Entendi.

— Qual daqueles caras da outra noite era o seu namorado? — pergunta ele.

— Nenhum deles. — Sinto meu rubor piorar e, quando atinge a gravidade máxima e toda a minha cabeça talvez esteja pegando fogo, acrescento: — Não tenho namorado. — Arrisco um olhar para ele. Está fitando o campo, mas os cantos da boca estão inclinados para cima, e gosto do jeito como suas pálpebras se curvam quando ele sorri.

— Então, agora sei por que você assombra a sala de ensaios — digo, quebrando a tensão silenciosa entre nós. — Mas por que você corre na nossa pista?

— *Nossa* pista? — indaga ele. — Achei que era a *sua* pista.

— Bem, eu gosto de compartilhar, especialmente as coisas que odeio usar.

Os olhos dele me percorrem.

— Você está aqui agora.

— É — falo, porque dizer *tive uma visão com você* poderia soar intenso demais.

Ele afasta o cabelo do rosto.

— Você quer ir lá em casa?

— Quê? Agora?

Ele dá de ombros.

— Quando quiser. Agora. Temos cereal.

Dou uma risada.

— E leite? Vocês têm leite, Beau?

— Mason geralmente usa apenas cerveja, mas, sim, se você quiser leite eu posso conseguir, Natalie. Tem um posto de gasolina no final da rua.

— Quer saber? Eu provaria com cerveja — digo a ele.

— Então você quer? Quer vir?

— Não posso agora. — Aceno vagamente na direção da escola. Beau faz que sim, e me apresso para acrescentar: — Mas numa outra hora, mais tarde, seria bom.

— Ok.

— Você está com o seu celular? Eu poderia te dar o meu número. Ele apalpa os bolsos do shorts.

— Não.

Percebo que deixei o *meu* telefone na escola, apesar de eu *ter* me lembrado de trazer a latinha de spray de pimenta que mamãe pendurou nas minhas chaves, que me lembro constrangida de estar usando no pulso.

— Você pode me achar na internet — sugiro, impotente.

— Tá bem.

— Ou pode me encontrar aqui de novo.

— Na sua pista — acrescenta ele.

— É.

— Que você nunca usa.

— Bom, é uma cidade pequena — digo. — Quão difícil pode ser? — Uma vozinha na minha cabeça assinala que nunca tinha visto Beau até uma semana atrás.

— Vou encontrar você — afirma ele.

— Espero que sim. — Me viro para ir embora, meu peito acelerado e o abdome com espasmos incongruentes por causa da corrida.

Quando volto para o estacionamento, ainda está vazio. Fico parada ali, e vejo cores e formas tremeluzirem conforme os carros — incluindo o meu — aparecem pela duração de uma piscadela. Fico ali observando até que acontece de novo, desta vez por três segundos inteiros. Parece um bom sinal, então entro. Até onde consigo determinar, a escola continua vazia, mas, depois da minha conversa com Beau, nada mais parece tão estranho quanto parecia antes da corrida, e também não estou mais tão ansiosa. Talvez eu esteja enganada, mas me sinto totalmente confiante de que o mundo *vai* voltar ao normal em breve, como aconteceu ao longo de toda a semana. Sigo até os vestiários e me lavo o mais rapidamente possível antes de voltar à biblioteca, cruzando os dedos para conseguir entrar sem problemas.

Quando chego lá, está do jeito que a deixei: desprovida de qualquer coisa que não sejam as estantes e um solitário saco de dormir com a mala. O relógio na parede diz 6h01 e, porque não faço ideia do que fazer, entro no saco de dormir e volto a me deitar, observando e aguardando que o mundo volte ao normal.

A próxima coisa de que me lembro é alguém me sacudindo para me acordar. Meus olhos se abrem diante de um par de olhos azuis emoldurados por camadas de cabelo loiro liso.

— Quer primeiro a notícia boa ou a ruim? — pergunta Megan.

— Primeiro a ruim. — Minha voz sai num grasnado.

— É, bem, escolheu errado, e a boa notícia é: conheço você bem demais para me dar o trabalho de tentar te acordar para correr comigo hoje de manhã, então disponha.

— Obrigada — digo, apesar de a minha mente ainda estar tentando discernir pela neblina da certeza de que eu com certeza *fui* correr nesta manhã.

— A má notícia é que você tem que se levantar agora, porque o café da manhã começou há dez minutos e obviamente tudo é supergorduroso e todo mundo está na maior ressaca então é uma situação meio que salve-se quem puder.

— Rachel vai comer todo o meu bacon — choramingo, passando a mão no rosto.

— Ninguém quer que isso aconteça. Por favor, levanta.

— Eu saí — conto a ela.

— Como assim?

— Quer dizer, aconteceu de novo. Primeiro, a escola desapareceu e eu estava deitada num gramado. Então a escola voltou, mas todo mundo tinha desaparecido, e eu saí. Fui correr e vi Beau no estádio.

— Ai, meu Deus. Natalie Cleary está sonhando com um garoto que não é Matt Kincaid. Estou tão feliz que acho que vou explodir.

Balanço a cabeça.

— Não foi um sonho. Beau é cem por cento real. E as outras coisas foram como das outras vezes, como quando eu vejo a Avó. Eu não consigo explicar exatamente.

— Isso é tão estranho. — Megan se senta ao meu lado. — E aí... *Aconteceu* alguma coisa? Com Beau, quero dizer.

— Ele me chamou para ir na casa dele.

— De que forma?

— Tem quantos jeitos de uma pessoa ir na casa de alguém?

— Vários — afirma Megan.

— E com isso você quer dizer, tipo: a porta de entrada, a dos fundos, a janela do quarto etc.?

— Às vezes — diz ela. — Como era a energia dele?

Enterro o rosto nas mãos porque sei exatamente o que ela quer dizer, e sei a resposta, e não quero contar para ela.

— Por favor, não me faz falar em voz alta.

Ela irrompe em risadinhas e se deita ao meu lado.

— Como ele é?

— Bom, os bíceps têm mais ou menos o tamanho da minha cabeça, e os olhos parecem a encarnação do verão, e ele tem duas sardas escuras do lado do nariz e uma boca que de alguma maneira parece pertencer a uma criança tímida num momento e a um deus grego viril no seguinte. Então acho que se pode dizer que é bem decente.

— Ai, meu Deus — diz Megan —, estou tremendo de euforia agora. É como se estivesse acontecendo comigo. De onde ele veio?

— Não faço ideia.

— Você vai dar uns pegas nele — sugere ela, com ar de quem sabe do que está falando.

Rolo para o outro lado e enterro o rosto no travesseiro.

— E se você tiver acabado de agourar?

— De jeito nenhum. Amo você demais. Minha energia psíquica é literalmente incapaz de te trazer azar. Se for para ter alguma influência, estou dando uma força para vocês se pegarem.

— Ei, talvez você ache uma boa reagir ao fato de que um prédio inteiro e as várias pessoas dentro dele desaparecerem diante dos meus olhos, que tal? Ou não, na verdade você não acha isso tão interessante, né?

— Acho um tanto quanto interessante — responde ela. — Um tiquinho menos interessante que seu coração incomparavelmente mole e belo se abrindo como uma flor diante de Beau, mas, sim, estou interessada. — O sorriso dela esmorece, e ela aperta minha mão. — Você sabe, como sua melhor amiga, gosto de pensar que sou uma especialista, mas a verdade é que não faço ideia de como ajudar com tudo isso. Então me diz, tá? Me fala do que você precisa, e me fala toda vez que precisar, e eu estarei aqui.

Aperto a mão dela de volta e engulo um nó na minha garganta.

— Você é a melhor pessoa — digo. — Mas eu também não sei do que preciso.

QUANDO CHEGA AO fim da última atividade da Semana dos Calouros, a Despedida, e terminamos de percorrer os corredores dando adeus e distribuindo abraços a professores e colegas dos anos anteriores, descubro a única coisa que realmente posso fazer.

— Tem certeza de que não quer que eu vá com você? — pergunta Megan enquanto andamos até os nossos carros. — Posso me certificar de que a dra. Chan saiba que você não é louca.

— Bem pensado. Vou só levar uma amiga para ver uma psicóloga com quem não tenho hora marcada, e você pode começar a conversa com "Ela não é maluca!", assim ela vai saber que eu não sou.

— Posso esperar dentro do carro.

— Não, você pode esperar no Steak 'n Shake com o time de futebol, onde sei que estava pensando em ir antes de eu jogar essa na sua cabeça.

Ela suspira.

— Me liga depois do Jantar Comemorativo da Família Cleary para me dizer como foi?

— Claro. Ou talvez, tipo, enquanto eu ainda estiver no divã da dra. Chan. Se ela começar a questionar minha sanidade, posso exigir uma conferência com você.

— Parece uma boa. Vou colocar você no viva-voz com o time de futebol. Eles podem votar para ver se acham você louca ou não.

— Perfeito. Obrigada.

Damos um abraço antes de nos separar e entrar cada uma em seu carro. Alguns minutos mais tarde, estou passando pela 275 East, uma autoestrada larga e raramente congestionada que serpenteia pelos subúrbios por um vale rural ocasionalmente pontuado por cidades ainda menores e mais vagarosas que Union, e é meio que isso até chegar à faculdade. Apesar de eu já ter vindo de carro até a NKU algumas outras vezes para partidas disputadas por amigos ou festas na casa de amigos de amigos, quando consigo chegar ao campus levo um tempo vagueando em círculos sem rumo até detectar o prédio de biologia: um bloco de cimento gigantesco, marrom-acinzentado, com pequenas janelas agrupadas de dois em dois que me lembram das fendas para moedas nos fliperamas, e um telhado vermelho desbotado que desce a partir das três torres estreitas que separam as duas alas. O estacionamento está quase completamente vazio, escolho uma vaga perto da porta principal e me esgueiro lá para dentro.

O prédio é frio, além de antiquado e mal iluminado, e encontro o nome da dra. Chan anunciado diante de uma porta de madeira amarelada ao fim de um corredor estreito. A porta se abre com um rangido, mas eu bato de qualquer maneira.

Quando fico sem resposta, empurro a porta, que geme nas dobradiças. O pequeno escritório está abarrotado. Uma mesa marrom-chocolate e um quadro branco estão entalados entre duas estantes de livros, e uma cadeira de escritório mal consegue se espremer entre a mesa e a janela atrás, que dá para um amplo gramado amarelo e um laguinho azul. Do meu lado da mesa, tem outra cadeira e um sofá pequeno, ambos completamente cobertos por pilhas de pastas de arquivo repletas de documentos e papéis e livros avulsos.

— Posso ajudá-la? — diz alguém atrás de mim.

Ao me virar, vejo a dra. Chan no corredor. Ela tem um cabelo curto e cortado reto, e seu nariz é matizado por sardas. Sem maquiagem ou o blazer modelado do retrato, mal dá para reconhecê-la. Ela parece cerca de vinte anos mais jovem que a austera mulher de meia-idade que eu esperava, e não exatamente velha o suficiente para ser a pessoa que detém a chave para revelar os segredos da Avó.

— Deus, espero que sim.

A DRA. CHAN se senta na cadeira do meu lado da mesa, mastigando a parte de trás da caneta, aparentemente refletindo profundamente. As pilhas de arquivos desordenados envolvem seus tornozelos como filhotinhos animados; enquanto isso, meu cóccix se equilibra em um canto do sofá preto dominado pelos papéis por toda a duração da história da minha vida... com a Avó.

— Fascinante — diz a dra. Chan por fim, se inclinando para a frente para vasculhar uma pilha de cadernos no chão. Ela escolhe um e vira até uma página vazia. — Nunca ouvi de ninguém que tivesse tido conversas tão longas com Eles, com os Outros. E com certeza absoluta nunca ouvi falar de nenhuma mudança integral de cenário. — Ela rabisca o papel até a tinta começar a sair.

— Então existem outros além desses que eu vi? — gaguejo. — O que são? Fantasmas?

Ela ri e espalma as mãos.

— Ai, meu Deus, estamos tão longe de descobrir isso.

— Bem, você viu algum deles? — pergunto. — Conhece a Avó?

— Não — responde a dra. Chan. — Mas eu vi Outros quando era criança. A esfera negra que você descreveu, por exemplo, é muito comum para pessoas como nós, Natalie. Tenho chamado a esfera de "Abertura". Acho que é meio isto: o início dos encontros com os Outros. Posso chamar do que eu quiser, porque ninguém mais quer entrar em contato com esse tipo de coisa. Não na minha área, pelo menos. Enfim, tem a Abertura, e tem o que eu chamo de Fechamento. O evento equivalente e oposto.

— Então vai parar?

Ela inclina a cabeça para a frente e para trás.

— Para mim, sim. Para você? Não faço ideia. A pesquisa é toda tão recente. Odeio pensar em quanto tempo depois que eu tiver morrido alguém vai entender essas coisas. Mas... Bem, você descreveu umas situações bastante peculiares. — Ela se inclina para a frente, apoia os cotovelos nos joelhos e batuca os dedos de unhas roídas contra a boca. — Certo, então, normalmente pessoas que tiveram essas experiências são do tipo sensível, tendem a estar entre INFJ e ENFJ.

— Não estou acompanhando — digo.

— São tipos diferentes de personalidades — explica ela. — O Indicador Tipológico de Myers-Briggs... Você já fez o teste? Sabe qual é o seu lugar no espectro?

— Minha mãe é obcecada por esse tipo de coisa, e tento evitar qualquer uma que ela possa usar um dia para fazer minha psicanálise no café da manhã.

Ela faz um gesto impertinente com a mão.

— O *I* quer dizer introvertido, alguém que se sente energizado ao ficar sozinho. A contraparte é o *E*, extrovertido, uma pessoa que reúne energia quando está perto de outras pessoas. O *N* designa a intuição, o que quer dizer que você age a partir de sensações internas ou compreensões súbitas, em vez de fatos concretos e observáveis. O *F*, sentimento, indica gente com tendência a tomar decisões com base na emoção mais do que na reflexão. É uma característica importante, assim como o *J*, que designa julgamento. Uma pessoa julgadora prefere saber o que esperar todo o tempo, para trabalhar com uma agenda ou esquema ou lista de afazeres, para fazer planos previamente, em vez se deixar levar.

"A combinação entre intuição, sentimento e julgamento cria pessoas sensíveis e ao mesmo tempo bem organizadas. Que preferem limites e expectativas, o que é mais raro para o tipo intuitivo e sensível. É um misto estranho de traços de personalidade, mas, quando você acrescenta um trauminha, *BUM!*, tem uma pessoa com uma disposição para modos simbólicos de pensamento criativo, como, por exemplo, sonhos vívidos, e de alguma forma gatilhos e respostas muito particulares quando o assunto é estresse. Geralmente a manifestação dessas respostas não passa de lampejos breves. Geralmente, mas não com você. Em outras palavras, você é superaberta, Natalie Cleary. Você é como o maldito Walmart de Florence no dia da Black Friday."

— Aberta a quê? — pergunto.

— Essa é a questão que eu e você vamos tentar responder. Então essa tal de Avó disse para você vir até mim... Tem ideia do motivo?

— Eu estava esperando que você soubesse — digo. — Pensei que talvez... ela viesse até você também, que ela sabia que você conseguiria me ajudar a trazê-la de volta. Você *poderia* fazer isso?

— Provavelmente não — diz ela. — Na verdade, aquela última visita talvez tenha sido o seu Fechamento.

— Mas e quanto ao que aconteceu na escola e no estádio de futebol americano, quando todo mundo desapareceu?

Ela inclina a cabeça para a frente e para trás de novo como se estivesse considerando alguns raciocínios internos.

— Ok, segunda teoria: o seu Fechamento acontece dentro de três meses. A Avó sabe que alguma coisa vai acontecer, provavelmente dentro dessa janela de tempo, ou não, mas você só tem três meses para reunir informações e se preparar.

— Então você acha que é ela quem está me mandando essas visões? — Balanço a cabeça. — Não seria mais fácil simplesmente me *dizer* o que está acontecendo?

— Quem é que sabe? Mas olha para cada uma das religiões deste mundo: elas têm espaço para visões e profecias quando, supostamente, suas deidades poderiam tornar as coisas bem mais fáceis.

— Escuta, dra. Chan — digo. — Agradeço pelas teorias, mas acho de verdade que o melhor seria trazer a Avó de volta. Ela pode explicar tudo.

Ela assente, inflamada.

— Pode me chamar de Alice e, vai por mim, eu adoraria fazer isso. Então vamos pensar a respeito. Você fez EMDR. Me conta um pouco sobre isso... Qual foi a memória que você usou?

De repente me sinto nua, se não totalmente transparente, ao dar um início relutante à história.

— Minha mãe biológica apareceu quando eu tinha três anos — conto. — Eu estava sentada na cama da minha mãe enquanto ela estava no banheiro, secando o cabelo, e ouvi a campainha tocar. Desci as escadas e abri a porta, e uma mulher se abaixou e estendeu a mão para mim. — A memória é enevoada, mesmo agora. Não consigo nem ver o rosto da minha mãe biológica, só um borrão onde ele deveria estar. — Ela perguntou se eu queria ir dar uma volta. Eu disse que sim. Então fomos até a calçada.

Eu me lembro de perguntar: *Qual é o seu nome?*

Ela sorriu e disse: *Pode me chamar de Ishki.*

Ishki. Sussurrei uma vez em voz alta. Não conversamos mais; apenas existimos. Eu me pergunto se alguma parte de mim compreendia quem ela era. Se eu sabia, mesmo então, anos antes de a Avó aparecer, anos antes de eu esmiuçar a internet em busca de pistas sobre o meu passado e descobrir essa palavra associada a pelo menos dois povos distintos, que *ishki* quer dizer *mãe*.

— De acordo com os relatos, andamos por vinte minutos. Quando voltei, depois que ela me indicou onde era a casa e entrou no carro dela estacionado a algumas quadras dali, tinha um bando de carros de polícia com as luzes piscando em azul e vermelho, apinhados por todo o acesso de veículos da minha casa. Fiquei com medo... apavorada, na verdade. E, quando corri para encontrar minha mãe, ela estava chorando. Senti tanta vergonha, tanta culpa por assustá-la daquela maneira. Ela me pegou e me abraçou com força, sussurrando: *Meu bebê, meu bebê, fiquei com tanto medo de ela levar você.*

Antes da terapia, eu odiava pensar sobre essa memória. Fazia meu estômago se contrair e minha pele formigar. Sempre que minha mente vagava nessa direção, eu mudava o rumo.

Alice tira os olhos das anotações frenéticas.

— Então como foi o processo em si?

— A terapeuta me fez escolher algo que afetasse negativamente minha autoconfiança, algo que talvez explicasse por que a Avó apareceu. — *Eu não sou desejada, eu não sou bem-vinda*. Não me incomodei em dizer à dra. Langdon que eu não acreditava nessas coisas de fato. A terapia sempre corria melhor se eu simplesmente fizesse que sim com a cabeça o tempo todo. Naquela época, eu achava que ela era a maior falastrona. — Então ela me fez escolher algo que afetasse positivamente minha autoconfiança para substituir. Ela me fez sentar no sofá, e sentou-se diante de mim. Ela mexeu dois dedos na frente do meu rosto, de um lado para o outro, para cima e para baixo. Ela disse que eu não precisava compreender; só precisava permitir que meus olhos seguissem os dedos dela por todo o percurso até a minha visão periférica do lado direito, do lado esquerdo, para cima e para baixo, sem mover a cabeça.

"Enquanto movia os dedos, ela me fazia perguntas. Sobre o traço negativo, o positivo, e outras coisas do tipo. Eu respondia, repetia o que ela dizia quando ela mandava", e me sentia incrivelmente imbecil durante todo o tempo. "Quando ela terminou, me disse para voltar àquela memória e *senti-la* por completo. Antes de começarmos, ela tinha me pedido para determinar em que grau a memória me dava ansiedade. Eu tinha dito sete de um máximo de dez. Depois do processo, eu disse cinco." Eu ficara surpresa. "Então ela se sentou e repetiu o processo. Os dedos, as perguntas, o grau de ansiedade. Fizemos três vezes e, quando ela me pediu para retornar à memória pela última vez, eu disse a ela, com sinceridade, que só sentia algo em torno de um na escala de ansiedade."

Lembrando agora, parecia um truque. E, ainda assim, depois disso, a Avó, o homem de jaqueta verde, todas as imagens que piscavam no meu quarto, haviam sido caladas por quase três anos. E, ainda assim, quando penso naquela memória: nenhuma ansiedade.

— Não sei como, mas funcionou — encerro.

Os olhos de Alice brilham de empolgação. Ela se inclina para a frente, tocando a parte de trás da cabeça.

— Tem uma parte do cérebro chamada amígdala. Ela armazena coisas que você é incapaz de processar, como traumas. Antes dos oito anos, nossas mentes têm pouquíssimas capacidades cognitivas para processar as coisas. Então tudo com que somos incapazes de lidar nessa idade tenra fica armazenado na amígdala, como associações gerais ou uma ideia mal reconstituída de causa e efeito, um aviso para eventos futuros. Quando sonhamos, nossos movimentos oculares mandam para a amígdala o sinal de que está na hora de acessar esse conteúdo não trabalhado.

"Agora, as emoções e sensações de um evento ficam armazenadas tal qual foram vividas. Estranhamente, as mesmas substâncias que as gravam na amígdala também são capazes de impedir a formação da memória no hipocampo. Você pode não ter nenhuma lembrança consciente do que ocorreu, mas isso não vai impedir que ela mexa com o seu cérebro. Quando essas conexões armazenadas são ativadas, você retorna à mentalidade infantil em que as vivenciou pela primeira vez. Um ataque de pânico é basicamente isso: a experiência de um medo sem as ferramentas para racionalizá-lo.

"A EMDR permite que você acesse essas conexões enquanto está acordada. O movimento ocular aciona a amígdala enquanto as perguntas acionam a memória. Permite que seu eu adulto tenha uma espécie de conversa com seu eu criança. Você explica coisas para o seu eu criança de maneira que o padrão insalubre de pensamento, ou a associação de causa e efeito, possa ser corrigido."

— Mas por que *aquela* memória? Quer dizer, nada aconteceu. Eu fui dar uma volta.

— A separação de uma criança dos pais pode ser traumática em si, mesmo se você continua recebendo a quantidade adequada de carinho e amor de um novo relacionamento. Durante a primeira infância, tudo o que conhecemos são nossas mães biológicas. São o nosso mundo inteiro, toda a nossa noção de estabilidade.

O olhar de Alice me dá a sensação de ser radiografada. Às vezes, parece que o mundo inteiro conhece a minha história, e eu sou a única que não consegue vê-la.

Às vezes, penso que todos sabem, e tudo o que eu vou saber é o que mamãe me contou, uma passo a passo logístico do processo de adoção: ela e papai tentaram engravidar por muito tempo. Certa vez, acharam que tinham conseguido. Ela perdeu o bebê, ficaram com o coração partido.

No Alabama, em uma reserva indígena, uma garota de dezoito anos descobriu que estava grávida. Antes que qualquer um reparasse na barriga que crescia, ela fugiu, foi até o Kentucky, onde a família do namorado dela morava.

Enquanto isso, mamãe e papai receberam uma ligação do amigo de um amigo, que recebera uma ligação de um amigo de um amigo, cujo sobrinho tinha uma namorada que ia ter um bebê.

O bebê era eu.

Se eles queriam o bebê, era o que o amigo do amigo queria saber.

Eles precisavam de um tempo para pensar, disse mamãe.

Eles tinham dez dias, nem um a mais, disse o amigo de um amigo. A futura mãe, minha *ishki*, não queria que o bebê crescesse na reserva. Ela nunca fora feliz lá, tinha pouquíssimo dinheiro, nenhuma expectativa profissional e um pai abusivo que ela não queria que chegasse perto do bebê, perto de *mim*. Mas precisava encontrar uma família logo ou teria que me levar de volta para a reserva com ela.

Mamãe e papai sempre disseram que nunca ficaram apavorados com a ideia de me adotar; ficavam apavorados de me perder: achavam que tudo indicava que a minha *ishki* não tinha certeza, que ela estava pronta para mudar de ideia.

Quando mamãe e papai conversaram com o advogado, ele mencionou o Ato de Bem-Estar das Crianças Indígenas, uma medida de proteção colocada em vigor nos anos 1970 em resposta ao fato de quase um terço das crianças nativas indígenas serem retiradas à força de seus lares e colocadas em colégios internos não nativos e lares adotivos. Para proteger bebês como eu e pais como os meus pais biológicos de serem coagidos a entregar os filhos para lares não indígenas, a lei acrescentava algumas etapas no processo de adoção, um deles era que eu não podia ser adotada nos meus primeiros dez dias de vida.

Dez dias durante os quais minha mãe biológica me olhava, me ninava, talvez até sussurrava ou cantava para mim, e se atinha à decisão de me entregar para adoção. Eu me perguntei se naquele tempo ela chegou a pensar que as pessoas podiam ser infelizes, solitárias e esgotadas em qualquer lugar; que, em uma cidade como Union, ainda haveria pais que bateriam nos filhos e crianças que olhariam para o céu à noite, sussurrando que gostariam de uma vida melhor, de um lugar mais pacífico. Será que ela, em algum momento daqueles dez dias, quis ser a pessoa que suavizaria o mundo para mim?

O advogado da mamãe e do papai não estava preocupado com o restante das estipulações da lei — ao que parece, o Alabama era particularmente hostil com relação à regulamentação, a viagem prolongada da minha mãe para o Kentucky era apenas mais um motivo de garantir que a corte do Alabama me veria como *não indígena o suficiente* para ficar na categoria de *todas as crianças indígenas* à qual a lei deveria se aplicar.

Eu sabia que ela nunca teria arrependimentos com relação a mim, mas mamãe sempre me contou a última parte com culpa nos olhos, como se tivesse bastante certeza de ter feito algo errado ao me adotar, através de brechas em um sistema que abria exceções para gente como ela e papai.

Se em qualquer momento dos meus primeiros dois anos minha mãe biológica *tivesse* mudado de ideia sobre a adoção e pudesse provar que sofrera coação quando decidiu me entregar, legalmente o estado deveria anular a adoção. Depois da caminhada que dei com *ishki* pelo bairro, mamãe ficou apavorada com a ideia de que ela fosse tentar pedir a custódia de volta, apesar de que na época os dois anos já tinham passado.

E não é como se eu quisesse deixar minha família; eu nunca quis. Mas às vezes, depois daquela caminhada, eu costumava ficar acordada chorando à noite, porque me magoava muito que mamãe tivesse achado que a minha mãe biológica me queria de volta, e me magoava muito que no fim das contas ela não quisesse.

Mesmo que eu não fosse querer ir com ela. Ela devia ter desejado que sim.

Isso é engraçado sobre fazer parte de dois mundos: às vezes você não se sente parte de nenhum.

— Um terapeuta de EMDR pode dizer que essas manifestações são um mecanismo desenvolvido para lidar com a memória — diz Alice, me trazendo de volta ao escritório. — Você precisa dar continuidade ao seu próprio mundo original, em um tempo em que havia estabilidade com a sua mãe biológica, então sua mente criou uma. Quando você está sob pressão e voltando a um estado pré-cognitivo, a Avó ressurge. Uma terapeuta de EMDR poderia achar que seus estados oníricos estão ativando memórias reprimidas, que por sua vez estão ativando uma resposta de transtorno de estresse pós-traumático. Uma alucinação.

— Bem, e o que é que *você* diria que está acontecendo?

Ela dá um sorrisinho.

— *Eu* diria que é bem difícil provar se alguma coisa é real ou uma alucinação.

— O que você quer dizer?

— Quero dizer que *todos* os meus pacientes têm transtorno de estresse pós-traumático, mas nem *todos* os que sofrem do transtorno viram a esfera. Quero dizer que o seu estresse pode ser real, mas isso não quer dizer que a Avó não seja. Quero dizer que talvez a EMDR a tenha afastado porque o trauma está de fato nas origens da sua capacidade de vê-la, talvez estimule sua vida onírica de forma tão intensa que permita que você se conecte a outra coisa completamente diferente. E o fato de que você voltou a ter as visões indica que tem alguma outra coisa, um remanescente da ansiedade ligada à memória de um fragmento esquecido dela, outro aspecto negativo da sua autoconfiança com o qual você ainda não lidou, ou mesmo outro evento cataclísmico que você ainda não processou e que permite que uma tênue conexão se mantenha.

Sacudo a cabeça.

— Eu já tive essa conversa com a dra. Langdon. Não tem outra coisa, apenas aquela memória.

A expressão de Alice é cética, mas ela deixa o assunto morrer. Ela se vira para a mesa e cata um calendário sob uma pilha inclinada de cadernetas.

— Certo, Natalie — diz ela. — Acho, infelizmente, que a maneira de sermos mais produtivas é seguir o procedimento padrão. Vamos começar com duas sessões por semana e ver como avançamos. Vai ser importante você falar sobre o que quiser, pelo menos no começo, porque mais tarde você vai precisar falar sobre algumas coisas sobre as quais *não quer* falar. Além disso, eu gostaria que você escrevesse todas as histórias que a Avó lhe contou, tente se lembrar delas o melhor que puder, para não perdermos nenhum detalhe. Pode ser?

Balanço a cabeça.

— Não posso.

— Não pode o quê? Duas vezes por semana? — diz ela.

— Não, quero dizer: não posso escrever as histórias. A Avó não queria que eu fizesse isso.

— Ela... não queria?

— Ela queria que eu me lembrasse delas — explico. — E queria que eu as *escutasse*.

Uma sobrancelha escura se ergue sobre um dos olhos verdes de Alice, exigindo uma explicação melhor. Esse é exatamente o tipo de coisa sobre a qual temo ter que falar — ou melhor, acho que temo os olhos se revirando, as encolhidas de ombro desinteressadas, os olhares vazios que podem se seguir. Apesar do quanto eu costumava perturbar e implicar com a Avó, sempre guardei as coisas que ela me ensinou no coração. São uma parte de mim que levo comigo, e nada te deixa mais vulnerável que compartilhar algo com que você se importa.

— A maior parte das histórias pertence às Primeiras Nações. Foram compartilhadas oralmente por gerações e gerações. Ela queria que eu as vivenciasse assim, como sempre foram.

A Avó queria que eu amasse as histórias, que eu as levasse para o meu coração através dos meus ouvidos e permitisse que elas se tornassem parte de mim, me conectando a todas as pessoas que as contaram antes. Me parece desrespeitoso simplesmente entregá-las em uma folha de caderno. Parece errado não conseguir incluir ou incorporar a maneira como ela dizia certas palavras ou fazia pausas em suas narrações.

As minhas narrações deveriam ser entregues pela minha voz, passadas cuidadosamente como água para que nenhuma palavra se derramasse.

— Se você quiser as histórias da Avó, elas devem ser contadas como ela me contou. São meio que dela, sabe?

São suas também, Natalie, a Avó costumava me falar.

Alice me avalia por um longo momento antes de a cabeça dela começar a oscilar daquele jeito de novo.

— Bom, e se eu mandar um gravador com você? Você poderia gravar as histórias em voz alta.

Penso a respeito.

— É, acho que posso fazer isso — digo. — Mas não as anote. Apenas escute. É como elas devem ser vivenciadas.

— Combinado, não queremos irritar a pessoa que você está tentando encontrar. Terças e quintas às nove, pode ser?

— Sim. — Tenho que levar Jack de manhã cedo para o treino todos os dias da semana mesmo. Este é o combinado para mamãe e papai pagarem o seguro e a gasolina do meu carro: quando eles estão no trabalho, viro a motorista dos gêmeos.

— Nesse meio-tempo, tente ficar o mais estressada possível. Deixa seu trauma vir beeeeeem à tona, sabe o que quero dizer?

— Ah, acho que sei — digo a ela.

Talvez por isso eu tenha concordado em ir à festa de aniversário-barra-formatura de Matt na noite seguinte. Ou talvez eu seja uma masoquista quando o assunto é Matt Kincaid. Talvez, apesar de não parecer certo estar com ele, eu tenha muito medo de permitir que ele pare de me amar; medo de que, se cortar esse último laço, eu saia flutuando por aí.

8

— **LEMBRE-SE: VOCÊ** vai ter que falar com ele em algum momento — diz Megan, delicadamente. Com o jipe naquele estado geriátrico, decidimos ir no Civic dela, que vai roncando do pequeno estacionamento da igreja presbiteriana até o cascalho do acesso para carros que dá na casa dos Kincaid, uma área que eles abrem para visitas todo outono quando montam o labirinto de milho e onde realizam cerimônias de casamento. — Não é como se você e Matt nunca tivessem brigado antes.

— Já *discutimos* antes — corrijo. — E mesmo aquilo foi meio que só a gente suspirando de um lado para o outro até um dos dois desistir. Isso foi diferente. Foi mais como se ele tivesse me dado uma cotovelada no peito usando palavras e eu tivesse dado uma cabeçada verbal nele.

Megan revira os olhos.

— Você poderia ter castrado ele não verbalmente e ainda assim ele iria querer que você viesse.

— O objetivo de terminarmos era não ter mais que brigar.

— Você quer dizer *discutir* — implica ela. — E achei que o objetivo de terem terminado era vocês não arrastarem as coisas até acabarem se odiando. O objetivo era proteger a amizade.

Dou de ombros.

— Talvez tivesse sido melhor deixar ele me odiar.

— Então você devia ter tentado arrumar uma personalidade pior e uma cara mais feia. — Ela estica a mão para apertar a minha no escuro. — Vai ficar tudo bem.

O estacionamento ao lado do celeiro já está cheio, por isso paramos na beirada do acesso de cascalho, de onde dá para ouvir a música bombando dentro da casa. Os pais de Matt estão fora da cidade neste fim de semana, assegurando que 1) esta festa vai sair do controle e 2) não vou ter que ouvir a frase *estou tão desconsolada que nossos netinhos não vão ter a sua cor* da Joyce Só Come Coisa Bege.

— Hoje vai ser divertido — insiste Megan. Saímos do carro, subimos os últimos metros da entrada íngreme, atravessamos o estacionamento e somos recebidas com uma ovação levantada pelas pessoas empoleiradas na beirada da caçamba da camionete do Derek. Até Rachel parece genuinamente feliz de nos ver, como nos velhos tempos.

— Feliz aniversário, Matt. Aceite esta oferenda de Heaven Hill — diz Megan, erguendo uma garrafa de bourbon.

Matt se levanta, sorrindo e oscilando como um colmo de milho na ventania.

— Segura, peão — grita Rachel, agarrando um punhado da camisa dele para estabilizá-lo. — Tenta não quebrar o pescoço no seu aniversário.

— Subam, subam aqui — diz Matt para a gente, balançando os braços selvagemente. Nunca o vi tão bêbado antes, e não sei bem o que pensar a respeito. Ainda assim, depois da nossa briga, só estou aliviada por ele estar feliz de me ver.

— Você está em bela forma — falo, tentando soar despreocupada.

Derek gargalha.

— Bela forma? Esse é o típico Matt Kincaid. Agora que você não está mais segurando a coleira, o garoto gosta de se divertir.

— Ah, calaboca — diz Matt, dando um tapa atabalhoado no braço de Derek. — Subam aqui, garotas.

— Tem espaço? — pergunto, correndo os olhos pela camionete lotada.

— Claro que tem espaço, Nat — responde Matt. — Vem cá.

— Vocês duas — diz Rachel, apontando para duas alunas do ano anterior. — Fora. Foi mal, é a vontade do aniversariante.

As garotas trocam olhares ultrajados, mas acabam obedecendo, e Matt ajuda a nos puxar — ou pelo menos ele está mal o suficiente para achar que está ajudando.

— Não acredito — diz Derek. — Bebê Matt está com 18 aninhos. Estamos crescidos.

— Você tá zoando, né? — questiona Rachel. — Há cinco minutos você me pediu para tirar uma foto da sua bunda pelada com a do burro.

— Ah, éééé — fala Derek, se levantando de um pulo. — Eu quase esqueci isso. Vem cá, vamos tirar.

— Cara, não.

— Por que não?

— *Por que não?* Eu não sou fotógrafa de bunda, e tenho certeza de que você vai mandar a foto para algumas pobres calouras e traumatizá-las para sempre.

Ele ergue a mão dela e dá um beijo cortês.

— Minha bela, magnífica Rachel. Você poderia fazer de mim o homem mais feliz do planeta tirando uma foto da minha bunda com aquela bunda?

— Tá — resmunga ela.

Enquanto eles cambaleiam até o celeiro, vejo Jack e Coco de pé num canto em um semicírculo de meninas do primeiro e do segundo ano. Como sempre, a atenção do grupo está unanimemente fixada em Coco e sua melhor amiga, Abby, e Jack sorri como um pateta ao lado. Ele sempre andou com as meninas, assim como Coco com os garotos; por ser quatro minutos mais novo, ele sempre deixa ela determinar onde, como e com quem passam o tempo deles. No segundo em que virei a irmã mais velha, essa minha função já tinha ficado obsoleta. Assistir de longe sempre foi meu *modus operandi*.

Megan se deita na caçamba da camionete ao meu lado, e percebo que o restante do grupo se separou. Ficamos só nós duas e Matt agora, como costumava ser. Eu me deito também, e aí Matt faz o mesmo, e nós três olhamos para o céu.

— Olha — chama Megan —, o Grande Carro.

— Como assim um *carro*? — pergunta Matt com a voz arrastada. — Quer dizer, pensa só.

— É um jeito antigo de dizer carretel — diz Megan.

— É uma carruagem — discordo. Pelo menos é uma das minhas

favoritas dentre as explicações que a Avó me deu. — Carrega as almas dos bons pela Via Láctea, a *so-lo-pi he-ni*, a Cidade do Oeste, quando morrem.

— So-lo-pi he-ni — repete Megan, sonhadora.

— Sssolopaheenu — diz Matt.

— Ei! — exclama uma nova voz ao pé da camionete. Olho para baixo, na direção dos meus pés, e vejo Brian Walters, nome famoso na equipe de futebol, com seus bonitos olhos azuis fixos na Megan.

Megan se senta depressa, ajeitando a alça da regata no ombro e jogando a franja para o lado.

— Oi.

— Você já foi ver os bichos? — pergunta ele, transferindo o peso de uma perna para a outra, sem jeito.

— Não, ainda não — responde Megan, como se todos não já tivéssemos visto as vacas e as cabras e o burro de Matt mil vezes.

— Nem eu — diz ele, assentindo.

Olho de volta para o céu, me encolhendo.

— Bem, o que é que vocês dois estão esperando? — indago. — Se vocês correrem, talvez possam ver a bunda em exibição no celeiro neste momento.

Megan se apressa para a beirada da caçamba e desce de um pulo, levantando a calça jeans pela cintura e espanando pedaços desgarrados de feno das roupas.

— Isso eu não posso perder.

Eu os observo caminhar até as portas abertas do celeiro, a luz dourada se derramando pela grama macia e franzina e pelo cascalho no estacionamento, de repente integralmente consciente do fato de estar a sós com Matt.

— Bom, isso me deu vontade de arrancar minha própria cara — digo. — Desde quando Brian é tímido desse jeito?

Matt não responde, e ficamos ali deitados por mais um tempo, contemplando as estrelas e todas as suas histórias no mais absoluto silêncio.

— Nem tudo foi ruim, não é, Nat? — pergunta ele, enfim.

— Nem tudo o quê?

— *Com a gente*.

— É claro que não — digo. — Quase nada foi ruim.

— Foooi o que pensei também — fala, arrastado. — Não quero você pensando que eu amo você apesar das coisas. Odeio ter feito você se sentir assim.

— Matt, você foi um ótimo namorado. Não foi esse o problema.

— Você ficava sempre tão bonita na beirada do campo com aquele rabo de cavalo — murmura ele. — Me dava vontade de vencer para te deixar orgulhosa.

— Eu sempre tive orgulho — digo. É verdade. — Você joga futebol americano como se fosse uma ciência. Você me fez amar o jogo.

Ele ri.

— Você não ama o jogo.

— Certo, tolerar então — corrijo. — Às vezes até curtir.

É verdade que nunca amei, e provavelmente nunca *vou* amar, o futebol americano. Mas observar Matt jogando, e Jack também, sempre me deixou fascinada. O lance com o futebol americano é que, uma vez que você consiga superar o sistema de pontuação e o fanatismo, é exatamente como qualquer outro hobby ou habilidade: tem a técnica que em geral é acordada, e tem o estilo pessoal. O último, para quem está prestando atenção, é uma janela para a alma da pessoa. O estilo pessoal é a mamãe depois de um pouco de vinho tinto, andando como se pretendesse restaurar a ordem e a beleza ao mundo unicamente através de sua postura. É Rachel dançando como se estivesse lutando para se livrar de areia movediça, é Megan correndo pelo campo como se estivesse boiando no oceano. E é Matt Kincaid jogando futebol americano com suas jogadas ordeiras, como se ele estivesse seguindo uma lista de afazeres.

Ele está sempre no lugar certo na hora certa, raramente rápido ou lento demais. Ele corre, olha para cima, encontra o jogador livre, e lança a bola naquela direção no momento preciso; ele não tem que acelerar ou diminuir o passo ou recuar, mesmo quando avança com a bola. Ele simplesmente a segura como se fosse uma barra de ouro conforme se esquiva dos jogadores posicionados na linha e pula por cima de corpos caídos como se fossem córregos estreitos e ele fosse uma gazela. Passa com facilidade pelas tentativas de derrubá-lo e faz o ponto quando soa o último sinal. Praticamente cada uma das jogadas dele parece a centésima tomada de uma cena coreografada de luta de espadas.

— Eu estava pensando — murmura ele, e seus olhos desfocados se movem na minha direção. — Você se lembra da nossa primeira música?

Vasculho minha memória.

— Não parece que tivemos primeiras vezes de nada. Acho que eu nem percebi que a gente estava namorando pelos, tipo, primeiros seis meses.

— Bem, eu me lembro — replica ele.

— Lembra nada.

— *Aham*.

— Canta, então — peço.

Ele começa a cantarolar uma coisa que parece várias músicas diferentes reunidas em uma, e começo a gargalhar do lado dele até sentir a parte de trás da mão dele roçar a minha. Ficamos em silêncio e, depois de um segundo, ele passa os dedos pelos meus. O choque me deixa paralisada.

— Por que você me afastou, Nat? — pergunta ele. — Você era tudo para mim. Eu amava *tanto* você.

— Não é tão simples — falo, estremecida. Meu coração está martelando como se eu estivesse correndo, e só consigo rezar para que alguém nos interrompa, e logo, porque não quero que isto aconteça. Eu não quero continuar fazendo Matt passar por isto.

— Eu amo você — confessa ele. — É tão difícil, Nat, não poder conversar com você sobre tudo. Eu nem sinto que sou eu mesmo ultimamente. É tão difícil, e eu amo você.

Também o amo. Não acho que eu conseguiria conhecer alguém tão bem quanto conheço Matt e não amar a pessoa.

— Matt... — murmuro.

— Eu poderia ser melhor — diz ele. — Eu poderia fazer você feliz, se você me dissesse do que precisa.

— Matt, você não pode fazer todo mundo feliz. Você não pode ser tudo o que todo mundo espera que você seja e, principalmente, não pode ser o que eu preciso *e* o que todo mundo precisa que você seja, porque o que eu preciso é parar de tentar me encaixar neste lugar e ir para um lugar novo.

— Você vai encontrar outra pessoa — diz ele, baixinho. — Na faculdade. Eu sei que vai. Mas eu não.

— É claro que vai, Matt.

— Eu não quero.

— Alguma hora vai querer.

— Ninguém vai ser você — diz ele.

— Vamos ter que seguir em frente, Matt. Ou só vai ficar mais difícil.

— Não tem que ser assim — insiste ele. Os olhos dele estão suaves, fixos nos meus, próximos demais do meu rosto. Quando me dou conta, ele está me beijando. Ainda assim, meu cérebro se encontra em um frenesi de pânico em que parte de mim quase acha que impedi-lo seria errado ou falta de educação enquanto o restante de mim sabe que não quero isso. A sensação para ele deve ser de estar beijando um peixe morto, mas isso não parece dissuadi-lo.

Finalmente, empurro de leve o peito dele, mas ou ele não sente ou ignora, e agora eu fico apavorada.

— Matt — digo, mas minha voz fica perdida na boca dele. Eu empurro mais forte, e desta vez eu sei que ele sente, mas ele simplesmente continua me beijando. Eu falo de novo, empurro de novo, e ele me puxa mais para perto, uma das mãos passando pela barra da minha camisa com agressividade demais.

— *Matt* — falo com rispidez, mas então ele pressiona meu quadril para baixo quando tento me sentar. Eu o empurro com força para trás, e ele rola para longe de mim e se senta, piscando no escuro.

— Eu... — Não sei o que pretendo dizer, mas não tenho tempo de descobrir antes de ele meio que cair da picape e andar com passos firmes na direção da casa dele.

Meu corpo inteiro está tremendo, minha mente pulsando atordoada com as ondas de mágoa e confusão.

Por que fui fazer isso?

Não sei quanto tempo passo sentada ali tremendo, completamente presa num ciclo de perguntas sem resposta, antes de finalmente conseguir sair dessa e perceber que *eu* não fiz nada. E agora estou brava.

É apenas a segunda vez em que fico realmente brava com Matt. Só quero ir para casa, mas tem essa voz na minha cabeça que diz *não, isso você não pode deixar barato*. Porque não foi minha culpa, e ele não devia ter me beijado e, acima de tudo, ele não devia ter me deixado com medo. Eu não devia ter ficado com medo nos braços do meu primeiro amor.

As lágrimas de raiva começam quando desço cambaleando da camionete e sigo na direção da casa. Ouço vagamente Jack me chamando, mas o ignoro. Tem gente na cozinha cheia de decorações artesanais rurais de Joyce, algumas reclinadas no macio sofá floral da sala de estar, mas Matt não está ali. Entro no corredor, tentando segurar o choro quando bato à porta.

Ele não responde, mas, se ele não respeitou meu espaço, por que eu deveria respeitar o dele? Matt Kincaid me magoou e esta noite não tem como piorar.

Então escancaro a porta e, ai meu Deus, as coisas pioram.

Meus olhos pousam em Rachel, que dá um gritinho surpreso e se joga apressadamente para o lado, saindo de cima de Matt, quase caindo da cama. Ela logo fica de pé, envolvendo o corpo com os braços, constrangida, mas Matt ainda está estirado no edredom despreocupado. Desejo que eu tivesse me virado assim que meus olhos os reconheceram, mas há algo tão impossível na situação que estou completamente paralisada.

— Céus, Natalie! — gane Rachel, o rosto ruborizado e os olhos arregalados e perdidos no branco. — Já ouviu falar em *bater na porta*?

O olhar no rosto de Matt é a pior parte. Ele parece puto, mas meio que contente a respeito da coisa toda, como se não pudesse ter planejado melhor. Eu me viro e corro pelo corredor e, desta vez, diferente de todas as outras, Matt não vem atrás de mim.

Corro pela sala de estar e pela cozinha e irrompo no estacionamento, soluços abrindo caminho para fora de mim como madeira se partindo.

Tenho que sair daqui.

Giro o corpo, em busca de Megan, de alguém em quem me segurar. De repente tudo fica diferente, e perco o chão. O antigo celeiro vermelho tão familiar desapareceu e, no lugar dele, tem um gigantesco armazém azul-bebê e branco que parece novinho em folha. Ainda tem gente aqui, mas os detalhes estão completamente diferentes. Derek está na cabine da picape dando uns pegas em Molly Haines, uma garota que o odeia desde que cometi o erro de armar um encontro para os dois no nono ano e, como se isso não fosse estranho o bastante, o carro está estacionado em outro lugar. Corro até a entrada do acesso de cascalho, mas não consigo encontrar o Civic de Megan em lugar nenhum. Está tudo errado, de um jeito apavorante em que não está errado o bastante para que eu tenha certeza de estar dormindo. Na realidade, tenho certeza de estar acordada, mas também tenho certeza de que o mundo não está certo, e as pessoas e os carros estacionados e a música estão me sufocando, e não consigo respirar. Não tenho mais controle do meu corpo e me viro em busca de ajuda, então começo a correr, tentando colocar o máximo de distância entre mim e aquele sinistro armazém azul.

Decolo pelo declive do acesso de cascalho. Quando chego ao fim do morro, começo a andar na direção da pequena ponte no bosque que liga a fazenda dos Kincaid à igreja. *Por favor, que isso pare agora. Por favor, que toda esta noite não tenha acontecido. Por favor, que eu consiga chegar a um lugar em que tudo seja como sempre foi e o mundo fique estável e eu esteja segura.*

Faróis intensos viram a curva da estrada e eu corro para o acostamento. Um calhambeque passa por mim, então dá ré para parar ao meu lado. O brilho dos faróis é ofuscante, mas consigo ver a porta se abrir e alguém semicerrar os olhos na escuridão para me ver.

— Natalie?

Beau coloca as pernas para fora da picape e vem na minha direção.

9

— *O QUE* houve? — diz ele. — Você está bem?

Mordo o lábio inferior e faço que sim com a cabeça. Se eu abrir a boca agora, só vão sair soluços. Ele fica parado na minha frente, as mãos apoiadas nos quadris.

— Natalie, o que aconteceu?

Deixo meu rosto cair entre minhas mãos e tento empurrar as lágrimas de volta para dentro.

— Nada. — É tudo o que entrego. Quando olho de novo para ele, Beau pega delicadamente nos meus ombros e me puxa contra si, envolvendo os braços ao meu redor e colocando uma das enormes mãos em concha na minha nuca.

— Você está machucada? — A voz dele estrondeia por mim. Balanço a cabeça em resposta. — Precisa de carona para casa?

— Ahã — consigo dizer. Nenhum de nós solta o outro de imediato. Sinto uma tristeza terrível me tomar, a última separação entre mim mesma e o mundo que achei que conhecia.

As mãos de Beau se erguem com suavidade para segurar os dois lados do meu rosto, e ele se afasta para me olhar nos olhos.

— Vamos levar você para casa — diz ele, baixinho.

Eu o sigo até a picape e subo no banco do passageiro. Não é como o Ford de Derek; é mais quadrado e rente ao chão, o interior de um tecido áspero coberto de manchas e queimaduras, e a janela abre e fecha com uma manivela.

— O que você está fazendo aqui? — pergunto.

Ele dá a partida no motor.

— Um amigo me convidou para uma festa.

— Ah. — Passo as mãos nas bochechas para secá-las. — Sinto muito... você devia ir. Eu posso arrumar outra carona. — Fico enjoada pela ideia de ligar para os meus pais virem me buscar deste desastre.

— Ouvi dizer que era bem perto da sua pista de corrida — continua Beau. — E imaginei que talvez você ainda estivesse me esperando vir encontrá-la.

Não sei bem como responder, mas então ele sorri, e minha boca segue o exemplo.

Desgrudo meus olhos dos dele e tiro o telefone do bolso.

— Tem uma pessoa que preciso avisar. — O plano era eu passar a noite na casa de Megan; os pais dela eram menos rigorosos quanto a saber onde ela está ou ao toque de recolher. Quando, porém, aperto o nome de Megan, a ligação não completa e dá numa mensagem automática me informando que o número está fora de serviço. Aperto o botão de desligar e mando uma mensagem de texto, xingando minha operadora em silêncio.

— Pronta? — pergunta Beau.

Faço que sim porque não sei o que mais fazer. Ele estende o braço para a parte de trás do assento ao entortar o pescoço para verificar o trânsito atrás da gente. Damos ré roncando pelo cascalho e até a ponte, através da faixa de floresta para o estacionamento além. Então ele para de dar ré e estaciona ao lado da igreja.

É aí que percebo que a igreja está errada.

— Ai, meu Deus. — Ele olha para mim, depois inclina a cabeça para seguir a direção do meu olhar. Não é da cor errada e não está no lugar errado, mas é grande demais. Tem toda uma ala que não deveria existir... que não *existia* quando Megan e eu passamos por ela. — Está vendo isso?

— Vendo o quê?

— Aquela ala ali. — Giro a manivela da janela para olhar melhor e apontar. — Quando foi que apareceu?

— Foi uma doação da família Kincaid — diz ele. — Quero dizer, o dinheiro para construir.

— Você conhece os Kincaid? — pergunto, confusa.

— Não — diz ele, depois de hesitar. — Minha mãe costumava sair com um cara da igreja. Cara legal. Eles iam se casar com certeza, assim que ele a esposa se divorciassem.

— Os Kincaid nem *frequentam* essa igreja — comento.

Ele apenas dá de ombros e segue para a estrada, abrindo a janela para ficar na altura da minha. Por um tempo, não falamos, mas não é esquisito apesar da evidente tensão entre nós. Pelo menos eu acho que é evidente. Só tenho experiências com Matt para fazer a comparação, e esta sensação é inteiramente diferente.

Matt. Pensar nele faz meu estômago se revirar.

— Eu não quero ir para casa — admito. Se eu for para casa, vou ficar triste e sozinha, chateada por causa de Matt e infinitamente cravada no aviso da Avó e na maneira como o mundo fica mudando. Sentada com Beau, não parece que essas coisas podem me atingir com tanta facilidade.

— Aonde é que você quer ir então, Natalie Cleary? — pergunta Beau. — Quer cereal com cerveja?

Os olhos castanho-esverdeados dele passam da estrada para mim, e sinto um calor instantâneo do meu peito para os meus ombros e pescoço. Ele me dá aquele sorriso que faz as pálpebras dele parecerem pesadas, e o vento açoitando a janela sopra um pedaço do cabelo contra a boca dele.

Como para provar que nossos pensamentos estão sincronizados, ele tira a mão do apoio de cabeça do meu assento e coloca uma mecha solta do meu cabelo atrás da orelha, então repousa a mão atrás da minha cabeça e volta a olhar para estrada.

A ideia de ir para a casa de Beau me deixa nervosa. Mas rejeito a sensação quando tudo o que aconteceu nesta noite volta à tona em minha mente. Não acho que poderia suportar se acontecesse algo de verdade entre mim e Beau hoje.

— Acho que quero ficar ao ar livre um pouco, se não se importar.

— Claro. — Ele para em um sinal fechado, observa o cruzamento abandonado e dá a volta para pegar o caminho por onde veio. Quando viramos na entrada para carros da escola, passamos ao lado da propriedade de Matt, e consigo distinguir vagamente os sons da festa a distância. Meu estômago azeda e fecho os olhos, focando a brisa quente que ondeia por mim para segurar as lágrimas.

Beau dirige até a rua atrás da quadra coberta do outro lado do estádio de futebol e desliga a camionete.

— Eu sabia — falo.

— Sabia o quê?

— Deixa eu adivinhar — digo. — Fullback.

— Por que tem tanta certeza de que eu jogo? — Ele desce da camionete e eu o sigo até a parte traseira dela.

— Não joga? — pergunto.

Ele levanta a lona da caçamba, ergue um pack com seis Miller High Life e apoia as latinhas na guarda traseira.

— Qual é. Você *super* é um jogador de futebol. — Olho para a caçamba e, conforme esperado, ali está a bola de futebol americano surrada de tantas batalhas. Eu a ergo.

Ele me encara por muito tempo, então finalmente diz, com um sorriso:

— Não sei como isso foi parar aí.

Beau estica a mão para a bola, e eu a puxo de volta, para fora do alcance dele.

— Eu sabia!

Ele se vira e segue até a cerca ao redor do campo, gritando para mim:

— Traz a bola, Cleary. — Ele é o primeiro a escalar a cerca de alambrado, ainda segurando a cerveja com a mão esquerda, e jogo a bola para ele antes de ir atrás. Quando estou do outro lado, mas ainda segurando a cerca, ainda a algumas dezenas de centímetros do solo, eu pulo, e ele segura a minha cintura quando aterrisso. Ele não solta quando me viro para encará-lo.

— Halfback — diz ele.

Os dedos se demoram mim quando me afasto das mãos dele, rindo ao esticar a mão para pegar a bola.

— Ok, vamos ver. Faz o seu show. Ou o que for.

Ele me entrega uma lata de cerveja e provavelmente a pego só para minha mão encostar de leve na dele. Beau abre uma latinha para si enquanto anda de costas pelo campo escuro.

— Quando estiver pronta — grita.

Prendo a bola sob o braço, abro minha cerveja e dou uma golada amarga antes de pousar a lata na grama. Jogo a bola de futebol, que espirala lindamente e então atinge o chão ridiculamente perto de mim. Beau inclina a cabeça em um gesto quase reprobatório.

— Ei, foi incrível — protesto.

— Vou ter que concordar — diz ele, indo recuperar a bola. — Foi mesmo ótimo durante os dois segundos que ficou no ar.

Ele recua de novo e joga a bola na minha direção. Ela descreve um arco alto entre nós, e me viro e corro enquanto o pequeno borrão de escuridão risca a luz das estrelas antes de mergulhar no campo. Cai nos meus braços abertos quando chego na *end zone*, e a lanço com toda a força no chão. Beau aplaude.

— Você é rápida, Cleary — grita ele, sua voz mal chegando até mim.

— E você é bom no lançamento. — Pego a bola e volto para o centro do campo enquanto ele se abaixa para pegar a latinha. — Pronto?

Ele faz que sim, dá outro gole, e jogo a bola na direção dele. Ele corre para a frente, pegando-a num movimento limpo com a mão livre.

— Foi melhor — diz ele.

— Você é um mentiroso — acuso.

— É, foi péssimo.

— Mas eu sou *rápida* — digo. — Caso você tenha esquecido.

Ele sacode a cabeça, dando um sorrisinho.

— Não esqueci. — Ele anda de volta e joga a bola de novo, mas desta vez, conforme ela decola, ele começa a correr na minha direção, e também desato a correr a toda velocidade na direção da bola em descendente na *end zone*, sentindo que ele está chegando perto.

Começo a rir e não consigo manter o ritmo. É como sentir cosquinhas, quando de repente você perde o controle das mãos e dos pés. Quando vejo Beau entrar na minha visão periférica, desvio para a direita, tentando conter a risada enquanto luto para manter a minha vantagem. Ele me pega pela cintura, e solto uma risada meio gritada quando ele me gira no lugar, a bola caindo entre os meus braços. Ele me coloca no chão, os braços ainda me enlaçando de leve, o queixo acima do meu ombro. Ficamos parados ali desse jeito, oscilando para a frente e para trás, minhas costas quentes com o calor dele, o lado do meu rosto mal tocando o lado do dele. Nunca gostei tanto do cheiro de suor. O dele é agradável, quente e natural, brando.

Me viro nos braços dele para encará-lo.

— Obrigada por ter me encontrado esta noite.

— Tudo bem — diz ele, sacudindo a cabeça.

— *Béin*.

Um sorriso se ergue no canto da boca dele, a testa se abaixando contra a minha.

— Meu sotaque é assim?

Faço que sim contra o corpo dele. Eu poderia beijá-lo agora mesmo, mas mal o conheço, e tem Matt...

Saio dos braços de Beau, minhas bochechas ainda ardendo. Pego a bola de futebol, correndo pelos últimos metros para largá-la na *end zone*. Beau joga os braços para os lados fingindo aversão.

— Sua cobrinha. Eu deveria saber que você só estava tentando me distrair.

— O clássico macete.

— Aquele em que o outro time faz você achar que está prestes a dar uns pegas — concorda ele. — Geralmente não funciona tão bem.

— Bom, eu sou ótima nisso.

Sentamos juntos na grama ao lado das nossas latinhas de cerveja e alguns minutos passam em silêncio, mas ainda não me sinto desconfortável. Do jeito menos esquisito possível, me lembro de quando eu costumava ir aos estábulos com papai. Ficávamos o dia inteiro em silêncio sem nem reparar até que éramos recebidos em casa pela mamãe, a extroversão em pessoa, que disparava um milhão de perguntas e exigia histórias dos momentos que passamos fora. Na maior parte do tempo, gosto de ficar perto de pessoas e jamais diria que sou tímida, mas há certas pessoas com quem você pode simplesmente ficar em silêncio — como com papai e Megan — e é tão bom quanto uma longa conversa franca. A sensação de estar aqui sentada com Beau é essa.

Ele se deita no campo.

— Natalie Cleary, você é bonita — diz ele, baixinho.

Eu rio e me deito, repousando minha cabeça entre o ombro e a clavícula dele. Sinto seus lábios e nariz contra o topo da minha cabeça, e sei que, se olhasse para ele agora, nos beijaríamos. Consigo imaginar precisamente como seria a sensação. Em vez disso, pergunto:

— De onde você é?

— Daqui — responde ele, e não acho que vá falar mais nada. Seus olhos estão fechados, a testa, séria. — Mas, quando éramos pequenos, fui morar com meu pai por um tempo no Alabama e depois no Texas.

— Por que você voltou?

Eu o sinto dar de ombros.

— Meu pai parou de beber e se casou de novo, então a esposa dele engravidou. Eles decidiram que não fazia sentido eu ficar. Ele ainda se importa com as ocasiões especiais, no entanto. Claro, ele *perde* todas essas ocasiões, mas se certifica de me mandar uma garrafa de uísque a cada poucos meses para compensar a ausência.

Me apoio nos cotovelos e o encaro até seus olhos castanho-esverdeados se abrirem.

— Sinto muito.

— Tudo *béin* — diz ele. — Estou em casa, afinal.

Eu me pergunto como deve ser a sensação de saber disso com certeza. *Estou em casa.* Olho pelo campo, para as estrelas, de volta para os olhos castanho-esverdeados de Beau. Ouço os grilos cantando e observo o brilho dos vaga-lumes ao nosso redor. Quando o mundo fica em silêncio e não tem mais ninguém em volta, Union ainda parece a minha casa, o meu lar. Não acho que em algum momento tenha parado de sentir isso, na verdade. São o ruído e os olhares das pessoas daqui que fazem eu me sentir artificial e presa, como se eu estivesse em cima do palco e todo mundo buscasse *sinais* de que não pertenço a nada do que faço. Eu gostaria de achar que tenho autoconsciência o bastante para saber que esse pensamento é narcisista e ridículo, mas, ao mesmo tempo, não consigo me convencer a parar de agir como se fosse verdade. Ficar perto das pessoas é exaustivo. Ficar perto de Beau é como uma versão melhorada de ficar sozinha: tão fácil quanto, só que mais divertido.

Volto a me deitar. Os braços de Beau me envolvem, e sinto seus dedos macios no meu ombro.

— Não conheço meus pais biológicos — conto. — Fui adotada quando tinha 11 dias de idade e sempre vivi aqui, mas não sei de fato onde é minha casa, meu lar.

— Aposto que sua mãe era médica — diz ele.

— Ah, é? E o que faz você pensar isso?

— Provavelmente o mesmo motivo pelo qual você sabia que eu jogava futebol.

— Ah, sim: meu corpo musculoso e minha camisa surrada — concluo.

— Fala que você não vai embora para alguma universidade bacana para virar médica ou advogada ou alguma coisa assim — diz ele.

— Na verdade, não vou — retruco.

Ele move o rosto para me olhar.

— Então, você vai ficar aqui. Entendi.

— Bem, não. — Não consigo olhar de volta para ele. — Eu *vou* embora para uma universidade bacana, mas acho que vou estudar História.

— História. — Suas sobrancelhas grossas se erguem. — Ora, ora. Você é cheia das surpresas.

— Está surpreso com o quão chato meu futuro parece?

— Nunca foi minha matéria favorita — diz ele.

— Qual era?

— Provavelmente Educação Física — provoca ele.

— Bem, essa era a minha segunda opção. Ainda não estou certa de que Brown oferece diplomas para aulas que são o nome da atividade em si.

— Pior para eles. — Ele se ergue o bastante para tomar outro gole da cerveja.

— Sério, Beau: Educação Física?

Os olhos dele percorrem o céu estrelado.

— Não sei — diz ele. — Talvez Marcenaria.

Considero apontar que essa é outra aula que tem o nome de uma atividade. Em vez disso, observo a respiração fazendo o peito dele se erguer e baixar lentamente, e imagino suas mãos manipulando a madeira com a mesma delicadeza e euforia com que viajavam pelo piano naquela noite na sala de ensaios. É claro que faz perfeito sentido que as mesmas mãos que extraíram aquelas notas das teclas pudessem também produzir lindos objetos. Encarnações físicas da música dele. Seus olhos sérios deslizam até os meus.

— Sério, Natalie. — Ele me imita. — *História*?

— História — confirmo. — Isso ou Estudos de Gênero, ou feministas.

— Estudos Feministas. É uma coisa tipo... — Ele hesita, então meio que dá de ombros e balança a cabeça como se sequer conseguisse tentar adivinhar o que poderia significar — ... ginecologia?

Eu o encaro, tentando determinar seu grau de seriedade, até ele abrir um sorriso.

— Vou ser sincero com você, Natalie. Eu não era o maior leitor da escola e teria sido reprovado em História da *segunda* vez que precisei fazer a aula se não fosse pelo meu professor que não queria que eu fosse suspenso do time de futebol americano. Mas, sim, já ouvi falar de Estudos de Gênero.

— Então você deve estar tão familiarizado quanto eu com Marcenaria.

— Estou. — Ele faz que sim. — Então, por que História ou Estudos de Gênero?

— Gosto de entender como as coisas se encaixam: quem influenciou quem, como um evento afeta o outro ou como uma coisinha pode mudar tudo. Acho que sinto como... — Hesito, tentando transformar em palavras um pensamento amorfo que me ocorreu um milhão de vezes desde que a Avó foi embora, mas que nunca externei. — Acho que sinto como se alguém tivesse esquecido de escrever meu princípio, e eu simplesmente tivesse aparecido no meio das coisas, a tempo disto. — Ergo os braços no ar pegajoso da noite, como se estivesse abraçando o céu. — E eu na verdade não entendo o que deveria fazer com o presente, porque não consigo ver o panorama. Até que eu descubra meu lugar nisto tudo, quero ouvir as histórias de outras pessoas. Parece importante conhecer histórias que existem desde sempre e já quase foram perdidas uma centena de vezes.

Depois de um segundo de silêncio, ele diz:

— Eu me lembro de uma história da História.

— É, qual é?

— Quando testaram a bomba atômica e funcionou — começa ele —, todo mundo envolvido sabia que o mundo nunca mais seria o mesmo. Um dos caras que inventou disse: "Eu me tornei a Morte, o Destruidor de Mundos".

— Não consigo imaginar como deve ter sido a sensação. — Viro de lado para encará-lo, e os olhos dele ainda estão fixos nas estrelas, e os pensamentos, ocultos atrás das rugas em sua testa. — Então, me diz uma coisa: Como uma pessoa que não era *o maior leitor da escola* se lembra palavra por palavra da citação do inventor da bomba atômica?

— Ah, eu sou *muito* bom em assistir filmes. — De novo, ele sorri e é contagiante, e, apesar de as minhas bochechas estarem começando a doer, não consigo fazê-las relaxar.

— Isso é sério?

Ele assente.

— Ahã, eu podia ter virado profissional.

— Então o que você está dizendo na verdade é que é um ótimo ouvinte.

— Ah, sim, Natalie Cleary — diz ele, com seriedade. — O melhor.

— Agora você só está tentando me deixar impressionada.

— Sim. Mas é verdade. Conta para mim uma das suas histórias.

— E depois você vai conseguir lembrar cada palavra? — desafio.

— Se você for boa — responde ele, abrindo o sorriso só depois que solto uma bufada. Ele estica a mão para jogar o meu cabelo para trás do ombro e dá um beijo lento na lateral do meu pescoço. Uma onda de calor e formigamento me percorre, como se a boca de Beau fosse a lua movimentando as marés das minhas veias.

— Que tipo de história você quer ouvir? — pergunto baixinho, para ocultar o tremor da minha voz.

— Uma feliz — diz ele.

10

HAVIA DIVERSAS HISTÓRIAS que a Avó considerava "felizes", mas apenas uma que me lembro de realmente me fazer *sentir* felicidade. Quando eu estava com dez anos, acordei de um pesadelo e vi a Avó no meu quarto.

— Por que você está chorando, querida? — perguntou ela, e contei sobre o sonho.

Era um dos que eu sempre tinha, em que estou no carro com mamãe, conversando e rindo enquanto ela dirige pela paisagem rural. No pesadelo, está bem claro do lado de fora e o céu é de um azul-bebê sem nuvens, os riachos que ladeiam a estrada cintilam. De repente, uma esfera negra aparece adiante, se erguendo à nossa frente e nos lançando para o lado, para fora da estrada. Giramos por uma vala, a parte dianteira do carro se chocando contra uma árvore grossa, e o mundo fica escuro conforme um trovão rompe o céu, deixando a chuva se derramar sobre nós. Aos poucos, o carro começa a inundar, não de água, mas de sangue, apesar de nem eu nem mamãe termos cortes. Nunca tinha contado a ninguém sobre o sonho antes. Tinha medo demais de que virasse realidade, mas contar à Avó parecia diferente.

— Eu costumava ter um sonho exatamente assim — disse ela. — Parecia que nunca iria embora. Mas foi, Natalie. Tudo, a não ser a verdade, vai embora no fim. Agora, deita e deixa eu contar uma história para você.

E ela contou, e era assim.

Bem no começo, Lua, Sol, Vento, Arco-Íris, Trovão, Fogo e Água viviam na terra. Eles simplesmente acordaram ali, sem saber como haviam chegado, e não tinha problema. Eles viviam felizes na terra deles, até que um dia conheceram um homem muito Velho. Acabou que esse Velho era o líder deles, o Grande Espírito Chefe. Ele acabara de formar pessoas para cobrir a terra em todos os espaços entre Lua, Sol, Vento, Arco-Íris, Trovão, Fogo e Água.

— Velho — disse Trovão —, as pessoas podem ser meus filhos?

E Velho disse:

— Não, Trovão. Eles não podem ser seus filhos, mas podem ser seus netos.

Ouvindo isso, Sol perguntou:

— Velho, as pessoas podem ser meus filhos, então?

E Velho respondeu:

— Não, Sol. Eles não são seus filhos. Podem ser seus amigos. Eles serão seus netos. Mas seu principal propósito é cobri-los de luz e aquecê-los.

Lua perguntou em seguida:

— Velho, se não podem ser filhos de Sol, as pessoas podem ser meus filhos?

— Não, não posso dar a você as pessoas do mundo, Lua — disse Velho. — Você vai ser tia e amiga deles, iluminando o caminho à noite enquanto lhes provê repouso.

— Velho, por favor, deixe que as pessoas do mundo sejam meus filhos — pediu Fogo.

— Não posso fazer isso, Fogo — respondeu Velho. — Serão seus netos. Eu o criei para mantê-los aquecidos no inverno e à noite. Você cozinhará a comida deles para que possam encher os ventres.

Vento fez a mesma pergunta em seguida, mas a resposta de Velho não mudou:

— Não, querido amigo Vento. Mas serão seus netos, e você limpará o ar para eles e os manterá saudáveis e fortes.

— Velho, será que as pessoas poderiam ser meus filhos? — perguntou Arco-Íris.

— Eles não podem ser seus filhos — explicou Velho. — Você sempre estará ocupado, impedindo que a chuva caia com força demais, evitando inundações e pintando o céu para o deleite dos olhos deles.

— E quanto a mim, Velho? — disse Água.

— Não — respondeu Velho. — As pessoas do mundo nunca poderão ser seus filhos, Água. Mas você ainda os limpará e satisfará a sede deles, e permitirá que vivam longas vidas na terra.

Lua, Sol, Vento, Arco-Íris, Trovão, Fogo e Água se entreolharam, confusos. Velho prosseguiu:

— Vocês são bem-feitos, e eu lhes disse o melhor jeito de viver para auxiliar as pessoas do mundo. Mas devem se lembrar sempre de que os filhos da raça humana são meus filhos.

E essa, a Avó me disse, era a verdade.

Esta noite, com Beau, a história faz eu me sentir da mesma maneira que da primeira vez em que a ouvi: liberta de um pesadelo por um abraço do mundo.

Beau fica em silêncio por um longo momento depois que termino, os olhos fixos no céu, perdido em pensamentos antes de dizer:

— Você é boa.

— Em contar histórias? — digo.

Ele faz que sim.

— Nisso, e no geral.

— Em tudo — concordo.

— A não ser futebol americano.

— Que isso, eu sou bem boa. Só não se comparada a você.

Ele me conta do primeiro jogo, quando pontuou na *end zone* errada, e sobre seu emprego trocando pneus e substituindo freios, de como ele prefere trabalhar em obras, mas não consegue pegar horas o bastante. Ele gostaria de construir a própria casa algum dia, e digo a ele que devia construir a minha também, e que tem que ter uma varanda e ele concorda, porque uma casa não é um lar a não ser que tenha varanda na frente. Ele me conta como a mãe dele às vezes sai de casa por meses a fio quando acha que conheceu seu par perfeito, só para aparecer alguns meses mais tarde tão arrasada que não consegue se levantar da cama por uma semana e se recusando a dizer o que aconteceu. Conto a ele sobre a habilidade da mamãe de transformar tudo o que faço ou sinto em algum tipo de metáfora sobre a minha "jornada de adoção".

— Você acha que ela está certa? — pergunta ele.

— Não sei — respondo com sinceridade. — Às vezes acho que não me sentiria tão perdida se ela não se esforçasse tanto para fazer eu me sentir bem de tentar me encontrar. Quero dizer, eu *sempre* soube que era diferente da minha família, mas não senti a necessidade de me justificar até a escola começar. Toda vez que meus pais me deixavam em um aniversário ou me levavam para a escola ou para a piscina do bairro, todos os meus colegas de sala me perguntavam por que eu não era parecida com eles. E, assim, mamãe tinha me preparado para isso. Mas aí, um dia, um garoto da vizinhança me perguntou qual era o meu nome de verdade. Eu não fazia ideia do que ele estava falando, e ele falou tipo *Sabe, seu nome indígena. Tipo Cervo Veloz*. Então perguntei aos meus pais se eu tinha um nome indígena e eles meio que riram, mas quando contei a eles por que eu tinha perguntado a mamãe ficou *superchateada*, então começou a fazer um monte de pesquisa, tentando me preparar para toda e qualquer curiosidade potencialmente ofensiva, enquanto ao mesmo tempo ficava tipo *Lembre-se, querida, você não precisa responder às perguntas de ninguém se não quiser. Não é da conta de ninguém, só da sua.*

— Uau — diz Beau. — Não sabia que aos seis anos já dava para ter *contas*.

— Pois é. Ah, e aí ela começou a me comprar uns livros para crianças na idade de alfabetização, sobre história e cultura originária norte-americana. Ela os deixava no meu quarto e então, como se não quisesse nada, me dizia que eu devia ter muito orgulho de cada pedaço de quem eu era, mas acho que isso fazia eu me sentir ainda mais diferente. Então, quando eu estava com seis anos, acho, eu queria me vestir de Pocahontas para o Halloween, a versão da Disney, é lógico, e ela agiu de um jeito tão estranho, meio que tentou me desencorajar, mas eu não cedi, e no fim das contas ela acabou fazendo a minha fantasia. Mas aí, alguns anos mais tarde, leu um artigo sobre representações racistas de americanos de povos originários na cultura popular e como isso é nocivo. De alguma maneira, isso a levou a um artigo que apareceu logo depois que um designer foi parar no noticiário por fazer suas modelos desfilarem usando cocares navajo, sobre como a cultura estadunidense moderna ofende e se apropria da cultura nativa.

A mamãe se sentiu tão mal que veio até o meu quarto e se desculpou para mim. Ela estava chorando, e eu sequer compreendia por quê, mas ela não agia como se fosse minha mãe. Era mais como se eu fosse uma completa estranha para ela.

Beau encolhe os ombros.

— E você não é?

— Como assim? — falo, pega de surpresa.

— É só que parece que todos os pais começam achando que seus filhos são parte deles, outra boca que terão que se certificar de estar recebendo comida, outro corpo que terão que vestir. Então, um dia, nossos pais olham para a gente e reparam que somos pessoas por inteiro. *Não somos* mais parte deles, ainda que eles sejam parte de nós. Para aqueles que sequer queriam ser pais para começo de conversa, provavelmente é um alívio. Mas para uma mãe como a sua... Não sei, ela deve ter ficado triste quando reparou que a sua vida iria ser diferente da dela. Ela deve ter ficado assustada quando percebeu que não iria conseguir proteger você e que você iria ter que lidar com coisas com as quais ela nunca lidou.

— É — sussurro. — Acho que sim, mas, quando eu era criança, a sensação de ser diferente dela ainda era horrível. Eu não sentia que era normal. Acho que, subconscientemente, passei a maior parte da minha infância tentando fazer o sentimento ir embora. Entrei para a equipe de dança, aprendi a rir de piadas sobre como eu falava com lobos ou pegava peixes com as mãos. Me dediquei a me integrar socialmente e comecei a namorar um cara bem popular... — Paro de falar, pensando na época depois que a Avó foi embora, quando estava sozinha num mundo ao qual estava obcecada em pertencer. Nada mais de momentos sossegados quando o restante de Union já adormecera e eu permanecia acordada ouvindo as histórias dela, que me tocavam profundamente em sua voz cascalhenta, que me preenchiam com gotículas de verdade e cor. Pedaços de mim mesma. Percebi então que não sabia onde a falsa Natalie terminava e onde a verdadeira começava.

— Sei lá. É difícil estar rodeada por pessoas, em geral pessoas boas, que não compreendem, que acham que eu sou severa e estranha quando as coisas me incomodam. Quer dizer, às vezes é como se as pessoas presumissem que sou como elas de maneiras que não sou, e isso é uma droga, mas às vezes acho que pensam que sou diferente de maneiras que não sou, e isso também é uma droga.

Beau reflete a respeito por um bom momento antes de dizer suavemente:

— É por isso que você vai embora para a sua faculdade bacana?

— Talvez — admito. — É difícil sentir que você faz parte de um lugar quando não sabe quem é, e é difícil saber quem você é quando não sabe de onde veio.

— Vai ver você simplesmente deu sorte.

— Sorte? Como? — pergunto. — Você não poderia imaginar como é difícil não se ver em nenhuma das pessoas ao seu redor. Ou ser constantemente encorajada a procurar por isso.

Eu o sinto encolher os ombros sob mim.

— E você não sabe como é se ver em pessoas de quem você não gosta. Você é só você, nada de pai caloteiro, nada de mãe alcoólatra, nada de maldição na família.

— Talvez eu seja feita de todas essas coisas e seja apenas uma boa fingidora.

— Sabe em que estou pensando? — pergunta ele.

— Em futebol americano? — tento adivinhar, e ele ri em silêncio.

— Nisso — diz ele —, e que você pertence a este lugar mais do que qualquer outra pessoa que já conheci.

— O quêêêê? — digo, me sentando novamente. — Por quê?

— É só o que eu acho.

— Só o que você acha.

— É o que eu acho — insiste ele.

— Bom, está *béin*.

— *Béin*. — Depois de um minuto, ele diz: — Você tem mais histórias, Natalie Cleary?

Conto sobre A Garota Que Caiu do Céu. Então bebo a última cerveja e conto sobre o Esqueleto Vampiro e o Fantasma do Teton e a Casa Fantasma Subterrânea.

Estou prestes a acabar a história sobre o Irmão Negro e o Irmão Vermelho quando meu telefone vibra na grama ao meu lado.

— Espera um segundo — peço a Beau.

Quando me sento para atender a ligação de Megan, percebo que o sol está começando a nascer, o céu desbotando para um azul profundo. Ficamos fora a noite inteira, e não consigo definir se parece que foram minutos ou dias.

— Alô? — digo.

— Ai, meu Deus, mil desculpas — sussurra Megan.

— Por que você está sussurrando? — pergunto.

— Brian e eu caímos no sono na casa de Matt. Estou saindo agora. Onde você está? Você está bem?

— Estou ótima, estou no campo de futebol americano.

Ouço uma porta se fechar e ela volta ao tom de voz normal.

— Ai meu Deus, Nat. Desculpa. Um milhão de desculpas, mesmo. Estou indo até aí. Não se mexa.

— Posso levar você para casa — diz Beau do meu lado.

— Quem é esse? — pergunta Megan num gritinho. — É *ele*? A voz dele é um subwoofer!

Cubro o celular com a mão.

— É Megan. Ela ainda está na casa de Matt — digo a Beau. — Só vai levar um segundo para ela vir me buscar. — Ele faz que sim, e tiro a mão do telefone. Falo para Megan: — Vejo você num minuto.

Beau e eu recolhemos as latas e as jogamos por cima da cerca com a bola de futebol, então escalamos de volta. De novo, ele me pega do outro lado, mas desta vez sem hesitação. Ele me pousa de volta contra a cerca e beija o canto da minha boca, as mãos pressionando meus quadris. A luz é filtrada pelas árvores, amarelada com o alvorecer, acentuando o contorno marrom-dourado em torno das íris esverdeadas de Beau.

Apesar de o beijo ter sido esperado a noite toda, quando Beau se afasta, ainda me sinto tímida e abismada.

— Obrigada. — Fico horrorizada de me ouvir dizer isso.

Ele sorri e toca meu cabelo.

— Às ordens.

No silêncio da manhã, consigo ouvir o carro de Megan entrando na rua que passa por trás do outro lado do campo e leva até o estacionamento. Solto Beau e olho para trás. Megan estaciona no topo do monte atrás do estádio, abaixa o vidro e acena.

— Quer uma carona até lá? — pergunta Beau.

— Não precisa. Vai ser gostoso andar.

Ele tira o celular, que é só dois modelos mais antigo que o meu e parece que ficou preso num cortador de grama, e entrega para mim sem uma palavra. Digito meu número, salvo e devolvo.

— Obrigada de novo — digo. Me apresso para acrescentar: — Por me salvar daquela festa. Sinto muito que você tenha perdido a sua.

— Eu te falei por que estava indo — responde ele.

Nenhum de nós fala por um minuto, então eu me despeço sem jeito e começo a subir o morro até o carro de Megan.

— Tchau, Natalie — diz Beau, e me viro uma última vez e aceno.

Assim que entro no carro, Megan pede desculpas de novo. Quando fazemos a curva e nos afastamos, ela diz:

— Ele estava bem longe e minúsculo do lugar onde estacionei, mas *uau*.

— Eu sei.

— Uau — repete ela. — Não consigo nem imaginar como é a Encarnação do Verão de perto.

— Não dá mesmo.

— Ai, meu Deus! — exclama Megan. — Estou tremendo de euforia agora.

— E quanto a você e Brain? — exijo saber.

— Nhé — diz ela. — A gente se beijou. Aí eu caí no sono. Mau sinal?

— Não necessariamente.

— Eu não dei tchau para ele esta manhã. E quanto a isso?

— Não quer dizer nada — afirmo. — Você provavelmente só ficou meio sem jeito.

— Pode ser. — Ela me examina e franze o nariz. — Ele tinha gosto de Cheetos.

— Eca, acho que vou vomitar.

— Conheço a sensação — murmura ela.

— Literalmente, o beijo da morte.

— Exato — diz ela. — Estou morta. Meu corpo que não recebeu a notificação.

— Aqueles Cheetos provavelmente tinham algum feitiço de reanimação — sugiro.

Ela deixa a cabeça pender, encostando a testa contra o volante por um segundo.

— Eu gostava *tanto* dele. Pronto, falei. Como uma coisa dessas pode acontecer?

— Vai ver ele simplesmente... sei lá, comeu Cheetos?

— Olha, não sou nenhuma perita judicial, mas diria que tem mais ou menos cem por cento de chance de ter sido justamente isso o que aconteceu.

— Sinto muito.

— *Você* sente muito? Eu te abandonei para dar uns pegas num produto da Elma Chips!

— Sinceramente, Meg, se eu precisasse de você, saberia onde te encontrar, quer estivesse no meio de uns pegas com gosto de salgadinho de queijo ou não.

— Que morte horrível — diz ela. — Morro mil mortes horríveis a cada vez que penso a respeito.

— Acho que você deveria dar outra chance a ele.

Ela me encara completamente perplexa.

— Só porque você está no mundo da lua! Porque você *claramente* beijou alguém que não estava com o gosto do chão daquela festa que o Derek Dillhorn deu no quarto ano!

— Eu poderia apostar dinheiro que a boca do Brian não tem sempre aquele gosto.

— Veremos — afirma ela. — É possível que eu tenha simplesmente ficado traumatizada demais. Ei, quer ir na Waffle House? Estou morrendo de fome. Fome de mais detalhes. Fome de waffles e detalhes.

— Parece uma boa, mas acho que preciso dormir umas dez horas antes. Que tal nos encontrarmos no jantar? — Estamos passando pela igreja presbiteriana agora, que está de volta ao normal: a ala adicional desapareceu e o estacionamento voltou a ser grande demais para os pequenos grupos do domingo. — Ei, você está vendo alguma coisa de diferente naquele prédio? — pergunto.

Megan espia pela janela.

— Só uma bruma de flocos laranja com gosto de queijo cobrindo tudo, mas pode ser minha imaginação.

Paramos no meio-fio diante da minha casa, e Megan pressiona a parte de baixo da palma das mãos contra os olhos e deixa a cabeça cair contra o apoio do banco, grunhindo de novo para não deixar brechas.

Dou uns tapinhas amigáveis no braço dela.

— Também isto há de passar.

Ela se endireita e solta um suspiro.

— Direto da sua boca para os ouvidos da Avó.

Saio do carro, as pernas bambas de fadiga, e aceno um tchau enquanto Megan se afasta. Me viro para a casa bem quando Gus vem correndo pela porta da frente e cruza o pátio.

— Jack! — grito, irritada. Ele vive deixando a porta da frente destrancada, e metade das vezes ela acaba abrindo e Gus dá um passeio pelo bairro. Me jogo para a frente para tentar agarrar a coleira antes de ele sair correndo, mas, no momento em que meus dedos se dobram na tira de couro, acontece novamente.

Num segundo, Gus está ali, no seguinte não está mais, e mal consigo soltar um gritinho quando a coleira fica frouxa na minha mão. Giro em círculos, investigando o quarteirão abandonado.

— Gus? — Meu cachorro se foi, e não sei o que fazer. Continuo girando em círculos, gritando o nome dele mais alto: — Gus! *Gus!*

Então ele está de volta. Como se nada tivesse acontecido, usando a coleira e tentando me puxar rua acima para onde mora um poodle gigante definitivamente assustador. Travo os pés e tento puxá-lo de volta para a porta da frente.

Minha mente está estremecida. Meu estômago, agitado. Puxo Gus pelo pátio e corro para a varanda, mas freio de repente. É como se o meu coração tivesse acabado de se chocar contra uma parede. E agora Gus desapareceu de novo. A porta e as cortinas são vermelhas, não verdes como deveriam ser. Estou pirando tanto que por algum motivo ainda tento enfiar as chaves da minha casa na fechadura, sem sucesso. Minhas entranhas gritam, mal consigo respirar e me atrapalho com a chave, o pânico me preenchendo como um influxo de ácido.

— Gus — falo de novo. Então mudo o chamado. — Avó. Avó! Você está aí? Por favor!

A chave finalmente desliza para dentro da fechadura conforme a porta volta a ficar verde diante dos meus olhos, e Gus reaparece no mesmo instante.

Corro para dentro, trazendo Gus a reboque, e tranco a porta atrás de nós. Despenco contra ela e escorrego até o chão, enlaço o pescoço de Gus com os braços enquanto lágrimas escorrem pelas minhas bochechas. Esfrego o nariz no pelo dele e espero o acesso de tremedeira passar.

11

MINHA PRIMEIRA SESSÃO com Alice é estranhamente similar a todas as consultas com terapeutas de verdade que já tive, desde que se ignore a bagunça do escritório dela e a maneira como ela estoura o chiclete e o fato de que de vez em quando revira os olhos quando digo algo de que ela discorda. Tenho essa sensação de que ela está fazendo uma pose, interpretando um papel o tempo todo, como tivemos que fazer na aula avançada de psicologia na escola.

É como se estivéssemos brincando de médico até chegar às partes que podem de fato ser úteis, quando ela avança abruptamente na cadeira, remexe os lábios, então anota alguma coisa de forma arbitrária no caderno.

— Tem certeza de que não tem um jeito mais rápido de fazer isto? — pergunto. — Talvez se você me dissesse o que está escrevendo.

— Não tem jeito mais rápido — diz ela, rabiscando com fúria. — Estou seguindo meus instintos. Algumas coisas podem parecer triviais para você, mas talvez contenham a chave. Outras podem parecer grandiosas e não ter nada a ver. Só quero que você continue falando.

E continuo. Por 95 minutos direto, e não deixo um segundo que seja vazio. Me sinto produtiva, como se estivesse completando alguma tarefa e precisasse seguir em frente.

Conto a ela sobre meus ataques de birra e de como a dança pareceu tirá-los de mim, e como mamãe achou que isso significava que talvez eu tivesse TDAH. Digo a ela que os terrores noturnos começaram como sonhos e se estenderam às visitações à minha cabeceira, e como eu gritava até desaparecerem e o papai vinha correndo com o taco de beisebol que deixava embaixo da cama. Conto coisas que nunca falei em voz alta, nem mesmo para os outros terapeutas, porque as palavras em si fazem eu me sentir fraca, e, quando me sinto fraca, choro, e, quando choro, sinto que estou fora de controle. Conto a ela que, quando eu era pequena, achava que Debra Messing e Isla Fisher e Amy Adams eram a própria definição de beleza e como, quando os gêmeos fizeram três anos e o cabelo loiro de bebês começou a escurecer para o avermelhado da mamãe, fiquei secretamente magoada, como se tivesse perdido alguma coisa, não importa o quão idiota ou autocentrado isso soe. Eles iam ser parecidos com os nossos pais, e eu continuaria parecendo uma estranha.

Mas conto a verdade a Alice, porque, pela primeira vez, quero que a terapia funcione mais do que quero esconder as partes de que tenho medo.

Em algum momento, saltamos para o presente.

— As Coisas Erradas — diz Alice. — As mudanças ou tremulações. Fala delas de novo.

Conto sobre os eventos mais recentes com Gus e os búfalos e a igreja renovada. Quanto mais falo, mais forte fica a dor de cabeça lancinante atrás do meu olho.

— Não entendo o que está acontecendo — comento com um suspiro.

— Veio ao lugar certo — diz Alice, sem tirar os olhos do caderno. No colo dela se equilibra o gravador que trocamos nesta manhã. — Quer dizer, talvez. Tomara. No mundo ideal, sim, este é o lugar certo. Olha, você pode ter tido essas longas conversas com um Deles a vida inteira, mas o que está passando agora é muito mais comum. Quer dizer, geralmente só acontecem quando você entra ou sai do estado onírico, mas a essência é a mesma.

— Bem, e o que é? — pergunto.

— Cedo demais para dizer. O que sei é que a maior parte das pessoas só recebe visitas breves, como os lampejos que você descreveu. Você acorda e não está no seu quarto, mas, assim que grita, está de volta. Você cai no sono no ônibus e, quando abre os olhos, tem alguém te encarando; você se levanta de um pulo e a pessoa desapareceu. Você ouve alguém falando no andar de baixo e descobre um casal jantando na sua mesa. Quando acende a luz, eles somem. Geralmente, eles nem veem você. Quando veem, as testemunhas descrevem que os Outros parecem tão surpresos quanto eles próprios. Não acho que estejam completamente conscientes de nós.

— A Avó está.

— A Avó, assim com você, minha querida Natalie, é diferente. E é por isso que isto é tão importante.

— Ela é Deus, não é? — digo.

Alice respira fundo.

— Sou uma cientista que estuda alucinações noturnas com base na hipótese primordial de que há algo de sobrenatural nelas. Sou a pessoa menos preparada para emitir uma opinião sobre o que é Deus e se Ele existe. Pessoalmente, nunca cheguei a comprar essa ideia de um poder superior, mas também, no que diz respeito ao restante da faculdade, daria no mesmo se eu fosse a presidente da cátedra de Estudos de Duendes. Tudo o que sei é que a Avó e as visões que vieram antes dela são *alguma coisa*. Deus, fantasma ou algo entre os dois: nós vamos descobrir quem é a Avó. Eu acredito nisso, Natalie.

NA MANHÃ SEGUINTE, estou andando com Jack até o jipe quando acontece de novo. As cortinas e a porta lampejam em vermelho. O aro de basquete na garagem e meu irmão caçula desaparecem. Fico de pé no meio do pátio de entrada, o mundo inteiro congelado e cristalizado, com a sensação de que vou ter que atravessar gelatina se quiser dar mais algum passo.

Com a mesma rapidez, no entanto, um estrondo rasga a imobilidade, e dou um pulo.

— Anda logo! — grita Jack do carro. Ele está inclinado por cima do assento para apertar a buzina, o que não seria tão alarmante se eu fizesse ideia de como é que ele foi parar lá. Me esforço para sair desse torpor e entro do lado dele.

— Foi mal — digo. — Achei que tinha esquecido o telefone.

Jack solta uma risada que tenta encobrir fingindo limpar a garganta, um truque que papai usa com frequência quando mamãe não aprova o motivo do riso dele.

— Nada — se apressa a falar antes mesmo que eu tenha a oportunidade de fazer cara feia. — Você olhou o celular, tipo, três vezes entre a cozinha e a varanda.

Minhas bochechas ardem com a observação. Dou partida no carro, me dedicando integralmente a fingir que não ouvi o comentário de Jack. Faz quatro dias desde a festa de Matt. Ainda estou espumando de raiva com o que aconteceu entre nós naquela noite, mas é Beau que me faz oscilar entre bobinha apaixonada e obsessiva que analisa tudo exaustivamente. Parece que os incidentes de Coisas Erradas e a ideia de Megan ir embora para Georgetown em dois dias são as únicas coisas que me fazem parar de me perguntar por que é que ele não me ligou.

Enquanto dirijo para a escola, faço o que tenho feito todas as vezes em que não quis lidar ou sequer pensar sobre algo nos últimos dois anos: me imagino em Brown, com novos amigos que não sabem sobre Matt e não se importam com o motivo pelo qual saí da equipe de dança; um lugar onde posso recomeçar. Mas o devaneio não me dá alento. Estou brava demais com Matt, envergonhada demais com o que quer que tive com Beau. Pareceu certo enquanto acontecia, doce e genuíno e tão intenso que eu tivera certeza de que ele sentia o mesmo. Agora sou forçada a revisitar todos os detalhes bastante particulares que compartilhei com ele e me contraio diante da minha própria vulnerabilidade.

Quando freio no portão do lado de fora da quadra coberta, Jack sai correndo do carro, gritando um "Até mais!", mas não parto imediatamente. Em vez disso, observo meu irmão acelerar pelo campo. Está piscando para fora do meu campo de visão e de volta, assim como Beau no Jogo dos Veteranos, e em seguida vejo os colegas dele a distância agitados pelo mesmo efeito estroboscópico. Só que eles não estão desaparecendo como Jack, estão mudando, se rearranjando numa velocidade impossível, do lado esquerdo do campo num instante e do direito no seguinte; no meio de polichinelos e de repente trotando pela outra extremidade da pista de corrida. Observo um garoto específico, T.J. Bishop, cujo corte de cabelo fica oscilando entre um raspado baixo e um rabinho de cavalo pateticamente curto, o corpo se avolumando e emagrecendo numa cadência estável e ritmada.

— As Coisas Erradas — falo para mim mesma em voz alta. Ainda não faço ideia do que significam.

12

O TROVÃO ESTRONDA no céu, mas está distante e suave, como um tambor coberto por uma toalha. Megan e eu estamos sentadas na minha garagem com a porta escancarada para podermos assistir à densa rajada de chuva acertar a entrada para carros e a folhagem verde-azulada que emoldura o pátio.

Assistimos a tempestades deste jeito desde que consigo me lembrar, e sempre me deu uma sensação de paz. Não precisamos conversar para nos sentir felizes ou compreendidas. A chuva inundando o beco sem saída é o bastante. Nossos onze anos de amizade me dizem que sim. Podemos ser diferentes, mas neste momento sentimos exatamente a mesma coisa: o tipo de felicidade extrema e triste quando se percebe, de repente, o quão perfeita sua vida sempre foi. Tão perfeita que dói, e você poderia se permitir chorar se quisesse. Tão perfeita que, ainda que tudo o que você conhece esteja prestes a acabar, você sinceramente acredita que a vida vai continuar a ser linda, inclusive — ou talvez principalmente — naqueles puros momentos de perda.

Ficamos ali sentadas por horas. Quando a chuva enfim estia, nos levantamos, limpando a sujeira e as manchas de óleo de motor da parte de trás das nossas coxas.

Despedidas sempre foram tão naturais para nós quanto o silêncio, acordos não verbais entre nós em nove a cada dez vezes. Não tem nada de *Melhor eu ir andando* ou *Olha só que horas são*. Megan só sorri e me dá um abraço bem apertado.

— Amo você — diz ela.

— Amo você também. Volta para casa em segurança. E espero que chegue à escola em segurança também.

— Vou ver você tão em breve, Nat — diz ela, e faço que sim com a cabeça, nada disposta a duvidar dela. Ela coloca o capuz do moletom fino e avança pelo chuvisco de volta ao Civic preto estacionado no meio-fio.

Os faróis acendem e Megan se afasta. Assim que me fecho dentro do quarto, vejo as caixas de papelão espalhadas por toda parte e começo a chorar. Quando as lágrimas já foram todas gastas, pego o gravador de Alice e conto outra história sobre amor e dor.

— **ERA UMA** vez um jovem que acreditava estar apaixonado por uma linda mulher — disse a Avó. — Então ele foi até o pai da mulher, que era o Chefe, e disse que desejava se casar com a filha dele.

"'Traga-me muitos cavalos', respondeu o Chefe, 'e poderá casar-se com a minha filha.' Então o jovem lançou-se em terras selvagens à procura de cavalos para agradar ao Chefe.

"Enquanto o homem estava fora, o povo dele seguiu em frente e, apesar de o homem ter conseguido capturar diversos cavalos belíssimos para o Chefe, quando retornou, haviam partido. O homem planejava ir em busca do povo perdido, mas o sol estava baixo demais no céu, por isso ele decidiu descansar primeiro. Foi até uma cabana próxima, mas não conseguiu encontrar as portas, não importava quantas vezes a rodeasse. Finalmente, ele cavou para abrir caminho a partir do gramado em volta da cabana e conseguiu chegar lá dentro, onde encontrou um leito funerário envolto por quatro colunas altas.

"No leito, jazia uma jovem em roupas decoradas com dentes de alce. A mulher se virou e olhou para ele. Ele a reconheceu imediatamente como membro de sua comunidade, que devia ter morrido enquanto ele estava fora. Mas a mulher se sentou e o saudou pelo nome, pois ela também se lembrava dele, de quando estava viva.

"O homem ficou com a Mulher Fantasma por muitas noites. Conforme o tempo passava, ele pensava cada vez menos na filha do Chefe e cada vez mais na Mulher Fantasma presa ao seu leito funerário, até que ela se tornou sua esposa.

"Apesar de o homem amar a esposa e a cabana deles e a terra onde viviam, ele acordou numa manhã ansiando por uma caçada aos búfalos, algo de que ele não participava desde antes de partir para encontrar os cavalos do Chefe. Ele não falou nada sobre a caçada em voz alta, mas a Mulher Fantasma conhecia seus pensamentos. Ela disse ao marido: 'Monte seu cavalo e cavalgue até o penhasco. Lá, os búfalos o aguardam. Quando vir o rebanho, corra para o centro e mate o macho mais veloz para trazê-lo para casa. Asse a carne e traga-me uma porção antes de comer a sua'.

"O homem seguiu as ordens dela. Quando trouxe a carne assada, encontrou a esposa de pé na cabana, o que o assustou. 'Por favor, não tenha medo de mim, marido', disse ela, porque conhecia os pensamentos dele.

"O coração dele foi apaziguado, e ele conheceu a esposa melhor do que antes de ter visto a forma fantasmagórica dela de pé ali. Eles compartilharam a carne e conversaram livremente sobre tudo, tanto sobre o que vivia quanto sobre o que estava morto, fazendo planos para as coisas que gostariam de fazer. 'Ergamos nossa tenda durante o dia e viajemos durante a noite', disse a Mulher Fantasma. 'Assim poderemos ver o mundo.'

"Como ela falou, assim foi: a Mulher Fantasma flutuava diante do marido com a cabeça coberta e a boca em silêncio. Quando o homem pensava alguma coisa, a Mulher Fantasma ouvia com clareza, até que, com o tempo, o homem também se tornou um Fantasma. Então passavam seus pensamentos um para o outro como a água despejada entre dois recipientes sem que nenhuma gota se derramasse, e conheciam um ao outro como conheciam a si mesmos. O povo nunca voltou a encontrá-los, e a filha do Chefe com frequência se perguntava o que fora feito de seu jovem amor, apesar de no fim ter acabado se casando com outro.

"A Mulher Fantasma abriu mão de seu descanso, e o bravo homem abriu mão do mundo dos vivos, e amaram muito um ao outro. E este, Natalie, é o seu final feliz."

— Mas ele morreu — reclamei.

— É o que acontece aos vivos — disse ela. — Além disso, julgar uma história exclusivamente com base no fim, ou uma vida com base na morte, é tão sem sentido quanto julgar uma longa escalada pelas montanhas pelo fato de que, ao voltar para o lugar onde estacionou seu carro, tem uma fossa cheia de você-sabe-o-quê e latinhas de cerveja.

— Exatamente — afirmei. — Por que não ficar no mato para sempre?

— Porque — disse ela — você precisa do carro para chegar à próxima escalada. Quero que você entenda uma coisa, Natalie. Não importa o quão difícil pareça, você não precisa ter medo de seguir em frente nem precisa ter medo de ficar. Sempre há mais coisas para ver e sentir.

— Você acha isso mesmo?

— Eu sei disso.

13

ALICE FECHA O caderno trinta minutos mais cedo, enquanto estou no meio de uma frase.

— Você não está estressada, Natalie. Está triste. Não posso fazer nada por você se estiver triste.

— É meio difícil controlar isso — respondo, irritada. Faz uma semana desde que Megan partiu. As Coisas Erradas definitivamente não desapareceram. Não deve estar ajudando o fato de eu mal ter saído de casa nos últimos três dias.

— Não deveria ser. O estresse começa a ofuscar, a *transformar* a tristeza quando você está comprometendo demais seu tempo, ficando acordada durante a noite, passando tempo com outras pessoas quando precisa descansar e ficar sozinha.

— Você é a pior terapeuta do mundo.

— Então é uma sorte eu ser uma pesquisadora em psicologia, não uma terapeuta. Olha, estou começando a ver alguns fios condutores na sua história, e concordo com o que o seu último médico disse: que tem algum outro trauma aí, alguma coisa com a qual você ainda não lidou. Todos os seus comportamentos, suas decisões e hábitos sugerem isso.

— *Quais* comportamentos...?

— O fato de você não conseguir apontar um novo aspecto da memória — ela me corta — ou rememorar nenhum outro evento indicam que ou você suprimiu a memória, ou é alguma coisa que pareceu bem trivial para você na hora. Certa vez, li sobre o caso de uma garota que foi abandonada pelo pai, que passou por EMDR e recuperou uma memória de ter aberto uma caixa de correio no aniversário dela. Não eram as brigas dos pais ou a lembrança do dia em que ele partiu. Foi a ausência de um cartão de aniversário idiota. Temos que encontrar o *seu* cartão de aniversário ausente.

— E se eu não tiver um?

— Você tem — diz ela. — Consigo sentir. Vou começar a trazer um colega para fazer hipnoterapia nas quintas. Vamos continuar com nossas sessões normais individuais nas terças. Enquanto isso, você precisa se forçar. Faça coisas que a deixem desconfortável, se sobrecarregue. A longo prazo, vai ser bom para você, e a curto prazo vai te deixar arrasada.

MAMÃE VOLTA DE uma corrida parecendo um anúncio da Nike, vestida com suas roupas de ginástica lustrosas em cinza e cor-de-rosa, levemente úmida e brilhando de suor.

— Oi, querida — cumprimenta ela, bagunçando meu cabelo de trás do sofá. Ela dá um longo gole na garrafa cor-de-rosa combinando e então vem se sentar ao meu lado. — Está tudo bem?

O tom da voz dela deixa claro que ela sabe que não.

— Ahã — minto.

Ela assente, os olhos intensos nos meus.

— Deve ser bem estranha a sensação de estar aqui sem Megan, né?

— É. — Quero estar no meu quarto, esperando Megan terminar o treino para ligar, mas, graças a Alice, em vez disso estou aqui embaixo.

Mamãe coloca o braço ao meu redor e me aperta.

— A faculdade passa tão rápido — diz ela. — Sinceramente, para mim foi um piscar de olhos, e aí já tinha acabado. Vão ser alguns dos melhores anos da sua vida e, quando terminarem, você pode ir para qualquer lugar, sabe?

— Eu sei.

— Ei, tive uma ideia. Que tal um cineminha esta noite?

A ideia de ir a um lugar onde provavelmente vou encontrar colegas da escola me deixa enjoada e ansiosa. Não faço ideia de quem sabe sobre Matt e Rachel, mas apostaria dinheiro que a resposta é todo mundo, o que é claro que me deixa constrangida. E com raiva. Faz parecer que foi *ele* que *me* rejeitou e oculta por completo o fato de ele praticamente ter me forçado a ficar com ele antes de sair correndo para pegar Rachel por vingança.

— Cinema é uma boa ideia — digo à mamãe.

— Sério? Você não *precisa* ir — responde ela, hesitante. — Se já tiver planos. Eu só adoraria passar um tempo com a minha menina.

— Não, nenhum plano — conto, como se ela não já soubesse.

— Ótimo! Vou só tomar uma ducha rápida e aí podemos ir. — Ela dá um beijo na minha têmpora e se afasta.

Uma hora mais tarde, estamos a caminho do cinema. Seguindo as ordens de Alice, escolho o filme que parece mais perturbador: um drama sobre uma garota que foi sequestrada e obrigada a trabalhar na indústria do sexo por dez anos antes de conseguir escapar.

— Tem certeza de que quer ver este? — pergunta mamãe, tentando sem sucesso não parecer horrorizada. — Esse tipo de coisa geralmente deixa você transtornada, não?

— Tem um final feliz, acho.

Mamãe paga pelos ingressos e entramos no cinema.

— Vamos ao banheiro antes — diz ela. Ela vai ter que ir de novo no meio do filme. É a maldição da família Davidson, que pelo jeito ela herdou do pai. Eu não saberia como é, já que não tenho nenhum sangue Davidson. Eu provavelmente poderia manter o controle sobre a minha bexiga mesmo que um tornado me carregasse.

Faço xixi, lavo as mãos e aguardo um minuto no banheiro até a mamãe sair.

— Espero você no saguão, tá? — falo, por fim. Quando ela não responde, me abaixo para olhar por baixo da cabine, mas os pés dela não estão lá. — Mamãe? — Estou sozinha no banheiro. Ela já deve ter saído.

Viro e empurro a porta, colidindo imediatamente com alguém. Tropeço para trás, me desculpando, até ver quem é. Todo o sangue se esvai do meu rosto.

— Matt.

Ele parece confuso, olhando quase impacientemente entre mim e o porteiro na entrada do cinema.

— Desculpa — diz ele, juntando as mãos na frente do peito. — Já nos conhecemos, não é? Sou péssimo com nomes.

— Está falando sério? — falo, espumando.

O olhar dele percorre o saguão outra vez.

— Desculpa mesmo. Minha namorada está me esperando lá dentro. Foi ótimo encontrar você.

Namorada.

Ele dá uma corridinha na direção do palanque vermelho vívido e da extensão de cordas de veludo que levam às salas, e sou deixada para trás, encarando as costas dele, meu corpo inteiro em chamas e, ainda assim, formigando com calafrios. Por um lado, não consigo acreditar que já o amei, uma pessoa que consegue fingir de maneira *convincente* que sou uma completa estranha para ele. Por outro, estou legitimamente apavorada. Os familiares olhos azuis de Matt pareceram vazios, nenhum reconhecimento neles, como se o cérebro dele de fato tivesse me apagado completamente de seus arquivos. Isto tem "sonho ruim" escrito em tudo o que aconteceu, tanto que abro e fecho meus olhos algumas vezes, esperando acordar na minha cama.

— Pronta?

Viro para ver mamãe saindo do banheiro, e mais arrepios percorrem meus braços.

— Aonde você foi? — pergunto, tentando conter o remanescente das lágrimas de raiva.

— Estava no banheiro — diz ela. Ela segura meu queixo. — Querida, o que aconteceu? Você está bem?

— Nada. Só encontrei com Matt. Ele está com uma namorada nova. — É uma explicação mais fácil do que a verdade.

— Ah, querida. — Ela me puxa para seus braços, e ficamos ali de pé até que uma mulher se aproxima do banheiro e percebo que estamos no meio do caminho. Damos um passo para o lado e entramos na fila da bombonière. — Não precisamos ficar aqui. Se quiser voltar para casa, não faz mal.

Sacudo a cabeça.

— Preciso me distrair.

Ela assente.

— Tudo bem. Mas se você mudar de ideia, é só dizer.

Pagamos por nossa pipoca e entramos na sala de cinema. Em cinco minutos, já sabemos que cometemos um erro terrível. Este filme é a coisa mais perturbadora que já vi, não dá para dizer o contrário. Minhas entranhas estão numa agitação alarmante e estou razoavelmente certa de que vou ficar com diarreia por dias. Fecho os olhos e tento bloquear os sons.

Quando afasto minha mente do terrível enredo se desenvolvendo diante de mim, outra imagem pavorosa ressurge com uma vingança. Penso no garoto por quem me apaixonei, em nós dois sentados na encosta do morro, envoltos por vagalumes, e em como, anos mais tarde, na noite em que parti o coração dele, ele prometeu que nunca me odiaria. Então penso no cara que acabara de me tratar como se eu fosse uma estranha. Penso nesses dois Matts que a minha mente não consegue conciliar, então penso em uma história que a Avó me contou.

— **ESTA É** a história do Irmão Negro e do Irmão Vermelho — disse a Avó. — Era uma vez um irmão e uma irmã que moravam numa cabana nas profundezas da floresta. Eles raramente recebiam alguma visita. O irmão era diferente das outras pessoas, já que uma metade dele era preta e a outra metade, vermelha.

"Um dia, ele saiu para caçar, mas mal havia partido quando sua irmã o viu retornar pelo caminho que levava à cabana. 'Achei que tinha ido caçar', comentou ela, seguindo-o para dentro.

"'Mudei de ideia', disse ele e foi sentar-se na cama. Parecia diferente para a irmã, e, quando ele tentou tomá-la nos braços, ela teve medo e o combateu.

"'Por que age como meu marido quando é meu irmão?', perguntou ela, furiosa, mas novamente ele tentou envolvê-la em seus braços como um amante faria, e ela o combateu novamente, e desta vez ele partiu.

"No dia seguinte, o irmão voltou para casa, mas a irmã não falou com ele, apesar de geralmente ambos passarem muitas horas conversando. 'Irmã minha', disse o irmão, 'por que você me trata como quem é odiado? O que fiz para merecer tal mudança em seu amor por mim?'

"'Você sabe o que fez', respondeu a irmã. 'Você me fez mal e partiu nossos laços.' Mas o irmão insistiu que não sabia do que ela estava falando, então a irmã falou com clareza: 'Ontem você me tomou em seus braços como se eu fosse sua amante, e hoje não consigo olhar para você'.

"'Minha preciosa irmã', disse o irmão, 'eu não estava aqui ontem. Estava caçando. Você deve ter conhecido meu amigo, que se parece comigo em todos os aspectos.' A irmã ficou com raiva por o irmão ter dado uma desculpa tão absurda. 'Não me trate nunca mais daquela maneira', ordenou ela, e por muitos dias ele pareceu ter voltado ao normal.

"O irmão acabou saindo para caçar novamente e, como antes, a irmã viu alguém escondido no matagal perto da casa deles e que se parecia exatamente com o irmão e vestia as roupas dele. Ele a seguiu até o interior da casa e, desta vez, quando ele tentou tomá-la nos braços, ela lacerou o rosto dele com as unhas até ele fugir.

"Três dias se passaram, e o irmão retornou com o cervo que caçara. Novamente, ela se recusou a dirigir a palavra a ele, e novamente ele falou com gentileza as palavras 'Irmã, está muito brava comigo. Meu amigo esteve aqui outra vez?'

"Ela não respondeu, mas ele repetiu a pergunta e ela desabou e chorou. 'Como pôde me atacar de novo quando eu passara a confiar em você? Vejo as marcas das minhas unhas em seu rosto. Sei que era você, irmão.'

"Mas o irmão negou. 'Meu rosto foi arranhado por espinhos enquanto eu caçava', disse ele à irmã, 'mas, se você arranhou meu amigo, é por isso que meu rosto está arranhado: o que quer que aconteça a um de nós dois acontece ao outro.' Porém ela não acreditou nele. A irmã o evitou o máximo possível até ele partir para caçar novamente, e desta vez, quando ele retornou e a atacou, ela arrancou as vestes de caça do irmão do pescoço até o umbigo e despejou gordura quente na barriga dele, queimando-o e fazendo com que fugisse dali.

"Como antes, o irmão retornou e, como antes, ele negou que estivera ali, apesar de a camisa estar rasgada e a barriga, queimada exatamente como a irmã se lembrava. 'Rasguei a camisa enquanto subia uma árvore, e me queimei enquanto cozinhava meu alimento', ele tentou dizer à irmã, mas ela não acreditava nele, e ele entendeu o que precisava ser feito. 'Irmã, vou encontrar minha outra versão e trazê-la aqui para provar a você que não fui eu quem a machucou, e, pelo que ele fez a você, vou matá-lo, ainda que isso possa acabar me matando também. É importante assim para mim que você conheça meus desígnios e meu amor fraternal por você.'

"A irmã não acreditou nele, e o irmão partiu para encontrar sua outra versão. Ele não tinha partido havia muito antes de retornar, arrastando consigo um homem que se parecia exatamente com ele e cujas roupas estavam rasgadas precisamente da mesma maneira. 'Você me traiu ao machucar minha irmã', disse o irmão à sua outra versão, 'e agora deve morrer.' Ele ergueu o arco e flecha e atingiu o outro no coração. A irmã observou enquanto o sangue jorrava do peito do homem idêntico e ele caía de joelhos. Então ouviu um segundo ruído atrás de si — um grito de guerra — e, quando se virou, viu o irmão desabar, um ferimento idêntico no coração, o sangue se espalhando pela camisa.

"A irmã soube, então, que estava segura, mas o coração dela estava partido."

A HISTÓRIA ME angustiara quando a ouvi da primeira vez, mas agora ganhava um novo sentido. Tenho certeza de que a Avó sabia o que iria acontecer hoje, como os sentimentos de Matt por mim se transformariam tão violentamente que ele pareceria uma pessoa diferente, alguém que me via como uma estranha. Ela tinha que saber... Por que outro motivo teria me contado aquela história? E quantas outras histórias também não continham avisos ocultos?

Quando mamãe e eu voltamos para casa depois do filme, subo para o meu quarto e gravo a história do Irmão Negro e Irmão Vermelho para Alice. Estou no meio dela quando alguém bate à minha porta.

— Oi? — respondo. Coco enfia a cabeça loiro-acobreada pela porta, parecendo preocupada.

— Posso entrar? — pergunta ela.

Sento e dou uma batidinha na cama.

— O que foi?

Ela se empoleira na beirada da cama e cruza as pernas. Está mais parecida com mamãe a cada dia. Apesar de não fazer parte da equipe de dança da escola, faz balé e jazz e definitivamente herdou a graça cheia de dignidade de mamãe.

— Mamãe me contou do cinema. Que Matt está namorando.

— Ah — digo. — É.

— Muito estranho, não ouvi nada sobre isso. — Seus lindos olhos de um azul profundo encontram os meus. — É Rachel Hanson?

Evito o olhar dela e fico puxando um fio solto na minha colcha.

— Não sei — respondo.

Coco enrola cachos de seu cabelo nos dedos.

— Abby me contou o que aconteceu no aniversário de Matt, que eles se pegaram. Eu achava que Matt era melhor do que isso. *Definitivamente* não pensei que fossem namorar.

É claro que Coco sabe disso.

— Matt e eu tínhamos terminado — falei. — Eu disse a ele que não queria mais ficar junto. Ele está livre para namorar quem quiser.

— Ainda assim — diz Coco. — Rachel? Vocês são tipo, amigas. Ou pelo menos do mesmo *grupo* de amigos. E eu sei que você ficou chateada. Todo mundo está comentando de como você saiu de fininho da festa depois disso.

Ui. Então ela ainda não dominou o treinamento de sensibilidade da mamãe, mas pelo menos sei que ela se importa.

— Acredite se quiser, foi por causa de outra coisa. Ou, pelo menos, não foi *só* por causa dele e de Rachel. Tem mais coisa na história.

Ela comprime a boca em reflexão.

— Tudo bem ficar com raiva dela. Eu ficaria.

— Não estou com raiva dela — insisto, mas não faço ideia se estou mentindo. — Rachel e eu não somos próximas há muito tempo. Seria estranho se eu esperasse que ela me colocasse acima de Matt.

Coco revira os olhos.

— Que seja. Ela vinha aqui o tempo todo. O código das garotas ainda vale.

O estranho é que isso soa como algo que Rachel diria há uns dois anos. Ela sempre foi durona e franca, o tipo de colega de equipe que não hesita em dizer na sua cara que você foi "péssima" nos giros na segunda posição ou que seu salto parecia o de uma avó precisando de uma cirurgia na bacia; mas ela também tem uma invejável confiança autoritária e lealdade feroz a seus poucos e seletos amigos.

Quando Matt e eu terminamos pela primeira vez e Kara Van Vleck demonstrou interesse em sair com ele, Rachel disse a Matt que Kara estava em tratamento para se livrar de uma bactéria contagiosa que consumia a carne do hospedeiro. Foi uma coisa completamente pavorosa de se fazer com Kara, e duvido que Matt tenha acreditado, mas era o jeito meio maluco de Rachel de demonstrar afeição, mesmo depois de ter ficado muito brava comigo por ter saído da dança, me acusando de ser boa demais para qualquer coisa que não fosse a Ivy League. Quando descobri que ela era a fonte daquele boato em particular, senti uma dor parecida com a da noite em que terminei com Matt: como se eu tivesse percebido o quanto sempre amara uma pessoa no mesmo instante em que percebi que aquela pessoa e eu talvez nunca mais pudéssemos dar certo.

Talvez seja por isso que não estou brava com Rachel. Porque Rachel não consegue evitar tornar algo público quando ela está tentando machucar alguém, assim como quando se importa com alguém. O olhar dela naquele momento terrível na casa de Matt dizia que ela estava chocada por eu ter visto os dois, chateada por eu tê-los visto juntos, aflita por ter sido pega com Matt Kincaid. Ela não pretendera me machucar, mas isso quase doeu mais. Rachel, ao que parecia, ainda tinha a inclinação de me proteger. Matt, não.

— Não sei o que eu e Rachel somos agora — digo a Coco —, mas não somos inimigas.

Coco assente em silêncio por alguns segundos, então se levanta.

— De qualquer forma, eu queria que você soubesse que estou do seu lado. Com essa coisa toda de Matt.

— Valeu. — Consigo dar um sorriso fraco, e ela se vira para ir embora. — Ei, Coco?

— Quê?

Não sei bem como dizer isso sem que mamãe fique sabendo e junte as informações, mas quero que Coco ouça.

— Às vezes a gente muda de ideia sobre alguém — comento. — Ou os nossos sentimentos pela pessoa mudam, ou *a pessoa* muda, ou, sei lá, a gente só quer tomar uma decisão diferente. E tudo bem, sempre. Não devemos nada a ninguém. Sabe disso, não sabe?

— O que quer dizer? — indaga ela.

— Quero dizer, tipo o que houve com Matt. Eu queria namorar com ele, e aí não queria mais, e algumas pessoas fizeram eu me sentir culpada por isso. Como se ele simplesmente merecesse o que ele queria e eu estivesse sendo egoísta de não dar isso a ele.

— Você está falando de sexo? — pergunta ela, sem rodeios.

— Não. Sim. Em parte. Estou falando de tudo: namoro, beijo, sexo. Tudo. Você nunca deve coisas a nenhuma outra pessoa, não importa o quão legal ela seja com você. Relacionamentos não são transações.

— Mamãe já teve essa conversa comigo — diz ela —, do jeito mais nojento, mais desconfortável que você poderia imaginar. Achei que estava preparada, mas você realmente não faz ideia do quão ruim foi.

— Ah, vai por mim. Sei bem. Ela teve essa conversa comigo imediatamente depois do meu primeiro encontro com Matt.

Coco contrai as delicadas sobrancelhas e cruza os braços.

— Acho que para você é pior que pra mim e pro Jack, né?

— O que é pior?

— O lance da mamãe-psicóloga.

— Detesto te dar essa notícia, mas estou razoavelmente convencida de que eu sou a *origem* desse *alter ego* em particular.

Coco olha por cima do ombro para a porta e fala mais baixo:

— Você quer dizer, por causa da Avó?

Uau, assim a céu aberto. É a primeira vez que Coco menciona minhas supostas alucinações para mim.

— É, ela — digo. — E toda a coisa da adoção. Talvez você tenha reparado na nossa biblioteca em expansão sobre o assunto.

Coco revira os olhos.

— Às vezes acho que a mamãe se importa demais.

— Temos sorte — respondo, pensando nos pais podres de ricos e praticamente ausentes de Megan, na mãe solteira de Rachel que trabalha no turno da madrugada desde que tenho recordação, do pai de Matt gritando com ele da beirada do campo de futebol durante o treino apesar dos apelos do treinador para que ele fosse embora.

— Eu sei — cede Coco, virando-se de volta para a porta. — Mas *mesmo assim*. Tipo, dá um espaço para a gente de vez em quando. Talvez fosse uma boa evitar a conversa sobre sexo enquanto estou comendo um bagel.

Solto uma risada.

— Ei — falo, fazendo-a parar outra vez. — Obrigada de novo. Por ficar do meu lado.

— Somos irmãs — diz ela. — Eu sei que você ficaria do meu.

14

— VOCÊ ESTÁ com uma aparência horrível. — É assim que Alice me recebe na terça seguinte.

— Obrigada. Não queria destoar da decoração da sua sala.

— Você anda dormindo?

— Não — respondo. Como Beau ainda não deu sinal, tem sido especialmente fácil ocupar minha mente com coisas diferentes do sono à noite.

— Boa garota — diz ela.

Conto sobre os pés da mamãe desaparecendo do banheiro e um monte de outras coisas: lampejos de cores que se transformam, de árvores onde não deveriam estar e obras onde deveria haver prédios. Também conto sobre o Irmão Negro e o Irmão Vermelho, e em como era tudo em que eu conseguia pensar desde que Matt agiu como uma pessoa completamente diferente no cinema, chegando a fingir que não me conhecia. Sem falar na sensação apavorante de que talvez ele *tivesse* mesmo me esquecido.

— Quero dizer, será que ele poderia ter algum distúrbio, tipo dupla personalidade?

Alice balança a cabeça, incerta.

— Sem mais informações, eu não teria como chutar. Mas, como você disse, é possível que a Avó saiba algo sobre Matt ou sobre o seu futuro, eventos que ainda vão acontecer com você. Ou a história poderia ser uma coincidência total. Estamos chegando mais perto, no entanto, eu consigo sentir.

Quinta é a minha primeira sessão de hipnoterapia. Estou ao mesmo tempo nervosa e esperançosa. Não consigo evitar a sensação de que se tem alguma coisa sombria oculta no meu passado, então provavelmente há um motivo para que eu a tenha esquecido. Mas acho que a ideia é essa. Uma vez que eu encontre e encare essa memória oculta, Alice espera que haja alguma espécie de reação, aquele proverbial pontapé de que preciso para a Avó voltar. Tenho dormido cada vez mais durante o dia, ficando acordada a noite inteira, esperando por um lampejo do rosto dela, suas mãos enrugadas, seu xale cinzento na cadeira de balanço, mas não tive sorte.

Quando entro no consultório de Alice nessa manhã, a primeira coisa que vejo é o dr. Wolfgang, um hipnoterapeuta de cabelo branco que há três décadas vive em solo americano, mas ainda assim tem um sotaque alemão tão pesado que parece estar falando sem usar a língua. Alice parece entender cada sílaba, mas tenho que usar pistas contextuais conforme ele me prepara para a sessão. Quando o dr. Wolfgang diz alguma coisa que parece com *Neinkerrirshentztnonzoffa*, o olhar de Alice se move para o sofá de couro, e interpreto a combinação dos dois como "Deita no sofá".

Afasto alguns papéis para o lado e me deito. O dr. Wolfgang puxa um banquinho até mim e se senta, se inclinando sobre a própria barriga. A voz áspera dele, falando palavras que mal compreendo, rapidamente me embala para um estado semelhante ao do sono, mas, quando me dou conta, estou recuperando meus sentidos, sentando como se alguém tivesse acabado de me borrifar água gelada. Alice parece irritada e dr. Wolfgang, entediado.

— Como eu fui? — pergunto.

— Vamosh terr que tentarr maz — diz ele. — Pode levarr agum tempo.

Alice entoa o mantra do fim das nossas sessões:

— Apenas continue fazendo o que você está fazendo.

A AVÓ OU o Universo parecem dispostos a me atender: no caminho para casa, o barulho na frente do meu carro atinge níveis inéditos, e o acelerador parece ter parado de funcionar. Tenho a sorte de conseguir manobrar para o acostamento, mas estou no fundo de um vale envolto por arbustos e de tráfego bem tranquilo. Pego o celular para ligar para os meus pais e, apesar de ver que tenho sinal, quando aperto o nome da mamãe, ouço a mesma mensagem irritante que recebi quando liguei para Megan na noite da festa: *Desculpe, este número está fora de serviço ou desligado. Tente novamente.*

Desço do carro e bato a porta, o estresse piorando tão rápido que uma dor de cabeça começa a girar dentro do meu crânio. Está trinta graus lá fora, com noventa por cento de umidade. Abro o capô, sabendo que isso vai me servir de precisamente nada, então ligo para papai.

— Funciona, funciona, funciona.

Desculpe, este número está fora de servi... Encerro a ligação e passo as mãos pelo cabelo, avaliando minhas opções.

Não quero entrar no carro de um estranho. Sob circunstância alguma pretendo entrar no carro de um estranho, de jeito nenhum, especialmente logo depois de ter visto aquele filme sobre sequestro.

Posso andar até a próxima saída, a três quilômetros de distância, ou posso acenar para alguém parar e tentar pegar um telefone emprestado. Viro para a estrada e aceno os braços para uma camionete que está vindo na minha direção.

O motorista para no encostamento de cascalho bem atrás do jipe e sinto um frio na barriga quando vejo que é Beau quem abre a porta e desce.

Desta vez o Universo só pode estar de brincadeira comigo.

— Oi — cumprimenta ele, sorrindo. É o mesmo sorriso daquela noite na sala de ensaios, da noite inteira no campo de futebol americano, e não entendo por que ele acha que não tem problema sorrir para mim assim depois de não me ligar por três semanas.

Ele não deveria fazer meu coração acelerar. Ele não deveria estar olhando para mim como se quisesse me beijar, porque, se quisesse, teria me ligado.

— Posso usar seu telefone? — grito para ele. — Quer dizer, isso se você ainda tiver um, né. Preciso ligar para pedir para os meus pais virem me buscar.

Ele deixa a porta da camionete aberta e anda até mim, me olhando de cima a baixo antes de virar os olhos para o capô aberto.

— Quer que eu dê uma olhada?

— Não, obrigada — digo. — Só quero ligar para os meus pais.

— Posso te dar uma carona — insiste ele. — Eu estava voltando para Union de qualquer maneira.

— Não precisa. Vou só ligar para eles.

Ele franze as sobrancelhas e me passa o celular. Me afasto alguns metros e ligo para mamãe primeiro.

Desculpe, o número...

Tento papai, Jack, Coco, e ouço a mesma mensagem. Ando de um lado para o outro no acostamento, suspirando visivelmente e grunhindo por dentro enquanto tento pensar num plano que não envolva Beau.

— Natalie, deixa eu te levar para casa.

Olho para trás. Beau está apoiado no jipe, os braços cruzados diante do peito. Está usando calças jeans gastas e uma camiseta branca, como um modelo da Calvin Klein, o que me deixa furiosa. Jogo o telefone para ele e ando a passos largos até a camionete dele.

Subo sem dizer uma palavra, e ele me observa antes de subir também, dando partida na camionete sem falar uma palavra e manobrando de volta para a pista. Por um instante, permanecemos em silêncio, mas não daquele jeito confortável de antes.

— Você devia ter me deixado dar uma olhada no seu carro — diz ele, enfim. — Posso ser burro, mas entendo de carros.

— Você não é burro — falo, a contragosto.

— Então só não sou o seu tipo — acrescenta ele. — Você gosta mais dos garotos populares, que nem Matt Kincaid.

— Eu *não gosto* de Matt Kincaid — estouro. — Nem agora, nem nunca mais. — Beau me fita por um segundo e tento conter a trepidação no meu peito. O olhar dele pousa no espaço entre nós antes de voltar a se fixar na estrada. Depois de um longo silêncio, reúno coragem e digo: — Você não precisava ter pedido o meu telefone.

— Ah, que legal da sua parte, Natalie — diz ele. — Obrigado por dizer isso. Quer saber? Também tenho um conselho para você. Da próxima vez que alguém pedir o seu número e você não quiser dar, é só dizer isso em vez de dar um número falso.

— O quê? Eu não te dei um número falso — quase grito. — Que tentativa babaca de desculpa é essa?

Ele tira o celular do bolso, mexendo enquanto dirige, e então o estende para mim. A tela diz: "Ligando para Natalie...".

— E?

— Toma — diz ele, jogando o telefone para mim. — Já que estamos apontando as desculpas babacas.

Pego o celular e o ergo para a minha orelha bem quando para de tocar. *Desculpe, o...*

— Você está brincando com a minha cara — falo, encarando a tela. Olho de novo as informações do contato. — Beau, este é o número certo. Não sei o que está acontecendo com o meu telefone.

Ele olha para mim de novo e depois de volta para a estrada, sem dizer nada.

— Eu juro — falo. Ele lança outro olhar para mim, com o rosto grave. Como sempre, me sinto à beira das lágrimas, talvez por estar aliviada de Beau ter tentado me ligar ou talvez porque esteja preocupada que ele não vá acreditar em mim. — É sério, eu juro.

Nos encaramos por alguns segundos; quando ele olha de volta para a estrada, começa a sorrir.

— Então, nada de primeiro quarterback para Natalie Cleary?

— Um quarterback é literalmente metade de um halfback, Beau — digo. — É uma conta simples.

— Simples para você. Talvez eu deva te contar que levei cinco anos para terminar o ensino médio antes de você começar a me superestimar.

— Você deveria saber que eu não poderia me importar menos com isso.

Um sorriso completo, radiante, irrompe no rosto dele. Olho pela janela, sentindo meu próprio sorriso se alastrar. Estamos a cerca de cinco minutos da minha casa quando vejo algo que faz meu sorriso vacilar.

— Pode encostar aqui? — peço.

Ele me olha com hesitação e então para o estacionamento à nossa direita.

— Claro — diz ele, encostando. Assim que ele para o carro, eu saio e ando até o prédio na outra extremidade.

— Você está bem? — grita ele, atrás de mim.

Viro de novo para olhar para ele.

— É uma creche.

— Eu sei ler — diz ele. — Essa parte eu aprendi.

— Não, quero dizer, costumava ser um berçário.

— Qual a diferença?

— Berçário de plantas. Berçário dos Lindenberger. Minha mãe que fechou o negócio com os Lindenberger que compraram estas terras.

Ele coça a nunca e olha em volta.

— Então outra pessoa deve ter comprado desde então.

— O que aconteceu com todas as estufas?

Ele dá de ombros.

— Devem ter terraplanado.

— De ontem para hoje?

— Não sei, Natalie.

— Mas você está vendo isto aqui, não está? Não é a minha imaginação.

Ele sorri e cruza os braços.

— Está aqui, sim. Aonde você quer chegar?

— A lugar nenhum — minto. — Desculpa, só é estranho. Minha mãe é amiga da Rhonda Lindenberger. Eu me sinto mal por eles terem fechado o negócio.

Beau parece quase desconfiado, mas não faz pergunta nenhuma, e voltamos para a picape dele. Cinco minutos depois, paramos na minha casa, e a aparência de tudo é exatamente como deveria ser, mas estou ansiosa para falar com Alice. É o último dia de junho e o tempo está passando rápido.

— Obrigada pela carona.

— Às ordens — diz Beau.

— Então acho que você simplesmente vai me encontrar da próxima vez em que eu precisar de você? — pergunto.

— Ou então *você* podia ligar *para mim*.

Pego meu celular e entrego para ele. Eu vou ter que comprar um novo, mas pelo menos vou ter o número de Beau. Ele devolve o aparelho.

— Quando posso ligar? — pergunto.

— Não sei, da próxima vez que quiser que eu venha te buscar. Então talvez em, tipo, cinco minutos.

Nossas bocas estão quase se encostando quando ouço a porta da varanda se abrir e me afasto abruptamente.

— Nat? — grita papai da soleira. — Cadê seu carro?

— Obrigada de novo pela carona — digo a Beau, descendo da camionete.

— Cinco minutos. — Ele move os lábios sem emitir som atrás do vidro, erguendo a mesma quantidade de dedos, e concordo.

MEUS PAIS REBOCAM o jipe de volta para casa na quinta à tarde, mas não fazem menção de levá-lo para o conserto até sábado de manhã, depois que papai passou algumas horas futucando e xingando. Quando está convencido de que *ninguém vai conseguir consertar essa mer... sucata*, ele passa batido pela possibilidade de levá-lo a um mecânico de verdade e começa a falar sobre todos os seus amigos e colegas que poderiam nos arranjar um bom negócio para comprar um carro novo.

Mamãe está de pé na cozinha, uma mão no quadril, fazendo a cara de censura paciente que é o mais próximo que ela já chegou de fazer uma cara feia. Quando papai acaba de assaltar a despensa em busca das batatas chips saudáveis que ele detesta e que mamãe insiste em comprar, ela diz calmamente:

— Primeiro quero que alguém dê uma olhada.

Antes mesmo de saber o que estou fazendo, digo:

— Eu tenho um amigo.

A frustração impassível de papai irrompe num sorriso.

— Bem, que bom, docinho. Sempre soube que você conseguiria algum.

— Um amigo que mexe com carro — explico.

— Mexe com carro? — repete papai, cético.

— É, sabe, corridas de dragster e montagem de miniaturas de plástico fiéis aos modelos históricos. — Mamãe não entende a piada e começa a explicar com gentileza que essas coisas não tornam uma pessoa qualificada para trabalhar numa potencial armadilha fatal para a filha dela. — Estou brincando, mãe. Meu amigo Beau, o que me buscou quando o carro quebrou, trabalha com pneus e freios e esse tipo de coisa, mas ele se ofereceu para dar uma olhada no jipe.

Papai encolhe os ombros, como se quisesse dizer *se eu não consigo consertar, ninguém vai conseguir!* Mamãe coloca uma das mãos no ombro dele e diz:

— Claro, liga pro seu amigo. — Depois sorri como se quisesse dizer *eu também vou dar uma ligada para um mecânico, ainda que pareça que o seu amigo conseguiu resolver o problema.*

Nessa noite, no início da madrugada de domingo, finalmente reuni a coragem para ligar para Beau e perguntar se ele ainda estaria disposto a me ajudar com o carro. Mas enquanto estou encarando o nome gravado na memória do telefone, o celular começa a vibrar na minha mão, e o nome de Matt aparece na tela. Imediatamente sinto uma pressão no peito como se um elefante adolescente estivesse sentado em mim e encaro e pisco e encaro mais um pouco o meu telefone, tomando a decisão súbita de atender no último toque.

— Alô? — Sinto que estou girando dentro de uma privada, me preparando para descer pelo ralo.

— Natalie — diz Matt.

— O que você quer?

Tem uma pausa longa antes de ele dizer:

— Eu só... senti a sua falta.

— Me deixa em paz.

— Por favor, diz alguma coisa. — Não respondo. — Natalie?

— Oi.

— Desculpa — diz ele. — Desculpa. Estou morrendo de vergonha e eu me odeio.

— É. — Engulo o nó de emoção na minha garganta. — É bem parecido com o que estou sentindo também.

— Nat — chama ele, suavemente. Sei que ele estava chorando e não me importo. — Nat, por favor. Eu faço qualquer coisa.

— O que você quer de mim, Matt?

Ele suspira.

— Não sei. Eu só quero acertar as coisas. Diz para mim como consertar.

— Eu não acho que tenha como. Não acho que *a gente* tem conserto, Matt... A gente acabou. — Desligo e, apesar de todas as promessas que ambos fizemos, acho que finalmente é a verdade.

Depois de uma hora, ainda estou encarando o teto, os olhos ardendo e o peito pesado. Agora estou inteiramente constrangida, mas me endureço e ligo para Beau mesmo assim, segurando o fôlego e esperando que a chamada complete. Parece estar funcionando, mas a cada toque meu coração afunda mais um pouco. Só quero ouvir a voz dele agora. A linha estala e um barulho preenche meus ouvidos, música e gritos.

— Alô? — falo num meio sussurro para não acordar Coco no quarto ao lado.

A música fica mais fraca ao fundo até se tornar quase inaudível.

— Oi — diz Beau, a voz ainda mais lenta que o normal.

— Você está ocupado.

— Não.

— Não?

— Só estou com o meu irmão. Tudo bem. Estou contente de você ter ligado.

— Estou contente de a ligação ter completado.

— Ei, quer vir aqui em casa?

— Esta noite?

— Agora.

— Já estou na cama.

— Isso foi um talvez?

Contemplo sair escondida por um breve instante.

— Acho que é um fica para a próxima — digo.

— Você *acha*, Natalie Cleary?

— Ei, qual é o seu sobrenome?

— Wilkes, por quê?

— Não brinca — digo. — Você está brincando.

— Não estou.

— Beau Wilkes. É exatamente o nome do filho de Ashley Wilkes em *E o vento levou...* e você não está brincando.

— Tenho quase certeza de que o único motivo de a minha mãe ter dormido com o meu pai pela segunda vez foi para poder dar esse nome pro bebê — diz ele.

— Beau Wilkes.

— Natalie Cleary, o que posso fazer por você? Está tarde e você não quer vir aqui, então o quê? Você tem outra emergência na qual precisa que eu vá te buscar?

— Você viria se eu tivesse?

— Sim.

— E se tivesse que viajar de carruagem por uma perigosa periferia?

— Não faço ideia do que você está falando. Você ligou por algum motivo?

— Na verdade, sim. Queria saber se você ainda gostaria de dar uma olhada no meu carro antes de o levarem.

— Quer me usar? — provoca ele. — Nunca me usaram pelo meu cérebro antes.

Eu rio.

— Como é a sensação?

— Bem...

— *Béin*.

— E agora está tirando sarro do meu sotaque. Você é impiedosa.

— Me perdoa, Beau Wilkes. Gosto do seu sotaque. E isso provavelmente é óbvio, mas estou usando você *tanto* pela sua mente quanto pelo seu corpo. — Ele fica em silêncio por um longo tempo, e quase acho que desligou. — Alô?

— Oi — diz ele.

— Ainda está aí?

— Estava só imaginando você — responde ele, suavemente.

— Ah. — Isso é tudo o que consigo dizer.

— Você é bem bonita.

Cubro o rosto com a mão, sorrindo como uma idiota.

— Obrigada, Beau.

— Eu adoraria dar uma olhada no seu carro.

— Adoraria?

— Sim.

— Quando você pode?

— Vou trabalhar durante todo o fim de semana — diz ele. — Tenho folga na terça-feira.

Então talvez eu tenha que faltar a uma das sessões com Alice afinal, ou talvez ela possa adiar para mais tarde no mesmo dia.

— Parece perfeito — digo.

— Que horas?

— Qualquer horário.

— Então, tipo, uma ou duas? — sugere ele.

— Você poderia às nove?

Ele ri.

— Claro, vou só estacionar meu carro na sua rua na noite anterior e dormir lá até o dia seguinte.

— Se for cedo demais...

— Nove está bom.

— Obrigada, Beau.

Há uma pausa antes de ele dizer:

— Boa noite, Natalie.

— Boa noite, Beau.

15

SEGUNDA À NOITE é o dia da Passeata da Independência no centro da cidade, um desfile com direito a cavalos de passada usando uniformes, seguidos do show anual de fogos de artifício na minimansão de Luke Schwartz. Eu costumava amar as comemorações do Quatro de Julho: marchar com a equipe de dança nos nossos collants de lantejoulas azuis e laranja e com as sainhas de lycra, ir à casa de Luke ver os fogos de artifício legais que o assistente do pai dele viajava até Indiana para comprar para a gente. A ironia de, sendo de origem indígena, celebrar o Dia da Independência não me ocorreu até quando eu tinha cerca de sete anos, mas ano passado foi a primeira vez que me senti ferida o suficiente pela ideia a ponto de não ir ao desfile. Mamãe sabia o quão empolgada eu costumava ficar pelo dia 4 de julho e não foi difícil entender por que ela ficou confusa; por algum motivo inexplicável, eu ainda decidi que o melhor jeito de explicar *casual e tranquilamente* meu crescente desconforto era comparando minha participação no desfile a dar cambalhotas pela Trilha das Lágrimas.

O efeito foi tão bem-sucedido como se pode esperar de qualquer piada envolvendo genocídio. Quer dizer, eu mesma fiquei nauseada e fiz mamãe chorar. É claro que ela e papai deixaram de ir ao desfile em solidariedade. Por isso não fico surpresa ao ouvir uma leve batida na soleira da porta do meu quarto e, ao levantar os olhos, ver mamãe com um sorriso hesitante.

— Que tal você, seu pai e eu fazermos uma noite de jogos enquanto Jack e Coco estão fora? — sugere ela.

— Papai odeia jogos — comento.

Ela afasta a ideia com uma mão manicurada e então cruza os braços por cima da barriga e desliza para dentro do meu quarto.

— Seu pai adora jogos. Ele odeia é perder.

Eu não me incomodo em comentar que sou *eu* quem odeia jogos e aliás qualquer coisa que tenha um aspecto competitivo, porque sei que o objetivo da oferta da mamãe é fingir que hoje é como qualquer outro dia, e não um feriado que ela costumava adorar.

— Na verdade, estava pensando em ir ao desfile — minto.

Ela me observa.

— Mesmo?

— Não — admito. — Mas só porque não quero ver Matt. — Assim que digo as palavras, percebo que é verdade. Deixando as convicções de lado, eu queria muito, muito, muito mesmo ir ao desfile esta noite. Queria poder me sentar em um cobertor rodeada de amigos no gramado diante da casa de Luke, observando as explosões de luz cintilante encherem o céu. Queria que Megan e eu pudéssemos tirar fotos de uma escrevendo o nome da outra no ar com velas estrela de prata e beber garrafinhas de refrigerante batizadas com sorrateiras porções de vodca cujo gosto não conseguimos sentir, mas de que gostamos só pelo prazer da rebeldia, e queria o verão e a amizade e todas as partes do Quatro de Julho que ainda amo. Queria que essa mudança não fosse tão difícil ou que eu não sentisse com tanta força que precisava encontrar espaço na minha vida para viver e espaço no meu cérebro para pensar. Retomo a conversa: — Eu iria se as coisas fossem diferentes.

— Ah, querida. — Mamãe solta um suspiro e se senta ao meu lado, me puxando contra o peito dela e fazendo suaves movimentos circulares com as unhas contra o meu couro cabeludo. Ela me aperta com força. — Não vai ser sempre tão difícil assim. O tempo cura todas as feridas.

Quando acabamos de conversar, depois que mamãe e papai enfim aceitaram que eu vou ficar bem em casa enquanto eles saem no fim das contas, começo a pensar que ela está certa. Em julho do ano anterior, fiz mamãe chorar, e agora ela está indo para um piquenique. Talvez a esta altura no ano que vem, quando eu olhar para Matt Kincaid ou quando pensar nele, meu coração não comece a se despedaçar. Talvez eu consiga pensar nele de novo como meu amigo.

Nesta noite, no entanto, vagueio de pés descalços por uma casa vazia, juntando a poeira de anos na sola dos meus pés e memorizando as paredes que em breve deixarei para trás. Quando o sol se põe, subo e observo o espetáculo de fogos de artifício da janela do meu quarto na minha rua sem saída.

Quando o último dos nossos vizinhos dispara o *grand finale*, desabo na cama e mando uma mensagem para Megan:

Tanta saudade de você que chega a doer.

Segundos mais tarde, ela escreve de volta: *O sentimento é múmia*, e em seguida uma segunda mensagem que diz *Sim, autocorretor, eu realmente quis dizer múmia, e não mútuo. Acertou direitinho.*

A vida sem você é meio mumificada, respondo. *Mas pelo menos não fede.*

Vamos combinar que tanto a ideia das múmias quanto a falta que sinto de você são meio tristes?, diz Megan.

Como você tem tempo para chorar com a taração do futebol?, respondo. *Aliás, eu quis dizer ralação no futebol, mas meu celular simplesmente se recusou.*

Seu telefone está certo, responde ela. *Taração no futebol. Meu esporte favorito. Estou considerando tentar entrar para a equipe olímpica.*

Vai vencer na carta, digo. **Na quarta*. NA CERTA***.

Você é um lindo e maravilhoso e sensual e forte fauno dourado, diz ela, e em seguida: *Eu queria dizer "minha melhor amiga", mas meu celular...*

O sentimento é múmia, digo a ela. Vou dormir me sentindo triste de um jeito meio feliz.

BEAU NUNCA APARECE. Quando tento ligar para ele, cai direto na caixa postal. Ligo um monte de vezes e deixo uma mensagem, mas logo dá meio-dia e fica claro que ele não vem.

Papai resolveu tirar metade do dia de folga, então ele chega em casa por volta de uma hora, larga a maleta na cozinha e começa a vasculhar a geladeira em busca de uma cerveja.

— Onde está o seu amigo? — pergunta por cima do ombro.

— Teve um imprevisto e não pôde vir — minto. Papai olha para mim desconfiado. Estou, afinal de contas, sentada à mesa da cozinha no meio da tarde como se estivesse esperando, mas ele não comenta nada. Eu nunca soube ao certo se o mais irritante é quando a mamãe tenta me ajudar a processar minhas emoções em voz alta ou quando o papai me encara com seus olhos de raio X de encantador de cavalos, mas guarda o que viu para si.

Ele olha para baixo, para a garrafa que tem nas mãos, e solta um suspiro como se pedisse desculpas antes de enfiá-la de volta no refrigerador e limpar a garganta.

— Bem, sua mãe está certa. Provavelmente devíamos pedir uma segunda opinião antes de desembolsar alguns milhares de dólares numa coisa nova, e eu me sentiria melhor se levássemos a um profissional. Não quero minha garotinha num carro que um garoto remendou com fita isolante.

Minha tendência inicial é a de defender Beau, mas a decepção se intensifica quando me lembro que era para ele estar aqui. Eu na verdade não sei quem ele é; vai ver é mesmo só um garoto.

— Se você me amasse de verdade, deixaria o carro para lá e me compraria um avião — falo, tentando desviar o assunto da ausência de Beau.

— Filhota, se você me amasse de verdade, só andaria de bicicleta. — Papai pega o telefone na bancada e lança à geladeira um último olhar pesaroso. — Vamos lá. Vamos chamar alguém para rebocar aquela sucata.

— *E QUANTO* a este? — Coco dá uma borrifada de outro frasco roxo idêntico aos últimos cem ao lado do meu nariz. Faz trinta minutos que estamos na Bath & Body Works, e a essa altura já perdi completamente o meu olfato.

— É bom — minto, me apressando para olhar meu celular quando sinto uma vibração no bolso. Meus nervos à flor da pele disparam quando, em vez das desculpas que esperava de Beau, vejo uma mensagem de texto de Derek Dillhorn para vários destinatários, avisando sobre uma festa que ele vai dar enquanto os pais estão viajando. Não tentei ligar para Beau desde ontem de tarde, e ele também não me ligou. Quatro dias se passaram desde que falamos sobre ele vir olhar o carro, quatro semanas desde que a Avó me deu o aviso sobre os *três meses*, e esta saída para fazer compras não está sendo a distração de que eu precisava.

— Foi o que você disse sobre os últimos seis — reclama Coco.

— Todos eram bons.

— Então por que está fazendo essa cara?

— Porque meu cérebro está cheio de vapores e estou prestes a desmaiar — digo. — Não tem nada a ver com todo o gás tóxico que você não para de borrifar nos meus olhos.

Coco solta um grunhido.

— Para que você quis vir?

— Porque eu queria passar um tempo com você. — E porque a mamãe estava cansada demais quando voltou do trabalho e pediu que eu fosse. E porque, enquanto o jipe está no conserto, minhas únicas oportunidades de me afastar do bairro virão na forma de executar tarefas usando o carro da mamãe. E porque eu precisava fazer *alguma coisa* que exigisse que eu parasse de encarar meu celular estranhamente silencioso.

Coco suspira e junta as mãos.

— Você não pode, tipo, esperar lá fora ou alguma coisa assim? Está me deixando ansiosa.

— Está falando sério?

Ela arregala os olhos e faz que sim com severidade.

— Por que você simplesmente não compra um vale-presente para Abby? Ela está fazendo quinze anos, não ganhando um Prêmio Nobel.

— Eu preciso deixar claro que vamos continuar amigas depois que eu pedir transferência — devolve Coco. — A linguagem do amor que ela entende são os presentes! Precisa ser perfeito.

— Era para eu entender do que você está falando agora?

— Você só está prolongando o processo.

— Tá. Me encontra depois na praça de alimentação. Vou ficar com a cara enterrada numa pizza até o meu nariz parar de arder.

— Ótimo — diz Coco, borrifando o ar com um frasco verde-claro para dar ênfase.

Tento conter um espirro ao deixar a loja e seguir na direção da praça de alimentação. Noto Rachel sentada na outra extremidade, numa mesa à frente ao Sbarro, o cabelo recém-pintado de um tom nada natural de loiro em vez do habitual tom nada natural castanho-escuro, e sinto um frio na barriga. Eu ainda diria que não estou com raiva dela, mas eu *tinha* decidido não vê-la, nem Matt, até o dia da nossa reunião de aniversário de dez anos de conclusão do ensino médio.

A sensação passa de ruim para pior quando vejo quem está sentado diante dela.

Beau. Reclinado na cadeira, as mãos pousadas nas pernas, e Rachel está com o pé enganchado na panturrilha dele sob a mesa. No exato momento em que registro tudo isso, o olhar dele desvia para mim. Olho para o outro lado o mais rápido que consigo e dou uma guinada para entrar no corredor do banheiro, acelerando e rezando para ele não ter me visto. Eu sei que ele viu.

Céus, estou tão cansada de evitar a tudo e a todos.

Talvez eu devesse simplesmente ficar grata. Vai ser tão fácil deixar este lugar no fim das contas. Talvez eu precisasse que a minha cidade natal se virasse contra mim para eu poder deixá-la para trás.

— Natalie — grita Beau atrás de mim.

Não me viro. Estou no corredor agora, praticamente correndo para o banheiro feminino.

— Natalie, espera — chama ele de novo.

Passo como um raio pela porta do banheiro e a empurro atrás de mim, começando a andar de um lado para o outro diante da pia enquanto me pergunto quanto tempo vou ter que ficar escondida ali. Tudo nesta situação é tão humilhante. Eu devia simplesmente ter dito "oi" para eles, agido normalmente, mas em vez disso saí correndo e me escondi, e agora não dá para fingir que não estou chateada.

— Natalie — grita Beau através da porta. — Natalie, eu vou entrar.

Meus olhos vasculham o banheiro em busca de outra saída enquanto corro para segurar a porta, mas fui lenta demais. Beau já entrou e estamos sozinhos, e estou tão envergonhada que quero morrer.

— Este é o banheiro feminino, Beau.

Ele me faz andar até a beirada da pia, me pega pela cintura e me dá um beijo. Por um segundo, fico tão surpresa, tão estupefata com o quão frustrada e o quão atraída me sinto por ele, que retribuo o beijo. Quando ele me levanta e me coloca sentada na pia, recupero a razão e o empurro com força.

— Qual é o seu problema? — grito. Pulo da pia e passo por ele pisando duro na direção da porta. — Fica longe de mim.

Sigo em passos largos até Bath & Body Works, reparando que Rachel não está mais na praça de alimentação. Costuro por entre as nuvens de fragrâncias adocicadas, marcho até Coco e a arrasto até o balcão revestido de madeira compensada das caixas registradoras.

— O que quer que você estiver segurando neste momento vai ser o presente de Abby.

ACORDO ASSUSTADA NO meio da noite, e meu primeiro pensamento é que a Avó está aqui. Sento e encaro a cadeira de balanço, mas está vazia. Acendo o abajur do lado da minha cama, e Gus solta um resmungo de frustração. Talvez esteja latindo no sono de novo — o que tem o conhecido efeito de me acordar de madrugada.

Bem nessa hora, alguma coisa retine contra a janela no closet; deve ser o vento. Um segundo mais tarde, ouço o mesmo som, só que um pouco mais alto. Levanto da cama, vou de fininho até a janela e afasto as cortinas.

Olho para baixo, para além do telhado da varanda e o gramado em frente à casa, onde Beau está de pé. Ele larga um punhado de pedrinhas e ergue uma mão para acenar. Hesito por um segundo, então fecho a porta do closet atrás de mim antes de abrir a janela.

— Oi — diz Beau. Está oscilando um pouco no lugar, as roupas amarrotadas e o cabelo bagunçado.

— O que é que você está fazendo aqui? — sibilo.

Ele olha para baixo, para os pés, e depois de novo para mim.

— Posso subir?

— Você está *bêbado*? — pergunto. É quando reparo em como o rosto dele está maltratado, levemente machucado como se ele tivesse acabado de sair de uma luta.

Ele olha para longe, passando uma das mãos pela boca. O silêncio dele responde minha pergunta.

— Vai para casa, Beau.

— Eu preciso te dizer uma coisa — ele fala.

— Então volta quando estiver sóbrio.

Ele olha rua acima.

— Eu sei o que está acontecendo com você, Natalie.

Solto uma risada frustrada.

— O quê? Que tem um cara namorando uma das minhas antigas melhores amigas e brincando com os meus sentimentos?

Ele balança a cabeça.

— Não estou saindo com ela.

Não ligo para o que ele diz. Não sou uma analfabeta de linguagem corporal: aquilo era um encontro.

— Beau, vai para casa.

— Desculpa pelo outro dia — diz ele. — Eu mandei mal. Eu devia ter estado aqui.

— Não. — Solto uma meia risada, incrédula. — Na verdade, não devia, Beau. Você também não devia ter pedido meu telefone ou me beijado em um banheiro público enquanto estava num encontro com outra garota, mas, sei lá, vai ver você só estava bêbado nessa hora também!

Ele me encara, as pontas dos dedos repousadas sobre os lábios. Passa uma das mãos pela boca de novo e se vira para a camionete. Enquanto o observo se afastar, meu coração começa a martelar no meu peito.

— Beau, espera — falo num grito sussurrado enquanto saio pela janela para o telhado da varanda.

Ele olha de volta para mim.

— Você está certa, Natalie — diz ele. — É esse o tipo de pessoa que eu sou. Você me sacou direitinho.

Ele abre a porta da camionete e ando até a beirada do telhado.

— Você não devia dirigir agora — comento, percorrendo com os olhos as janelas dos vizinhos, antecipando as luzes se acendendo que levarão a ligações que farão com que me peguem no flagra.

Por um longo momento, ele olha para mim, depois entra na camionete. Furiosa, desço pelo parapeito da varanda, aterrisso no pátio e atravesso até ele, abrindo com força a porta do passageiro.

— Sai.

— É o meu carro — rebate ele. — Sai você.

— Por que você veio até aqui, Beau? — digo. — Por que está fazendo isto comigo?

— Sai daqui, Natalie — repete ele.

Não me movo, então ele desce da camionete e dá a volta em passos largos, me puxando da cabine e fechando a porta. Ele começa a andar de volta para o assento do motorista e vou atrás dele, me colocando entre ele e a porta.

— Você não pode dirigir assim.

Ele me agarra de repente pela cintura. Eu o agarro de volta, beijando-o enquanto ele me levanta contra o carro. Ele afunda a boca no meu pescoço, me aperta em seus braços. Nos movemos de lado e ele abre a porta, me erguendo para a cabine e se aproximando até que as nossas barrigas estejam coladas uma na outra, minhas pernas enlaçando-o, as mãos dele percorrendo meu pescoço enquanto ele me beija sem parar.

O que estou fazendo? A raiva me domina novamente, e eu o empurro. Ele cambaleia de volta para a rua.

— Tá bem. Você quer saber por quê, Natalie? Porque a minha vida inteira eu achei que era louco, e agora eu sei que não sou o único. E isso seria bem legal, só que a outra pessoa, a única outra pessoa no mundo que vê o que eu vejo, é o amor da vida do meu melhor amigo, e eu não sei ao certo como lidar com isso.

Meu coração parece parar no meu peito. Encaro Beau na escuridão. Seus olhos estão sérios e austeros; o espaço entre suas sobrancelhas, franzido.

— Do que você está falando?

— Das duas versões diferentes de Union — diz ele. — Eu sei que você consegue ver as duas.

— Como você sabe sobre isso? — falo, baixinho.

— Porque eu também consigo ver.

16

QUANDO FINALMENTE CONVIDO Beau para subir, quase me arrependo. Ele está bem mais que alegrinho e tem dificuldade em escalar até o teto da varanda. Por todo o tempo que ele passa se esforçando ao máximo para chegar lá, eu o visualizo caindo, uma ambulância acordando meus pais para resgatar um garoto bêbado, que eles nunca viram antes, desmaiado debaixo da janela do meu quarto.

Assim que ele chega lá em cima, estico as mãos pela janela para puxá-lo para entrar. Ele dá um salto para dentro do closet e me puxa contra si, envolvendo meus ombros com os braços.

O corpo dele é quente e rígido, as batidas do coração palpáveis sob minha caixa torácica e minha barriga. Ele enterra o rosto no meu pescoço, e parte de mim sabe que eu deveria afastá-lo, que cada segundo que passo com ele me faz querer *mais* tempo e, mesmo se eu não estivesse indo embora em algumas semanas, um garoto que não aparece quando combinado e depois aparece bêbado de surpresa provavelmente não é alguém por quem eu devesse me permitir sentir algo.

A curto prazo, não quero nada além de ficar contra ele deste jeito. A longo prazo, sei que deixar isso acontecer vai fazer com que doa mais no futuro.

Eu me afasto e me sento no chão, dobrando os joelhos diante do peito. Ele se senta na minha frente.

— Me conta tudo — falo.

Ele olha para as próprias mãos e assente.

— Começou a acontecer quando eu tinha cinco anos — explica ele. — Minha mãe e Mason desapareciam por mais ou menos uma hora, então voltavam, agindo como se nunca tivessem ido a lugar algum. Foi aumentando rápido. Às vezes, prédios inteiros desapareciam. Tinham duas versões diferentes da minha casa. Tinha a casa em que morávamos, mas às vezes, enquanto eu estava do lado de fora brincando, olhava para trás e tudo estava tomado por mato, as janelas quebradas, esse tipo de coisa. E aí vieram as pessoas. Conheci uma versão de Kincaid que não sabia quem eu era.

— Matt? — digo.

Beau faz que sim.

— A gente morou nessa propriedade alugada minha vida inteira. Kincaid e eu crescemos brincando juntos, e aí um dia eu fui à casa dele e ele se apresentou para mim como se nunca tivéssemos nos visto. Ele me levou para dentro, e o pai dele também não sabia quem eu era. Raymond Kincaid nunca me tratou tão bem quanto naquele dia — conta ele, com a sugestão de um sorriso.

— Ninguém mora naquela propriedade de Matt — digo.

— Não na sua versão — responde Beau. Eu o encaro inexpressiva e ele prossegue: — Quando eu tinha dez anos, minha mãe me fez ter aulas de piano. Nunca aconteceu enquanto o professor assistia, mas, se eu tocasse sozinho, às vezes as coisas desapareciam da sala. Pequenas mudanças, nada grande. Quando eu parava de tocar, tudo voltava ao normal.

"Foi ficando cada vez pior. Se minha mãe fosse mais presente, teria pensado que eu estava ficando maluco. Em vez disso, achou que era só uma fase e me mandou para morar com o meu pai. Acontecia menos enquanto eu estava lá; quando acontecia, porém, era ruim. Uma vez meu pai nem sabia quem eu era, me botou para correr de casa com um taco de beisebol no meio da madrugada, mas, quando voltei uma hora mais tarde, ele agiu normalmente. Enfim, ele cansou depois de um ano e meio. Voltei para cá e as coisas pioraram.

"Eu estava no primeiro ano quando descobri que podia ir de um mundo para o outro quando quisesse. Em especial quando tocava piano ou ouvia alguém tocar, ou mesmo quando só pensava sobre uma música. O álcool também facilita. E, às vezes, eu podia avançar."

— Avançar?

Seus olhos castanho-esverdeados fitam os meus.

— No tempo.

— Isso é impossível — falo, ofegante.

Ele ri.

— Tudo isso é impossível, Natalie.

— Bem colocado — aponto, massageando a testa. — Então tem dois futuros?

Ele balança a cabeça.

— Não sei. Quando avanço, não consigo desacelerar. É como... — Ele pensa por um segundo. — É como se eu estivesse parado em um lugar e fazendo o mundo passar por mim, mas, assim que tento pará-lo, morar nele, caio de volta no agora, na minha versão ou na sua.

— Nada disso faz o menor sentido.

— Não faz — admite ele. — É por isso que não contei a ninguém. Não tem prova visível. Não importa se outras pessoas estão por perto quando o tempo começa a mudar; quando para, eu volto direto para o presente. Para elas, é como se nada tivesse acontecido, como se eu tivesse simplesmente apagado por um segundo, não importa quanto tempo tenha parecido ser para mim. Consegui levar o hamster de Mason comigo uma vez quando eu era criança, mas isso não me ajudou em nada, e eu nunca consegui reproduzir a experiência com gente de verdade, então desisti. Eu ia à escola à noite para tocar piano, acabava passando para a sua versão do mundo e aí, quando o faxineiro vinha correndo, eu parava de tocar e me deixava voltar para a minha versão.

— O Fantasma da Sala de Ensaios — falo.

Ele encolhe os ombros.

— Na noite em que conheci você, tentei voltar para a minha versão, mas não consegui. Achei que era como com qualquer outra pessoa, como se eu estivesse sintonizado em onde você deveria estar, e que era aquilo que me ancorava no seu mundo. Mas aí, depois daquela noite, você ficava vendo lampejos da *minha* versão das coisas. Você viu a igreja com a ala adicional e me viu com Rachel no shopping hoje.

Olho para o carpete.

— A *sua* versão de Rachel, no entanto — falo, tentando soar natural.

Ele faz que sim.

— Rachel é meio que Rachel, independentemente do lugar.

— Ela é sua...

— Nada — diz ele, sacudindo a cabeça.

— Sua ex? — tento adivinhar.

Ele me olha por um longo momento.

— Algo do gênero.

— E quanto à noite no campo de futebol? Ela era sua ex naquele dia?

Os olhos dele fazem um movimento rápido para a janela e depois voltam para o chão.

— Não exatamente. — Meu estômago se revira e cubro o rosto, massageando as têmporas. — Natalie...

Balanço a cabeça e deixo as mãos caírem.

— Não importa — digo. — Tem coisas mais importantes que merecem atenção.

Ele me encara com os olhos pesados, como se estivesse me pedindo alguma coisa. Meu peito fica como se fosse um papel se rasgando.

— Foi por isso que não vim — diz ele, afinal. — Quando nos conhecemos, eu nem sabia quem você era, onde se encaixava. Mas, quando você viu aquelas coisas, a minha versão das coisas, o jeito como você agiu, eu não soube o que pensar daquilo no começo. E aí o seu número de telefone não funcionou no meu mundo e comecei a juntar as peças. Então comprei isto. — Ele estende um celular vagabundo dobrável.

— Que isso, um telefone extra para ligar para os traficantes? — falo, secamente.

Ele me dá um olhar fingindo recriminação.

— Algo parecido — confirma ele. — É para ligar para você. Comprei na sua versão, então, quando você ligava para o meu número, a ligação completava. Naquela noite, eu queria te ver. Achei que você ia para a casa de Schwartz no Quatro de Julho, então eu fui, mas não consegui chegar à sua versão. De vez em quando acontece. Bebi demais e ainda assim não consegui atravessar. Não consegui no dia seguinte também. Enfim, depois que vi você hoje, decidi tentar de novo.

Mexo ansiosa no carpete.

— O álcool ajuda mesmo a passar de uma versão para a outra?
Ele dá de ombro.
— Talvez. Eu achava que sim, pelo menos.
— Parece uma desculpa bem conveniente para o alcoolismo. Leva o conceito de facilitador de socialização para um novo nível.

Quando olho para cima, Beau me dá um daqueles sorrisos pesados: o verão em forma de boca.

— Bem, Natalie Cleary, que tal você descobrir como passar de uma para a outra? Aí não vou precisar beber para te encontrar.

Eu rio.

— Se você parar de beber cerveja, vai sobrar o que para eu comer com meu cereal?

— Cerveja não conta como álcool.

Rio de novo.

— Ah, outra perspectiva conveniente.

— Tá — diz ele. — Eu paro com a cerveja também, começo a comer ovos mexidos ou algo assim. Você só dá um jeito de descobrir como chegar à minha Union, ok?

— Ok — digo, tentando segurar um sorriso. Então uma coisa importante me ocorre. — Acho que estou procurando uma pessoa na sua versão. Ou talvez ela esteja em ambas as versões, ou em uma terceira totalmente diferente. Eu na verdade não tenho certeza. É uma senhora velha com cabelo grisalho e pele escura, e ela se chama de Avó. Você viu alguém assim?

Ele hesita, jogando o cabelo para trás do pescoço.

— Natalie.

— O quê?

— Até onde eu saiba, temos todas as mesmas pessoas — diz ele. — Tem dois de cada um.

— De cada um? — pergunto.

Ele sustenta meu olhar por um bom momento.

— A não ser nós.

— Sério?

Ele assente.

— Eu nunca tinha visto você antes daquela noite na escola.

— Eu vi você no campo naquela noite — comento. — Era o Jogo dos Veteranos, e, bem no meio da coisa toda, todo mundo desapareceu. Éramos só nós dois.

Ele olha para mim, o canto da boca se erguendo.

— Nosso Jogo dos Veteranos foi uma semana antes da sua. Eu estava lá sozinho naquela noite. — Ele mantém os olhos em mim até eu não conseguir mais sustentar o olhar. — Posso te mostrar uma coisa?

Faço que sim, e ele se levanta.

— Fica em pé — pede ele. — Me dá as suas mãos.

Dou as mãos para ele e me levanto. Ficamos ali, de mãos dadas, o calor se alastrando dos dedos dele pelos meus braços até a minha barriga. Ele estica a mão por cima do meu ombro para desligar a luz do closet e encosta a testa na minha.

— Fecha seus olhos por um segundo — sussurra ele contra a minha boca e eu obedeço, sentindo-o ao redor do meu corpo todo, em todos os pontos que não chegamos a encostar.

Sinto o frio na barriga, como se meu centro de gravidade estivesse afundando em areia molhada, e luz pisca contra minhas pálpebras: vermelha, amarela, azul, roxa, como um rolo de filme.

— Pode abrir — murmura Beau.

Minhas pálpebras se agitam. A luz mortiça que se derrama pelo rosto de Beau é de um azul prateado, mas, enquanto olho nos olhos dele, a luz além da janela muda, se intensificando rapidamente por uma centena de tons de cor-de-rosa até um púrpura vívido e então um dourado ofuscante que incide sobre as íris dele como lanças acobreadas. Dentro de segundos o closet está aceso com a luz do dia. Com a mesma rapidez, a luz da manhã se esvai, o dourado voltando a fervilhar para colorir as bochechas e olhos e boca de Beau conforme o sol cai na parte ocidental da casa. Logo tudo fica laranja, depois púrpura, se fechando enfim num azul tão escuro que se expande até virar preto.

O ciclo se repete, as cores nos banhando em novas variações das mesmas tonalidades, se movendo mais e mais rapidamente até que é como se estivéssemos de pé no centro do sistema solar, e fosse o sol nos envolvendo: nascendo a leste de onde estamos e se pondo a oeste. De alguma maneira, também parece que estamos nos movendo, caminhando por água na altura do queixo que oferece uma suave resistência aos nossos corpos.

O mundo inteiro está mudando e arquejo quando outra versão de mim se move entre o closet e o quarto tão rapidamente que mal consigo vê-la. O armário fica vazio e volta a ficar cheio com caixas plásticas organizadas que nunca vi antes, sombras de pessoas que não conheço passando num borrão, se movendo através de nós. Essas caixas também desaparecem, substituídas por prateleiras com roupas, e o tempo todo o sol nasce e se põe e as mãos de Beau estão nas minhas.

Tudo está mudando, exceto por Beau e por mim. Somos os mesmos.
— É lindo — sussurro.
Ele faz que sim, sem nunca tirar os olhos de mim.
— Você acha que eles nos ouvem?

As paredes e o chão estão envelhecendo agora, a luz ainda vibrando por suas fases como um filme saindo de um projetor, até que a parede de gesso começa a esfarelar, dominada por trepadeiras e ervas daninhas. Das vinhas, brotam flores que depois murcham e voltam a crescer e morrem novamente. Estações se estendem por anos, que se estendem por décadas, que se estendem por séculos, tudo em momentos, enquanto consigo ouvir a respiração de Beau, divisar seus contornos pelo milissegundo de escuridão antes de outra manhã começar.

— Não acho que tenha sobrado ninguém para ouvir a gente — diz Beau.

Ele está certo. Dou uma risada porque não sei o que mais fazer. Estamos de pé no fim do mundo, a luz em círculos acima de nós.

Ele se aproxima de mim, e a pressão na minha barriga desaparece, a luz se esvaindo gradualmente até nos deixar sozinhos no meu closet no escuro. Minha respiração parece rasa agora. Mal consigo ver Beau, gigante na minha frente, mas consigo senti-lo. Ainda consigo sentir o beijo dele nos meus lábios e estou extremamente consciente da distância da boca dele.

Então não há distância. Minhas costas estão contra a porta do closet, e Beau me beija devagar, suavemente, suas mãos ásperas na minha barriga, as minhas se entrelaçando no cabelo dele. As mãos dele escorregam pelo meu pescoço, os dedos afundando na minha pele, depois deslizando gentilmente pelas laterais até minha clavícula. Como antes, a luz passa por nós, mas desta vez é como se eu estivesse caindo pelo espaço, e o sol se levanta no oeste, do lado de fora da janela do closet, e se põe atrás da casa; a noite completa o ciclo, passando ao pôr do sol e então ao meio-dia e à manhã.

Quando o beijo acaba, ficamos ali por um tempo, meu coração ainda martelando conforme o sol completa o ciclo de oeste para leste mais uma vez e outra, uma roda-gigante de cores girando ao nosso redor. Uma versão mais jovem de mim anda de costas entre o armário e o quarto, um borrão marrom impossivelmente veloz. A sensação de ser puxada para trás pela água pressiona minhas pernas e costas.

Na rua sem saída, centelhas de luz se erguem do chão, se reunindo alto no céu para formar uma flor de fogo colorido: *fogos de artifício*.

Chegamos no dia 4 de julho e, quando todos os fogos de artifício são desfeitos, a noite nos engole novamente. Nossa respiração é o único som na escuridão, nossas mãos dadas, a única coisa me ancorando.

— Me ensina a fazer isso — peço.

Ele olha pela janela.

— Eu acho que é você que está fazendo.

Ele me beija, me erguendo contra a porta, e o mundo avança de novo. Desta vez, quando chega à era das paredes esfareladas e trepadeiras, tento mantê-lo ali ao nosso redor. Tento manter *a gente* ali, no fim do mundo.

— **HÁ MUITO** tempo, houve uma seca — conto a Beau. Estamos deitados no closet de lado, o braço dele envolvendo minha cintura, a mão repousando na parte de trás da minha coxa. — E toda a água secou, cada riacho e regato, cada rio e lagoa, e o oceano que envolve a América.

"O povo ficou com fome e sede, então vaguearam pelo mundo em busca de qualquer coisa que pudessem comer ou beber. Quando encontraram peixes e animais mortos onde antes havia água, ficaram com raiva. Culparam os animais pela seca e começaram a golpear os cadáveres, despedaçando-os e lançando-os de um lado para o outro em seu furor.

"Isso aconteceu por algum tempo, até que um forte vento passou por eles, e as pessoas pararam e olharam para cima. Viram um homem, carregado pelo vento, descer até eles. Quando ele tocou a terra, falou; 'Vocês agiram como tolos', disse. 'Abusaram de mim e uns dos outros e de tudo o que criei para desfrutarem e cuidarem.'

"Então o homem ergueu uma folha, e quatro gotas de água caíram dela na terra. A água se espalhou daí, cobrindo toda a terra numa inundação. O homem escolheu diversas pessoas para segui-lo por uma montanha e, conforme a água continuava a subir, o homem falou com a montanha que se a erguesse também, mantendo as pessoas em segurança.

"Eles ficaram sobre a montanha por quatro dias antes de as águas recuarem, deixando toda a terra verde onde havia estado. O homem guiou o povo de volta montanha abaixo, e eles viram que as pessoas que haviam ficado sob a água não se afogaram, mas tinham renascido como peixes e jacarés e outros animais, em números tão grandes que a terra antes vazia estava cheia novamente.

"Dessa maneira, o homem refez o mundo, consertando todos os erros."

— Fim? — pergunta Beau, passando a mão na lateral do meu corpo.

— Ou o começo — sugiro. — Depende de como você encara. Era o que a Avó costumava dizer, de qualquer maneira.

Ele se deita e repouso minha mão no seu ombro e minha cabeça no seu peito, sentindo cada respiração passar por seus pulmões.

— Vou ajudar como puder — diz ele. — A encontrá-la antes de você ir embora, quero dizer.

Neste momento, a ideia de ir embora me faz querer afundar as mãos em Beau e congelar o tempo ao nosso redor. Eu me viro para enfiar o rosto na camisa dele e sentir seu cheiro.

— Eu teria me afogado na inundação — comenta ele, e me sento abruptamente.

— Do que é que você está falando?

— Na minha versão, Kincaid não está indo bem — diz ele. — Ele sempre foi mais feliz na sua versão. Provavelmente porque tinha você.

— Matt e eu terminamos — falo. — Não tem nada a ver com isto... com você.

Um sorriso atravessa o rosto dele, mas rapidamente desvanece para um olhar sério e pensativo conforme seus dedos passam pelo meu braço.

— Ele não faria isto comigo.

— Você não sabe o que ele faria. Não conhece o mesmo Matt que eu. — Depois do que aconteceu na festa, eu também não tenho certeza de que conheço.

— E você não conhece o Matt que é meu amigo — responde ele.

— Exatamente. São duas pessoas diferentes — digo. — Você não precisa se sentir mal por causa disto.

Ele dá uma risada sem humor e sacode a cabeça.

— Não faria diferença — sentencia ele. — Se estivéssemos no mesmo mundo, o mundo em que Kincaid está apaixonado por você, eu ainda estaria aqui. Se você quisesse, eu estaria.

— Por quê? — pergunto.

Ele esconde um sorriso e passa o polegar pelos meus lábios.

— Não acho que o mundo e eu sejamos tão complicados quanto você pensa, Natalie. Eu não pretendia escolher você nem nada parecido. Só sei que, se eu for construir só uma varanda na minha vida, gostaria que fosse a sua e, se for para ter uma pessoa que não quero machucar nem decepcionar, que seja você.

Agarro os lados do rosto dele e o beijo de novo, lentamente, profundamente, as mãos dele me envolvendo e me erguendo para junto de seu corpo. Eu me curvo para sussurrar:

— Eu ainda ia querer que você estivesse aqui, também. Em todas as versões do mundo, eu gostaria.

Beau me aperta com mais força e beija o topo da minha cabeça.

— Conta mais uma e eu vou embora.

— Você não precisa ir — digo. — Poderia simplesmente desaparecer se alguém entrasse.

— E aí eu iria parar no closet de outra pessoa — lembra ele. — Da primeira vez que joguei pedras na sua janela, um velho apareceu, ameaçando chamar a polícia.

— Então você podia ficar na minha versão e simplesmente descer pela janela.

Ele olha para mim, afastando o cabelo do meu rosto.

— Vou ficar por todo o tempo que você quiser.

Para sempre, penso. Neste momento, para sempre. Mas me conheço o suficiente, ainda que não muito, para saber que sempre tive dificuldade em focar o presente. Quero dizer, pelos meses que antecederam a partida de Megan, tudo em que eu conseguia pensar era no tempo que passamos juntas e em como seria não tê-la por perto. Uma vez, papai me pegou chorando por causa disso quando trouxe uma pilha de roupa lavada para o meu quarto. Primeiro ele se desculpou e se virou para sair, mas acho que a versão anjinho da mamãe no ombro dele disse para ficar e me consolar. Quando contei por que estava chateada, que eu já sentia falta de Megan apesar de ela ainda não ter partido, ele tentou conter um sorriso, pigarreou e disse:

— Você tem que curtir o momento, meu docinho de coco. Ou vai perder a vida inteira olhando para a frente e para trás se não tomar cuidado.

As pessoas dizem esse tipo de coisa o tempo todo, e eu acredito. O problema é que não consigo evitar. Não consigo fazer meu cérebro esquecer o passado ou meu coração ignorar o que pode acontecer no futuro.

Mas agora, sentada no chão com Beau, não quero recuar para o passado nem avançar para o futuro. Não quero ficar sozinha para pensar ou tentar determinar como as coisas entre nós vão acabar antes mesmo de permitir que comecem. Quando estou com Beau, o tempo parece estranhamente congelado, talvez simplesmente não exista, como se de fato só houvesse este momento e nada mais. Eu me pergunto se ele tem esse efeito tranquilizante em todos ou se é possível que, de todas as pessoas no mundo, em dois universos diferentes, Beau e eu sejamos modelados como um encaixe perfeito.

Não acredito em amor à primeira vista, mas talvez esta seja a coisa mais próxima: ver uma pessoa, alguém que você não tem interesse nenhum em amar, num campo de futebol certa noite e pensar *eu quero que você seja meu e quero ser sua*. Ficar deitada no chão de um closet com alguém e pensar *eu não devia conhecer você, mas conheço*. Reconhecer uma pessoa como parte de si antes mesmo de ela se tornar essa pessoa na sua vida e saber, sem sombra de dúvida, que nenhum de vocês jamais será quem é neste exato momento, nunca mais, e acreditar, contra todas as probabilidades, que vão continuar a pertencer um ao outro apesar disso.

Ainda não amo Beau, pelo menos acho que não. Mas ficar com ele é como uma versão melhor de estar sozinha e, com isso, acho que somos um do outro.

Olho para cima, para o teto, e espero que outra história me venha à cabeça. Sinto os enredos passarem por mim como a luz do conhecimento que a Avó Aranha tecia pelos primeiros humanos.

— O que você acha que isso tudo quer dizer? — pergunta Beau num murmúrio contra minha orelha. — Todas essas histórias que ela te contou.

— Não sei. Talvez ela simplesmente não quisesse que se perdessem.

Enquanto digo isso, me lembro do que ela falou da última vez, de como ela pegou minhas mãos e disse: *Tudo está nas histórias. Tudo. A verdade. O mundo inteiro, Natalie. Aquela garota pulou no buraco sem saber o que aconteceria, e o mundo inteiro foi criado.*

— Antes da inundação, havia os yamasee — conto a ele. — O mundo ficara tão escuro e violento que ninguém mais conseguia sobreviver sem se defender. E os yamasee estavam de coração partido, pois não queriam ter que matar para viver. Eles não podiam justificar isso. Então, quando a água começou a subir, em vez de desperdiçar tempo lutando, eles andaram até o meio da enchente, cantando enquanto prosseguiam. E foi assim que se perderam.

17

ACORDO NO CLOSET e Beau já foi embora, o moletom ainda estendido sobre mim. A vidraça fechada, mas destravada, é atingida por gotas de chuva e vibra com um trovão distante. Por um tempo, simplesmente encaro o teto, me perguntando se a noite passada foi apenas um sonho.

Se Beau é um sonho. Se a Avó é um sonho.

Sento e uma minúscula flor branca cai do meu cabelo. Eu a pego, girando-a entre dois dedos: uma das flores que um dia crescerão na minha parede, daqui a muitos e muitos e muitos anos. O toque dela me lembra a boca de Beau contra a minha, e simultaneamente sinto um rubor e um acesso confuso de culpa.

Não é só Rachel, apesar de isso definitivamente ser parte da questão. Beau tem um mundo inteiro que ele está traindo comigo. Outro Matt Kincaid que é o melhor amigo dele. Outra Rachel Hanson, que é uma não-namorada-mas-alguma-coisa. Outra Union, onde não existo.

É então que lembro que é quinta-feira.

Eu me levanto de um pulo e corro para o meu quarto, quase tropeçando em Gus, que mudou de posição e veio dormir perto da porta do closet no meio da noite. Consigo parar a tempo e passo por cima dele, então enfio calças jeans transformadas em shorts e uma regata e me jogo em cima do celular para ver que horas são.

Oito e meia. Com o jipe no conserto, Jack vai de carona com colegas do time, mas eu ainda pretendia ligar para Alice o mais cedo possível para implorar que ela viesse me buscar para a nossa reunião. Deslizo o dedo pela tela do telefone até encontrar o nome dela. A ligação não completa e, quando levanto o olhar, entendo por quê: Gus desapareceu, as paredes estão cobertas de um papel florido cor-de-rosa e uma cama de solteiro está encostada na extremidade do quarto, o cobertor bege impecavelmente dobrado. *Ai, meu Deus. Não, não, não.*

Estou no quarto de outra pessoa. Suspiro profundamente, estico a cabeça para espiar o corredor e ver se a barra está limpa antes de sair correndo até as escadas. Abro e fecho os olhos, com força, como costumava fazer quando percebia que estava tendo um pesadelo e queria acordar. Faço a curva do corredor e voo degraus abaixo.

Obrigada, Avó. Estou de volta ao meu mundo. Coco está parada no vestíbulo, a porta de entrada aberta, e freio bruscamente quando vejo Matt na varanda.

— Oi — diz ele, hesitante, por cima do ombro dela.

Coco se vira e forma a palavra *desculpa* com a boca.

— Eu estava subindo para ver se você já estava acordada — diz ela em voz alta, olhando dele para mim. — Vou tomar café da manhã. — Ela desliza pelo corredor em direção à cozinha.

— O que você está fazendo aqui? — pergunto, a culpa retorcendo minhas entranhas. Este Matt não conhece Beau, lembro a mim mesma, mas parte da minha mente ainda está raciocinando que acabo de passar a noite em claro dando uns pegas no melhor amigo do meu ex-namorado, e pensando que Matt está melhor na versão de Union em que ele não gasta toda a energia dele comigo.

Ele passa uma das mãos pela nuca e por cima do cabelo claro.

— Não tenho dormido — diz ele. Dá para ver isso pelas bordas avermelhadas dos olhos e pelas roupas amarrotadas, pelo amargor de cerveja no hálito dele. — Não consigo pensar direito. Eu precisava ver você.

— Estou atrasada. — Olho para onde o jipe geralmente fica estacionado e solto um grunhido ao perceber o que estou prestes a fazer. — Está bem, você quer falar comigo? Eu preciso de uma carona até a NKU. Você pode me levar.

— Tá bem — responde ele, ávido. — Claro.

— Isso não quer dizer que tenhamos voltado a ser amigos.

— Tudo bem.

— Eu provavelmente não vou nem falar com você.

— Isso vai me dar a oportunidade de falar, pra variar — diz ele, sorrindo docilmente. É o tipo de piada da qual eu teria rido há algumas semanas. Agora, só faz eu me sentir triste e vazia. Quero que Matt seja feliz. Quero que ele seja feliz em outro lugar, porque quero ser feliz também e, neste momento, vê-lo não me traz memórias dos nossos anos de amizade, só me traz memórias de uma noite específica.

Matt segue na frente até o carro dele e abre a porta do passageiro para mim.

— Você está linda, Nat.

— Que seja.

Ficamos em silêncio no caminho e consigo sentir a angústia dele preenchendo o ar como um enxame de vespas, o que só me deixa mais irritada.

— Eu estava muito bêbado, sabe — comenta ele, enfim.

— Se é assim que você age quando bebe, não deveria beber — retruco.

— Você está certa — diz ele. — Não vou mais beber.

— Ah, é? Porque você está meio que com o cheiro de quem derramou um barril inteiro no corpo há cinco minutos.

— A noite passada foi difícil — admite ele de um jeito intenso. — Mas foi a última vez. Parei de verdade.

— Você ainda nem começou a faculdade.

— E daí? — diz ele. — Estou falando sério.

Não discuto, mas também não acredito nele. Parte de mim se pergunta se ele ainda está bêbado neste momento, se eu deveria mesmo estar no carro de carona com ele com os olhos daquele jeito e as roupas com esse cheiro.

Penso sobre o Outro Matt Kincaid enquanto seguimos, o que é melhor amigo de Beau, um Superveterano que fala devagar e bebe uísque. Não consigo imaginar, mas também, olhando de fora, faz mais sentido que a ideia de Beau *comigo*.

Beau e Rachel. *Isso* faz sentido, mas a ideia me deixa louca.

— Para que está indo para a NKU afinal? — pergunta Matt quando estamos pegando a saída.

— Terapia.

As sobrancelhas dele se erguem.

— Está tudo bem?

— Para falar a verdade, não.

— Você quer conversar a respeito? — indaga ele.

— Não. — O silêncio incha entre nós, palavras não ditas borbulhando sob o meu peito até eu sentir que vou explodir se não as disser. — Você me magoou de verdade, Matt.

— Fui um babaca.

— Achava que você era melhor que aquilo.

— Vai por mim — diz ele. — Eu também achava.

Assim que ele para no estacionamento, salto do carro apesar da chuva torrencial e de estarmos do lado oposto de onde fica o consultório de Alice. Não consigo mais ficar sentada ao lado dele. Tudo o que Beau falou pinica sob a minha pele. Beau mexeu comigo, e Matt nem sabe que ele existe. Conforme avanço na direção do prédio, Matt dirige do meu lado, abaixando a janela.

— Como você vai voltar para casa? — pergunta ele, claramente preocupado, e olho para cima, enxugando gotas de chuva dos meus cílios.

— Vou dar um jeito — digo. — Por favor, vai embora, Matt.

Ele abre e fecha a boca algumas vezes, como se estivesse tentando guarnecer a língua de palavras.

— Sabe, isto não é tudo culpa minha — comenta ele, a raiva refluindo para suas palavras.

— O que não é? Você me beijar à força e depois ficar com a garota que costumava ser uma das minhas melhores amigas?

— Meu Deus, Natalie — ele estoura. — Cometi um erro. Você não precisa ficar esfregando na minha cara como se eu fosse um cachorro que fez xixi no tapete.

— Sinto muito se não consigo esquecer uma coisa dessas dentro de alguns dias, Matt — grito de volta. — Você me *assustou*; não entende? Não me senti segura. Achei que você iria... — Não completo a frase, incapaz sequer de dizer em voz alta.

Matt dá uma risada de escárnio, as bochechas ficando lívidas.

— Fala logo, Natalie — ele quase grita. — É isso que você realmente pensa de mim. Achou que eu iria *estuprar* você.

— Não falei isso — digo, agora tremendo bastante.

— Não precisava falar.

— Eu fiquei *assustada* — respondo. — Falei para você parar e você não me ouviu. Você nunca agiu daquele jeito antes. O que é que eu deveria ter achado?

— Às vezes, não consigo acreditar no quão escrota você consegue ser — diz ele, sacudindo a cabeça para o volante.

Minha boca se abre, as réplicas que eu havia preparado escapando da minha mente, me deixando vazia e tremendo.

— Nunca mais fala comigo de novo — ordeno. — Não me liga. Não vai na minha casa. Acabamos, Matt.

— Sem problema. — Ele cospe as palavras. Sobe o vidro e acelera para longe.

Fecho os olhos, deixando a chuva me encharcar, e meu estômago desperta comigo, uma sensação que me avisa que o mundo à minha volta está prestes a mudar. Quando reabro os olhos, os prédios desapareceram, substituídos por morros ondulantes e matas prósperas e densas que brilham e se agitam sob a chuva. De qualquer forma, corro para onde deveria estar o prédio da Alice.

Porque os prédios não estão lá, é como se Matt não existisse. Como se ninguém existisse e, portanto, nada de ruim pudesse acontecer. O mundo inteiro me parece mais seguro e afável, mas não consigo parar de chorar e tremer.

Só preciso continuar em frente. Não pensar sobre Matt. Não pensar sobre a contagem regressiva nem mesmo sobre Beau. Estou chegando perto de entender tudo. O mundo inteiro, e meu papel em permitir que ele fosse criado. Se eu simplesmente continuar em frente, tudo e todos vão ficar bem.

Com um solavanco no meu centro de gravidade, o prédio de Alice reaparece num estalo. Entro, subo as escadas e desacelero pelo corredor até chegar ao escritório dela.

— Cancela as outras consultas de hoje — digo quando ela e o dr. Wolfgang, o hipnoterapeuta, movem os olhos da mesa anarquizada para mim.

— Não tem como — responde ela, virando a página na caderneta.

— É responsabilidade sua chegar aqui na hora certa, e se você não consegue...

— Eu sei quem os Outros são.

Alice fica pálida.

— Dr. Wolfgang, acho que vamos precisar remarcar.

— **REALIDADES ALTERNATIVAS** que ocupam o mesmo espaço físico — diz Alice, tamborilando os dedos na boca. — Nunca vi provas concretas antes, mas faz sentido. — Ela rabisca algo no caderno, para de escrever por um instante, e começa a desenhar círculos estreitos com a caneta enquanto faz *hm*.

— *Uhm?* — murmuro de volta.

— Então, seu Fechamento acontece em três meses — avisa Alice. — Vai ver você só tem mais três meses antes de parar de acessar essas realidades alternativas, que são meio que como eclipses lunares. Diversos mundos se sobrepondo, mas é temporário.

— Certo. — Já começo a sentir o pânico correndo pelas minhas veias com o pensamento de não conseguir mais acessar o mundo de Beau.

— Nesse caso — prossegue Alice —, é possível que a Avó quisesse que você fizesse algo no *outro* mundo. Talvez para isso ela tenha colocado a limitação temporal.

— Talvez — concordo. — Só tem um jeito de saber com certeza, no entanto. Tenho que achá-la.

— E seu amigo, Beau, ele já a viu?

Balanço a cabeça.

— Não, mas ele diz que vai me ajudar a encontrá-la.

— Acha que ele consegue? — pergunta ela, uma sobrancelha escura se arqueando.

— Não sei. Mas ele sabe controlar isso muito melhor. Viaja entre os mundos desde que era pequeno.

— Traz ele da próxima vez — diz Alice. — Vamos ver quais paralelos podemos traçar entre vocês dois.

— Vou tentar — respondo, evasiva. Não consigo imaginar Beau concordando em ser interrogado por Alice, especialmente não depois de passar a vida inteira achando que estava ficando louco.

— Nesse meio-tempo — continua ela —, ainda acho que estamos na direção certa. Consigo sentir. A chave para reencontrar a Avó está na sua mente. O dr. Wolfgang só precisa achar uma maneira de alcançá-la. Seu cérebro é como Alcatraz no apogeu.

— Achei que era um Walmart.

— Um Walmart de segurança máxima — diz ela. — Um no qual visões sobrenaturais e jogadores de futebol americano adolescentes são bem-vindos, mas hipnoterapeutas garimpando em busca de traumas definitivamente não são. Vamos terraplanar seu cérebro se for preciso, estamos quase lá.

— Falando em chegar a algum lugar vou precisar de uma carona para casa.

Ela dá uma olhada no relógio e ergue as mãos no ar.

— A quem estou tentando enganar? Eu dou um jeito. — Ela se espreme entre a escrivaninha e a estante de livros e agarra as chaves em uma bandeja precariamente equilibrada sobre uma pilha de papéis. De repente, ela congela e agarra meu braço. — Irmão Negro e Irmão Vermelho. — Ofega.

— Quê?

— Irmão Negro e Irmão Vermelho, a história que você gravou para mim na semana passada. Maldita Avó filha da mãe.

— Alice, *usa frases*.

— Duas versões diferentes da mesma pessoa — diz ela num suspiro. — A resposta estava na história.

Arrepios fazem minha pele formigar sob as roupas ainda úmidas.

Tudo está nas histórias. Tudo. A verdade. O mundo inteiro, Natalie. Aquela garota pulou no buraco sem saber o que aconteceria, e o mundo inteiro foi criado.

18

CONTO A MEGAN tudo o que aconteceu desde que Beau apareceu do lado de fora da minha casa, sem deixar quase nada de fora. Cada frase arranca um novo arquejo da boca dela. Quando termino, a primeira coisa que ela solta é:

— A Avó é Deus, só pode. Ou um espírito. Ou um anjo. Ou o elo perdido... Uuh, um alienígena. Não, espera, acho que é Deus.

— Não sei o que ela é — digo. — Mas não é como a gente. Disso eu sei. Ela é uma coisa diferente, e está me ajudando.

— Então você acha que é Beau? — pergunta Megan. Ela está ofegando enquanto fala, os pés golpeando audivelmente a esteira do porão do dormitório dela. — O cara que você tem que salvar, quero dizer.

— Não sei — respondo. — Só tem um Beau. Se Alice estiver certa, se a história do Irmão Negro e do Irmão Vermelho tem alguma coisa a ver com tudo isto, eu imaginaria que estou procurando por alguém que tem outra versão.

— Ai meu Deus — arqueja Megan. — Como você acha que é a outra *eu*? Isso é tão bizarramente bizarro.

— Nem de perto tão bonita — brinco. — Provavelmente uma escrota.

— Provavelmente — concorda Megan. — Você acha que ela está em Georgetown?

— Acho que sim. Não vejo por que não.

— Isso meio que me dá vontade de vomitar.

— Será que não é efeito do dispositivo de tortura sobre o qual você está correndo?

— Com certeza não está ajudando.

— Ei, então me conta como está aí — digo.

— Intenso. As meninas são legais. Algumas gostam de curtição. Outras não fazem nada a não ser treinar. Tem uma aluna do segundo ano chamada Camila que é bem maneira, mais do tipo moderado.

— Você não quis dizer horrível e horrorosa e nada parecida comigo?

— Quero dizer, se estivéssemos comparando, sim — diz Megan. — Mas sem a minha alma gêmea do lado dela, Camila parece gente boa.

— Estou feliz por você estar fazendo amigos — falo, apesar da pontada no meu peito.

— Não tem que ficar. Eu não vou ficar mal se você os odiar por princípio.

— Sinceramente, eu meio que odeio.

— E prometo sentir a mesma inveja maluca e provavelmente doentia quando você for para Brown e todos os seus amigos forem gênios entusiastas de História com nomes de gênero ambíguo tipo Kai ou Fern ou Letra Q.

— Eu pagaria um dinheirão para estar em Georgetown com você.

Megan solta um suspiro.

— Olha, não estou dizendo isso para pressionar você nem nada, mas você sabe que existe a possibilidade de pedir transferência. Se você não gostar de Brown ou eu de Georgetown, sem problemas, a gente fica junta de novo.

— Eu sei — digo, e quase espero que isso aconteça. Estou sinceramente mais preocupada de que eu vá *amar* Brown, que Megan se *encaixe* em Georgetown como meiazinhas peludas verde-limão num par de pés friorentos, que sigamos por caminhos diferentes, amando nossas vidas, mas nos afastando a cada nova curva. — O Kentucky está lindo esta noite — comento, olhando por cima da varanda para as casas do outro lado da rua. O sol poente lança sombras profundas pela vegetação, pintando tudo em faixas de amarelo e azul. Está chovendo, mas numa garoa tão tênue que mal é palpável.

— O Kentucky sempre foi lindo — diz Megan.

Meu coração dói, uma compreensão interna de que o que ela falou é verdade.

Você pertence a este lugar mais do que qualquer outra pessoa que já conheci, afirmou Beau.

Três meses, avisou a Avó.

— Enfim, você sabe o que eu vou perguntar agora — diz Megan.

— Eu sei.

— Como foi o beijo? Nada de hálito de Cheetos, espero.

— Ele tinha gosto de cerveja barata e cheiro de treino de futebol americano, e, de alguma maneira, foi perfeito.

MAMÃE E EU estamos dentro do carro, conversando e rindo enquanto seguimos por uma estrada rural sinuosa que serpenteia em meio às árvores. Está claro do lado de fora, o céu de cor azul-bebê, completamente sem nuvens. A luz do sol cintila sobre o riacho que corre do lado direito da estrada estreita.

A esfera escura aparece sobre nossas cabeças, uma mancha preta riscando o sol, mas a mamãe não a vê. Ela continua dirigindo, falando, rindo. Ela não me ouve quando começo a gritar. Está gesticulando para enfatizar as palavras, e de repente a escuridão se lança para cima como uma torre feita de óleo. Ela se dobra e atinge a lateral do carro.

Mamãe agora também começa a gritar e de repente está de noite. O carro gira para fora da estrada, mergulhando numa vala como uma estrela cadente, o lado do veículo envolvendo um tronco de árvore antigo e retorcido. Um trovão estala no céu e uma chuva torrencial se derrama sobre nós. O carro começa a inundar, não com a chuva, mas com sangue.

— Mamãe? Mamãe, você está bem? — suplico.

Ela está estupefata, encarando o volante. Agarro a mão dela e a examino em busca de cortes: braços, cabeça, pescoço. Não encontro nenhum, e em mim também não; ainda assim, o carro está inundado de sangue.

O mundo ficara tão escuro e violento que ninguém mais conseguia sobreviver sem se defender, ouço a voz da Avó na minha cabeça. *E os yamasee estavam de coração partido, pois não queriam ter que matar para viver. Eles não podiam justificar isso. Então, quando a água começou a subir, em vez de desperdiçar tempo lutando, eles andaram até o meio da enchente, cantando enquanto prosseguiam. E foi assim que se perderam.*

Começo a cantar, mas minha voz está trêmula com as lágrimas de horror. O nível da inundação de sangue sobe até o meu pescoço, em direção ao meu queixo, e minha cantoria se transforma num grito agudo.

— Natalie. — Ouço uma pessoa, e me ocorre agora que estou sonhando. A voz está vindo do além. — *Natalie.*

Fecho e depois abro os olhos com o máximo de força que consigo. Minha visão fica embaçada e então se ajusta quando me sento ereta na cama.

— Querida, você estava sonhando — diz papai, se ajoelhando ao meu lado. — Foi só um sonho.

Ainda estou ofegante, tentando respirar, as lágrimas escorrendo pelo meu rosto, e lanço os braços ao redor do pescoço do papai, esperando os golpes no meu peito se acalmarem.

— *Shhh* — diz ele, acariciando meu cabelo. — Está tudo bem, querida.

— Acordei você? — pergunto, em meio às lágrimas.

Ele volta a se apoiar nos calcanhares.

— Na verdade, não. Recebi uma ligação de Raymond Kincaid. A égua deles está em trabalho de parto. Pensei em vir ver se você gostaria de ir até a fazenda comigo.

Espio o quarto escuro, meus olhos se movendo com velocidade até a cadeira de balanço, então acendo o abajur.

— Que horas são?

— Quase duas — diz Papai.

Mal dormi na noite anterior e sei que preciso do descanso, mas de jeito nenhum vou conseguir voltar a dormir agora, não sem a Avó aqui.

— Matthew não está em casa — oferece ele, antecipando minha preocupação.

— Você perguntou? — sussurro.

— Eu quis me certificar de que Raymond não estava sozinho esta noite, para o caso de eu demorar para chegar — mente papai. — Matthew não está, e Joyce, sim, mas você sabe como ela fica quando vê sangue.

— Bem, sangue não é uma coisa muito *Casa & Jardim* — digo, e papai inclina a cabeça. — Deixa para lá. Vou me vestir.

Pego meias, botas e um moletom do meu closet e encontro o papai na varanda. Ele está fumando um cigarro, coisa que não o vejo fazer desde que eu era pequenininha, e o apaga contra a balaustrada antes de jogar a bituca nos arbustos.

— Me ajuda a despertar — diz ele. — Não conta pra mamãe.

Faço a mímica de fechar a boca com um zíper e o sigo até o carro. O ar está particularmente frio nesta noite, e papai dirige com as janelas abertas. Não tem ninguém na estrada, e paramos no celeiro de Matt dentro de uns poucos minutos.

Papai pega a maleta no porta-malas e vai na frente até o estábulo dos potros, um compartimento duplo especial a uns cem metros do celeiro principal, onde os Kincaid deixam as éguas prenhes. As luzes estão acesas e a porta, aberta. Papai dá uma batida suave na soleira.

— Oi, Raymond.

— Patrick — cumprimenta o sr. Kincaid, de pé ao lado da égua, que está deitada de lado. — Natalie, que bom vê-la.

— Bom ver você também — digo. É meia verdade. Raymond é menos esquisito que Joyce, mas, apesar de sempre ter sido bastante gentil comigo, o jeito como ele costumava pirar nos jogos e treinos de Matt me levou a sempre ser cautelosa perto dele.

Papai caminha pela cabine quente e se agacha no feno perto das patas traseiras da égua. Normalmente, o ideal é que observadores se mantenham a distância quando uma égua está parindo — ela já está nervosa e inquieta o suficiente —, mas cavalos não reagem ao papai do mesmo jeito que reagem a outras pessoas.

— Faz quanto tempo que os cascos passaram? — pergunta ele enquanto põe as luvas.

— Uns vinte minutos — diz Raymond. — Liguei para você assim que ela se deitou e o alarme soou. Ela está com dificuldades desta vez.

Papai dá um puxão gentil nos cascos do potro, mas ele não precisa fazer muita coisa. A égua está grunhindo e resfolegando contra o feno, e as pernas do potro estão passando depressa por ela.

— Boa garota — incentiva papai gentilmente. — Boa mamãe, bom trabalho, continua empurrando.

A égua resfolega com violência mais uma vez enquanto papai puxa a parte superior das pernas traseiras do potro, se inclinando contra a parede da cabine. Os sons que ela emite ficam mais angustiados, mais agudos.

— Ela está bem?

— A mamãe está bem — arrulha papai. — Ela só quer esse negócio fora dela, não é mesmo?

Eu me aproximo alguns passos, dividida entre a repugnância e o deslumbramento enquanto o feixe felpudo viscoso e nodoso é expelido do corpo da égua. Dentro de dez minutos, as quatro patas já passaram e a cabeça do potro desliza para a liberdade, caindo de leve sobre o feno, balindo.

— Você agora tem um bom potrinho, Raymond — diz papai.

A égua se enrosca, lambendo o saco amniótico membranoso primeiro das ancas do bebê e depois subindo até chegar na crina, e eu me aproximo um pouco, me apoiando numa antiga coluna de sustentação. As quatro patas do potrinho estão projetadas para quatro direções diferentes, e ele vira a cabeça na direção da mãe, esfregando o focinho no pescoço dela enquanto ela o lambe sob o brilho suave do lampião. Ela é um cavalo e sabe amar o filho.

Ela não pode evitar. Não foi uma decisão. Ninguém explicou a gravidez para ela, mas, quando ela vê o potro, ela sabe: *Você é meu, e eu sou sua.*

— Só quero me certificar de que ela vai expelir o restante da placenta — explica papai.

As lambidas e carícias da égua cessaram. Ela parece exausta, e de repente a cabeça dela despenca no chão, um lamento baixo escapando pelas narinas.

É nesse momento que vejo o sangue empapando o feno.

— Papai — digo.

— Droga — lamenta ele, num sussurro. — Nat, querida, espera lá fora.

— Ela está bem?

Os olhos dele se erguem para me encarar.

— Lá fora, meu bem — insiste ele.

— *Papai.*

Raymond corre para se colocar ao lado dele, se ajoelhando no feno.

— Agora — diz papai.

Eu me viro e saio do estábulo, mas ainda consigo ouvir as vozes deles lá dentro. O som viaja com a luz do lampião até a grama do lado de fora, e sei que é só um cavalo, mas também é uma mãe, e minha respiração sai rápida, estou tremendo.

Saio correndo pelo campo. Quando chego à beirada, viro e continuo andando. Na distância, consigo ver a propriedade que eles alugam, uma danificada casa transportável em uma longa estrada de cascalho para carros. Os Kincaid — minha versão deles — tiveram inquilinos antes, mas nenhum ficou muito tempo. Sempre houvera algo de estranho com relação à casa. Todo mundo sentia.

Começo a correr na direção dela agora, implorando ao mundo que mude para mim.

— Avó, me ajuda — peço enquanto corro. Estou quase lá quando sinto um frio na barriga e ouço o estrépito de pneus no cascalho atrás de mim. Me viro para ver faróis cortando a noite na minha direção e corro para a grama enquanto a camionete passa ruidosamente por mim, parando na frente da casa.

Só que não é bem a mesma casa de um minuto atrás. Há vidro sólido no lugar de vidraças rachadas. O pátio malcuidado ainda está repleto de ervas daninhas e trevos, mas estão aparados, as trepadeiras arrancadas onde tentaram crescer por cima das paredes revestidas de plástico. Beau sai da camionete e estreita os olhos para mim na escuridão.

— Natalie Cleary?

— Beau — digo.

Bem nesse momento, alguém praticamente se derrama pelo lado do carona e cai direto da camionete para o chão. Num momentâneo instante de pânico, me preocupo que seja Rachel, versão mundo de Beau, mas rapidamente percebo que é um homem, vinte e poucos anos, apesar de prematuramente grisalho e com uma pança de cerveja.

— Droga! Espera um segundo — diz Beau, andando despreocupadamente até o outro lado da camionete e içando o homem de pé.

Ele murmura alguma coisa numa fala embolada enquanto Beau joga o braço do homem sobre os próprios ombros e começa a arrastá-lo na direção da porta de entrada.

— Eu consigo andar — reclama o homem.

— Está bem — diz Beau, largando-o. — Anda.

O homem dá um passo arrogante antes de desmoronar na escada da entrada. Beau o ergue de novo e o conduz pela soleira. Um minuto mais tarde, Beau sai da casa e atravesso a grama até onde ele está, me jogando contra o peito dele. Ele me envolve suavemente com os braços.

— Você está bem?

— Acho que acabo de ver um cavalo morrer.

Ele se afasta e inclina a cabeça para olhar nos meus olhos, um sorriso cutucando as beiradas da boca dele.

— Está falando sério?

— Por que está sorrindo? — pergunto, com raiva.

— Estou aliviado.

— Aliviado?

— Caramba, Natalie. Você aparece na minha casa no meio da madrugada em pânico. O que eu deveria ter pensado?

— Desculpa.

— Vamos entrar.

Olho de volta para o celeiro no monte para além do milharal.

— Meu pai está lá com o sr. Kincaid — falo. — Eu não posso ficar fora por muito tempo.

— Não, não por muito tempo — concorda ele, me carregando no colo. Ainda estou formigando com o choque, mas rio quando ele chuta a porta de tela.

— Se você entrar me carregando no colo deste jeito, tecnicamente estaremos casados.

— É mesmo? — diz ele, as pálpebras pesadas, o sorriso enorme enquanto ele me leva para dentro. — Posso viver com isso.

Ele me coloca de pé no chão, as tábuas do assoalho rangendo no espaço escuro, e me encosta na parede para me beijar.

Um ronco grave sacode a parede.

— Muito bem, Natalie Cleary. Legal você enfim ter tido a oportunidade de conhecer o meu irmão — diz Beau, sorrindo.

— Muito *béin*. Queria que não tivéssemos precisado ter sido tão sérios e formais, no entanto. Como vou me sentir confortável neste lugar?

— É — responde Beau, apertando minha cintura com mais força e me erguendo, espremendo um gritinho e uma risada de mim. — É meio como morar na Casa Branca. — Ele me carrega desse jeito, rindo, corredor abaixo até uma porta entreaberta e para dentro do minúsculo quarto dele, me pousando no colchão de solteiro no chão e se deitando ao meu lado.

Nunca vi um quarto que conseguisse ser ao mesmo tempo tão vazio e tão bagunçado. Os lençóis azuis de flanela estão amarrotados, as roupas espalhadas pelo chão. Garrafas de água amassadas transbordam da lata de lixo, e o abajur velho no piso ao lado do colchão derrama uma luz amarela pelas paredes laminadas de madeira. Tem uma coisa, no entanto, que está completamente fora de lugar. Na parede da outra extremidade, há um longo aparador liso, feito de nogueira de um vívido vermelho dourado, o acabamento natural deixando à mostra um pedaço claro sinuoso no meio e uma mancha escura de cada lado, com finos eixos de aço inoxidável erguendo-a alguns centímetros do chão. Parece que foi feito da árvore mais bonita de uma floresta japonesa. É o tipo de coisa que implora para ser tocada. Os olhos de Beau seguem os meus até a solitária obra de arte.

— Aquilo realmente deveria estar na Casa Branca — digo. — Enquanto Jackie estivesse por lá, é claro.

— Claro, a presidente Jackie — responde ele e, depois de uma pausa, acrescenta: — Fui eu que fiz.

— Mentira.

— Que foi? Você acha que eu não poderia fazer uma coisa bonita, Natalie Cleary?

— Eu já ouvi você tocar, sei que você consegue produzir coisas bonitas — digo. — Acho que não esperava que fossem tão bonitas sem o piano.

— Nada de piano — avisa ele. — Isso um dia foi um armário caindo aos pedaços que os Kincaid jogaram fora. Eu usei o interior das portas para fazer a parte da frente. — Uma mecha de cabelo cai pela bochecha de Beau até o canto da boca dele, o que me traz a lembrança daquela primeira noite que passamos juntos, dentro da camionete, quando o vento arrastava o cabelo pelo rosto dele e eu fiquei com muita vontade de ajeitar.

— Melhor eu ir — digo.

Ele me beija, passando uma das mãos pela minha coxa e a erguendo por cima do quadril dele.

— Melhor você ficar.

— Meu pai pode estar me esperando. — Estou tonta com a proximidade dele, pulsando de calor em todos os lugares em que ele me toca. Movo minha perna para longe dele e ele se senta, mas eu não me mexo.

Ele fica em silêncio por um longo momento.

— O que você vai fazer amanhã?

— Nada, por quê?

— Quer ir à festa de Derek comigo?

Solto um grunhido quando me lembro da mensagem que ele mandou para todo mundo.

— Minha versão ou a sua?

— Qualquer uma — diz ele, dando de ombros.

— Qualquer que eu prefira ou a versão à qual conseguirmos chegar?

— Tanto faz.

Pensar nisso me dá uma breve animação. É uma chance de conhecer os Outros, de estar perto de gente sem toda a pressão. É uma chance de praticar a viagem entre os mundos também, o que pode me deixar mais perto de encontrar a Avó.

— Certo. Vamos. Na sua versão. — Ele faz que sim, mas então uma coisa me ocorre. — E se eu falhar? E se eu não conseguir ficar no seu mundo?

— Aí eu vou encontrar você — diz ele.

— E se você não conseguir?

Ele coloca uma das mãos em concha na lateral do meu pescoço.

— Eu vou encontrar você, Natalie. Prometo.

Talvez não devesse ser o bastante, mas é.

Beau me leva até a porta da frente e me dá um beijo de despedida. Quando olho de volta para a casa, ele não está mais lá, as janelas estão quebradas e as plantas do pátio, malcuidadas. Estou deslizando de um mundo para o outro sem nem saber como. Ando de volta até o celeiro e encontro o papai sentado no carro, encarando o volante.

— Papai? — chamo, entrando do outro lado.

— O potro sobreviveu — conta ele, baixinho, então dá a partida no carro. — O potro sobreviveu.

Toco o cotovelo dele.

— Sinto muito.

— É a vida — diz ele. — Tudo bem, docinho. Está tudo bem.

Começamos a crepitar pelo acesso de carros. Estou pensando sobre a Avó e seu aviso, sobre Megan tão distante, sobre a minha explosão com Matt e sobre todas as coisas para se temer no mundo. Posso me deixar levar por essas coisas, afundar nelas por horas, ficar fixada em algo como a morte de um cavalo até que a sensação de me levantar pareça com a de escalar um vulcão que sei que está prestes a entrar em erupção.

— Às vezes, parece que o mundo inteiro é aquele cavalo para mim — digo, em voz alta. — Faz sentido? Como se todo mundo só estivesse grunhindo e gritando de dor, esperando que o resultado seja algo melhor.

Papai faz que sim.

— Faz sentido. — Ele estende a mão e coloca o braço ao redor dos meus ombros, beijando o topo da minha cabeça. — Também sinto isso.

— As coisas ruins são cansativas — digo. — Às vezes, eu só queria estar em outro lugar. — Não posso explicar o que quero dizer, mas imagino um lugar como o espaço sideral. Onde nada existe.

Os olhos de papai se suavizam quando manobramos para a estrada.

— Querida, você é uma menina esperta e sensível também. Não é uma coisa ruim, mas é uma coisa difícil. Para você, o que é sombrio vai parecer bem mais sombrio, e você não vai conseguir se esconder. — Ele para de falar por um segundo, depois prossegue: — Mas quero que você me escute. E escute bem.

Soa como algo que a Avó diria.

— Você não sabe de tudo — diz ele, suavemente. — Não ainda, pelo menos. E, quando você vir as coisas boas, e eu prometo que há muitas coisas boas, elas vão ser tão mais brilhantes para você do que para as outras pessoas, assim como o abismo parece mais profundo e maior quando você o encara. Se você perseverar, vai sentir que tudo valeu a pena no final. Cada momento que você vive, cada momento sombrio que você encara, todos vão ter parecido valer a pena quando você estiver de frente para a luz. Entende?

Engulo o nó na minha garganta.

— Como você sabe?

Ele sorri e bagunça meu cabelo.

— Porque você é como eu. Quando você veio para casa com a gente, tudo mudou. Vi minha vida inteira como ela realmente era e, apesar de eu estar totalmente *apavorado* com todas as coisas que poderiam acontecer com você, quando te olhei foi como se todas as coisas ruins tivessem sido um sonho e eu finalmente estivesse acordando. É assim que eu sei, meu docinho de coco. Este é só o começo. Se você quiser o que é bom, não pode desistir.

19

— **ACHO ÓTIMO** que você vai à festa de Derek — diz mamãe da soleira da porta enquanto coloca os brincos com penduricalhos.

— Sério? Ótimo? — falo. — Você sabe quem é Derek?

Ela faz um beicinho.

— Admito que ele não é o meu favorito dentre os seus amigos. Mas sei como tem sido difícil para você ficar longe de Megan e se afastar de Matt. Você só tem mais algumas semanas aqui antes das férias, e aí já é meio que hora de ir para Brown. — Mamãe está melancólica, apesar de se esforçar para parecer tranquila. A viagem das férias de verão sempre tem esse efeito sobre ela. É a única época do ano em que todo mundo está feliz, conectado e empenhado ao mesmo tempo, e é porque ela planeja com cuidado para que seja assim. Neste ano, com Brown pairando no horizonte, a viagem parece diferente, como se estivéssemos planejando um último *hurra!* antes de a nossa família se estilhaçar. Ela fala: — Você deveria aproveitar esse tempo.

— Você tá falando para eu encher a cara.

— *Natalie* — diz mamãe, levando a mão ao peito. — Não é isso que estou dizendo.

— Brincadeira.

— Vai ter álcool nessa festa? — pergunta ela, de repente preocupada.

— Não — minto, tentando evitar que meus olhos se desviem para o lado.

Mamãe agarra um frasco de hidratante para as mãos em cima da minha mesa e esfrega as palmas.

— Se você precisar de uma carona para casa, sabe que pode me ligar, não é? Eu sempre vou preferir que você esteja segura.

— Tá, agora você *definitivamente* está me dizendo para encher a cara.

— Não estou — protesta mamãe. — Eu só reconheço que você está ficando adulta. Vai tomar as próprias decisões, e sei que você é uma garota esperta, mas todo mundo comete *alguns* erros. Quero que você saiba que estou aqui, não importa o que aconteça. Sempre pode contar comigo e com o seu pai.

— Então você quer que eu fique grávida, ou...?

Mamãe cruza os braços e me lança um olhar severo.

— Seja boazinha — diz ela, seguindo pelo corredor.

Beau me busca às nove, cerca de uma hora depois que mamãe e papai saem para o encontro deles e vinte minutos depois que a mãe de Abby busca Jack e Coco para deixá-los no cinema. Ele buzina do acesso para carros, e saio correndo para ver que ele está insuportavelmente bonito com seus jeans gastos e uma camisa xadrez igualmente puída.

— Pronta? — pergunta ele, enquanto entro no carro.

— Tanto quanto possível. — Para dizer a verdade, mais ou menos no segundo em que nos separamos na noite passada, comecei a me preocupar que permaneceríamos separados. Agora que estamos juntos, porém, isso parece impossível. Sinto como se estivéssemos ancorados um no outro.

Seguimos para além da escola até o bairro chique dos Dillhorn, cheio de pequenas mansões, com o próprio campo de golfe e clube country. A festa já está a toda, a música bombando e os carros estacionados por toda a entrada rotatória no topo da elevação.

— Minha versão ou a sua? — pergunto a Beau. Tive aquele frio na barriga há algum tempo, mas foi tão sutil que achei que tivesse imaginado.

Ele fecha os olhos por um segundo.

— Minha.

— Como você sabe?

— Eu falei para você, você pertence a este lugar mais do que qualquer outra pessoa — diz ele, suavemente.

— Falou mesmo.

— A sensação na sua versão do mundo é diferente — comenta ele.

— Parece com você.

Eu rio.

— Quando mudou?

Beau encolhe os ombros.

— São tão parecidas que às vezes é difícil definir.

— Acho que estou dando conta da minha parte do trato até agora — afirmo. — Eu vim até a sua Union.

— Então eu não posso beber esta noite?

— Só cerveja — falo. — Cerveja não conta.

Salto do carro, seguindo-o pela longa extensão de grama até a piscina azul brilhante e o terraço atrás da casa. As portas dos fundos estão abertas para a cozinha, e pessoas se espalham desde o barril na bancada do lado de dentro até os dois lados da piscina e as profundezas do quintal, onde mariposas esvoaçam em torno das luzes instaladas ali, suas frágeis asas vibrando com a música.

A mão de Beau desliza em torno da minha, e ele abre caminho pela aglomeração na direção da mobília do pátio, do outro lado da piscina, onde metade do time de futebol está reunido, bebendo e passando um baseado, com as namoradas empoleiradas no colo.

Beau fixa uma das mãos no ombro de um deles e meu coração quase para quando Matt se vira, a garota loira no colo dele se levantando de um pulo para deixá-lo ficar de pé. Fico duplamente aturdida quando reconheço a loira: é Megan.

Ai, meu Deus. Eles estão juntos. Num universo paralelo, minha melhor amiga e o meu ex estão juntos. Devia ser com ela que Matt estava naquele dia no cinema.

— Oi, cara — cumprimenta Matt, dando um tapinha nas costas de Beau, e luto desesperadamente para controlar os músculos do meu rosto, minha pulsação e minha náusea. Ver Matt com Rachel era uma coisa, mas isto é completamente diferente.

— Queria te apresentar uma pessoa — diz Beau. Os olhos de Matt e de Megan se desviam para mim. O cabelo de Megan tem um corte curto, a maquiagem nos olhos é mais generosa que o normal e os brincos de argola são maiores, mas ela é inquestionavelmente a outra versão de Megan que conheço há anos. E este Matt é idêntico ao que me deu uma carona até a NKU há alguns dias.

— Oi — digo, estendendo uma mão trêmula para Megan primeiro. — Meu nome é Natalie.

Não sei o que estou esperando. Algum lampejo de reconhecimento, talvez, algum sinal de que ela está ciente de que nascemos para ser melhores amigas, mas não há nada, e sinto como se meu coração estivesse se despedaçando. Megan dá um sorriso educado.

— Meg.

Me viro para Matt em seguida, tentando me recompor. Quando nossos olhos se encontram, os dele se suavizam de imediato e sua boca se abre, um rubor se espalhando rapidamente pelo seu pescoço enquanto ele me percorre com o olhar.

— Oi — diz ele, pegando minha mão.

Quando os olhos dele se deslocam de novo para os meus, fico estupefata com o que vejo neles. Não exatamente reconhecimento, mas uma coisa que não deveria estar ali, não *neste* Matt Kincaid: suavidade, conexão.

Ao meu lado, estou ciente dos olhos de Beau voltados para o chão, e solto a mão de Matt o mais depressa que consigo. Megan repara em Matt me acariciando com os olhos também: ela cruza os braços e ergue as sobrancelhas quando olha para o outro lado do pátio.

— Com licença — diz ela. — Acho que preciso fazer xixi. Ou tomar um banho. Vomitar. Alguma coisa no banheiro.

Quero ir atrás dela, pedir desculpas, mas ao mesmo tempo me sinto traída, não importa o quão ilógico seja o sentimento. Como Matt e Megan poderiam estar juntos? E por que ela não está em Georgetown? Não deveria importar, não são a *minha* Megan e o *meu* Matt. É hipócrita e eu sei. Como posso dizer a Beau que ele não precisa se sentir mal com o que está acontecendo entre a gente quando *eu* me sinto mal com o que está acontecendo entre eles?

— Como você e Wilkes se conheceram? — pergunta Matt, a voz dele tensa e estranha. Essa coisa toda está esquisita demais.

Abro a boca para responder, mas sou interrompida por um grito bêbado do outro lado da piscina.

— VAI SE FERRAR, BEAU WILKES. — Viro-me para ver Rachel e algumas das garotas da equipe de dança amontoadas sobre duas das cadeiras de praia de Derek, copo plástico vermelho nas mãos. Ela dá um sorriso agressivo e ergue o copo para acenar para mim. — Aproveite enquanto dura — grita ela.

As pessoas soltam um *ooh*, e Beau coloca uma das mãos nas minhas costas.

— Quer aquela cerveja agora?

— Ou 15 *shots* consecutivos de tequila, o que você encontrar primeiro. — Versão do mundo dele ou não, talvez seja mais difícil sobreviver a esta noite do que eu tinha imaginado. Olho para Matt. — Quer uma bebida também? — Beau enrijece ao meu lado.

Matt apenas sacode a cabeça.

— Ah, melhor não.

Beau volta a relaxar.

— Já volto então.

Eu o observo deslizar para a cozinha lotada até sentir que Matt está me encarando.

— Já nos conhecemos — diz ele.

— Já?

— No cinema. E em algum momento antes disso, certo?

— Ah. — Desgrudo meu cabelo do pescoço e o jogo por cima do ombro. — É verdade. Acho que nos conhecemos em alguma festa no verão passado ou algo parecido.

— Hã. — Matt afunda as mãos nos bolsos e olha para os sapatos. — Você é de algum lugar por aqui?

— Rhode Island — digo a mentira que meu cérebro conseguiu criar primeiro. — Estou aqui só visitando familiares.

Matt ri.

— Rhode Island? O que tem em Rhode Island?

— A Universidade Brown, para começo de conversa.

— Você estuda em Brown?

— Vou começar no outono.

Ele olha por cima do ombro para a cozinha, onde Beau está enchendo dois copos no barril.

— Não leve isso para o lado pessoal, mas você não faz o tipo de Beau.

— E como seria o tipo dele?

Matt olha para trás mais uma vez. Sigo o olhar dele até a garota apoiada na bancada, lançando um olhar fatal para Beau.

— Rachel Hanson — diz Matt. — Garotas malucas, em geral.

— Eu não diria que Rachel é *maluca* — comento. Matt parece confuso e eu volto atrás. — Quero dizer, ela não me parece maluca. É meio admirável que ela simplesmente grite o que quer que esteja pensando a plenos pulmões.

— Ainda que ela esteja pensando que adoraria raspar sua cabeça?

— Seria um problema pra ela. Eu ficaria ótima de cabeça raspada.

— Provavelmente — diz Matt, ficando vermelho. As piadas, o flerte, a sensação de que é *importante* que Matt Kincaid me queira. Meu Deus, isso é tão familiar. Mas ele também é diferente do meu Matt, mais relaxado. Definitivamente menos animado ou afetado, mas simpático da mesma forma.

Eu olho por cima do ombro dele para a cozinha. Rachel desapareceu, mas Beau foi interceptado por Derek e outros jogadores. Está apoiado contra a porta da despensa, os olhos ignorando todo mundo para me focar, e quando encontro o olhar dele, ele dá um sorriso imperceptível. É uma expressão tão diminuta e serena, mas o faz brilhar, me preenche de calor até que eu precise desviar os olhos.

— Então, ele é bom? — pergunto a Matt.

— Não, ele é o mal encarnado — brinca ele.

— Quero dizer, no futebol americano — esclareço.

— É, ele é bom. Bom de verdade, mas preguiçoso. Ele poderia ser excelente se quisesse.

— Você acha que ele não quer ser excelente?

— Ah, não de verdade. Não acho que ele saberia lidar se descobrisse o quão bom é. Ele mal consegue lidar com o fato de *a gente* depender dele, e a maior parte de nós joga junto desde os dez anos. — Matt faz uma pausa e coça a parte de trás da cabeça, ansioso. — Foi do mesmo jeito com Rachel, sabe.

— Ah.

É como se eu tivesse tomado um tapa na cara, e ele deve ter reparado, porque se apressa em dizer:

— Não do mesmo jeito que *você* e ele. Eu quis dizer que com ela foi como com o futebol americano.

— Não entendi. O que você quer dizer?

— Sei lá. É difícil explicar — responde Matt, fixando o olhar para além da piscina. — Eles só duraram tanto tempo porque ela começou a exigir cada vez menos dele. Ela o traía e ele nem se importava, mas, toda vez que ela brigava com a mãe ou era feita de trouxa por algum cara, ele estava ali para ela e eles voltavam.

Eu me pego pensando sobre o meu Matt, em quantas vezes deixei as coisas continuarem porque não conseguia separar o meu amor por ele da vontade de simplesmente querer estar com ele.

— No fim das contas, Wilkes não consegue se conter — diz Matt. — Ele é um mártir. Um mártir autossabotador, o que na minha opinião é o pior tipo.

Eu rio.

— Que monstro.

— Exato — concorda Matt, sorrindo para o chão. — É provavelmente o que o torna tão bom no jogo, mas também por que ele levou toda a culpa quando nós dois acidentalmente pusemos fogo no celeiro da família aos treze anos. E agora tenho uma dívida eterna com aquele canalha.

— Quer que eu coloque o pé na frente pra ele tropeçar ou alguma coisa assim para você poder salvá-lo?

— Você faria isso? Seria ótimo. — Depois de um segundo, ele acrescenta: — Ele é um cara legal. Lembre-se disso… se ele começar a tentar te afastar.

Ele sustenta o meu olhar e uma dor estranha me percorre. Este é mais parecido com o Matt que eu conheço do que meu ex-namorado tem sido nas últimas semanas. As coisas seriam deste jeito se tivéssemos continuado como amigos em vez de ir parar num relacionamento. Sinto falta dele, percebo. Sinto falta de um Matt Kincaid que nunca mais vou ter.

— Vou lá salvá-lo do time — digo, inclinando a cabeça para a cozinha —, antes que alguém *precise* que ele faça alguma coisa.

— É. — A voz do Matt tem uma pontada de pesar que só alguém que o conhece bem notaria. — Definitivamente.

Eu me espremo por entre o Outro Brian Walters e a Outra Skylar Gunn para dentro da casa. Beau se endireita quando me aproximo, pousando o copo na bancada e passando os braços em torno da minha cintura para me puxar para perto.

— Nenhum *shot* de tequila? — pergunto por cima da música.

Ele sacode a cabeça.

— Quem é sua amiga, Wilkes? — grita Derek. — Sabe o nome dela, Quatro?

— Melhor você pegar o nome dela antes que Rachel a agrida e você tenha que dar um depoimento à polícia — diz o Outro Luke Schwartz.

— Quatro? — Estou nas pontas dos pés para Beau poder me ouvir.

— Número no futebol — diz ele.

— Esse é o número de Matt. Meu aniversário.

Ele balança a cabeça.

— Kincaid é 19.

Empolgação e nostalgia se agitam simultaneamente pelo meu interior. Tem um mundo inteiro no qual Matt *não* construiu a vida dele em torno de mim, não planejou uma eternidade comigo que eu não pude dar a ele, em que ninguém pensou que nosso destino era o altar. Eis aqui um mundo em que não sou nada a não ser eu mesma, onde, por coincidência ou destino, Beau é o número quatro.

Meu aniversário.

Luke e Derek continuam falando, tentando se superar no jogo de me deixar desconfortável, completamente alheios ao fato de que eu os vi tirar as fraldas, apanhar, se fantasiar de Buzz Lightyear e Woody no Halloween e tomar surra dos pais em excursões da escola. Beau os está ignorando por completo, o olhar intenso em mim.

— Vamos lá para fora — digo. Ele me segue de volta ao pátio. Andamos pela piscina iluminada e sentamos na beirada, ignorando o alvoroço de mosquitos circundando a superfície morna. Rachel saiu da cozinha, mas ela e as amigas não estão mais no pátio, e sinto uma pontada de culpa momentânea por talvez ter sido eu quem a tirou dali, da mesma forma que vê-la com Matt me fez sair correndo.

Me ocorre que não faria diferença. Como Beau falou, ainda que todos tivéssemos nascido no mesmo mundo — se Matt e Beau fossem melhores amigos e Beau fosse ex de Rachel —, nada mudaria para mim. Não posso desfazer tudo o que aconteceu entre mim e Matt; nunca vou poder voltar a ser apenas amiga dele, mas posso seguir em frente, para além do passado.

— Você está bem? — pergunta Beau, batendo o ombro no meu.

— Estou — respondo, sacudindo a cabeça para afastar os pensamentos. — Ei, adivinha o que fiquei sabendo.

— O quê?

— Que você é muito bom no futebol americano.

Ele examina o brilho azul elétrico da piscina, faz que sim, mas não fala nada.

— Você vai continuar jogando?

Ele sacode a cabeça e a joga para trás para olhar as estrelas.

— Nem.

— O quê... Por que não?

— Onde eu poderia jogar, Natalie? Você acha que tem um time na borracharia?

— Nenhum olheiro te achou? — pergunto. Ele fica em silêncio por um instante. — Achou, não foi?

Ele dá um suspiro profundo e abaixa os olhos para mim.

— Não quero falar sobre futebol americano.

Debato por um momento, dividida entre a minha necessidade de compreendê-lo e a minha vontade de tirar aquela expressão do rosto dele.

— Tudo bem — digo.

Ele se inclina para a frente para me beijar, mas, antes de conseguir, alguém o empurra com força de trás. Ele cai para a frente na piscina, gritinhos surpresos se erguendo pelo pátio quando a água respinga em pernas e pés. Olho para trás a tempo de ver Rachel se afastando, presunçosa. Quando me viro de volta para Beau, ele está rindo como quem não acredita, puxando o cabelo úmido para trás e chapinhando até mim. Não consigo deixar de rir também enquanto agarro os lados do rosto encharcado dele.

— Você acha isso engraçado, Natalie Cleary? — pergunta ele, sorrindo.

— Desculpa — digo, mas não consigo parar de rir. — Isto é péssimo.

— É, dá para ver que você está se sentindo bem mal.

— Estou. Muito mal.

— Eu também. — Ele passa os braços ao redor da minha cintura e me beija, então me puxa da beirada para a água aquecida, meu vestido tentando se erguer acima das minhas coxas e as sandálias querendo nadar para longe dos meus pés.

— *Beau* — censuro sem muita convicção. Mais gritos irrompem quando Derek e Luke e Lauren Peterson pulam na piscina ao nosso redor. — Não acredito que você fez isso.

— *Desculpa* — imita Beau. Eu jogo água nele e ele agarra meus braços, os prende ao lado do meu corpo e me beija, fazendo meu estômago estremecer. Ele se afasta para olhar nos meus olhos. — Você me perdoa?

Estou prestes a responder quando vejo Matt por cima do ombro de Beau. Ele está de pé na beirada do pátio me encarando, a mandíbula solta, bêbado e devastado. Não é o Matt de Beau.

Meu Matt. Tenho certeza.

— Preciso falar com você — grita ele por cima do barulho.

Tudo está exatamente como há um segundo e, ainda assim, completamente diferente. A equipe de dança está reunida nas cadeiras reclináveis, Rachel no meio delas como se nunca tivesse saído, o cabelo castanho brilhante de sempre. Estamos de volta no meu mundo agora.

Beau se vira para olhar para Matt e deve perceber a mesma coisa porque não diz nada. Ele olha de volta para mim.

— Volto em um minuto — digo, surpresa com a minha decisão.

Ele acena uma vez com a cabeça. Ando até os degraus e saio da piscina, pingando e tremendo ao leve sinal de uma brisa. Matt avança até a entrada de carros sem uma palavra e eu o sigo, meu rosto ardendo de vergonha e ansiedade.

Os refletores dos Dillhorn estão diante da casa, iluminando a elaborada colina coberta de vasos de plantas no centro do grandioso acesso para carros. Matt anda em passadas largas até o meio da rua antes de se virar para a mim. Abre a boca, mas não sai nenhum som, e ele se vira para o outro lado furioso de novo. Quando volta a me olhar, os olhos estão marejados, e meu peito se comprime de culpa.

— Por que você está fazendo isto?

Inspiro profundamente para tentar ficar calma, segurar as emoções.

— Fazendo o quê?

Ele projeta o braço na direção do quintal.

— Quem é aquele cara? Por que você o traria aqui quando sabia que eu estaria na festa? Por que você... — Ele para de falar e dá mais alguns passos vacilantes pelo declive, na direção do carro dele.

— Achei que você iria parar de beber — falo, baixinho.

— Eu achei que você me amava — devolve ele.

— Sério? — gritei. — Você também achou que *você me* amava?

— Eu *amo* você — rosna ele. — Amo você e você está arruinando a minha vida. Você me jogou fora como se eu fosse lixo e ainda nem sei por quê. Será que *você* sabe por quê? Porque um dia você me amou e no dia seguinte nem me queria mais, e você *nunca* me deu uma resposta direta sobre o motivo. E sabe qual é a pior parte? Eu *continuo* amando você desde então, ainda que esteja me matando, e aí você aparece aqui com um cara aleatório e beija ele bem na minha frente.

— Matt, por favor — falo, soluçando, tentando pegar a mão dele. — Desculpa. Eu não sabia que você estaria aqui, juro. Eu não faria isso com você.

— É a festa do meu melhor amigo!

— Eu sei, mas...

— *Para!* — grita ele, sacudindo a minha mão. — Você era tudo o que eu queria. Tudo o que eu *sempre* quis, e eu não sou nada para você.

Balanço a cabeça.

— Isso não é verdade. — As lágrimas estão rolando com mais força, com mais velocidade, deixando minha voz cada vez mais distorcida a cada sílaba. — Eu amo você, Matt. Você sabe que eu amo você.

— Não sei, não — diz ele, sacudindo a cabeça. Ele se vira e anda na direção do carro, abrindo a porta com um movimento rápido.

Corro atrás dele.

— Matt, eu vou embora. Você não deveria dirigir agora.

Quase grito quando ele pega na parte de cima dos meus braços e me empurra contra o lado do carro.

— Para de fingir que você se importa com o que eu faço.

— Você não tem que ir embora — digo, sem fôlego, tentando tocar os ombros dele, tentando acalmá-lo, apesar de ele ficar empurrando as minhas mãos. — Eu vou. Vou embora. Desculpa.

Os dedos dele afundam com mais força, e os olhos estão desfocados quando ele bate minhas costas contra a porta do carro de novo.

— Como você pôde fazer isto comigo? — grita ele. — Diz para mim por que você estragou a gente.

— Matt, por favor. — As mãos dele estão tremendo, ou eu estou tremendo, ou as duas coisas, e lágrimas embaçam minha visão. — Você está me machucando.

— Me diz *por quê*. — Ele me joga contra o carro de novo. Com força, força demais. Estrelas giram atrás das minhas pálpebras. Não estou machucada, mas chocada, assustada, tremendo muito. A boca dele está a poucos centímetros da minha e penso aterrorizada que ele pode tentar me beijar quando de repente alguém o puxa com força de volta para a rua.

Ele cambaleia para recuperar o equilíbrio e se move na direção de Beau, que dá um soco na bochecha de Matt, fazendo-o titubear para trás. Quando me dou conta, tem uma verdadeira briga no meio da rua, e um monte de gente vem correndo para a lateral do gramado assistir.

— *Para!* — berro, mas eles me ignoram.

Beau envolve o pescoço de Matt com os braços e começa a dar joelhadas na barriga dele. Tento puxar Beau para longe de Matt, gritando o tempo todo.

— Beau, *para!* — Estou soluçando sem parar. Matt tropeça para trás e cai no chão, ofegando enquanto Beau avança até ele. Imploro: — *Beau*.

Ele para, se vira para me encarar e enxuga a boca com o dorso da mão.

Matt luta para se levantar, sangue pingando dos lábios dele e do corte na bochecha, e anda vacilante até o carro. Ele me encara durante todo esse tempo, furioso, sacudindo a cabeça, depois entra no carro e acelera, cantando pneu.

Não sei quanto tempo fico ali parada. Não sei mais em qual versão estou. Não sei nem se faz diferença.

Finalmente me viro para voltar, encontrando Beau e uma aglomeração silenciosa dos meus colegas de classe me observando.

— Me leva para casa.

Beau anda até a camionete e entra sem dizer palavra. Eu o sigo, minhas pernas balançando que nem gelatina num terremoto e meus olhos evitando desesperados todo mundo que nos encara enquanto damos ré pelo acesso para carros.

— Você não tinha que ter feito aquilo — digo.

— Tinha, sim. — A voz dele está baixa e ele dirige rápido, sem olhar para mim.

— Você devia ter ficado fora daquilo. — Ele dá uma risada hostil. — Estou falando sério, Beau. Você machucou ele de verdade.

Ele sacode a cabeça.

— Do jeito que ele ia fazer com você, você quer dizer?

— Ele não teria me machucado — insisto, apesar de ainda estar tremendo, de ainda ver o olhar desfocado, quase sanguinolento, nos olhos de Matt.

— Natalie, você realmente não entende, não é mesmo?

— Não entendo o quê?

— Esquece — diz ele. Nenhum de nós diz nada pelo restante do caminho e, quando paramos na frente da minha casa, ele desliga o carro e continuamos em silêncio. Por fim, Beau fala, sem desgrudar os olhos do volante: — Eu posso beber demais e entrar numas brigas de vez em quando, mas eu *nunca* machucaria você nem nenhuma outra pessoa com quem me importo. Você não merece isso. Ninguém merece. Você não deveria ter que sentir medo de uma pessoa que ama, Natalie.

— Tenho que ir. — Saio do carro e corro para dentro de casa antes que ele possa ver as lágrimas começarem a cair.

ACORDO NO MEIO da madrugada de novo, e desta vez sei de imediato: não estou sozinha. Concentro o olhar na cadeira de balanço.

A Avó está ali, mas pela primeira vez ela está usando roupas diferentes: um robe de dormir cor-de-rosa aberto sobre uma camisola azul desbotada. A pele dela está menos enrugada, o cabelo puxado para trás em um coque perfeito.

— Avó — digo, me sentando.

Ela parece cega, pelo jeito como os olhos dela se movem pelo quarto.

— Não tenha medo, Natalie — diz ela, então desaparece.

— Avó — falo para a noite. — Avó.

Sem resposta. Tento pensar na música que Beau tocou na sala de ensaios naquela noite, na sensação que me deu. Tento sintonizar na minha própria ansiedade. Essa parte é fácil: tem um nó no meu peito e um peso no meu estômago, aquela sensação indescritível de que tem alguma coisa errada.

Ouço Gus choramingando na porta. Levanto da cama para deixá-lo sair para o corredor e ele vai direto para a escada, batendo as patas de um jeito desajeitado até chegar ao saguão. Uma luz da cozinha chega à borda das escadas, e vozes abafadas viajam com ela.

Me esgueiro pelos degraus e desço o corredor até a cozinha. Mamãe e papai estão sentados à mesa de frente um para o outro e, quando mamãe repara em mim, de pé na soleira, vejo que os olhos dela estão vermelhos e inchados. Papai se vira e me olha, revelando a própria expressão profunda e sombria.

— Oi, docinho de coco — diz ele, suavemente.

— Qual é o problema?

Eles trocam um olhar e mamãe começa a chorar, cobrindo a boca com a mão esguia. Papai inclina a cabeça na direção da cadeira amarela de madeira ao lado dele, mas não consigo me mover. Meus pés pesam meia tonelada, e meus batimentos cardíacos são os de quem está no meio de uma corrida.

— Papai — insisto, minha voz pouco mais que um grunhido.

Ele dá um suspiro e se levanta, colocando uma das mãos no ombro da mamãe enquanto a figura esguia dela se sacode sob as lágrimas silenciosas.

— Querida, ele está vivo — começa papai —, mas Matt Kincaid sofreu um acidente de carro.

20

QUANDO CHEGAMOS À sala de espera do hospital, tudo acontece ao mesmo tempo. Joyce Kincaid me agarra num abraço e chora no meu cabelo. Raymond aperta a mão do papai, mas não consegue dizer uma palavra. Contudo, a pior coisa, a mais difícil, é a sensação de frio na barriga, a cadeira azul piscando no canto, sob a TV pendurada na parede.

Durante esse mesmo lampejo, por uma fração de segundo, vejo Beau sentado, encurvado sobre os joelhos, os olhos no chão cinza mosqueado. A apenas alguns assentos dele, há diferentes versões de Joyce e Raymond, ambos em silêncio. Joyce levanta os olhos para Beau, e juro que os lábios dela se contraem num rancor acusatório.

Eles não me veem, mas eu os vejo por cima do ombro da Joyce do meu mundo enquanto ela me segura com garras de aço e soluça no meu ombro.

Eu os vejo, e sei o que isso significa. Que ambos os Matt estão aqui.

Ai, meu Deus.

O médico entra pelas portas vaivém cinzentas. Ele é um loiro jovem e magro com óculos de armação metálica e um jaleco branco grande demais.

— Sr. e sra. Kincaid, poderiam vir comigo? — diz ele. A expressão no rosto dele é grave, devastadora, e ele mal tira os olhos da parede que escolheu focar. Joyce desmorona ainda mais, e a mamãe esfrega as costas dela suavemente.

— Vamos lá, Joyce — sussurra Raymond enquanto tenta libertar a esposa dos meus braços. Ele a leva até mais perto das portas cinzentas, na direção de notícias, e eu dou alguns passos atrás deles.

— Lamento, senhorita — diz o médico para mim. — Só a família.

— Ela pode vir — autoriza Joyce. — É a namorada de Matty. Ela pode vir.

Não a corrijo, mas meu corpo inteiro pinica com o erro. O médico assente e nos leva para dentro. Não capto a maior parte das palavras dele com o ruído no meu cérebro, os dois lados de mim gritando versões diferentes da mesma história.

Ele estava bêbado. Ele não quis ouvir. Não tinha nada que você pudesse ter feito. Ele vai ficar bem.

Você deixou ele dirigir. Você podia ter ligado para a polícia. Ele vai morrer. Ele vai morrer duplamente, e você arruinou a vida dele.

De repente fico consciente dos choramingos de Joyce se agravando ao meu lado, e volto ao som da voz falsamente calma do médico:

— ... coma induzido. Vamos precisar operar e então deixar o inchaço diminuir. É possível que ele sofra danos cerebrais, mas não sabemos dizer quão severos.

— *Possível* — repete Raymond enquanto afaga os ombros de Joyce. — *Possível*, Joyce, não é certeza.

Ela está sacudindo a cabeça, os olhos cerrados com força contra as lágrimas, os ouvidos fechados para as palavras dele, e eu não consigo sentir minhas pernas.

Não consigo sentir minhas pernas, ou meu coração, ou o vazio no meu estômago.

Estou recuando, mas é como se outra pessoa estivesse controlando meu corpo com um controle remoto. Não pretendo deixá-los, mas deixo. Eu me viro. Eu corro.

Estou fugindo.

Estou correndo pelas terríveis portas cinzentas de volta para a terrível sala de espera cinza-azulada, onde tudo está diferente: a Outra Joyce e o Outro Raymond sentados melancólicos nas cadeiras, distantes de Beau, meus pais não mais ali. Continuo correndo.

Corro para fora do hospital, e aí o hospital desaparece. A movimentada interseção das duas avenidas não está mais ali. O Steak'n

Shake, a loja de árvores de Natal, o Check-into-Cash também não. Tudo desapareceu exceto as árvores e os morros ondulantes verde-azulados, que se quebram como ondas aos meus pés, ameaçando me arrastar para o fundo.

Mas não podem, penso.

Desde que eu continue me movendo, eles não podem me arrastar para o fundo.

E eu corro. Corro bastante, sentindo partículas de umidade — não é bem chuva — molharem minha pele.

Avó, onde está você?

Estou com medo.

Me ajuda.

Me ajuda.

— Por favor. — A palavra é arrancada de mim, torcida de lado e estilhaçada por meus pulmões arquejantes. — POR FAVOR! — grito.

Uma forte luz branca explode na minha frente e, por uma fração de segundo, penso *Ela está vindo me buscar. Ela vai me tirar disto. Vou deixar tudo para trás.*

No instante seguinte, meus pés registram uma mudança abrupta na textura da terra, de macia e maleável para rígida e plana. Os sons de pios de corujas e grilos cantando se transformam em uma buzinada de um carro, e o aroma de noite orvalhada é agora o fedor de borracha queimando. Estou no meio da estrada. Tem um carro a apenas alguns metros de mim, avançando na minha direção em velocidade alta demais para parar.

Por algum motivo, nesse momento, a única coisa que me ocorre fazer é cobrir os olhos. Jogo o antebraço para cima para bloquear os faróis chamejantes quando alguma coisa colide contra mim, me joga para o lado e o carro continua em alta velocidade.

Me viro e vejo Beau, de pé me encarando enquanto ofega, tentando pegar ar. O restante do mundo já desapareceu de novo, deixando-nos sozinhos em uma clareira na floresta. Por um tempo, ambos só ficamos de pé ali, a respiração pesada.

Finalmente, a realidade me domina, me faz perder o equilíbrio.

— Eles o colocaram em coma — falo, minha voz estrangulada. — Ele pode ter danos cerebrais.

Beau não se move, não pisca. Meus joelhos cedem. Estou caindo no chão, soluçando, e Beau me pega pelo tronco quando um gemido me percorre. Ele afasta meu cabelo do rosto bruscamente várias vezes, mas não importa. Eu não consigo ver nada. Não consigo nem fazer com que meus olhos se abram.

— É culpa minha — soluço, e Beau me aperta com mais força, encostando a testa na minha, as mãos puxando o cabelo grudado no meu pescoço. — É culpa minha.

— Não — diz ele. — Não. — A boca dele encontra a minha, quente e úmida por causa das lágrimas. A cada beijo, é como se a minha dor estivesse fluindo de mim para ele e como se tivesse um suprimento infinito esperando para preencher o espaço.

Inspiro e abro os olhos.

— Por que aconteceu nos dois mundos?

Beau sacode a cabeça e me puxa para perto de novo.

— Não posso fazer isto. — Dói dizer. Dói olhar para Beau, querê-lo e saber que nunca mais vou olhar para ele sem me lembrar do que aconteceu com Matt. — Não posso fazer isto.

Beau me encara, rugas profundas contraindo suas sobrancelhas.

— Preciso encontrar a Avó — digo. — Preciso da sua ajuda. — *Preciso de você.*

— Vamos encontrá-la.

Ela pode consertar isto.

Ela vai me dizer o que fazer.

Eu vou salvá-lo.

Duas semanas até eu ir embora.

Seis semanas até o fim.

Ela pode consertar isto.

O PESADELO ME atormenta a noite inteira, só que desta vez é Matt que está ali no lugar da mamãe. E não estamos rindo: estamos discutindo, brigando, gritando um com o outro quando o carro dá uma guinada para o lado, mergulha para o riacho. Começa a encher de sangue, e me viro para encontrar um talho profundo bem no meio da cabeça dele. Aperto o ferimento com as mãos, mas o sangue escorre pelos meus dedos e queima minha pele onde a toca até que meu corpo inteiro esteja em chamas, ardendo com o calor do sangue dele.

É culpa minha.

O ribombo de um trovão me acorda. Sento-me na cama, os lençóis empapados de suor, e vejo o focinho de Gus pairando na altura dos meus olhos. As patas da frente estão na cama ao meu lado, as de trás no chão, e ele está ganindo ansioso, tremendo a cada estalo feroz do céu. Enterro o rosto no grosso pelo do pescoço dele e tento acalmá-lo, apesar de eu mesma estar apavorada.

— Desculpa, Gus — sussurro, empurrando-o para o lado e me levantando da cama. Reviro minhas gavetas em busca de roupas de ginástica e pego meus tênis de corrida no closet. Me visto depressa e me esgueiro para o andar de baixo até o prato de chaves na cozinha, procurando em meio às moedas e botões e outras tralhas pelas chaves do carro da mamãe. Rabisco um bilhete para ela e deixo na ilha da cozinha antes de sair silenciosamente para a varanda. A chuva e as trovoadas já mudaram de lugar a esta altura, deixando para trás uma tonalidade esverdeada no céu.

Dirijo o carro da mamãe até a escola, estacionando atrás da quadra coberta e encarando o meu telefone no suporte para copos por um longo momento. Tinha algo que eu precisava fazer e, depois da noite passada, sei que não posso mais adiar. Agarro o telefone, rolo a tela até chegar ao nome da dra. Langdon e aperto LIGAR antes que eu possa desistir.

— Alô. — Ela atende com a voz grogue no segundo toque e quase desligo.

Apesar do sucesso do tratamento, nunca gostei muito da dra. Langdon. Quieta e com o rosto impassível, ela nunca deixava transparecer a menor reação emocional a qualquer coisa que eu dizia, completamente diferente de Alice.

— Alô? — repete ela, e eu pigarreio audivelmente, mas não de propósito. — Quem é?

Ela suspira. Sei que está prestes a desligar, por isso falo de uma vez só:

— Você viu se o forno estava desligado?

Tem um instante de silêncio antes de ela falar numa voz gélida:

— Natalie?

— Ela estava certa — gaguejo. — A Avó voltou e me disse que uma coisa iria acontecer e aconteceu, e você precisa tomar cuidado de verdade.

Novamente, o silêncio preenche a linha. A dra. Langdon nunca fala sem pensar, nunca reage de pronto, sempre planeja.

— Onde você está, Natalie? Está num lugar seguro? Você fez tanto progresso, não deveria...

— Eu estou bem — interrompo. — É você que está em apuros, e ela está certa. Juro que está certa. Você pode achar que estou louca se quiser, mas precisa checar o forno e o fogão e todas as coisas na sua casa, está bem?

— O que mais a sua avó falou, Natalie? Ela mandou você fazer alguma coisa?

— Ela não é minha avó. Olha o forno — respondo bruscamente e desligo, jogando o telefone com força contra o assento do passageiro. Saio do carro e corro até a cerca de alambrado, me içando como Beau e eu fizemos na noite da festa de Matt.

Não me dou o trabalho de fazer alongamento. Está tão quente e úmido que meus músculos já estão aquecidos, minha pele já escorregadia com um brilho de suor. Começo uma corrida pela pista asfaltada e rapidamente minha mente desliza para um espaço meditativo que raramente encontro sem ser no exercício físico.

Conto minhas voltas — uma, duas, três, quatro — até perder a conta de distância e tempo. Não tem fim. Não tem um ponto em que eu sei que é melhor parar. É uma corrida eterna, sem lugar de início para cada nova volta. Em pouco tempo, é como se a minha vida inteira tivesse sido esta corrida, e eu começo a senti-la no meu tronco: um véu tremulante, como se eu estivesse num palco e as cortinas estivessem prestes a se fechar.

Continuo correndo e, na minha cabeça, sei que estou rompendo esse véu. O mundo se afasta. Pela primeira vez desde a minha Abertura, o mundo se afasta e sei que fui eu que fiz acontecer. A terra não é mais plana e pavimentada sob os meus pés. As arquibancadas de metal úmidas, a cerca de alambrado enferrujada, a cabine de imprensa laranja e preta e os holofotes apagados e as traves do gol: tudo desaparece.

Ainda estão aqui, mas não *agora*. Piscam de volta no meu campo de visão, e tento me mover para trás de novo, procurando aquela sensação de montanha-russa. Apesar de sentir a tremulação no véu, não consigo. Não consigo mover o tempo.

Paro de correr e me encurvo, as mãos repousando nos meus joelhos enquanto tento acalmar minha respiração.

Do outro lado do campo, tem alguém descendo pelas arquibancadas: uma loira magra de shorts e camiseta. Ela vem para a pista e acena, mas não diz nada. Megan. Não a minha Megan, mas Megan, ainda assim. Ela começa a fazer a volta pela pista num ritmo constante e retomo a corrida. Corremos em lados opostos da pista, acabamos nos sincronizando, sem nunca ganhar vantagem em relação à outra, como dois planetas em órbita.

Perco a noção do tempo de novo, e é só quando Megan desacelera e começa a andar até a fileira de baixo das arquibancadas para se sentar que ressurjo das profundezas da minha mente. O sol está espreitando, pintando o céu de um laranja ardente.

Termino minha volta andando e vou me sentar ao lado dela, desejando que fosse minha melhor amiga. Ficamos sentadas um tempo em silêncio, observando o nascer do sol. Em silêncio, pelo menos posso fingir que estou com minha melhor amiga.

Ela é minha melhor amiga.

— Sinto muito — digo, de repente. — Por Matt.

Ela dá um sorriso forçado, mas não olha para mim.

— É, eu também.

— Ele vai ficar bem.

— Como *você* poderia saber?

— Acho que eu não sei. Mas é o que eu penso.

Ela enxuga as lágrimas com o dorso da mão.

— Eu também. — Ela fica em silêncio por alguns minutos e acho que ela parou de falar e quer ficar sozinha, mas ela continua: — Estou apaixonada por ele desde os dez anos de idade.

— *O quê?* — indago, chocada. É possível que eu tenha deixado isso passar completamente batido na minha Megan? Quando tínhamos dez anos, eu mal pensara direito sobre Matt, mas eles dois já eram amigos uns dois anos antes. — Sério?

— Tinha esse menino que era da nossa turma no ensino fundamental,

Cameron — conta Megan. — Ele era meio que um caipira, meio pobre e geralmente sujo. No nosso playground tinha um escorregador, e um dia Cameron foi nele. Ele se desequilibrou e deslizou pela terra suja, e as calças dele caíram. Todo mundo viu a bunda dele, e ninguém brincou mais ali por, tipo, uma semana. As pessoas gritavam "germes de bunda" quando passavam pelo escorregador.

Encaro Megan, descrente. Eu tenho essa mesma memória. Exatamente igual.

— Matt não era amigo de Cameron nem nada, mas ele ainda assim se sentiu mal — prossegue ela. — As pessoas estavam sendo tão idiotas só para humilhar Cameron, e todo mundo entrava nessa por nenhum motivo. Matt foi a primeira pessoa a usar o escorregador depois disso, quer dizer, sem contar Beau, é claro, que *nasceu* sem se importar com o que qualquer um pensa. Beau sempre foi popular, mas ele não é exatamente a pessoa que os outros querem imitar. Não como Matt. Enfim, Derek fez o maior caso, disse que Matt tinha pegado germes de bunda do escorregador, então Matt abaixou as calças dele. — Ela irrompe numa risada desconfortável e enxuga os olhos de novo. — Foi a única vez em que ele ficou em detenção, tenho quase certeza.

Eu me lembro de tudo isso, quero dizer. *Eu e você também estávamos lá. Nós também fizemos piada com os germes da bunda de Cameron e nos sentimos culpadas quando Matt finalmente deu um basta em tudo.*

— Foi aí que eu me apaixonei por Matt Kincaid — diz Megan, baixinho.

É como uma adaga no meu coração. Não ciúmes, pelo menos não de Megan. Se tem alguma coisa parecida, é pelo fato de ela amar Matt mas nem saber quem eu sou. E estou com ciúmes de esta Megan me contar coisas que a minha nunca falou. Eu me pergunto quando os sentimentos dela por ele passaram, se chegaram a passar, e como foi que eu não reparei.

Será que eu a magoei? Será que estava magoando os dois ao longo dos últimos seis anos, por uma coisa que no fim das contas eu nem tinha certeza de que queria? Ou será que um mundo sem mim é realmente tão diferente que Megan poderia ter sentimentos por Matt em uma realidade e não na outra?

— Ele vai superar isto — digo. — Vocês ainda têm séculos de calças para abaixar pela frente.

Ela ri, mas as lágrimas continuam escorrendo pelas bochechas.

— Eu nem tenho certeza se é isso que ele quer — diz ela. — Ele teve namoradas por todo o tempo em que fomos amigos. Finalmente estava começando a parecer que... e agora...

Eu pego a mão dela; minha Megan, não importa o resto.

— Ele vai ter tempo de descobrir. E, se ele tomar a decisão errada, então vai ter um monte de tempo para vivenciar um remorso esmagador enquanto observa você envelhecer com o seu marido gostosão jogador de hóquei profissional.

— Céus, é como se você tivesse lido o histórico do meu navegador — brinca ela, e sinto um acesso de dor ao perceber a falta que sinto disso.

— Sou megaintuitiva no que diz respeito a caras gostosos — digo. — São minha linguagem do amor.

— Bem, você colocou as mãos em um, isso é certo. — Ela sacode a cabeça. — Beau Wilkes olhando com desejo para uma menina da Ivy League. Quem teria imaginado? É trágico, na verdade.

— Como você sabe sobre Brown?

— Ah, por favor. Beau é o nosso residente desiludido, desinteressado, lindo e ainda inegavelmente arruinado, marcado pela fragrância de Rachel Hanson. Você deu o que falar, Natalie. — Ela vê o olhar no meu rosto, então se apressa para acrescentar: — Não me entenda mal. Adoro Beau. Todo mundo adora. É só que você parece ótima e eu espero que saiba no que está se metendo. O pobre garoto tem tanta história que daria para escrever vários livros.

Balanço a cabeça.

— Não estou entrando em nenhuma. Vou embora pelo resto do verão dentro de algumas semanas. Beau só está me ajudando com uma coisa.

— Certo — diz ela, assentindo. — Ajudando você a dar uns pegas. Provavelmente o melhor treinador do país.

Eu rio e, por um segundo, o peso no meu peito dá uma trégua.

— Bem, de que tipo de histórias estamos falando? — pergunto, então sinto uma pontada de culpa pela minha pesquisa de antecedentes improvisada.

— Para começar, tem a mãe dele, é claro. Ela não tem a... cabeça no lugar. E o pai dele foi embora e *nunca* visita. Eu não acho que ele veio a um jogo sequer em cinco anos, nem das duas vezes em que eles chegaram à Estadual. Parece que ele manda álcool para Beau pelo correio... E, tipo, o cara é um alcoólatra em recuperação e está praticamente implorando que Beau pegue o lugar dele agora que está sóbrio. É claro que tudo isso é apenas disse me disse. Provavelmente só fofoca.

— Não tenho tanta certeza — digo, encarando os meus pés, pensando no Jogo dos Veteranos, em Beau invadindo a escola para beber sozinho e tocar piano.

Megan suspira.

— E também tem a coisa com Matt.

— É. Tenho certeza de que isso é difícil para todo mundo.

Megan mastiga a unha do mindinho e encolhe os ombros.

— É, mas em particular para Beau. Quer dizer, os Kincaid colocam toda a culpa nele.

— Pelo *acidente*? — digo, estupefata.

— Pela bebida. Não conseguem imaginar que Matty possa cometer os próprios erros de vez em quando. Toda vez que alguma coisa dá errado, a boa e velha Joyce logo aponta um dedo para Beau. Os dois colocaram fogo no celeiro quando eram crianças e, de acordo com Matt, foi principalmente culpa *dele*, mas ele teve medo da reação dos pais, por isso Beau assumiu toda a culpa e Matt teve que convencê-los a não prestar queixa.

— Uau — falo, pensando vagamente que os Kincaid fazem meus pais parecerem a progenitura dos filhos das flores com a Madre Teresa. Penso em como Joyce e Raymond estavam sentados longe de Beau no hospital na manhã do acidente, reservando-lhe apenas olhares assassinos. — Vai ficar tudo bem — digo a Megan. — Vai dar tudo certo.

— Estou contente de ter esbarrado com você — diz ela. Ambas nos levantamos para ir embora e, desta vez, é como sempre foi: nós duas compreendendo uma à outra sem muitas palavras.

— Eu também.

É verdade que nada tem o potencial de magoar tanto quanto amar uma pessoa, mas nada tem esse efeito curativo.

21

— ERA UMA vez um grupo de caçadores — disse a Avó. — Faziam parte desse grupo um ancião, sua filha, o marido dela e o filhinho dos dois. Apesar de terem partido todos juntos, não demorou muito para que o grupo se separasse. O velho, a mulher e o marido foram para um lado enquanto o filho do casal acidentalmente foi para o outro.

"Eles não deram falta da criança até que o sol estava baixando, então não havia muito o que pudessem fazer exceto acampar. Felizmente, eles toparam com uma choupana numa clareira e decidiram acampar ali por aquela noite.

"Fizeram uma fogueira e foram para a cama: o velho de um dos lados da choupana e os esposos do outro. Quando o fogo se reduzira a centelhas, um ruído acordou o casal. Apurando os ouvidos, determinaram que era um cachorro roendo um osso. Então o ruído se transformou numa chocalhada intensa e eles se levantaram da cama para identificar sua origem.

"Atravessando a choupana, descobriram que o velho fora morto por algum tipo de animal, e o sangue dele se derramava do corpo na cama onde dormira. Ficaram assustados, é claro, mas era o meio da noite e não havia nada a se fazer. O animal que o atacara havia desaparecido, então o casal cobriu o corpo do velho, alimentou a fogueira e voltou para a cama para esperar a alvorada.

"Quando o fogo diminuiu, novamente ouviram o barulho. Saltaram da cama, correndo até o corpo do velho. Desta vez viram a criatura que o matara: um esqueleto vivo, que levantou a cabeça para olhá-los antes de fugir por um buraco na parede da choupana. O marido e a esposa ficaram apavorados. Sabiam que a criatura voluntariamente não os deixaria escapar, então se esgueiraram de volta para a cama e elaboraram um plano em sussurros abafados.

"Voltaram a atiçar o fogo e a esposa disse, alto o bastante para que o Esqueleto ouvisse de onde quer que estivesse escondido: 'Estou com tanta sede, marido. Preciso descer ao riacho para beber água'. E assim ela saiu, e o Esqueleto não foi atrás dela. Então o marido alimentou mais a fogueira e disse em voz alta: 'Onde está minha esposa? Por que ela está fora há tanto tempo? Preciso descer ao riacho para me certificar de que ela está bem'. E assim ele escapou da choupana também, disparando numa corrida tão logo estava fora dela. Encontrou a esposa na mata e juntos correram de volta para casa.

"Mas o Esqueleto retornara quando o fogo se apagou e descobrira que sua presa havia desaparecido, então saiu atrás deles e soltou um uivo terrível. O casal correu velozmente até chegar em casa, onde seu povo estava no meio de uma grande celebração e banquete. Ouvindo de longe os apelos dos seus, o povo correu até a floresta ao encontro deles, e o Esqueleto fugiu.

"Na manhã seguinte, um grupo de pessoas iniciou uma jornada para a choupana. Encontraram os restos do corpo do velho e, no andar superior, descobriram um antigo caixão de casca de árvore que continha um Esqueleto, um homem que não fora enterrado pelos amigos. Para destruir a choupana e o Esqueleto, a rodearam com troncos secos e combustível e acenderam uma fogueira para consumi-la. Enquanto observavam a choupana pegar fogo, viram uma raposa com olhos que brilhavam como fogo fugir da casa e correr a toda velocidade para a floresta.

"Fim."

— Você está brincando — falei.

A Avó forçou um sorriso.

— Você saberia se eu estivesse brincando — disse ela. — Sou engraçadíssima.

— Suas histórias são tão engraçadas quanto *O diário de Anne Frank*.

— Isso não quer dizer que *eu* não seja bem-humorada. Tenho uma vida para além do nosso tempo juntas, sabe — rebateu ela. — Estou lhe contando as coisas que você precisa saber. Mais tarde, se houver tempo, conto da vez em que encontrei uma luva de látex na minha salada.

— Não, obrigada — falei, contendo meu reflexo de ânsia de vômito. — O que foi que aconteceu com o filho do casal, afinal?

— O que você quer dizer? Ele saiu da história.

— Ele parou de existir? Por que então mencioná-lo?

— Para mostrar que foi bom ele ter ido para o outro lado.

— Ceeeeerto. E isso quer dizer que...?

— Olha, Natalie, às vezes as histórias só significam o que você depreende delas.

— Espero que esta não seja uma dessas vezes.

Ela me escrutinou com intensa concentração.

— Acho que não. Você não depreendeu nada, não é?

— Desculpa — falei, dando de ombros.

— A nação de onde essa história veio vê a raposa como um símbolo do amor sexual.

— Raposa vampiresca erótica... *agora* tudo faz sentido.

— Escuta — disse a Avó, mais brusca que o normal. — Há quem pense que esta é uma história sobre a juventude versus a idade avançada. A criança evita a dor da vida enquanto os adultos sofrem.

— O que você acha?

— Que em parte é isso. Mas também é sobre o ônus do amor. Crescer é amar. Amar é morrer.

— Adorável.

— Garota, se eu pudesse me levantar agora, eu daria um tapa na sua cabeça. Faça as piadas que quiser, mas esse negócio é importante.

— Então me diz, era para eu ser que nem a criança? Mudar de curso e esquecer sobre o amor, viver no completo egoísmo?

— Não — disse ela. — Mas você deveria saber o que esperar da sua vida, Natalie. Você sente as coisas com intensidade. Crescer vai ser doloroso. Só você pode decidir se mesmo com a dor o amor vale a pena.

A Avó me ensinou que, com o tempo — seja com milhares de minúsculas fendas ou uma ruptura rápida —, o amor parte seu coração. Meu coração está se partindo.

22

— **ME CONTA** as suas experiências — pede Alice, com olhos arregalados e pupilas dilatadas. Tenho fortes suspeitas de que ela fumou maconha logo antes de a gente chegar, e meio que torço para que ela ofereça um pouco a Beau, que parece mais ou menos tão confortável como uma bruxa enquanto a queimam na fogueira. O fato de as coisas estarem tão tensas entre nós não ajuda. Desde o hospital, mal conseguimos nos olhar, mal conseguimos nos tocar.

Ele olha para o lado, para mim, e depois de volta para Alice.

— Começou quando eu estava com cinco ou seis anos.

— Certo — diz Alice, se inclinando tanto por cima dos joelhos que acho que ela vai cair para a frente, achatando a cara em uma pilha de livros. — Descreve para mim como foi, a primeira vez que consegue lembrar.

Ao longo da hora seguinte, Alice consegue arrancar de Beau mais ou menos a mesma quantidade de informação que recebi em dez minutos no closet. Mas ela parece contente e não para de escrever em nenhum momento, nem enquanto está fazendo perguntas, apesar de a maior parte das respostas dele ser composta de quatro palavras ou menos.

Quando acabam as perguntas, ela começa a tamborilar na boca e fazer aquela coisa molenga com a cabeça de novo.

— Tem outra coisa — explico, aproveitando a oportunidade para falar. — Nosso amigo Matt sofreu um acidente. Nos dois mundos. Mas na minha versão, meio que fui eu que causei o acidente. E obviamente não fui eu na outra, mas aconteceu mesmo assim.

— Hmmm. — Alice desenha uma espiral na página enquanto pensa. — Então, tipo o Irmão Negro e o Irmão Vermelho.

— Acho que sim — digo. — Mas minha amiga Megan... ela é diferente no outro mundo. Pelo menos um pouquinho. No meu mundo, ela já foi para a universidade, para treinar com o time de futebol. Esta Megan, não. Mas ela tem uma memória que eu tenho.

— Caramba. — Alice massageia o canto da sobrancelha e pisca rápido algumas vezes. — Que complicado.

Beau olha para mim e me sinto aquecida sob o olhar dele.

— É.

— Ainda é possível que sejam só vocês dois provocando as diferenças — comenta Alice. — Talvez a existência de vocês, ou a falta dela, afete algumas coisas, mas não outras.

— Mas por que a gente? — pergunta Beau, baixinho.

— É a pergunta que não quer calar. — Alice mastiga a ponta da caneta enquanto continua falando: — *Por que* existem dois mundos, e por que *vocês dois* são os que podem viajar entre eles?

— E onde a Avó se encaixa nisso tudo? — acrescento.

— É possível que, no mundo de Beau, ela more na sua casa? — propõe Alice. — Talvez seja apenas uma senhora solitária cujo Fechamento nunca ocorreu, e agora ela está soltando uns conselhos só para ter companhia.

— Ela não mora lá — diz Beau. — Vi a família que mora.

Alice comprime a boca e comenta:

— Não achei que fosse o caso. Não poderia ser tão simples.

— E a Avó sabe das coisas — afirmo, sacudindo a cabeça. — Confio nela.

O cronômetro do telefone de Alice começa a emitir um bipe, nos informando de que a sessão terminou. Ela xinga baixinho e larga o caderno na escrivaninha.

— Você está certa, Natalie. A Avó é diferente. Estou tentando encontrar sentido nisto tudo, mas ainda não temos informação o suficiente. Nada vai ajudar tanto quanto se você conseguisse falar com ela de novo.

— Alice, só tenho mais duas semanas antes de ir embora, até o fim do verão — digo. — E se for Matt? E se ele for morrer ou ficar com danos cerebrais pelo resto da vida a não ser que eu faça alguma coisa? Ou se for alguma outra pessoa, meu pai ou... — Não consigo me obrigar a dizer o nome de Beau. Não queria colocar na cabeça dele o pensamento que atormenta constantemente os recônditos da minha mente.

Três meses para salvá-lo.

— Estou fazendo o meu melhor — diz Alice, massageando as sobrancelhas finas e escuras. — Vamos tentar hipnoterapia de novo na quinta-feira. Até lá, vocês dois precisam passar o máximo de tempo que puderem juntos. Cada segundo em que puderem, devem ficar quicando de um mundo para o outro, talvez até procurando por um terceiro que vocês ainda não acessaram. Natalie, não deixa de ficar estressada.

— Sem problemas — digo, afundando a base das mãos nas órbitas dos meus olhos.

— E continue gravando as suas histórias. Tantas quanto puder. As histórias são a chave.

— Ok.

Uma história, uma frase, fica se repetindo na minha mente. Engancha em mim sem misericórdia, me enche de medo.

É sobre o ônus do amor. Crescer é amar. Amar é morrer.

Quem é que vai morrer?

— **SERIA BOM** dar uma passada no hospital — falo no caminho de volta para Union.

Beau e eu não estamos conversando. Há um peso entre nós. O olhar dele passa rapidamente por mim, e a luz do sol entrando enviesada pela janela e resvalando pelas íris castanho-esverdeadas dele faz meu peito doer.

— Ok — diz ele.

No estacionamento do hospital, me ocorre que eu e Beau estamos aqui para ver dois Matts diferentes.

— Como fazemos? — pergunto.

— Vamos nos encontrar aqui em meia hora — diz Beau.

Paro de andar e ele também, mantendo contato visual. Não consigo encontrar as palavras para dizer isso, mas não quero entrar lá sem ele. A sala de espera vai estar fria demais, vazia demais, assustadora demais. O mundo vai parecer sombrio demais. A verdade é que, independente de Matt se recuperar ou não, é provável que eu e Beau nunca mais nos vejamos de novo depois que eu for embora, daqui a duas semanas, e isso pesa nos meus ombros. Estico a mão e toco a lateral do corpo dele.

Ele olha para baixo, para a minha mão, e depois para cima lentamente, e tenho certeza de que vamos nos beijar de novo quando consigo afastar o olhar do dele e dizer:

— Trinta minutos.

Ele se vira e vai andando até as portas automáticas do hospital. Antes de ele chegar nelas, tanto ele como a camionete desaparecem.

Falo com o homem na recepção, e uma das enfermeiras de Matt me leva ao quarto dele, onde a mãe está sentada ao lado do leito. Ela se levanta e me dá um abraço.

— Ele vai ficar tão contente de ouvir a sua voz — comenta ela.

Olho para o rosto inconsciente de Matt. Tem dez centímetros de pontos ao longo da linha do cabelo dele, e o olho esquerdo e a bochecha estão gravemente feridos. Um calombo de gaze está preso com esparadrapo por cima do nariz, e das narinas saem finos tubos plásticos que se conectam a máquinas. Joyce se afasta de mim e enxuga as lágrimas.

— Ele fraturou a coluna quando foi lançado para fora do carro — conta ela. — Não vão conseguir determinar muito mais sobre os danos físicos até ele acordar.

— Ah. — É tudo o que consigo falar. O chão parece oscilar sob os meus pés, todos os balões e flores e ursinhos de pelúcia empilhados na parede do outro lado do quarto oscilando junto. O mundo inteiro é uma viagem de navio viking, e a água azul-clara de cada um dos lados é feita de todas as coisas que eu não consigo alcançar.

— Você pode ficar aqui com ele enquanto vou ao banheiro? — diz Joyce. — Eu não queria deixá-lo sozinho, só para o caso de...

Ela para de falar e faço que sim.

— Claro.

Joyce sai do quarto e fico onde estou, grudada ao chão vacilante por segundos que não conto, inspirando fundo e me preparando. Enfim, ando na direção dele, mecanicamente, e me abaixo até a cadeira que Joyce encostou ao lado da cama.

— Oi, Matty — sussurro, pegando a mão dele. Minha voz soa errada. Errada como o rosto dele me parece. Tão errada como o zumbido baixo e os bipes das máquinas e bolsas aos quais ele está conectado. — Sou eu.

O silêncio em resposta parece um céu repleto de nuvens escuras, esperando que a temperatura caia o bastante para permitir a precipitação. Quando isso acontece, o que caem são lágrimas em vez de gotas de chuva. Pressiono o rosto contra a parte de trás da mão dele.

— Me desculpa — digo.

A pele dele está fria sob a minha bochecha, como se o coração estivesse ocupado demais para se incomodar em fazer o sangue circular até chegar na ponta dos dedos. Da primeira vez em que demos as mãos, naquela noite no jogo de futebol do oitavo ano, eu me lembro de ter ficado surpresa com o quão gelada era a pele dele. Antes disso, a única mão que eu segurara fora a de Tyler Murphy, e inconscientemente gerara a crença de que as mãos de todos os meninos eram quentes e úmidas de suor.

A de Matt, no entanto, não era nada disso contra o vento cortante do mês de outubro enquanto nos aninhamos na encosta do morro. Apesar do frio, me lembro de pensar em como devo ter parecido iluminada por dentro para todos os nossos colegas de classe ficarem nos assistindo daquele jeito. Com o tempo, ser uma extensão de Matt começou a parecer uma jaula, mas naquela noite foi uma honra.

Eu amava Matt Kincaid, desde o princípio. Posso nunca ter me sentido dominada por esse amor, nem surpresa — é *claro* que qualquer pessoa que Matt amasse o amaria de volta. Ele é o garoto que vê o melhor em todo mundo, com a risada fácil, rápido em perdoar, que gravita para perto da pessoa mais tímida do aposento, que não fofoca ou julga quando o restante de nós o faz.

Era a mesma pessoa cujo coração eu parti e a mesma que soluçara diante de mim antes de pegar o carro, e de repente estou com tanta raiva. De mim mesma, dele, da interseção onde ele voou para fora da estrada e do restante do mundo por ficar parado observando isso tudo acontecer.

— Me desculpa — repito várias vezes, mas não muda nada, e logo o gosto das palavras é como veneno na minha boca e estou chorando lágrimas de raiva porque *como é que ele pôde fazer isso comigo?*

Como ele pôde fazer isso com todos nós?

Fecho os olhos para conter as lágrimas e, quando volto a abri-los, vejo Beau sentado do outro lado da cama, o rosto enterrado nas mãos, os ombros sacudindo. De alguma maneira, vim parar no outro mundo e ele não sabe que estou aqui para ver. Ele acha que está sozinho.

Ele está sozinho.

Eu estou sozinha.

Quero tanto ir até ele. Quero abraçá-lo e dizer *Eu entendo você*.

Em vez disso, me viro e saio correndo do quarto, enxugando lágrimas do meu queixo e da minha mandíbula.

Trinta minutos mais tarde, Beau aparece na sala de espera, onde estou sentada mantendo distância de alguns jogadores de futebol. Dá para ver pelo jeito como o recebem que estamos no mundo dele. Ele para pra conversar em palavras baixas e suaves que não consigo ouvir. Um dos calouros esfrega os olhos, e Beau coloca uma das mãos no ombro dele, mal sacudindo a cabeça.

— ...vai ficar tudo bem. — É tudo o que consigo ouvir além do som do ar-condicionado.

Beau e eu nos encontramos na saída e andamos até o estacionamento quente e pegajoso. Os olhos dele estão secos e determinados, tudo seguramente encaixotado onde ninguém consegue ver. Mas eu vi. Eu o vejo. Eu gostaria de abraçá-lo todo de uma só vez, mas a verdade é que não consigo nem encontrar as partes de mim que estão faltando.

Ele sobe na camionete sem uma palavra.

— Você está bem? — pergunto.

Ele apenas assente. Encosto na mão dele, e os dedos lentamente se fecham ao redor dos meus.

— Também não estou — digo.

BEAU VEM ME buscar no meio da noite, como havíamos planejado, e saio de fininho pela janela do closet. Corro pela rua sem saída até onde ele estacionou a camionete e abro a porta do passageiro. Ele está vestido com uma camiseta branca e tento não reparar na forma de seus braços bronzeados, no peito largo, no brilho indistinto da luz da cabine. Estou usando shorts jeans rasgados e tento não reparar na maneira como ele olha para as minhas pernas também. Falho nos dois quesitos, o que faz com que eu me sinta inquieta e culpada no caminho até a escola.

Beau estaciona perto da porta dos fundos. Ele sai e afasta uma grande rocha cheia de pequenos trilobitos e conchas fossilizados, então pega a chave ali debaixo antes de recolocar a rocha no lugar.

— Como conseguiu isso? — pergunto enquanto ele destranca a porta.

— A chave? Eles me deram junto com o Nobel da Paz — diz ele. — Eu roubei, Natalie.

Descemos o corredor até a sala de ensaios o mais silenciosamente possível e entramos. Beau vai até o piano e se senta, dedilhando algumas notas como quem não quer nada.

— Isso sempre funciona? — pergunto, encarando as costas dele.

Ele se vira e dá um minúsculo sorriso.

— Você vai vir se sentar comigo, Cleary?

Rio para o chão e atravesso o aposento, deslizando para o banco ao lado dele. O corpo dele está quente ao lado do meu, e ele ainda sorri para mim. É quase o bastante para abafar o pensamento de um quarto de hospital iluminado por luzes fluorescentes e zumbindo com os monitores e máquinas que enfiam oxigênio no corpo de Matt. Parece tão injusto que eu tenha esses pensamentos e sentimentos com relação a Beau agora, e bato numa tecla para me distrair.

— Sim, sempre funciona — diz ele, se concentrando no piano. — Antes de te conhecer, tocar era o único jeito de eu ter certeza de que conseguiria me ligar ao seu mundo. O futebol americano era o único jeito que eu conhecia de me agarrar ao meu.

— Você nunca mudou de mundo enquanto jogava? — pergunto.

Ele balança a cabeça.

— Nem parece que *existem* dois mundos quando estou jogando. Apenas um.

— Deve ter sido um alívio — falo. — Quando você percebeu isso.

— Costumava ser. — Os olhos dele encontram os meus de novo.

— Alice acha que eu não vou conseguir mais fazer a transição daqui a dois meses. — Sai como pouco mais do que um sussurro, e Beau baixa os olhos.

— Você acha que ela está certa?

— Não sei. Acho que a Avó poderia me ajudar. — Não é só o fato de eu ter que salvar a vida de uma pessoa; apesar de que tenho. Parte de mim acredita que a Avó pode me ajudar a continuar Aberta, que é o que eu quero na verdade.

As mãos de Beau começam a deslizar pelas teclas, e fecho os olhos. A música é linda, sombria e pesada, lenta e dolorosa. Como o beijo que dei em Beau depois que saí correndo do hospital.

Como dizer adeus a Megan.

Observar uma nova vida começar na terra e outra se extinguir.

Crescendo, esticada e amassada e espremida pela vida como uma massa caseira girando na máquina de fazer macarrão. Conforme a música me envolve, sinto falta da dança.

— Que música é esta?

— É você — diz Beau. — Mas ainda não acabei.

Tenho aquela sensação de algo se erguendo dentro da minha caixa torácica enquanto caio pelo tempo, e ele para de tocar. Abro os olhos, e estamos no topo de um morro sob a luz do luar, uma manada de búfalos roncando sob nós. Beau se levanta e faço o mesmo.

— Onde estamos? — pergunta ele.

— No passado, eu acho.

— Você nos trouxe de volta para cá.

Ele gira o corpo, e sigo o olhar dele para uma árvore no meio da encosta do morro. Ele começa a descer na direção dela até alcançar o tronco, onde apoia uma das mãos.

— Quero tentar uma coisa — diz ele, com um sorriso torto. Ele estende a outra mão para mim.

— Quer, é, Beau Wilkes? — Faço o caminho até ele. Por alguma razão, aqui... ou melhor, agora, não sinto nenhuma ansiedade com relação a Matt, com relação a perder o mundo de Beau ou a encontrar a Avó. Aqui, existimos fora de tudo, e me sinto calma como raramente tenho me sentido nos últimos anos. Não há nada do que escapar.

Beau me puxa para o lado dele, o braço em torno das minhas costas. Os lábios dele se movem contra minha têmpora e meu coração acelera.

— Pronta?

— Ahã.

Ele fecha os olhos e pressiona os dedos contra as minhas costelas como se fossem teclas do piano, e começamos a nos mover para a frente.

No tempo, não no espaço; tal como fizemos no meu closet. A suave sensação de frio na barriga, como se estivéssemos sendo puxados para cima na água morna. O sol subindo no leste, caindo no oeste. As nuvens mudando sobre a nossa cabeça, de cor e formato e densidade, a chuva caindo em lençóis e depois evaporando e se condensando sobre nós. A grama ficando mais e mais e mais alta até que lambe nossas cinturas, o tronco enodoado sob as mãos de Beau se movendo conosco.

Animais passam como borrões por vários minutos enquanto o sol, a lua e as estrelas espiralam sobre nós. Às vezes há pessoas também, apesar de não conseguirmos ver suas feições. Carroças e carros e grandes tratores amarelos limpam a terra, aplainando-a, passando através de nós e da nossa árvore como se não estivéssemos ali. Uma vez que o chão é lama solidificada, vemos fundações serem lançadas, tijolos empilhados aos milhares, cimento despejado e ainda assim a árvore fica conosco, completamente invisível às vidas e aos objetos se movendo ao nosso redor como fantasmas.

De repente, sinto como se tivéssemos dado de cara com uma parede, e minha mente reconhece isto como *o presente*, com todo o peso e o meu medo. O giro desacelera, e vemos pessoas se movendo na sala de ensaios, mas rápidas demais para prestar atenção em nós ou na imensa árvore. Quando o tempo finalmente nos cospe de volta, ainda estamos de pé ao lado do tulipeiro. Inclino a cabeça para trás para encarar o teto, atravessado pela árvore que continua se estendendo por centenas de metros no ar.

O teto não está desmoronando nem se destruiu; em vez disso, parece que o aposento foi construído ao redor da árvore, que permitiram que ela crescesse esse tempo todo, se esticando por pequenas rachaduras e se esticando para o alto, suas raízes gigantescas fincadas no carpete industrial azul. Começo a rir e olho para Beau, cujo rosto sério se inclina para baixo, para mim.

— Como era mesmo a sua história? — diz ele. — A garota que caiu do céu?

— Nunca vi nada tão bonito.

— Você gosta da árvore, Natalie Cleary? É sua.

— Você é incrível.

Ele encosta o queixo no peito de um jeito quase envergonhado. Estou olhando para uma nova faceta dele, outro minúsculo fragmento de Beau que consegui. Quero reunir todos e estendê-los diante de mim, guardá-los para sempre. Seguro os lados da mandíbula dele e dou um beijo em sua bochecha.

— Você me faz ter vontade de ficar — sussurro.

As mãos dele soltam o tronco e a árvore some como se nunca tivesse estado aqui. O teto e o chão estão sólidos novamente, e estamos sozinhos na sala de ensaios.

— Então fica — pede ele, as mãos envolvendo delicadamente a minha cintura.

— Não é tão simples.

— Fica — pede ele de novo, com um sorriso.

— *Beau*.

— Natalie.

Ser você mesma vai fazer com que você seja exilada por muitos, a Avó costumava dizer. *Cumprir as vontades alheias, no entanto, vai fazer com que você se exile de si mesma. A tensão é dolorosa, mas não há escolha a fazer, Natalie.*

É como me sinto com Beau. Como se eu não pudesse ficar com ele. Como se eu precisasse ficar com ele. Como se eu não tivesse escolha a fazer e a resposta devesse ser evidente, mas não é.

Eu me livro dos braços dele.

— Precisamos continuar o trabalho.

— Vou esperar, se é o que você quer — diz ele.

Penso numa vida sem Beau, e em Beau com outra pessoa. Ambos os pensamentos são insuportáveis, mas engulo um nó na garganta e trinco os dentes.

— Não é — minto. — Não precisa esperar.

23

— AI, MEU Deus! — grita Coco, irrompendo no meu quarto. — Olha só isso. Está em todos os noticiários.

Sento-me na cama em um pulo, o coração a mil. Um segundo antes, eu estava perdida em pesadelos, certa de que meus pulmões estavam se enchendo de sangue, e agora não consigo me impedir de puxar o oxigênio enquanto Coco enfia o telefone na minha cara.

Sinto meu rosto ruborizar, esperando ver fotografias da escola atravessada por uma árvore de cinco séculos de idade ou, pior, mais notícias ruins a respeito de Matt. Em vez disso, o retrato de uma mulher me encara com olhos muito distantes um do outro, emoldurados por um ousado corte joãozinho.

— A dra. Langdon?

— A casa dela pegou fogo — guincha Coco, puxando o telefone de volta. — Ela esqueceu o forno ligado.

— Ela está bem? — pergunto, engolindo um nó na garganta.

— Está viva, mas por pouco. Parece que ela acordou no meio da noite e nem sentiu o cheiro de fumaça, mas alguma coisa lhe disse para checar o fogão, e quando ela foi para a cozinha as chamas estavam quase alcançando o teto. Eles conseguiram salvar ela e o *gato* por uma das janelas do andar superior! Ela está cheia de queimaduras de segundo e terceiro grau.

— Mas ela vai ficar bem — digo. — Certo?

Coco encolhe os ombros sem tirar os olhos da tela.

— Não dá para acreditar que a casa da sua terapeuta pegou fogo na mesma semana em que o seu namorado teve um... — Ela para de falar de repente e tapa a boca com uma das mãos. — Desculpa. Não queria ter dito isto.

— Tudo bem — minto. *E Matt não é meu namorado*, acrescento em silêncio, porque parece cruel demais para dizer em voz alta.

— É uma loucura — repete ela, digitando rápido no celular. Seus olhos cristalinos se erguem para mim. — Por que é que você não parece achar tão maluco?

— Eu acho.

— Acha nada — diz Coco, sacudindo os cachos loiro-acobreados. Ela olha de volta para o corredor e abaixa a voz: — Foi você que botou fogo na casa dela ou alguma coisa assim?

— *Coco* — falo, severamente. — Eu não *botei fogo* na casa dela. Não é nada do tipo, tá bem?

— Então o que é?

Suspiro e fecho a porta do quarto. Mamãe detestaria saber que contei esse tipo de coisa a Coco. Ela detestaria e nem admitiria que não gostou porque estaria preocupada demais em não me deixar desconfortável ou envergonhada. Ela é como uma gaveta de talheres dotada de consciência, tentando nos manter todos separados e a salvo sem deixar que os garfos se sintam mal por não serem colheres ou que as colheres se preocupem que os garfos sejam pontudos além da conta.

— A Avó me contou — admito, e os olhos de Coco se arregalam ainda mais.

— Te contou o quê, exatamente?

— Ela me contou que a casa da dra. Langdon iria pegar fogo.

— *Mentira*.

Faço que sim com a cabeça.

— E você tem certeza de que não foi você? — diz ela.

— Droga, Coco!

Ela ergue as mãos.

— Sei lá... Vai ver você é sonâmbula ou alguma coisa assim!

— Não fui eu.

Ela ergue uma das sobrancelhas e afunda as mãos nas cinturas.

— Você tem um álibi? — Ela olha para Gus no chão e afaga as orelhas dele. — Você viu Nat sair, Gus?

— Na verdade, eu estava com outra pessoa noite passada.

Coco junta as mãos e se joga na minha cama.

— Quem? Derek Dillhorn?

— Eca, não! — digo. — Ele não é de Union.

— Megan o conheceu? Matt sabe quem é?

— Meio que, e sim. — A culpa está me esmagando agora, espremendo cada grama de ar no meu corpo. — Matt me viu com Beau e brigamos por causa disso. Aí ele foi embora. Eu tentei fazer ele ficar. Sabia que ele não deveria dirigir. Eu *tentei*.

Coco morde o lábio inferior e cutuca minha colcha. Então estende a mão para pegar a minha.

— Você sabe que não foi culpa sua.

— Não sei.

— Bem, eu sei.

— Sinto que você está errada.

Coco revira os olhos.

— Você é igualzinha à mamãe e ao papai. Os *sentimentos* acumulados nesta casa poderiam afundar o *Titanic*.

— Não seja ridícula, Coco. Nada poderia afundar o *Titanic*.

MEU CARRO FICARÁ no conserto até esta noite, então Beau pede para alguém cobrir o turno dele e me leva para a consulta com Alice.

— Não posso ficar faltando nos meus turnos — diz Beau no caminho. — Agora que acabei a escola, Mason precisa que eu pague metade do aluguel.

— É a última vez. — Alice vai ficar furiosa quando descobrir que Beau não vai se juntar a nós nas nossas últimas duas semanas de sessão, mas não posso continuar pedindo cada segundo do tempo livre dele.

Hoje o dr. Wolfgang está no consultório de novo, fumando um cigarro na janela atrás da escrivaninha de Alice enquanto ela ouve as fitas que entreguei na terça. Ela nos convida a entrar, mas, quando Beau me segue, ela ergue uma das mãos, para a gravação e tira os fones de ouvido.

— Para a hipnoterapia, não, Beau — diz ela. — Você espera no saguão.

Eu lanço a ele um olhar de desculpas, então ele acena e sai.

— Senta, senta — diz Alice, impaciente.

Uma hora mais tarde, volto da hipnose como se estivesse acordando de uma soneca. Vejo o dr. Wolfgang com a expressão pouco impressionada de sempre, mas Alice está sorrindo e acenando para si.

— Conseguiu alguma coisa? — pergunto a ela.

— Dança — responde ela. — Você começou a dançar quando era pequenininha, parou logo antes de a Avó desaparecer, e não pensou em mencionar isso para a gente?

— Eu deveria? — falo. — O que é que isso tem a ver com qualquer coisa?

Ela revira os olhos e abre a porta subitamente.

— Obrigada, dr. Wolfgang. Você poderia pedir a Beau para entrar quando estiver saindo?

O dr. Wolfgang e Alice trocam algumas palavras em alemão. Quando ele sai do aposento, ela revira os olhos de novo.

— Velho miserável.

— Achei que vocês eram amigos.

— Ele era um dos meus professores. É um gênio, mas nutro um ódio profundo por ele. É velho, rabugento e não se impressiona com nada. Mas você deveria ver o tamanho do...

— Ai, meu Deus, por favor, não.

— Eu ia dizer *palácio da memória* — explica Alice.

— E isso é...?

— É um truque para lembrar as coisas. Você constrói uma casa dentro da sua mente. Sempre que quiser guardar informação, se concentra no lugar onde a guardou. Você mantém tudo incrivelmente organizado, assim sabe onde encontrar. — Ela finge uma ânsia de vômito. — Não é o jeito como eu trabalho. Isso levou a algumas... desavenças enquanto estávamos entrevistando você sob hipnose.

— Tipo...?

— Ele quer seguir pelos corredores da cabaninha da sua memória — diz ela. — Quer examinar cuidadosamente cada quarto, cada gaveta, cada armário, cada estante, na ordem em que aparecem. *Eu* prefiro seguir as pistas.

— Pistas?

— De luz — diz ela. — Eu as vejo desde criança. São conexões que minha intuição me revela. Pense desta maneira: você comenta alguma coisa sobre seus pesadelos periódicos. Você os descreve para mim, e um detalhe meio que... se ilumina. Então digamos que seja o caso daquela esfera de escuridão que a envolve. Isso salta na minha frente, como se estivesse iluminado, e começo a seguir essa trilha até tudo que se conecta a ela: a noite, uma sensação crescente de pavor, sua Abertura, a sensação de impotência. Pode ser uma coisa específica ou não. De qualquer maneira, espero até que alguma outra coisa fique em evidência para mim antes de seguir adiante.

— E se nada ficar em evidência?

Alice comprime a boca.

— Então continuo esperando até que algo fique. É por isso que leva tanto tempo. Ainda assim, é mais fácil que começar do *comecinho*, desperdiçando horas em uma sala cheia de memórias sobre festas de aniversário e balões e besouros. E funcionou, não foi? Quer dizer, minimamente, mas funcionou.

Beau aparece na soleira.

— Entra, entra — diz Alice, acenando para ele prosseguir.

Ele dá um passo para dentro e se apoia na porta.

— Tivemos uma revelação — conta Alice, batendo palmas uma vez. — Três dias depois que Natalie completou o processo de EMDR, ela parou de dançar. Antes disso, ela encontrava a Avó diversas vezes por ano, e tinha começado a dançar logo após a primeira visita, a Abertura. Poderia haver alguma conexão entre a diminuição no seu ritmo de atividades físicas e o fato de você ter perdido a Avó de vista.

— Não parece coincidência? — falo.

A cabeça dela oscila.

— Não — diz ela com firmeza.

— E isso é porque uma cordinha de luz falou que sim? — pergunto.

— Um *fio* de luz, mas sim. Isto é importante. Consigo sentir. Além disso, pensa bem: é uma atividade física, uma espécie de ritual, mas que também tem certa qualidade artística meditativa. É o objetivo do ritual: quando você está confortável o bastante com uma ação, sua mente consegue se desligar do movimento físico em si e focar outra coisa. Quando sonhamos ou alucinamos, diversas partes distintas do cérebro são ativadas. É possível que a dança, que une atividades mentais *e* físicas, permita que você acesse o mundo da Avó melhor que apenas o estresse ou a fadiga emocional permitiriam.

Beau olha para mim.

— Como no caso do piano — diz ele.

— Como é?

Beau troca a perna de apoio.

— Eu consigo passar de um mundo para o outro quando toco.

Alice tamborila os dedos um no outro.

— Perfeito. Um acompanhador.

— Mas eu nunca vi a Avó enquanto estava dançando. — Elevo a voz.

— Talvez não — diz Alice. — Mas há tantos motivos para a dança fazer efeito. Para começar, é possível que dançar regularmente tenha afetado seu sono. Afinal, esse fenômeno começa num estado onírico. Completar a EMDR pode ter removido parte dos seus traumas guardados e não processados, tornando desnecessários esses estados afetados de sono. Mas você continua tendo pesadelos recorrentes. Continua conseguindo se mover entre o seu mundo e um que existe como estado onírico para a maioria de nós. Ainda acho que localizarmos seu trauma é a chave para isto, mas aprofundar seu sono também pode ajudar. Não queremos usar nenhum medicamento que poderia intensificar seus padrões de sono ou impedir que você acorde quando a Avó aparecer, mas podemos naturalmente exauri-la o máximo possível. Vamos mandar você para o estúdio tarde da noite e, quando chegar em casa, pode tomar melatonina para te ajudar a dormir.

— Estúdio? — diz Beau.

— O estúdio de dança da NKU — responde Alice. Ela revira febrilmente os papéis em cima da mesa. — Onde coloquei meu telefone? Os estúdios de dança já têm pianos. É perfeito, estranhamente perfeito até. Duas pessoas de duas versões diferentes da mesma cidade com o mesmo dom, acessados por atividades complementares. Isso quer dizer alguma coisa.

— Fio de luz — falo, e ela aponta o dedo para mim com veemência.

— Fio de luz! — repete ela. — Uma teia de luz, na verdade. Que vocês dois vão desfiar o quanto antes. Vamos começar nesta noite. Vou arrumar uma chave para vocês.

— E daí, você simplesmente vai se sentar num canto e incorporar o Degas?

— Quem dera — diz ela. — Mas as pessoas raramente experimentam esse tipo de visitação quando há espectadores. A ideia disto é que vocês dois combinem suas habilidades, não que eu me torne o muro de Berlim das alucinações hipnopômpicas.

Viro para lançar a Beau outro olhar me desculpando, mas ele já está me encarando, a preocupação evidente em sua testa.

— Está certo. Nesta noite, Cleary.

BEAU ME BUSCA no meio da noite de novo, estacionando a camionete rua acima como fez antes. A mesma sensação eletrizante de sempre paira entre nós quando entro no carro, o mesmo olhar demorado para os meus shorts de dança de lycra e pernas de fora. Durante o dia, a tensão entre nós se encolhe a uma intensidade maleável, mas à noite é praticamente insuportável estarmos perto um do outro sem nos tocarmos.

A estrada está deserta, assim como o estacionamento da NKU quando chegamos lá, a não ser por um Subaru verde e marrom coberto de adesivos com slogans políticos e manchas de Roscharch que basicamente parecem uma pessoa fazendo o sinal da paz. Vejo a silhueta de Alice nas portas de entrada do prédio e ela ergue os braços acima da cabeça para acenar para a gente. Beau estaciona e, ao sairmos na noite extremamente quente, sinto um pouco de alívio do magnetismo dele.

— Alô, alô — diz Alice, vagamente, remexendo nos bolsos. Ela tira um chaveiro, sacode uma das chaves na fechadura e puxa a porta. Ela me entrega as chaves. — Seguinte: a chave dourada destranca os estúdios. Teoricamente funciona em qualquer um, então é só escolher o seu favorito. Saiam no máximo às seis da manhã e se certifiquem de terem trancado a porta.

— Só isso? — pergunto enquanto ela começa a descer para o estacionamento.

Ela estende os braços para os lados.

— Só isso. Me deem motivo de orgulho.

O prédio está gelado e escuro, o ar-condicionado, tão forte que a ventilação sopra meu cabelo e me causa calafrios conforme seguimos pelo corredor.

Entramos no primeiro estúdio com que nos deparamos. As luzes piscam até acender, iluminando um chão cinzento de vinil, duas paredes espelhadas e um piano de madeira surrado ao lado de uma estante com equipamento de som. Beau atravessa a sala e se senta ao piano, dedilhando "Parabéns pra você" com um dos dedos.

— Lindo — digo. — Uma verdadeira obra de arte.

Ele sorri para as teclas e coloca a outra mão, emendando uma música lenta e vibrante que intensifica os calafrios na minha nuca. Ele larga as mãos no colo e olha para mim.

— Vai dançar?

Ando até o meio do estúdio e me sento para me alongar.

— Está frio — digo.

— Quer que eu te aqueça, Natalie Cleary?

— Por algum motivo, desconfio de que isso não iria resultar em dança.

— Não, provavelmente não.

Eu me levanto e encontro os olhos de Beau no espelho.

— Isto é incrivelmente esquisito.

— Por quê?

— Porque estou dançando para uma plateia de uma pessoa. Quem faz isso?

— Strippers?

— Certo, vou só fingir que sou uma stripper. Isso vai tornar tudo tão mais fácil.

Ele assente.

— Ou você pode imaginar que estou só de cueca.

Cubro o rosto e solto uma risada que lembra um grunhido.

— Acho que você vai ter que fechar os olhos.

— É a stripper mais tímida que já vi — diz ele.

— E quantas strippers você já viu, Beau Wilkes?

— Não muitas. Algumas dezenas.

Solto outro grunhido, vou até o lado dele e cubro seu rosto com as minhas mãos. Sinto a boca dele formar um sorriso sob minha pele.

— Melhorou? — pergunta ele, começando a tocar às cegas.

— Vou apagar a luz também — digo.

— Está bem.

— *Béin.*

— *Béin.*

— Por favor, fica de olhos fechados — imploro.

Ele agarra meus pulsos suavemente e os puxa para baixo, contra a barriga dele. Me inclino sobre seus ombros para olhá-lo nos olhos e vejo que estão bem fechados.

— Obrigada — digo. Ele aperta a palma de uma das minhas mãos contra a boca, e meu corpo inteiro se aquece enquanto me desenlaço e vou até o interruptor. — Não abre.

— Você que manda.

Quando ele começa a tocar, fecho os olhos e escuto, tentando drenar meu nervosismo e desconforto. É mais fácil do que eu teria esperado, ele toca tão lindamente que é como se a música fosse uma parte dele que se projetou para fora do corpo ao meu encontro, e está me puxando para fora de mim também, sem deixar nenhuma barreira entre nós. A maneira como ele toca piano me dá vontade de vê-lo jogando futebol americano também. Aposto que ele é gracioso como Matt, mas menos submisso. Imagino que ele seja um jogador indomável, desprendido, desembaraçado. Com ternura e abandono simultâneos, cometendo erros que só servem para tornar aqueles períodos de perfeição mais belos e reais, transbordando de vida e possibilidades. Ele toca o piano como se estivesse caindo e seus dedos pudessem a qualquer segundo errar as teclas. Ver as pessoas fazendo coisas que amam sempre me fascinou e inspirou. Ver Beau fazendo a coisa que ama agora me dá uma verdadeira *vontade* de dançar, de viver tão grandiosamente a ponto de minha vida engolir o mundo inteiro.

Começo a me mover. Não é nada parecido com o jazz ou as coreografias de líder de torcida com a equipe da Ryle. É como a primeira aula de balé que fiz. Sou uma árvore crescendo; sou o sol aquecendo a terra. Uma avalanche e uma onda se chocando contra uma pedra, óleo deslizando pelas palmas de mãos antigas, e durante todo esse tempo sou também eu e nada mais. Sou o andar ereto da mamãe ou o bater das asas de beija-flor da minha irmã, e tudo bem.

É bom. As pessoas que amo estão em mim, pequenos grãos como mica no leito de um rio. Há desconhecidos em mim também, com meu rosto e mãos e pés, uma voz que falava comigo quando eu não passava de uma insinuação do tamanho de um amendoim na barriga dela; uma mão que segurava a minha enquanto andávamos pela rua. Isto dói, mas é bom me mover e ser todas as coisas que sou e que não consigo explicar. É bom deixar meu corpo suportar a tensão em vez da minha mente. Tento me tornar a música, absorver um pedaço de Beau nos meus membros, e em pouco tempo estou perdida na escuridão da sala, no torvelinho das teclas do piano, no suor umedecendo a linha do meu cabelo, meu pescoço, minhas axilas, minhas pernas enquanto salto e rolo e me dobro e giro. Sou músculos e tendões, flexões e alongamentos, encolhimentos e expansões. Sou o redondo, a plenitude. Sou o diminuto, uma minúscula coisa importante rasgando a Terra.

Minha mente vagueia. Caio mais e mais profundamente na música, na dança, na minha própria memória. A música se desvanece e continuo me movendo até que a última explosão de energia se precipita de mim e me sinto esvair e me assentar como areia recém-perturbada voltando ao repouso no fundo do oceano. Quando estou em quietude completa, a não ser por meus pulmões sobrecarregados, olho para o espelho e vejo Beau ao meu lado, de pé perto do banco. Ele está apoiado contra o piano, os olhos visivelmente suaves mesmo na escuridão.

— Por que você parou? — pergunta ele, baixinho.

Passo uma das mãos pelo meu pescoço. Parece que faz horas que falei pela última vez e meu coração ainda está acelerado.

— Você parou de tocar.

— Não, quero dizer, porque você saiu da dança?

Atravesso o aposento até a parede oposta, cuja parte superior é composta de janelas que dão para o campus, e me apoio contra a barra. Beau me segue, estica as mãos na trave de madeira. Ele espera e observa.

— É difícil explicar — digo.

Ele não me pressiona por mais informações, e talvez seja por isso que, depois de um minuto, entrego tudo:

— Minha mãe era dançarina. Não minha mãe biológica... a minha *mãe*. E minha irmã caçula, Coco. Ela é talentosa, quer dançar em musicais. — Beau me olha paciente e espera que eu prossiga. — Meu pai gostava de esportes e meu irmão, Jack, está no time de futebol americano. Eles também são parecidos com os nossos pais. Quero dizer, o retrato em cima da nossa lareira poderia ser um anúncio da família nuclear, e aí tem eu, destacada no lado, dez tons mais escura. Mamãe costumava sempre me dizer: não importa a aparência, somos uma família. E somos. Eu sei disso. Mas acho que, depois que a Avó foi embora, admiti para mim mesma que o tom da pele não era o único aspecto em que éramos diferentes.

— E daí? — pergunta Beau.

Suspiro e tento recuperar o curso dos meus pensamentos, que se afastaram de mim enquanto eu dançava. Me sinto emocionalmente exaurida, solta e relaxada, incapaz de encontrar meus calombos de sempre.

— Daí que, quando eu era criança, me sentia diferente de todos, e a maneira que encontrei de combater isso era me certificar de que ninguém mais notasse, e isso significou fazer um monte de coisas que eu na verdade não queria fazer. Depois que a Avó se foi, porém, tudo o que eu tinha feito para me ajustar passou a me dar náuseas. Eu não queria ficar perto de ninguém a não ser Megan, porque eu estava muito consciente de que estava fingindo e não sabia parar.

"E aí, numa noite, minha família inteira foi a um dos recitais de Coco. Ela e um menino chamado Michael Banks estavam executando um dueto de *La Sylphide*. Foi lindo. Ela estava linda, completamente no controle, e elegante. Eu nunca dancei daquela maneira na minha vida. Papai e Jack estavam quase dormindo, mas então olhei para a mamãe e ela estava chorando, e a maneira como me senti naquele instante foi idiota, mas eu fiquei com ciúmes e magoada e odiei aquilo. Então, naquela noite, fui para casa e comecei a pesquisar reservas indígenas no Alabama. Pensei sobre isso milhões de vezes antes dessa ocasião, mas sempre me sentia culpada, como se estivesse traindo meus pais. Naquela noite, eu simplesmente não me importei. Tinha uma palavra que minha mãe biológica usou da vez em que ela me visitou, *ishki*. Comecei com isso. Quer dizer *mãe* em chickasaw ou choctaw, então eu tinha uma noção clara de que ela vinha de um desses povos indígenas."

— Você a encontrou? — pergunta Beau.

— Não sei — sussurro. — Só olhei uma reserva antes de meio que entrar em pânico. Tinha fotos de gente do povo, e acho que eu meio que não esperava aquilo.

— Porque uma delas poderia ser sua mãe biológica?

Faço que sim.

— Mas na página principal do site tinha uma entrevista com uma garota desse povo indígena que acabara de conseguir um emprego em Brown como professora, depois de terminar um programa de graduação lá. Cliquei mais para me afastar das fotos, mas ela estava falando sobre como Brown era um lugar ótimo para aprender e conhecer gente diferente, e sobre como antes de ir para a faculdade ela não tinha muito apreço pelo lugar onde nascera ou sua cultura, mas que ter mais espaço a ajudou a ver as coisas de um jeito diferente, e como ela sabia que queria voltar um dia, mas antes queria inspirar os jovens a se importarem com suas histórias e suas tradições. E eu queria isso, estudar algo que eu amasse e encontrar gente como eu e diferente de mim e me formar com um plano para tornar o mundo melhor. E eu queria parar de competir com os meus irmãos e de fazer as coisas só para que as pessoas me vissem de certa maneira. E talvez um dia eu goste de jogos de tabuleiro e de ver vitrines e de filmes sobre esporte e dança coreografada para esportes, mas neste momento eu só quero recomeçar, em algum lugar longe daqui onde ninguém espera nada de mim e posso simplesmente ser eu mesma. Faz sentido?

— Faz todo o sentido — diz ele. — Mas acho que você está errada. Talvez não sobre tudo, mas sobre a dança. Talvez você não dance como sua irmã ou sua mãe, mas qualquer coisa com olhos poderia ver que a dança faz parte de você, Natalie. Nunca vi você ser tão você mesma.

— Tão eu mesma, hein?

Um sorrisinho pequeno fisga a boca dele.

— Não tira sarro de mim. Estou tentando falar sério. — Os lábios dele se assentam numa linha reta de novo. — Você não deveria desistir de dançar só porque acha que isso pertence a outra pessoa.

Suspiro.

— E quanto a você com o futebol americano?

A cabeça dele se joga para trás em uma risada silenciosa.

— É diferente.

— Como?

— Não foi escolha minha.

— Beau, seja sincero comigo. Um olheiro achou você?

Ele passa uma das mãos na nuca e diz:

— Não importa.

— Por que não?

— Natalie, só me formei no ensino médio porque os professores maquiaram minhas notas para eu poder jogar. Você acha que vou sair daqui e me formar na faculdade?

— Acho que você *poderia*. Também acho que os departamentos de atletismo das faculdades são tão corruptos quanto os do ensino médio, e provavelmente fraudariam suas notas lá também.

— Talvez — diz ele. — E, nesse meio-tempo, Mason estaria aqui, perdendo a casa, e eu ficaria sentado na aula, indo à loucura.

— Mason não poderia trabalhar mais ou dividir a casa com alguém ou alguma coisa assim? São quatro anos, Beau, e poderiam mudar a sua vida.

— Talvez eu não queira mudar minha vida — comenta bruscamente. Quando me retraio, ele volta a se apoiar na barra, passa uma das mãos na boca e fixa os olhos em mim. — Não quero tudo isso. Não é o que importa para mim.

— Está bem — cedo. — E o que você *quer*, Beau? — Ele me encara por um longo momento, e começo a me sentir trêmula e plena. — Beau, o que você quer?

— Uma varanda — responde ele, suavemente. Ele fala como se fosse o meu nome e, bem nesse momento, penso que o que nós dois queremos mais do que qualquer coisa é algo que nunca poderemos ter. — Tudo o que eu quero é construir uma casa com uma varanda grande e bonita que é usada todos os dias.

24

NA QUINTA DE manhã, depois de uma consulta especialmente malsucedida com Alice, vou buscar Jack na escola. Manobro por trás da quadra coberta quase no fim do treino, abaixo os vidros e fecho os olhos enquanto espero. Agora que o jipe voltou a funcionar, estou levando e buscando Jack de novo, e, como tenho passado as madrugadas no estúdio de dança com Beau, as manhãs se tornaram insuportáveis.

A vida parece rápida e clara demais agora, mas sinto meu cérebro enevoado e lento. Ao longo do dia, tudo dói menos; não tenho energia para me preocupar com a Avó ou mesmo com Matt, cuja mãe me manda um fluxo incessante de mensagens de texto com versículos da Bíblia anexos a fotografias de balões desejando melhoras, com bem pouca informação real. Quando, porém, estou com Beau a cada noite, o mundo repentinamente entra em foco, nítido, e fico apavorada de novo. Apavorada, desperta e meio inflamada. Passo o tempo todo que estamos juntos preocupada de que ele vá me beijar e aí, quando ele não beija, fico arrasada e decepcionada.

Um confronto de gritos no campo me arrasta de volta ao presente. Abro os olhos e percorro o campo até ver dois garotos — Jack e algum outro — se esmurrando no chão enquanto o restante da equipe tenta separá-los. Pulo para fora do carro e corro direto para o portão, mas, até eu chegar lá, Stephen Lehman já afastou Jack do outro menino e o treinador está gritando com os dois, apontando para fora do campo.

— O que houve? — pergunto com a voz fina quando Jack passa direto por mim pisando duro e entra no jipe, batendo a porta. Abro a porta do lado dele bruscamente. — Caramba, Jack, o que foi aquilo?

O queixo dele está sujo com manchas de lama e grama, mas ele não tem nenhum ferimento visível. Mesmo assim, seu rosto está contorcido de raiva, e ele não parece meu irmãozinho caçula.

— Nada. — Ele cospe a palavra, batendo a porta com força de novo.

Dou a volta no carro com passadas largas e entro do lado do motorista.

— O que é que está acontecendo? — digo, mais suavemente. Estendo a mão, mas ele a afasta e se vira para a janela.

— Não conta para a mamãe nem para o papai.

— Está bem, mas então conversa comigo.

— Se você contar para eles, eu vou contar do cara que te busca no meio da madrugada.

— Jack, não é nada... — Balanço a cabeça, mas não concluo. Meu celular está vibrando no meu bolso e, quando o tiro, vejo MAMÃE na tela. Jack xinga e encosta a testa na janela. — O treinador deve ter ligado pra eles. — Jack não responde e atendo a ligação.

— Ele está bem? — pergunta mamãe.

Olho de relance para Jack, o rosto impassível e os olhos desfocados.

— Fisicamente — digo. — É, ele está bem.

Mamãe suspira, um misto de alívio e culpa crescente.

— Certo — responde ela. — Certo, bem, não posso sair do trabalho agora, mas o papai vai sair mais cedo. Ele já, já chega em casa. — Os olhos de Jack encontram os meus quando ele ouve as palavras pelo alto-falante, e depois viram para o outro lado de novo, tristes.

Quando desligo, falho em pedir desculpas.

— Tenho certeza de que eles vão entender se você contar o que aconteceu.

Jack não diz nada, nem olha para mim. Assim que chegamos em casa, ele se precipita porta adentro e eu o sigo até o quarto, mas a porta já está fechada, os sussurros dele e Coco passando pelas frestas. Fico de pé com uma orelha pressionada contra a porta até ouvir o suave guincho que escapa quando você tenta conter as lágrimas. Jack, com certeza. Não tem nada mais assustador do que ouvir uma pessoa que você ama chorar, e, quanto menor o som, mais profundamente ele se crava em você.

— ...às vezes só não quero — diz Jack.
— Não quer o quê? — murmura Coco, suavemente.
— Não quero *ser*.

Dou um passo para longe da porta e me apoio na parede, a mente girando e manchas escuras nadando diante da minha visão.

Três meses para salvá-lo.

Não tem nada mais assustador do que ouvir alguém que você ama chorar exceto imaginar um mundo em que esse som deixa de existir. De repente, não consigo respirar. Não posso estar aqui. Não há nada mais assustador que amar alguém.

BEAU E EU vamos escondidos ao estúdio todas as noites até a minha próxima consulta com Alice, e é sempre a mesma coisa. Ficamos inquietos e tensos por todo o percurso de carro, cada centímetro entre nós denso com a nossa pulsação. Conversamos e flertamos enquanto me alongo no meio do estúdio. Então apagamos a luz, Beau fecha os olhos e eu danço. Cada música é linda, mas nenhuma é minha. Me pergunto se vou ouvir aquela música de novo, ou se dizer para Beau não esperar por mim quer dizer que ele nunca vai terminar de escrevê-la. Quando nosso tempo no estúdio está perto do fim, ele sempre acaba me assistindo enquanto toca, mas a essa altura já estou confortável e relaxada. Uma vez que voltamos para a camionete, a tensão reaparece com um fervor renovado.

Cada olhar para o outro lado da cabine escura, cada momento de contato visual, de quase nos tocarmos, é opressivo. A cada início de manhã, quando ele me deixa e sussurramos uma despedida, corro de volta para casa, empurro Gus para longe dos meus travesseiros e desabo na cama me sentindo eletrizada.

Quando durmo, entretanto, o sono é profundo, silencioso, e cálido e sem sonhos. Só tenho uma semana e meia até partirmos para nossa viagem em família e, apesar de nossas noites no estúdio não parecerem me trazer mais para perto da Avó, anseio por elas. Cada momento com Beau abafa o meu medo, mas, quando acordo da minha soneca no meio da tarde e a agitação da noite anterior com ele enfraqueceu, o pavor me preenche até o limite.

Alguém vai morrer.

Alguém vai morrer, e aqui estou eu me preocupando se Beau e Rachel voltaram a O Que Quer Que Fossem depois que eu falei para ele para não esperar por mim e não nos vermos mais a não ser no estúdio.

Minha consulta de terça com Alice vai incrivelmente mal. Não consigo pensar com clareza, e ela fica irritada com as minhas pausas longas e respostas curtas. Quando me pede para falar sobre o meu relacionamento com a mamãe e eu respondo depois de trinta segundos com "ela é legal", Alice fecha o caderno com um estalo apesar de ainda termos mais meia hora de consulta.

— Não posso trabalhar assim, Natalie.

— Assim como? — pergunto, no mínimo tão irritada quanto ela.

— Toda sessão, suas emoções te rodeiam como um tornado, e tudo o que você me entrega é *ela é legal*. Você tem que realmente se abrir para a terapia funcionar, e não faz isso. Você está tentando sufocar seus sentimentos para facilitar a vida. Você desistiu. Não me entenda errado, eu dou valor aos novos *insights* que você forneceu. Mas, se está realmente tão convencida de que a Avó é uma profeta ou uma deidade, então sabe que alguém vai morrer em breve se não desvendarmos isto. Pode ser uma questão científica para mim, mas uma garota com a sua psique já frágil vai desmoronar quando deixar alguém que ama *morrer*.

— Eu *não tenho* uma psique frágil.

Alice se levanta e abre a porta do consultório para mim.

— Você não me deixa entrar. Está com muito medo.

Não me mexo.

— Medo do quê?

— Quer uma orientadora psicológica, Natalie? É disso que você precisa? Ótimo. Eu deveria ter parado minha educação na metade se tudo o que eu iria fazer era analisar adolescentes, mas, se é do que você precisa, vou ser sua psicóloga infantil por trinta segundos. Aqui está o meu diagnóstico: você está sofrendo uma típica, perfeitamente ordinária, crise existencial do tipo *quem-sou-eu* focada no seu próprio umbigo. Você foi separada da sua família biológica numa idade tenra e tem questões relacionadas a abandono desde então. Apesar de seus pais adotivos apoiarem e amarem você incrivelmente e serem, como você disse, *legais*, você nunca se viu refletida neles quando era pequena. Assim, aprendeu a olhar para si mesma, a pensar demais, e a se perguntar e fantasiar sobre sua identidade. É bem provável que você fosse ter essa sensação de isolamento independentemente de ter sido criada por seus pais adotivos ou biológicos, mas sua obsessão de autoconhecimento se concentra na hipótese de que seus pais biológicos colocaram você para adoção pelo mesmo motivo pelo qual você não se reconhece nos seus pais adotivos: porque falta alguma coisa em você. Então, enquanto a maior parte das crianças forma a própria identidade a partir do que gostam ou desgostam, seus interesses e relacionamentos, você passou todo o seu tempo tentando desenvolver uma identidade a partir do zero. E a construiu sobre quais bases? Emotivas. Agora, o problema das pessoas altamente emotivas é que sentimentos são instáveis e falíveis. Vêm e vão. Mudam depressa. Às vezes, em certas épocas da vida, parecem absolutamente ausentes. Não tem muito em cima do que construir, né? Devo prosseguir?

— Alice, eu...

— Quanto mais interações negativas com os outros você teve quando criança, mais reforçou a crença de que algo faltava em você e assim foi se sentindo mais isolada e solitária. E assim se *convenceu* de que não era como seus pares. E, de uma maneira essencial, você não é como eles. A maior parte dos seus colegas de classe nunca se preocupou com quem eles eram quando estavam com dez anos de idade. Não me entenda mal, com o tempo, vão se preocupar... provavelmente daqui a seis meses quando estiverem sozinhos pela primeira vez. Mas neste momento a maior parte deles está apenas vivendo a vida. Então por que é que você não está? Porque você se condicionou a passar a maior parte do seu tempo tentando se *conhecer*. Você é incapaz de permitir que qualquer sentimento passe sem ser identificado. Sua busca por autoconhecimento resultou numa autoconsciência paralisante. Você não consegue descrever sua mãe para mim em nenhuma outra palavra além de *legal* porque você está ao mesmo tempo desesperada para ser vista e com medo de ser vista. Você tem medo de desvendar qualquer pedaço de si mesma de que não goste ou que ache vergonhoso. Deixa eu te falar: mesmo se eu *tivesse* parado a minha educação na metade, eu ainda me sentiria confiante o bastante para apostar no fato de que *esse* pedaço é feito de ressentimento e ciúme. Você despreza a si mesma por sentimentos que acredita serem tão excepcionalmente seus, o que apenas incentiva o padrão de raciocínio que sussurra para o seu cérebro à noite: *Não sou boa o bastante. Não sou boa, ponto.* Talvez até *Sou ruim. Tem uma coisa em mim que não dá para consertar.*

Algo está me causticando, e é difícil respirar ou até ver direito. Quero dizer a Alice para parar, mas sinto que minha garganta está fechada e meu peito pesado demais para eu reunir o ar de que preciso para formar palavras. Ela prossegue:

— Não importa quantas vezes sua mãe e seu pai a encorajem a se sentir confortável de fazer perguntas sobre suas origens, você ainda se sente culpada por querer saber, e com isso se recusa a procurar em qualquer lugar que não seja dentro de si. Você procura relacionamentos com gente que espera que vá refletir você de volta e validar a pessoa que você *acha* que é, a pessoa que acredita que seus pais não enxergam corretamente. Quando você percebe que ninguém consegue ver sua alma de verdade, fica desiludida. Você fica sem esperanças e desesperada e se retrai mais ainda, acreditando que não pode continuar vivendo até ter o panorama completo de quem você é.

"E não ajuda o fato de que, por anos, você teve a Avó, uma entidade que parecia saber tudo sobre você, só para ela te abandonar quando você mais precisava de confiança na sua identidade. E a pior parte, para mim, pessoalmente, enquanto observo este desastre absoluto em câmera lentíssima, é que eu, uma cientista, estou mais consciente que você da coisa quintessencial e inominável que faz de Natalie Cleary a Natalie Cleary. O trágico é que você está se autodestruindo simplesmente através da inação, apesar de ser uma jovem esperta, forte, emocionalmente resistente, competente e capaz que deveria estar lá fora conquistando o mundo e se apaixonando loucamente e dizendo *sim* a toda e qualquer oportunidade enquanto, devo adicionar, me ajuda a desmantelar o sistema patriarcal que controla o mundo dos periódicos de pesquisa científica ao descobrir a verdade sobre a Avó."

Agora estou tonta e tremendo, meus olhos úmidos, mas a pressão do meu peito aliviou. Me sinto vazia, como um tênue esboço.

— Estou tentando.

— Escuta o que vou dizer. — Alice atravessa a sala e pega bruscamente minha mão. — Sou mais velha que você e, sem querer ofender, bem mais esperta. Não falta nada em você. Não tem nada quebrado. Sua identidade maior não será revelada a você num raio de luz. Tudo bem ficar com medo. Seus sentimentos volumosos são potentes. Mas não está tudo bem em se esconder, especialmente quando o que você quer mais do que qualquer outra coisa é ser conhecida. Não se fecha. Coloca para fora. Junta a coragem, fala para os seus pais o que você está fazendo e fica até terminarmos isto.

Deixo meu rosto cair nas minhas mãos. É difícil olhar para ela neste momento. Me sinto transparente, horrivelmente nua, e não é o sentimento confortável que tenho com Beau. É mais como se eu estivesse numa sala feita de espelhos e de uma luz intensa.

— E se eu não conseguir, Alice? — Minha voz sai trêmula e percebo como estou com medo. — E se eu fizer tudo o que estiver ao meu alcance e ainda assim perder Matt ou Beau ou o papai ou Jack? E aí?

Ergo os olhos para Alice. O rosto dela suavizou, ela quase parece uma pessoa diferente.

— Não sei, garota — diz ela. — Mas a única promessa que você vai conseguir é este segundo agora, e, se você deixar Union neste momento, talvez nunca mais veja a Avó. Pode ser que nunca mais veja o garoto atravessador-de-universos-paralelos que está apaixonado por você, e pode nunca mais ver quem quer que esteja prestes a morrer. E, mesmo que seja você tomando essa decisão, vai doer demais.

— A MAMÃE não vai concordar com a ideia — conto a Megan quando ela liga na tarde seguinte. Acabo de acordar depois de uma longa noite no estúdio e de um intervalo durante o qual fui de pijamas levar Jack para o treino de futebol antes de voltar para casa e desabar de volta na cama. Estou precisando desesperadamente de um banho e de lavar os meus lençóis, mas não consigo encontrar a energia para nenhum dos dois. — Ela não vai me deixar perder esta viagem. Ela *vive* pela viagem. Na cabeça dela, é como uma peregrinação familiar sagrada. O restante do ano é só para preencher o buraco.

— Bem, ela vai ter que ficar em paz com o fato de você estar tomando seus próprios rumos um dia — diz ela. — A família Cleary não vai sempre poder ser uma grande e feliz estrela-do-mar de cinco membros que vai para todos os lugares e faz tudo juntos. Um exemplo ilustrativo: a faculdade. Casamento. Empregos.

— Faculdade, casamento e empregos vêm e vão... No fim, o que ficam são as viagens.

— Acredita em mim, a sua mãe vai se afogar em lágrimas de felicidade quando descobrir que você foi ver uma terapeuta por conta própria — insiste Megan. — Além disso, vou voltar para casa por uma semana antes de as aulas começarem, então se você ficar a gente vai se ver. Por favor, fica. Quando sua mãe chegar em casa esta noite, só *pede*. Ainda que não tivesse outro motivo, só para a gente ter mais um fim de semana juntas. E você pode salvar a vida de alguém. E tem Beau Wilkes.

— Ah, isso é tudo?

— Estou tentando pensar em mais alguma coisa, mas isso foi tudo o que me ocorreu. Ei, aliás, você teve alguma notícia de Matt?

— Não — falo, meu estômago se contraindo. — Joyce me disse que vai ligar quando os médicos decidirem quando vão acordá-lo. A cada vez que pergunto como ele está, ela responde com uma expressão idiomática de que nem o Google ouviu falar. Tipo *quando as nuvens se abrem, a vaca paciente dá o melhor leite, continue rezando*. — Ambas ficamos em silêncio depois disso, e me ocupo com os familiares fios soltos na minha colcha. — Alice está certa? Será que eu estava me escondendo em vez de viver?

Megan dá um suspiro suave.

— Eu não sei, Nat. Mas, se estivesse, quem poderia culpá-la?

Minha garganta se fecha e faço que sim com a cabeça como se ela pudesse me ver.

— Vamos falar de uma coisa alegre. Conta sobre Beau ou algo do tipo. Como está se sentindo com relação a ele?

— Tenho dificuldade em falar sobre sentimentos. Obviamente. Acabo de ser expulsa do consultório de uma terapeuta.

— Não estou te perguntando como terapeuta — diz ela. — Quero saber como sua melhor amiga. É praticamente a mesma coisa que falar com você mesma. Se eu estivesse aí, saberia só de olhar para você, porque eu *vejo* a sua alma. Mas estamos separadas e agora estou reduzida aos métodos de comunicação tradicionais, então você tem que me dizer. *Sentimentos* et cetera. Resposta curta. Vai.

— Hã, cálidos?

Ela ri.

— Desculpa. Essa resposta foi boa.

— E nada é mais engraçado que uma resposta boa sobre os sentimentos de alguém.

— Não, é muito boa. Não estou tentando fazer você se sentir mal. É só que... é claro que você iria direto na temperatura.

— Argh, isto é difícil. — Sei o que sinto, mas falar em voz alta parece arriscado, como se estivesse desafiando o mundo a vir para cima de mim. Como falar sobre um pesadelo ou se vestir toda de branco para um churrasco. Uma vez que você diga uma coisa, está do lado de fora, onde o Universo pode usá-la contra você. — Céus, eu *sou* um desastre de inação em câmera lenta, ou o que quer que ela tenha dito. Alice está certa.

— Você está indo à terapia, não está? — pergunta Megan. — Está sendo hipnotizada e fica acordada a noite inteira dançando e está lidando com as mensagens de texto dos pais de Matt e está tentando estar presente para Jack e eu não duvidaria por um segundo que você mandaria uma dublê nas férias para a sua mãe ter a viagem perfeita enquanto você fica em casa e tenta se matar salvando a vida de alguém. Claro que você está assustada e tem dificuldade de se abrir, mas você não é uma arrastada, Natalie. E está se expondo com Beau. Isso tem de contar para alguma coisa.

— Beau e eu somos literalmente de mundos diferentes — falo, frustrada. — Então por que estou me fazendo passar por isto? Quero dizer, por um lado não consigo nem dizer à minha melhor amiga como me sinto com relação a ele e por outro, não consigo me impedir de *ir* em frente com ele.

— Nat — diz Megan, o som das batidas do pé dela contra a esteira desacelerando. — Não precisamos conversar sobre isto.

— A sensação de estar com ele é de fato cálida — insisto. — E segura. Ele é... plácido. Duvido que eu poderia deixá-lo chocado. E ele sabe sobre a Avó e sobre os dois mundos, e isso faz com que eu me sinta compreendida. Tipo, menos solitária do que jamais estive. Como se de alguma forma fôssemos duas partes da mesma coisa. — É isso que eu tive medo de dizer em voz alta. É por isso que tenho medo de querê-lo e também porque não consigo parar. — Sei lá. Ele é *gentil*. Ele é tão gentil que me dá vontade de chorar quando penso a respeito, Não entendo direito, mas é a verdade e eu não quero perdê-lo, mas vou e, de alguma forma, mesmo com toda a culpa com relação a Matt, *ainda assim* para mim vale a pena passar cada segundo que posso com ele.

Megan fica em silêncio por um longo momento antes de sussurrar:

— Mudei de ideia.

— Sobre o quê?

— Negação — diz ela. — Não quero ir morar lá. Quero sentir tudo com tanta força que vai até doer.

Inspiro profundamente e me atrapalho com as palavras.

— Você já pensou que você e Matt poderiam... *sabe*?

— Poderíamos o quê?

— Namorar.

Ela dá uma risada.

— Você quer dizer ao longo dos anos dele encarando você como um filhote de labrador desesperado para agradar? Sim, naturalmente. Não tem nada tão excitante quanto alguém que está obcecado com a sua melhor amiga.

— Estou falando sério, Meg. Você realmente nunca pensou que vocês podiam ter dado certo?

— No contexto de um jogo de *flag football*, claro. Mas, num relacionamento romântico, só se você morresse logo depois de parir o bebê de Matt e, no meu surto psicótico, eu começasse a usar suas roupas antigas e só comer suas comidas favoritas e continuar a sua vida como no casamento de Stevie Nicks com Kim Anderson, e mesmo nessa situação eu não acho que aguentaria tanto tempo quanto Stevie antes de voltar a escrever músicas para mães e esposas em vez de ser uma mãe e esposa. Ei, por falar em surtos psicóticos, tem algum motivo para você estar tentando me juntar com o seu ex-namorado que está em coma?

Apesar de a palavra *coma* me rasgar, rio diante do alívio.

— Desculpa. Eu também não quero morar em Negação. Quero morar num mundo em que você consegue tudo o que sempre quis. E batatas fritas com queijo. Quero batatas com queijo.

— Sempre.

A HIPNOTERAPIA DA quinta-feira é um desastre, e Alice não quer falar comigo quando acaba.

— Vou pedir aos meus pais esta noite — digo a ela quando estou saindo. — Sobre não ir à viagem de família.

— Vamos ver — responde ela, severamente.

— Só preciso de um pouco mais de tempo. É mais complicado do que parece, mas eu vou pedir.

— Tudo neste planeta inteiro é complicado — diz Alice com frieza. Com essa, faço um aceno com a cabeça e saio.

Detesto comprovar que ela está certa, mas, quando chega a hora do jantar e estamos todos comendo pacificamente na mesa, começo a sentir que há mãos agarrando a minha traqueia. Não ajuda que o assunto da viagem é trazido à tona naturalmente na conversa e a mamãe começa a descrever animada toda a pesquisa pré-viagem que fez. Eu me prometi que iria pedir para ficar em casa logo depois do jantar, mas agora a ideia de pedir de fato me faz tremer visivelmente.

Então, no meio da refeição, Coco repousa o garfo e pigarreia, imediatamente evocando toda a nossa atenção.

— Não quero pedir transferência — anuncia ela. — Quero ficar na Ryle.

Mamãe repousa o próprio garfo e a encara, boquiaberta, mas papai só dá uma encolhida de ombros e continua comendo.

— Se é o que você quer, bebê — diz ele. Ele sempre chamou Coco assim, mas agora isso extrai dela um revirar de olhos. Mamãe lança para ele um olhar que diz *Temos que conversar sobre isso antes de dizer esse tipo de coisa!*, e ele pigarreia exatamente do mesmo jeito que Coco acabara de fazer. — Algum motivo em particular?

Ela encolhe os ombros e brinca com o cabelo. É como assistir a uma versão de *Além da imaginação* de um jogo de tênis com maneirismos hereditários sendo lançados de um lado para o outro.

— Só não quero.

— Coco, você se esforçou tanto por isso — comenta mamãe. — Uma escola só de Artes Cênicas...

— Vocês deixaram a Natalie sair da dança — diz Coco, e agora até papai ergue os olhos.

— Você quer sair de vez? — pergunta ele.

— Não... Só não quero que seja minha vida inteira, é isso.

Jack se destaca oficialmente da conversa quando começa a largar fios de linguine debaixo da mesa para Gus, que está sempre em cima dos nossos pés durante as refeições. Mamãe suspira e passa as mãos pelo cabelo antes de se dirigir a Coco novamente:

— Bem, seu pai e eu vamos precisar conversar.

Como sempre, mamãe está lutando para manter uma expressão serena, apesar de ser óbvio que internamente ela está soluçando e se perguntando qual deus contrário à dança amaldiçoou a família dela.

No fim do jantar, Jack se afasta para jogar videogame e Coco vai arrumar as coisas para dormir na casa de Abby, me deixando a tarefa de ajudar mamãe e papai a carregar a louça para a cozinha. Quando a lavadora de louças está cheia, me apoio na ilha da cozinha, rezo para a Avó e me obrigo a dizer as palavras:

— Posso dar uma palavrinha com vocês?

— Claro, querida — diz mamãe.

Eles devem achar que é ruim, porque mamãe nos conduz até o quarto deles. O restante da casa é limpo e de raro bom gosto, cuidadosamente projetado para parecer confortável sem ser amontoado, quente sem ser abafado e rural sem ser caipira, mas mamãe e papai nunca se preocuparam em dar a mesma atenção ao quarto deles. É limpo, mas não organizado, a cômoda coberta de cartas e as cadeiras de estofado xadrez além da cama entulhadas de roupa lavada. As paredes são da mesma cor de casca de ovo de quando mamãe e papai compraram a casa, e a roupa de cama, cortinas, mesinhas de cabeceira e abajures são tão involuntariamente dissonantes que a estética sequer poderia ser chamada de "eclética". Quando mamãe pega novas peças em leilões imobiliários e lojas de antiguidades, a mobília que acaba de ser substituída geralmente vem morrer neste quarto. Se a importadora Píer 1 patrocinasse uma produção do *Rei Leão*, as hienas morariam neste lugar.

Enquanto sigo mamãe e papai para o outro lado da cama, penso sobre o aparador de Beau, o único ponto de luz num quarto que eu *sei* que acharia deprimente se não fosse pela pessoa que mora nele. Diferentemente da mamãe, nunca chorei de felicidade diante de uma mobília bonita, mas ver algo que Beau fez com as próprias mãos — que não existiria sem ele — me fez virar geleia. Acho que naquele momento ele poderia ter me dito que foi ele quem dispôs as estrelas e eu não teria ficado nem surpresa e nem mais impressionada do que já estava. Pensar naquela noite faz com que eu me sinta cálida e molenga por dentro e também um pouco dolorida. Não é *o motivo* para esta conversa ser tão importante, mas está me ajudando a seguir em frente com ela. Quero essas três semanas a mais. Eu as quero tanto.

Mamãe se empoleira na beirada da cama e dá uma palmadinha no cobertor ao lado dela. Sento, e o papai se instala numa das poltronas diante de mim.

— Estou fazendo terapia.

— É? — pergunta mamãe. — Com a dra. Langdon?

— Não, não é com a dra. Langdon. É com uma mulher que trabalha na NKU. Eu a encontrei na internet e ela é especialista nas... nas minhas questões, eu acho.

— E como você está pagando? — pergunta o papai.

— É de graça. Quero dizer, está ajudando Al... a dra. Chan com a pesquisa dela, então é tipo uma troca.

— Ah. — Mamãe faz um aceno encorajador com a cabeça. — Isso é ótimo, querida. Não é ótimo, Patrick?

— É ótimo — confirma o papai, mas o olhar dele é perspicaz e tenho certeza de que ele sente que há mais na questão além do que eu disse.

— Temos feito bastante progresso — continuo —, mas meio que ainda não terminamos e... — Reúno minha coragem e não paro: — E eu quero continuar indo às consultas pelo máximo de tempo que eu puder.

— Ela estaria aberta a isso? — diz a mamãe. — A sessões a distância? Talvez videoconferências ou algo assim?

— Não — digo.

— Talvez ela pudesse recomendar outra pessoa perto de Providence, então.

Suspiro e estalo os punhos.

— Na verdade, eu tive outra ideia.

Quando termino de falar, pelo menos as partes que não citam os avisos estranhos e realidades alternativas, mamãe e papai simplesmente me encaram com a expressão vazia. Para minha surpresa, é papai quem fala primeiro.

— Bem, docinho de coco, me parece que você já tomou sua decisão.

Mamãe ergue os olhos para ele, a expressão dela petrificada em algo que parece horror. Ela engole audivelmente e tenta se recompor.

— Querida, eu achei que você amava esta viagem.

— Eu amo. — Me apresso a dizer antes que o ânimo da mamãe definhe. — E eu vou ficar muito, muito triste de perdê-la. Mas isto é importante de verdade para mim. Se eu for para Brown, sinto que preciso fazer isto.

— Se? — A voz da mamãe se abala. — O que você quer dizer com *se*?

Papai limpa a garganta de novo.

— Você vai para Brown, Natalie. Isso está resolvido. Não pedimos uma pequena fortuna em empréstimos para nada.

— Não foi isso que eu quis dizer. É só que... tem coisas que preciso resolver antes de ir. Por favor, confiem em mim.

— Querida, nós *confiamos* em você — diz a mamãe, passando os dedos freneticamente pelo cabelo. — Deixamos você ir a festas, você não tem hora para voltar para casa, fazemos todo o possível para não nos intrometer ainda que acabe com a gente não saber onde você está a cada segundo do dia porque sabemos que você é uma boa menina e é esperta e que, se você cometer algum erro, você vai procurar a gente. Isto não tem a ver com confiar em você. É sobre a nossa família, e essa viagem é importante para a gente.

— Eu sei. É importante para mim também e espero nunca mais precisar perder outra. Mas estou passando por algumas coisas agora...

— Você pode conversar com a gente — oferece a mamãe, balançando a cabeça.

— Não posso — digo, e a mamãe parece completamente devastada. Os olhos dela ficam marejados e ela os vira para o papai. Ele está só me encarando, me lendo como se eu fosse um cavalo, como provavelmente vem fazendo o verão inteiro. — Não é culpa de vocês, gente. Sou eu. Eu não estou pronta para conversar com vocês sobre certas coisas e preciso que isso não seja um problema.

Mamãe enxuga os olhos com a parte de trás da mão e o papai vem se sentar do lado dela, puxando-a para perto dele.

— Não tem problema com essa parte, docinho de coco — diz ele. — Só dá um tempo para a gente pensar no assunto.

Mamãe faz que sim e me inclino contra o lado do corpo dela.

— Eu amo mesmo a viagem.

— A não ser pelos jogos de tabuleiro — lembra papai. — Você detesta eles.

— Nunca falei isso — discuto.

— Não precisou. Você é nossa filha. A gente conhece o nosso eleitorado.

MAMÃE E PAPAI me dão o ok no jantar de segunda, quatro dias antes da viagem.

— Com uma condição — sugere mamãe.

— Qualquer uma.

— Você tem que ficar com alguém — diz papai. — Adultos. Não queremos você aqui sozinha enquanto estamos do outro lado do país.

— Conversamos com os pais de Megan — acrescenta a mamãe. — Os Phillip vão ficar contentes de receber você por lá.

— Megan nem está em casa — lembro a eles.

— Não é essa questão — diz papai. — Você precisa de alguma coisa parecida com supervisão adulta.

Não comento que os pais de Megan são a própria definição do não intervencionismo. Megan brinca que eles provavelmente ainda nem repararam que ela saiu de casa.

— Está bem — concordo rapidamente. — Vou ficar com os Phillip. É perfeito.

— Ótimo. A gente volta no dia 21 — diz mamãe. — Temos que aproveitar o máximo possível nossa última semana juntos.

Levanto-me e passo os braços ao redor deles.

— Muito, muito obrigada.

— Estamos felizes por você estar cuidando de si mesma, querida — diz a mamãe. — Se três semanas separados podem fazer a diferença, então que seja.

— Prometo que vai — digo. Três semanas a mais para trabalhar, três semanas a mais *com Beau*. Por mais estranho e triste que vá ser perder a viagem, este é o melhor presente de despedida que meus pais poderiam ter me dado. Vou encontrar uma maneira de fazer com que essas três semanas se estendam e durem, usar cada segundo para forjar uma memória à qual eu possa me ater. — Obrigada.

Papai fica atrás da cadeira da mamãe e aperta os ombros dela.

— Vai ser um bom treino para a gente, para quando você estiver em Brown. Que é para onde você vai. Não importa o que aconteça.

BEAU VEM ME buscar nessa noite, como sempre, mas desta vez ele ainda está coberto de graxa do trabalho e os olhos estão injetados de sangue.

— Oi — digo, entrando do lado dele. — Você parece cansado.

— Você está linda.

Viro o sorriso para baixo, na direção do meu colo.

— Tenho novidades.

— É? Quais são?

— Não vou à viagem da família — respondo, encontrando o olhar dele. — Tenho mais algumas semanas para ficar aqui.

— Sério? — A mais leve menção de um sorriso escala a lateral da boca dele, e sinto vontade de fazer qualquer coisa para mantê-la ali. — Precisamos comemorar.

— Ah, precisamos, é?

Ele faz que sim.

— Da maneira como você preferir. É a sua noite.

— Qualquer coisa?

Ele faz que sim outra vez.

— Só falar.

Olho pela janela, considerando pedir a lua ou as estrelas, mas nesta noite as pequenas coisas que Beau pode me dar são maiores e mais cintilantes que as luzes no céu.

— Cereal — anuncio, e Beau sorri e empurra meu queixo para baixo com o polegar.

A voz dele abaixa, fica mais suave, preenche o carro de calor.

— Você quer ir lá em casa comer cereal, Natalie Cleary?

— Eu quero, Beau Wilkes.

Seguimos em silêncio e, quando chegamos à casa de Beau, vemos o Buick do irmão dele estacionado do lado de fora, os faróis acesos brilhando contra o gramado malcuidado e infestado de ervas daninhas. Beau me conduz para dentro, a porta telada emitindo um lamento, e o homem que vi desmaiado de bêbado há umas duas semanas se endireita no sofá cor-de-burro-quando-foge, erguendo a garrafa de cerveja no ar em um cumprimento.

— Quem é esta?

— Mason, esta é Natalie — diz Beau. — Natalie, este é o meu irmão.

— É um prazer conhecer você.

Mason franze as sobrancelhas sobre os olhos já estreitos.

— Natalie. — Ele acena a cabeça enfaticamente. — Por que não pega uma cerveja na geladeira e vem me contar o que uma garota como você está fazendo andando por aí com o meu irmão?

— Perdi uma aposta — digo, seguindo Beau para além da sala de estar.

— Sem dúvida — grita Mason às nossas costas. — Quando cansar dele, estarei aqui.

— Deixou o farol aceso — grita Beau de volta.

Não vamos para a cozinha; em vez disso, descemos o corredor escuro até o quarto de Beau. Ele se agacha no canto, ao lado do aparador, girando à luminária apoiada no chão. Fico na soleira da porta, o peito pesado, enquanto observo os contornos rígidos dos músculos se moverem sob a camisa de Beau. Ele se recosta na cama e diz:

— Vai ficar aí fora?

Fecho a porta atrás de mim e me sento do lado dele, encarando o castanho e o verde e o dourado nos seus olhos antes de os meus percorrerem seu pescoço e os ombros, o peito e a barriga, as pernas. Olho para cima e ele se inclina na minha direção, o cabelo caindo sobre o meu rosto, a boca pairando diante de mim. Lentamente, ele leva uma das mãos à minha bochecha.

— Oi.

Cubro a mão dele com a minha.

— Oi.

Beau se coloca mais perto de mim e suavemente ergue meu queixo de maneira que respiramos um no outro, nossos peitos se expandindo para encostar um no outro a cada aspiração. Fecho os olhos, e a boca dele percorre o vão do meu pescoço, a língua dele encostando na minha pele.

— Beau — mal consigo sussurrar.

Ele me deita de costas na cama e se deita em cima de mim, sua mão deslizando até o meu quadril.

— Beau — falo de novo na boca dele. A parte inferior do lábio dele se prende no meu lábio superior por um instante, o que o faz sorrir.

— Natalie — sussurra ele de volta.

Ergo meus dedos até o pescoço dele, e ele estremece sob o meu toque. Ele vira o rosto para a palma da minha mão e a beija suavemente, e minha mão desce para se enroscar na gola da camisa dele enquanto ele desce até nossos corpos ficarem alinhados, quentes um contra o outro, nossas bocas mal se tocando. Cada espaço entre nós é dolorido. Cada parte dele é quente e magnética.

Estamos ofegando intensamente, e passo meus lábios pelos dele, abrindo-os e deixando outro espaço entre as nossas bocas abertas.

— Fala o meu nome de novo — pede ele, sorrindo de leve.

— *Beau*. — Ele me beija. Profunda, suave, calorosamente. Minhas mãos escorregam pelas costas dele enquanto me ergo para ficar mais perto.

— Isso é tão bom — diz ele na minha orelha. Puxo as alças do cinto dele para mais perto de mim e ele solta um gemido. Não consigo pensar com clareza e estou lutando contra o ímpeto de sussurrar que eu o amo. As palavras se repetem na minha mente quando ele me beija com mais ardor, e eu não sei se é do costume de dar uns pegas em Matt ou se realmente já amo Beau Wilkes, mas sei que não quero fugir. Sei que, quando estamos juntos, quero conter toda a escuridão por ele, como sinto que ele faz por mim.

— Natalie — murmura Beau contra o meu cabelo, a boca dele descendo para se enterrar na minha clavícula. — Eu quero você.

Uma porta se fecha com toda a força em algum ponto de casa e me sento num movimento rápido, minha cabeça batendo na de Beau. Ele xinga e aperta a parte onde bati.

— Ai, meu Deus, sinto muito — digo, colocando uma mão sobre a dele. Ele sacode a cabeça e olha por cima do ombro para a porta, através da qual ouvimos vozes. — Quem é?

A não ser pelas profundas rugas entre as sobrancelhas dele, sua expressão não revela nada.

— Acho que é a minha mãe.

Ele se levanta, ajeitando a camisa desgrenhada por cima da barriga antes de passar a mão pelo cabelo e ajeitar o rosto.

— Beau! — grita uma voz estridente pelo corredor.

Ele olha para mim se desculpando.

— Tudo bem — digo, me levantando e ajeitando minha regata e meu cabelo. O canto da boca dele se move para cima, e ele atravessa o quarto na minha direção, puxando meu quadril contra o dele. Ele beija minha boca e depois minha testa antes de me levar para o corredor. Entramos na sala de estar e a mulher do lado oposto do sofá dá um gritinho.

— Oi, meu bem — diz ela, com um sorriso desmazelado, erguendo os braços para ele. Magra com cachos pintados de loiro e uma pele curtida e bronzeada demais, ela está usando calças jeans, botas de caubói e uma jaqueta jeans justa.

Beau olha dela para o careca musculoso de pé atrás dela.

— O que você está fazendo aqui? — pergunta ele para a mãe.

Ela olha de cara feia para Mason no sofá e depois de volta para Beau.

— Isso lá é jeito de falar com mamãe?

— O que é que *ele* está fazendo aqui? — Beau inclina a cabeça na direção do homem, que passa um braço na cintura da mãe dele.

— Diga a ele, Darlene.

Ela ergue a mão esquerda diante do peito e agita um anel de diamantes.

— Bill e eu reatamos e... Bom, meu bem, nós nos casamos!

Beau a encara com a expressão vazia e Mason dá um longo gole de cerveja, os olhos fixos na mesinha de centro em que os pés dele estão apoiados. É aí que Darlene repara em mim, os lábios dela contraídos.

— Olá, você — diz para mim, então se vira para Beau. — Beau, meu bem, por que você não age como um cavalheiro e leva sua amiga para casa. Está na hora de celebrarmos, em família.

Beau marcha direto por ela até a porta da frente sem uma palavra e corro atrás dele, me virando para trás para dizer, com pressa:

— Foi um prazer conhecer todos vocês. — Depois corro atrás dele, degraus abaixo e até a beirada do milharal iluminado pela luz do luar. As mãos dele estão emaranhadas no cabelo, e a respiração está ofegante.

Toco o ombro dele, e Beau se vira rapidamente.

— Aquele cara não presta. — Ele cospe as palavras. — O que ela estava pensando ao voltar com ele?

— Sinto muito — digo, desamparada.

Ele esfrega a mão no rosto.

— Vem. Vou levar você para casa.

Quando chegamos à minha rua sem saída, Beau ainda está espumando em silêncio. Eu me pergunto o que aconteceu entre ele e a mãe, ou entre ele e Bill, para deixá-lo tão transtornado.

— Você vai ficar bem em casa? — pergunto baixinho.

— Não vou voltar para casa.

— Aonde você vai?

Ele encolhe os ombros.

— Vou dormir na camionete.

Puxo o rosto dele na minha direção e ele se aninha no espaço entre o meu pescoço e meu ombro.

— Vamos entrar. Podemos dormir no meu closet.

Ele aperta mais os braços ao redor do meu corpo.

— Eu não vou dormir se estiver deitado ao seu lado, Natalie.

O calor se espalha pelo meu corpo e minhas entranhas começam a vibrar outra vez.

— Então eu fico no meu quarto — digo. — Vai ter uma porta entre nós.

— Você acha que vou dormir melhor se estiver deitado a três metros de você do que dentro do meu carro?

— Você acha que não?

Ele ri e me puxa para o colo dele, as mãos macias nos meus quadris.

— O quão cansada você está neste momento?

— Como se eu estivesse há quatro dias sem dormir e alguém tivesse acabado de dar uma injeção de adrenalina no meu coração.

— É como eu me sinto quando estou em casa, a quilômetros de distância, e penso em você. — Ele afasta alguns fios de cabelo dos meus lábios e me beija. — Boa noite, Natalie.

25

— **POR QUE** você está tão radiante? — pergunta Alice, sem rodeios, quando entro no consultório dela.

— Não sei — respondo. — Talvez porque meus pais concordaram em me deixar ficar até o fim do verão?

Alice me olha cética.

— Você está fazendo sacanagem com o carinha do outro mundo.

— Estou *nada*.

Ela ergue as mãos diante dela.

— Que seja, *fazendo amor*, não me importo. Só não quero que atrapalhe as coisas.

— Não estou, e não vou. — Tento fazer meu rubor ir embora enquanto me largo na poltrona diante dela.

— Me pergunto o que aconteceria se você engravidasse — diz ela, o olhar distante em contemplação.

— *Alice*, eu não estou fazendo sexo com Beau.

— Só estou dizendo, será que o bebê desapareceria depois do seu Fechamento? Será que seria como vocês dois? A qual mundo pertenceria? Na verdade não é uma má ideia... Você está aberta à ideia de engravidar?

— Você está aberta à ideia de eu ir embora e nunca mais voltar?

Ela faz um aceno descartando o assunto.

— Não precisa ficar ouriçada. Eu estava só pensando. Enfim, bom trabalho em conseguir mais tempo para a gente. Mas três semanas ainda não é muita coisa.

— Não é — concordo. — Talvez devêssemos colocar a mão na massa.
— Como está indo a dança?

Encolho os ombros.

— A sensação é ótima. Às vezes parecemos nos mover para a frente ou para trás no tempo, mas nunca vi indícios de que haja um terceiro mundo.

— Ela está escondida em algum lugar.

— É — digo —, ou em algum momento.

Os olhos de Alice se fixam em mim.

— O que você falou?

— Só quero dizer que ela poderia estar escondida em alguma outra época — esclareço. Alice fica de pé abruptamente e empurra uma pilha de livros para fora do caminho, agarra a bolsa dela e vai até a porta. — Aonde você vai?

— Tive uma ideia — vocifera ela. — Vejo você na quinta para a hipnoterapia, está bem?

— Alice! — grito quando ela se afasta.

— Quinta!

Meu celular vibra no meu bolso e, quando o pego, vejo o nome de Joyce na tela. Meu coração para, mas, quando abro a mensagem, é só uma fotografia de um ramalhete de flores com um bilhetinho do treinador e da sra. Gibbons. *Legal da parte deles!*, digito enquanto engulo a última onda de ansiedade. Cada nova mensagem desse tipo é só mais um alarme falso, mais um lembrete de que a vida de Matt está por um fio e não estou nem um pouco mais perto de entender as coisas.

QUANDO BEAU VEM me buscar à noite, ele parece mais abatido do que nunca. O dia inteiro eu mal consegui parar de reviver o nosso tempo juntos, não parei de contar os segundos até nos reencontrarmos, mas, diante dele agora, depois de uma noite na camionete e um dia longo no trabalho, sei que essas excursões o estão extenuando demais. Ele precisa de descanso.

— Devíamos tirar umas duas noites de folga — sugiro.

— Está bem. — Ele estica os braços pela cabine para me puxar para o colo dele, despertando uma corrente elétrica sob a minha pele.

— Não foi isso que eu quis dizer — falo, encarando fixamente seus lábios semiabertos. Ele começa a beijar meu pescoço e minha respiração fica ofegante, meus dedos se esparramando contra o peito dele.
— Beau, você precisa dormir. E vai ter que voltar para casa em algum momento. — Não é o que eu quero, mas é do que ele precisa.

Ele suspira, me coloca de volta do lado dele e olha para o volante.
— Eu sei. — Ele passa a mão na boca e balanço a cabeça. — Você está certa. Eu preciso ir para casa.
— Vou sentir sua falta — falo, baixinho. — Você viria jantar aqui amanhã?

Ele larga a cabeça contra o apoio do assento e exala longamente.
— Que foi? — pergunto.
— Provavelmente não é uma boa ideia. Pais não gostam de mim.
— Os meus gostariam. — Não posso compartilhar tudo com eles, mas posso compartilhar Beau. Eu quero fazer isso.
— E o que te faz pensar assim?
— Porque eu gosto de você — digo. Ele ri e a expressão dele desmonta, o canto dos olhos enrugando. Por um instante, ele parece apenas um garotinho. — Você gosta de mim, Beau? — provoco, sacudindo o cotovelo dele.

Ele olha para cima e entrelaça os braços na minha lombar, me encostando no assento e subindo em cima de mim.
— O que você acha?
— Não importa o que eu acho. Importa o que você acha.
— Eu não sou bom com palavras, Natalie.
— Tenta.
— Se lembra daquela noite no campo de futebol? — Faço que sim. — Eu quero você agora mais do que quis naquele dia, e eu nem achava que isso era possível.
— Você gosta de mim.
— Eu gosto de você — assegura ele, suavemente.
— Você me quer — sussurro.
— Em qualquer lugar — diz ele —, o tempo todo.

Ele está com o mesmo olhar de quando perguntei o que ele queria no estúdio de dança: sério, quase triste. Estico a mão para passá-la pelos traços no rosto dele, guardando cada um na memória.

— Quero você também — digo. — Em qualquer lugar, o tempo todo.

Ele abaixa o olhar, os braços se apertam com mais força e a voz se reduz a um sussurro:

— Natalie...

— Você precisa dormir.

— Eu preciso de você.

Uma batalha momentânea se trava na minha cabeça, então faço uma dessas escolhas que não são *realmente* uma escolha.

— Vamos entrar — digo.

Corremos para fora do carro, deixando-o estacionado na rua, e voamos pela rua sem saída escura, a umidade nos fazendo brilhar de suor quando chegamos à varanda. Escalo primeiro para entrar pela janela aberta e então me viro para trás. Não consigo ver Beau no pátio abaixo, então ele já deve estar na grade da varanda. Espero por alguns segundos de silêncio, mas ele não desponta pelo lado do telhado.

— Beau? — sibilo para a noite, perturbando o cantar dos grilos. Apuro os ouvidos para a resposta, mas não ouço nenhuma. Depois do minuto mais longo da minha vida, me arrasto de volta para o telhado da varanda para ver por que está demorando tanto. Me debruço na beirada e olho para o pátio, mas não vejo nem sinal dele. — Beau — sussurro para a noite, um pouco mais alto.

Sem resposta a não ser pelo pio de uma coruja.

Me apresso de volta pela grade da varanda e desço para o pátio, esquadrinhando a rua sem saída.

— Beau? — repito ainda mais alto. Meu coração está a toda. Tem alguma coisa errada.

Ele deve ter passado de volta para o mundo dele.

Corro pela rua até a parte do meio-fio onde ele deixou a camionete, mas ela não está mais lá. Giro no mesmo ponto, procurando algum dos lampejos da mudança que já são normais para mim.

— Beau — grito de novo. — *Beau.*

Fecho os olhos e tento me agarrar aos fragmentos da música que flui na minha mente.

Não sinto nada. Não ouço nada.

★ ★ ★

— **ERA UMA** vez quatro fantasmas — disse a Avó —, e eles viviam em quatro casas sob o chão, cada uma mais profunda que a anterior.

"Havia uma mulher de um povo indígena próximo, e ela foi até a sepultura do pai e deitou-se sobre ela e chorou por quatro dias. No quarto dia, ela ouviu uma voz das profundezas da terra. 'Mulher choradeira', disse a voz, 'Venha para baixo.'

"Então ela se levantou de um pulo e seguiu a voz do fantasma para baixo pela terra até chegar a uma casa chamada Folhas-de-Cicuta-nas-Costas. Ela entrou e viu que havia uma velha no canto, perto do fogo. A velha disse: 'Sente-se e coma'. Então ela passou salmão seco para a mulher choradeira.

"Mas, antes que a mulher choradeira pudesse pegar a comida, outra pessoa apareceu e a conduziu até a casa abaixo, Larvas-no-Tronco-no-Chão. Aqui novamente ela viu uma velha ao lado do fogo, que parecia idêntica à mulher da primeira casa. Esta velha também ofereceu à mulher que chorava algo para comer e, novamente, antes que a mulher choradeira pudesse aceitar, outro guia apareceu e disse: 'Venha à casa do Lugar-da-Boca-Aparente-no-Chão', e a mulher choradeira o seguiu.

"Como antes, ela viu uma velha idêntica preparando carne ao lado do fogo. Como antes, a mulher choradeira foi interrompida por outro guia antes de poder aceitar a comida. 'Venha para o Local-do-Jamais-Retorno', disse o guia, e conduziu a choradeira mais profundamente pela terra e para a casa seguinte.

"Quando ela entrou desta vez, no entanto, a mulher choradeira viu o pai sentado ao lado do fogo, e ele ficou com raiva ao vê-la. 'Por que veio até aqui?', gritou para ela. 'Quem quer que entre nas três primeiras casas pode retornar, mas deste lugar não há volta! Não aceite a comida dos fantasmas e volte para casa de uma vez! Vamos cantar, para que o povo ouça e venha em seu socorro.'

"O pai dela chamou pelo guia que havia trazido a mulher choradeira até ali e implorou que ele a devolvesse o quanto antes à terra dos vivos. E assim o guia a carregou de volta para a árvore da sepultura em uma tábua, onde ela jazia como uma morta, e ele cantou como o pai dela orientara, e o povo indígena ouviu a canção e veio até a árvore onde o homem estava enterrado. Mas, apesar de verem a tábua e ouvirem a voz que cantava, o povo não conseguia enxergar a garota deitada sob a árvore."

Esperei por um bom tempo, apesar de que, a aquela altura, eu já estava com quinze anos e sabia reconhecer um final de história da Avó.

— Acabou? — falei por fim.

— Acabou — disse ela.

Sentei-me na cama, revirando a história na minha cabeça, tentando depreender o significado dela. Diversas vezes achei ter compreendido o sentido, mas aí ele me escapava de novo.

— Às vezes — falei para ela —, quando você conta essas histórias, eu as *sinto*.

— Como assim? — perguntou ela, estreitando os olhos escuros.

— Tipo, eu quase consigo me lembrar delas. Como se tivessem acontecido comigo. Como se fossem mais reais do que a minha vida de verdade, só que eu não consigo determinar exatamente. Isso faz sentido?

— Não — disse ela, sem rodeios. — Mas entendo o que você quer dizer. Eu sinto o mesmo.

— O mundo não parece certo — falei, bocejando. O sono estava me dominando, e minha mente começou a tagarelar pensamentos não totalmente formados, coisas que eu não compreendia por completo.

— Somos reféns, Natalie — disse a Avó, baixinho.

— Reféns?

— Estamos vivendo na nossa própria terra, mas nunca mais será nossa novamente. Prestamos contas a um governo que não reconhece que somos muitas nações; nações que compraram de pessoas que não tinham direito algum à terra para começo de conversa. Estamos rodeados por gente que esquece que existimos a não ser quando leem sobre a nossa derrocada nos livros de História deles, como se não estivéssemos mais aqui, ocupados, aguardando um desfecho que, após cinco séculos, sabemos que nunca chegará. Tentando aprender como viver e pertencer a dois mundos de uma só vez. Há uma separação entre nós e tudo o que nos rodeia. Não podemos nos aproximar o bastante, não importa o quanto nos esforcemos. Você e eu sentimos essa distância a cada momento de cada dia. De certa maneira, já somos fantasmas. Essas histórias são o fio que nos conecta ao mundo que veio antes de nós, um mundo que nunca veremos, mas com o qual sempre sonharemos.

— Bem, eis uma perspectiva animadora.

Ela deu de ombros.

— Às vezes os momentos mais belos das nossas vidas são coisas que magoam terrivelmente na hora. Só os vemos pelo que são de fato quando chegamos bem no final e olhamos para trás.

— Você está especialmente enigmática esta noite — falei.

— Eu me sinto especialmente velha esta noite, Natalie. A idade faz a pessoa pensar.

— Sobre?

Depois de uma longa pausa, ela disse:

— Arrependimentos.

Observei os olhos dela ficarem vidrados em reflexão.

— Avó?

— Huum?

— Você conheceu a minha mãe? — perguntei. — Minha mãe biológica, quero dizer.

— É claro — respondeu ela. — Eu conheço todo mundo que você conhece, e muitas pessoas que você não conhece.

Eu me preparei antes de perguntar.

— Você sabe... por quê?

A Avó fixou os olhos em mim e esfregou o queixo.

— Por que ela deixou você?

Faço que sim.

— Compreendo a decisão dela tão bem quanto ela, mas essas coisas raramente são simples.

— Ela era jovem.

A Avó assentiu.

— E pobre — emendou ela.

— E infeliz.

— Muito — disse a Avó.

— Um dia vou conhecê-la? — perguntei. — Ela pensa em mim?

— Ela pensa em você todos os dias — garantiu a Avó. — E, algum dia, pode bem ser que você a conheça.

— Mas você não sabe com certeza?

A Avó hesitou, então balançou a cabeça.

— O futuro raramente é garantido, Natalie. Só o que temos é o presente.

Mas meu presente pode já ter acabado. Ele pode estar preso ao meu passado.

BEAU NÃO APARECE para o jantar. Minhas chamadas não completam e ele não vem me buscar para o estúdio também, então fico deitada na cama me preocupando. Para piorar as coisas, Joyce Kincaid acaba de me mandar uma foto de Matt na cama do hospital e, por um milésimo de segundo, acho que ela vai me dizer que ele acordou até ver a legenda: *Achei que você poderia sentir falta de ver o rosto dele.*

Não sinto. Talvez devesse, mas não tem nada de reconfortante para mim na pele pálida de Matt ou nos tubos no nariz dele ou nos hematomas na têmpora. A cada vez que fecho os olhos, a imagem reaparece até que, apesar da minha fadiga, me levanto da cama e começo a andar de um lado para o outro.

Odeio dirigir à noite, provavelmente tanto por causa dos meus pesadelos quanto da minha firme convicção de que tem um assassino escondido no assento traseiro, mas reúno a determinação e decido dirigir até a NKU.

Sigo pelos corredores do prédio apagado até o nosso estúdio e me obrigo a me alongar depressa, me esforçando mentalmente para achar os sons dos dedos de Beau pousando nas teclas do piano. Ele está aqui. Eu sei que está. Quase posso senti-lo. Fecho meus olhos e tento captar o cheiro dele no ar, a vibração anasalada da sua voz, o contorno dos ombros.

Mas não consigo. Ele está aqui, mas estamos separados por mundos, e a sensação é tão errada — estou tão apavorada de que possa ser permanente — que não consigo mais ficar aqui por mais tempo e volto para casa, o coração martelando como uma perfuratriz e a respiração convulsiva por todo o percurso até lá.

Quando conto a Alice na sessão de quinta sobre o desaparecimento de Beau, tudo o que extraio dela é um dos irritantes *huum*s.

— Huum o quê? — pressiono.

Ela dá de ombros.

— Sinceramente, estou hesitando em dizer muita coisa. Acho melhor deixar isto se resolver antes de entrarmos em pânico.

Mas eu sei o que ela está deixando de dizer. *E se eu já tive o meu Fechamento? E se foi o Fechamento de Beau?*

Chega a sexta-feira, e mamãe e papai entopem o porta-malas da minivan alugada. Tudo o que falta é nos despedirmos antes de eu ir me instalar no antigo quarto de Megan. Mamãe e papai querem ir comigo, para conversarem com os pais de Megan e se certificarem de que tenho tudo de que preciso; Jack e Coco preferem ficar em casa e esperar até que eles voltem, então dou um abraço nos meus irmãos na cozinha.

Gus está choramingando intensamente, estressado pela comoção da arrumação das malas — um sinal certo de que ele em breve será deixado no "hotel canino". Eu me ajoelho e coloco os braços ao redor do pescoço de árvore dele, repousando meu rosto no pelo felpudo.

— Seja bonzinho — digo a ele, então me levanto e encaro os gêmeos.

— Me mantém atualizada, está bem? — pede Coco. — Sobre Matt e tudo o mais.

— Tá. Se bem que, para ser sincera, você provavelmente conseguiria mais notícias de Abby. — O olhar de Coco despenca, e sei que tem alguma coisa errada. Olho em volta para ver se mamãe ou papai está escutando e arrasto Coco pelo corredor pelo cotovelo. — O que foi? Abby não gostou do perfume? Você talvez devesse ter comprado o glitter de corpo comestível.

Ela suspira.

— Não é nada.

— Coco, me fala.

— Ela é uma escrota, está bem? Ela é terrível.

— Sua melhor amiga?

Coco sacode a perna, impaciente.

— Ela só... falou umas coisas.

— Coisas?

— Coisas idiotas, escrotas.

— Coco, se tem alguém fazendo bullying...

— Não eram sobre mim — interrompe ela, e a situação lentamente ganha forma para mim. — Ela disse que o acidente de Matt foi culpa sua. Ela nem acha isso. Eu *sei* que ela não acha, mas ela estava falando para uns alunos do terceiro ano para... sei lá, para impressionar.

Olho para a sala de estar, onde Jack está esparramado do sofá olhando para o nada.

— E a briga de Jack? — Coco faz que sim com a cabeça uma vez, devagar. Minha visão fica borrada, e afundo a base das minhas mãos nas minhas cavidades oculares. — Vocês não precisam entrar em brigas e terminar amizades por causa disto.

Coco cruza os braços.

— Você não entende. Abby está mudando, ou talvez eu esteja. De qualquer forma, para mim chega dessa escolinha fofoqueira. E é pior ainda para Jack. E *não*, não é só por causa de você e de Matt.

— Coco... você *acabou* de dizer para mamãe e papai que você queria ficar na Ryle.

Num raro momento em se tratando de Coco, os olhos dela traem indícios de lágrimas. Ela balança a cabeça até elas sumirem.

—*Jack* — ela consegue dizer.

— Está pronta? — Mamãe aparece no fim do corredor, batendo palmas uma vez, e Coco me lança aquele olhar de *não conta nada* enquanto sacode discretamente a cabeça.

— Deixa eu pegar minhas malas lá em cima — gaguejo, e mamãe nos lança um olhar desconfiado antes de voltar para a cozinha. Puxo Coco num abraço apertado. — Você se encaixa aqui. E você e Jack se encaixam comigo — sussurro. — Eu deveria ter estado presente para você. Quando vocês voltarem... — Ela faz que sim, e olho pelo corredor, de volta para Jack. A mamãe está alvoroçada, passando de um lado para o outro diante dele, verificando se não esqueceu nada. Decido correr o risco de aprofundar as suspeitas dela e vou me sentar ao lado dele. — Oi.

— Oi — murmura ele.

Abaixo a voz.

— Lembra quando eu fui péssima?

As sobrancelhas dele se erguem, e ele luta para conter um sorriso.

— Quando foi isso?

— Pelo menos o verão todo — digo —, mas talvez há mais tempo.

Ele finalmente olha para mim e, apesar do jeito como as bochechas rechonchudas dele desincharam depois da recente espichada de quinze centímetros, ele é sem dúvida uma versão esticada do meu irmão caçula. Coco sempre foi a mais assertiva dos dois, e me surpreende ver o Jack pateta, desleixado, aquele que vai na onda, parecer tão crescido e oprimido.

— Me desculpa — falo baixinho.

— Pelo quê?

Olho por cima do ombro e vejo mamãe passar para a lavanderia.

— Coco me contou da briga.

Ele revira os olhos e dá um suspiro irritado enquanto gira o pescoço à procura de Coco.

— Jack, tá tudo bem. Eu não vou contar para a mamãe e o papai. Eu só queria que você soubesse que... você é incrível, e eu amo você, e eu não quero que compre nem termine brigas por minha causa, e desculpa não ter estado muito presente, e também você estava errado sobre o carburador, tem isso.

Jack prende uma risada.

— Você é esquisita.

— Tem certeza? Porque ninguém nunca me falou isso antes.

— E você não é péssima.

— Digo o mesmo. Você está bem longe de ser péssimo.

Levanto para me afastar, mas, quando passo por trás do sofá, meu abdome se comprime subitamente e faz eu me curvar; quando volto os olhos para Jack, ele desapareceu. A casa está escura, as janelas que dão para o terraço são de um azul-escuro repleto de luzes, e um brando círculo amarelo brilha na mesa da cozinha, bem sob a luminária de aço inoxidável pendurada no centro. Me sinto oscilar levemente, como se o mundo espiralasse ao meu redor a meia velocidade.

Mamãe está sentada na beirada da mesa sozinha, o rosto contra as mãos e os ombros tremendo. Ela coloca os pés em cima da cadeira e abraça as pernas ao peito, deixando a testa mergulhar contra os joelhos. Ela parece jovem, bem mais jovem, na verdade, ou pelo menos como se tivesse pintado o cabelo.

Ai, meu Deus. Por que ela está chorando? Por quem está chorando?

Não quero ver isto. Não posso. Cambaleio para trás de volta pelo corredor e subo correndo as escadas, o tempo sacolejando de volta para o lugar certo enquanto empurro a porta do meu quarto e encontro a mascote detestável me encarando detrás de um tapa-olho. O chão está vazio a não ser pelas caixas de papelão empilhadas num canto, mas ainda me sinto abarrotada demais para conseguir respirar.

Tento me concentrar em qualquer coisa além da dor no meu peito e dos pontos multicoloridos pipocando na minha visão: *As noites que Megan e eu passamos assistindo a tempestades da garagem, revistando o céu em busca de estrelas cadentes, do telhado ou da varanda. As horas que dormi nos braços de Beau no chão do armário. As histórias que a Avó contava na cadeira de balanço. O ponto do ônibus escolar onde eu esperava no escuro, no calor abafado ou no frio lancinante das manhãs.*

Ainda não consigo respirar, não consigo me acalmar.

A elevação em que descíamos de trenó no quintal e o riacho no fundo que quase me fez ter uma ulceração de frio. Os sprinklers por onde corríamos no verão. Descer de fininho para o térreo com os gêmeos na véspera de Natal para ver se mamãe e papai já tinham colocado nossos presentes. A série de pistas que mamãe espalhou pela casa e que me levaram à garagem, onde meu presente de aniversário, um filhote de são-bernardo com um laço azul, me esperava.

E a noite em que subi pela janela e olhei para trás e descobri que Beau tinha desaparecido. A lenta passagem dos minutos que gastei esperando desde então.

Estou numa casa cheia de fantasmas. Não consigo suportar o peso de acrescentar outro. Ergo a mão para tocar a parede.

— Avó — sussurro para o vazio. — Se você puder me ouvir, *me encontra.*

A MÃE DE Megan é anestesista e o pai dela, um arquiteto que adora caçar, então a casa deles não apenas é enorme, mas também fica num lugar remoto, oculta ao longo de uma longa estrada de cascalho em meio a um belo perímetro de floresta. Quando eu era criança, a amplitude e as colunas brancas me lembravam da Casa Branca, mas a planta baixa é surpreendentemente arejada e moderna.

O sr. e a sra. Phillips nos acompanharam por todo o percurso até o quarto de Megan, que ocupa a maior parte do porão e cujas portas de correr nos fundos levam a um grande pátio que dá para um lago artificial de pesca. O quarto tem uma atmosfera de princesa que não tem nada a ver com Megan, mas que também nunca sofreu um esforço da parte dela para mudá-lo. O chão, geralmente coberto de roupas e papel e livros, agora está impecável, e sinto uma pontada de tristeza.

— Não consigo acreditar que concordamos em deixar você se safar dessa viagem — comenta papai atrás de mim.

— Vocês acharam que era uma boa ideia — lembro a ele. — Independência e saúde mental e coisa do tipo.

— Não, a sua *mãe* achou isso — disse ele. — Ela é a divertida e relaxada. Eu sou o disciplinador.

Dou uma risada abafada.

— Ahã, parece mesmo você. Você deveria considerar mudar o cargo no seu cartão de visitas de Encantador de Cavalos para Fascista dos Cavalos.

— Quer saber, até que não soa mal. Não é uma má ideia, docinho de coco. — Ele dá um beijo na minha testa e mamãe solta um choramingo.

— Vamos dar um minuto a vocês — diz a sra. Phillips, então ela e o sr. Phillips voltam para as escadas.

Mamãe me puxa para um abraço.

— É só por algumas semanas — lembro a ela.

— E aí você vai para a faculdade — diz ela. — Você está adulta demais. Para com isso.

— Vai por mim, eu tentei.

Mamãe ri e funga de volta o muco que se acumulou com a choradeira.

— Nós realmente temos muito orgulho de você.

— Valeu.

— Liga pra gente, docinho — diz papai, cutucando meu queixo com a mão.

Eles vão embora e desabo sobre cama. Se ao menos Beau estivesse aqui, eu não me sentiria tão assustada ou vazia. Se ao menos eu soubesse para onde foi a Avó.

26

JOYCE KINCAID ME liga no sábado de manhã para me lembrar do evento beneficente desta noite. Eles organizaram em conjunto com o Frenesi Raider: uma parcela da arrecadação vai ajudar a cobrir os custos hospitalares de Matt e o restante vai para o time de futebol.

— Só espero que, onde quer que ele esteja, ele saiba. — Funga ela. — Que ele veja o quanto todo mundo se importa. E estou tão feliz de você poder ter ficado para isso. Significaria tanto para ele.

— É — digo —, também estou feliz de ter ficado.

Para dizer a verdade, eu estivera desesperada, tentando me convencer de que não precisava ir ao evento, enquanto ia à loucura com a ideia de que muito provavelmente Beau estaria lá, ainda que em outro universo. Mesmo ficar de pé separados por um véu intransponível, mas perto dele, me parece melhor que os últimos dois dias sem ele. Quando eu e Joyce encerramos a ligação, passo pelos fundos do quarto de Megan e sigo para o pátio. O ar está mais frio do que eu esperava, e nuvens escuras pendem em cúmulos baixos sobre o reservatório e o bosque. Tudo está completamente distorcido pela neblina, mas saio mesmo assim, levando o celular comigo. Tento falar com Beau mais uma vez, mas a ligação não completa e fico caminhando pesadamente pelo bosque, forçando minha mente na tentativa de reabrir o mundo dele.

Meu telefone começa a vibrar na minha mão e quase o deixo cair antes de aceitar a ligação e colar ele na minha orelha enquanto processo o nome na tela.

— Rachel?

— Ora, olá para você também — responde ela, aparentemente indignada pela minha surpresa.

Suspiro.

— Você está ligando por algum motivo, Rachel?

Ela solta um suspiro ainda mais longo.

— Olha, eu sinto muito pelo que aconteceu entre Matt e eu. Ele estava bêbado e acho que eu estava... curiosa.

— Não faz mal — falo, bruscamente. — Isso é tudo?

— Céus, Natalie, estou tentando me desculpar.

— Não tem motivo para isso. — A raiva na minha voz faz com que minhas palavras soem pouco convincentes, apesar de eu sinceramente não saber mais com quem estou chateada.

— Tá, que seja — diz Rachel. — Eu só estava ligando... Eu só queria saber se você queria ir junto comigo de carro para o Frenesi nesta noite.

— Por quê? — pergunto, confusa de verdade.

— Porque ninguém mais entende — fala ela com intensidade. — Porque eu não quero passar mais nenhum maldito segundo ouvindo Molly Haines soluçando como se o conhecesse. Eu nem queria ir hoje, mas agora que é para Matty... Só achei que se *você* fosse...

Ela não completa a frase, e fico tão surpresa que não sei como responder.

— *Alô?* — diz Rachel.

— Tá bem.

— Tá bem o quê?

— Vamos de carro juntas. Não entendi direito o motivo, mas ok.

— Ok — diz ela. — Você pode me buscar às nove. Não quero ficar lá a noite inteira.

— Uau, sério? Muito obrigada mesmo.

— E as pessoas acham que *eu* sou a vaca — responde ela.

Rachel mora num estacionamento de trailers logo depois do bairro de mansões chinfrins de Derek Dillhorn, como se quem fez o planejamento urbano tivesse achado que seria uma boa ideia lembrar aos pobres que são pobres e aos ricos que são ricos. É uma perfeita caixinha de surpresas em termos de manutenção. A casa de Rachel é uma das mais bacanas, com um quintal bem-cuidado pelo qual ela é provavelmente a responsável, já que tanto a mãe quanto a irmã trabalham nos turnos da madrugada e em geral dormem durante o dia.

Quando éramos crianças, adorávamos fazer festas do pijama lá nas noites em que Janelle, a irmã dela, estava no comando, porque não havia regras. Conforme fomos crescendo, os convites para ir à casa de Rachel cessaram, e se passaram séculos desde que fui lá pela última vez.

Ela está esperando no quintal, outra coisa que ela costumava fazer quando vínhamos passar a noite, para garantir que ninguém bateria na porta ou tocaria a campainha enquanto a sra. Hanson dormia. Ao vê-la caminhando até o jipe, sinto um pesar. Não que eu sinta pena dela — não sinto —, mas lembro todos os motivos pelos quais a amo. Todos os motivos pelos quais éramos amigas. Ela pode ser uma vaca, mas é uma vaca genuína, com coração. É batalhadora, segurando as pontas pela família e dando duro para se formar, apesar de a sra. Hanson dizer a Rachel que ela é bonita o bastante para não precisar disso desde que ela tinha dez anos.

— Nunca achei que veria uma garota da Ivy League na minha porta — diz Rachel quando se larga no assento do passageiro. — Então, o que a fez decidir ficar aqui nos cafundós pelo resto do verão?

— Umas coisas aí. — É o que falo.

Ela passa as mãos pelo cabelo.

— Parece importante.

Caímos no silêncio enquanto manobro para fora do bairro e dou meia-volta na direção da escola. Ainda estamos a dez minutos de lá quando os olhos de Rachel fazem um movimento rápido para a janela do lado dela.

— Para aqui — pede ela, ansiosa.

— O quê... Por quê?

— É aqui que estão prestando as homenagens!

— Homenagens? — falo, percorrendo com os olhos o acostamento perto do cruzamento adiante. — Para Matt? Ele não *morreu*.

— Memorial, vigília, como quer que você queira chamar, só para aqui.

Desacelero e o carro ronca até parar ao lado do cartaz grampeado contra o poste de telefone com os dizeres REZEM POR MATT KINCAID #4.

Ursinhos de pelúcia e bilhetes e flores e camisas de futebol americano formam pilhas ao redor do cartaz e Rachel salta correndo até eles antes de eu desligar o carro. Saio e vou até onde ela está ajoelhada no acostamento de cascalho e tocando o cartaz com dois dedos.

— O que estamos fazendo aqui? — pergunto suavemente ao me aproximar.

Ela abre os olhos e suspira, irritada.

— O que é que parece? Estou rezando. Por quê? Você é sofisticada demais para prestar suas condolências?

— Rachel, podemos parar com esse seu número do esnobismo de Brown? — falo, sentando ao lado dela. — Realmente não estou no clima.

Ela me olha de lado e indaga:

— Por que *foi* que você quis ficar? Quer dizer, foi por causa de Matt?

Passo a ponta dos dedos pelos lados do meu couro cabeludo.

— Não sei — digo. — Talvez em parte. Em geral, só estou tentando determinar o que eu deveria estar fazendo agora. Não pareceu um bom momento para ir embora.

Ela se joga no chão e puxa as coxas contra o peito, repousando o queixo nos joelhos.

— Você tem sorte.

— Por quê? — pergunto, desconfiada.

— Porque você é uma daquelas pessoas que *deveria* estar fazendo alguma coisa, enquanto o restante de nós só faz o que faz, sabe?

— Não — digo. — Não acho que tenha gente assim.

Ela dá uma risada frágil.

— Natalie, você quer ir para Brown desde que tinha quinze anos. Nessa idade, tudo o que eu queria era que a Janelle me convidasse para as festas dela e ir para o baile de formatura com Derek. Eu achava que estava só aproveitando a minha vida, sabe, enquanto você tentava escapar da sua. Mas tudo o que eu sempre quis girava em torno da escola, e agora é como se simplesmente não houvesse *nada*. Nada a não ser Matt em coma e todos os meus amigos indo embora para a UK. E você, dando o fora daqui como sempre quis.

— Não é de vocês que eu queria me afastar — falo, baixinho. — Você sabe disso, não é?

Ela me lança um olhar de descrédito e depois o direciona para o cartaz.

— Pelo menos você quer alguma coisa, ainda que seja simplesmente ir embora. Eu não tenho nenhum desejo a não ser que todo mundo volte. Não tenho nada, para sempre.

— E quanto à dança?

— Eu nunca quis *dançar* — responde ela. — Eu queria fazer parte da *equipe* de dança. É diferente.

— Eu não sei se quero ir para Brown. — Sai como um balão de ar se esvaziando, mas ali está, pendendo no ar pela primeira vez. — Quero ser esperta. Quero saber a verdade e quero ser importante.

— Isso é idiota — diz ela.

— Como é?

— É idiota — repete ela, sem rodeios. — Você não vai *ser importante* porque estudou em Brown. Você já é importante.

— Rachel — sussurro. Ela não compreende, e como poderia? Mas ela se abriu para mim e hoje, neste momento, quero me esforçar para fazer o mesmo. — Olha. Quando eu tinha quinze anos, perdi uma pessoa que era muito importante para mim. Ela me conhecia melhor que qualquer outra pessoa, mesmo a minha família ou Megan ou Matt. Tipo, ela me entendia completamente e era mais parecida comigo que qualquer um que eu já conheci e, quando ela se foi, parei de sentir que sabia quem eu era e, especialmente, parei de sentir que eu me encaixava. Voltei a me sentir como uma criança de cinco anos que precisava provar que era exatamente como todo mundo. Foi por isso que saí da dança... Senti que estava alimentando essa sensação e queria aprender a ser eu mesma, sem nenhum constrangimento. E eu queria aprender sobre a minha ascendência, porque até hoje nunca cheguei a procurar de verdade. Foi *por isso* que escolhi Brown. Porque é distante, mas não *muito* distante, e eles têm estudos Nativo-Americanos e Indígenas *e* dança e, sim, porque é da Ivy League. É um pouco mais fácil explicar que quero a experiência máxima da faculdade do que todas as outras coisas.

— Você poderia ter explicado isso se quisesse. — Rachel me avalia com a mesma expressão de tantos anos antes, quando nos conhecemos. Por fim, ela retoma: — Bem, Brown também não vai fazer com que você se torne você mesma. Você apenas é você mesma, quer queira, quer não.

— E só porque você ainda não sabe o que quer, não significa que não tem nada que possa querer.

Ela revira os olhos, mas então um sorriso se esgueira na boca dela.

— Que seja. — Ela se apoia nos joelhos para levantar e espana a parte de trás da calça jeans. — A gente deveria ir.

Faço que sim.

— Me dá só um segundo?

— Claro. — Ela caminha de volta para o carro para me esperar.

Viro para o cartaz, incerta do que é exatamente que preciso dele. Levo a mão até o papel como Rachel fez e fecho os olhos.

— Me ajuda — sussurro.

Abro os olhos, e algo tremula no meu campo de visão. Meu coração acelera no meu peito enquanto tento me agarrar à mudança. O cartaz desapareceu e no lugar dele tem uma placa de pedra. A parafernália emporcalhando o acostamento também desapareceu, substituída por uma pilha de flores silvestres roxas e amarelas, mas, antes que eu possa ler as novas palavras na placa, elas mudam novamente. E não de volta ao nome e número de Matt, mas para uma cruz de madeira com palavras gravadas que desaparecem antes que eu possa processá-las, REZEM POR MATT KINCAID #4 voltando a aparecer quase que instantaneamente.

Ai, meu Deus.

Alice deve estar certa.

Há mais que apenas dois mundos.

Ou isso ou acabo de viajar no tempo de novo. Vai ver o cartaz será substituído algum dia. Talvez antes os dizeres fossem diferentes. Tudo o que sei é que há pelo menos duas outras marcações ocupando este mesmo espaço.

Bem nesse momento, Rachel aperta a buzina do jipe e grita:

— Ei, Nat, está calor e Deus vai te ouvir direitinho aqui do carro, tá bem? Vamos lá.

Antes de a Avó desaparecer e antes de haver mais de dois mundos e antes de o meu amor de infância entrar em coma, o Frenesi Raider costumava ser um dos meus eventos favoritos do verão. Eu me lembro de toda a empolgação se agitando em solavancos dentro de mim no primeiro ano quando mamãe foi me deixar de carro. A noite de festival termina com um treino aberto de futebol americano, e era o primeiro ano de Matt na equipe.

Eu me perguntava se eles deixariam que ele jogasse ou se Devin Berkshire, o quarterback sênior, ficaria se pavoneando no campo durante todo o tempo. Eu na verdade estava até *preocupada* de que permitissem que Matt fizesse algumas jogadas e ele mandasse mal. Não porque eu me importava de ele ser bom no futebol ou não, mas porque eu sabia o quão envergonhado ele ficaria e o tipo de coisas que o pai dele falaria depois. É estranho pensar que Matt estava a apenas semanas de escapar das críticas constantes de Raymond, e agora...

As coisas que costumavam me dar medo parecem tão pequenas agora. Uma dor cada vez mais familiar me comprime, uma dor de querer Beau aqui. Não consigo deixar de pensar que tudo estaria bem, ou ao menos melhor, com Beau ao meu lado.

Rachel e eu caminhamos pelo estacionamento, suscitando uma boa quantidade de olhares fixos e sussurros.

— Malditos fofoqueiros — diz ela. — Encarando a gente, do tipo, o que é que aquelas duas garotas que deram uns pegas em Matt Kincaid estão fazendo uma do lado da outra?

— Não é você — digo. — Sou eu.

— Bem, *isso* não é nada egocêntrico.

— É um fato. Fui eu que peguei outra pessoa na festa de Derek e aí discuti com Matt no meio da rua antes de ele entrar no carro. Todo mundo acha que é culpa minha, e não é como se estivessem errados.

Rachel para de andar e dá uma bufada.

— Ai, meu Deus. Você caiu nessa de verdade?

— E você não?

Ela meio que dá uma olhada em volta e aí agarra a manga da minha camisa e me arrasta para trás de um brinquedo inflável de corrida de obstáculos.

— Olha — diz ela. — Matt me contou uma coisa. E ele realmente não queria que eu contasse a mais ninguém, mas, se vai te ajudar a superar essa fase, então acho que vale a pena.

— Fala.

Ela cruza os braços e olha para baixo, para as sandálias, que ela está torcendo contra o chão.

— Matty é alcoólatra.

— *O quê?* Não é, não.

— Quero dizer, essa é a versão curta, não são as palavras dele, mas ele é, sim — diz Rachel. — Ele me disse na noite da festa de aniversário dele. Ou... na manhã seguinte, na verdade. — Abafo um grunhido quando ela ergue os olhos de volta para mim. — Ele começou a beber mais depois que vocês terminaram e acho que ficou fora de controle. Ultimamente, ele não conseguia dar um gole sem terminar a garrafa inteira.

Balanço a cabeça sem acreditar e desmorono contra o pula-pula.

— Como eu poderia não saber disso?

Ela encolhe os ombros.

— Ninguém sabia. Todo mundo só achava que ele estava curtindo como todos nós. Ele só me contou porque se sentiu mal que a gente quase trepou e ele mal se lembrava. Ele estava realmente envergonhado. Não foi a primeira vez que ele apagou, e ele sabe também que é um babaca quando bebe. Ele só ainda não tinha descoberto como se livrar disso.

— Ai, meu Deus.

— É — responde Rachel, apesar de ela não saber da missa um terço.

Ela não sabe que o Outro Matt recusou bebida naquela noite fatídica da festa, que Beau ficou tenso só porque ofereci.

Ah, melhor não, foi o que ele disse.

Que, depois que Matt e eu brigamos do lado do carro, Beau o arrastou de cima de mim e o jogou na rua.

E que naquela manhã, no hospital, quando Beau estava sentado longe dos Kincaid, o lábio superior de Joyce se ergueu num quase rosnado como se ela o culpasse pelo acidente. A Outra Megan afirmando que, sim, de fato, Joyce o culpava *mesmo*. Não pelo acidente. Pelas bebedeiras como um todo.

Tudo está fazendo sentido. Matty pode ter acabado de se tornar alcoólatra no nosso mundo, mas ele já era um no de Beau. O menino de ouro com predisposição para o vício, independentemente das circunstâncias.

— Você está bem? — pergunta Rachel, agarrando meu ombro. É quando percebo como estou aturdida. Rachel me sustenta quando deslizo pela lateral do castelo inflável para o chão.

— Não foi minha culpa — digo.

— Não, não foi.

— Está chovendo.

— Você é mesmo um gênio. — Mas mal escuto Rachel. Estou distraída pela tênue sombra de uma pessoa se movendo no meu campo de visão, atrás dela.

Rachel se vira para ver o que estou encarando e depois olha de volta para mim, sem entender nada. Totalmente inconsciente do fato de que acabo de ver uma versão loira platinada dela caminhando pelo festival sozinha. O outro mundo está aqui de novo, ao meu alcance. Exatamente como no hospital, quando vi as duas Joyces. É como se os dois estivessem colidindo e então ricocheteando um no outro, às vezes se sobrepondo e às vezes separados por uma quantidade de espaço intransitável.

— Tenho que ir a um lugar — falo para Rachel. — Você pode pegar uma carona de volta para casa?

— Quer dizer, todo mundo está me tratando como uma leprosa desde que Matt e eu nos pegamos, mas, claro, acho que posso engolir o orgulho e entrar num carro com alguém que sorri na minha frente e fala mal de mim pelas costas.

— Desculpa — digo. — É importante.

Ela suspira.

— Certo, Brown. Mas você fica me devendo uma.

— Ah, é? Por ir te buscar de carro em casa e trazer você até aqui, eu te devo uma?

— Basicamente.

Aperto ela num abraço e ela se retesa por um segundo antes de retribuir.

— Obrigada. Por tudo.

— Que seja.

DIRIJO PELA EXTENSÃO de cascalho para além do celeiro dos Kincaid até a casa de Beau, a chuva quase me cegando apesar do vaivém acelerado dos limpadores de para-brisa. Saio do carro no meio de um estalo de trovões e examino a casinha e o quintal diante de mim.

É a propriedade de aluguel não utilizada, com as janelas quebradas e gramado não aparado; não é a casa de Beau. Entro e vagueio pelos corredores úmidos até o quarto vazio que deveria ser dele. Sento no canto onde deveria estar a cama e concentro toda a minha energia em tentar alcançá-lo, chamando o nome dele e imaginando a sensação de flutuar em ondas imensas, um misto de frio na barriga e o estômago revirando.

Não o sinto. Ele não está aqui, nem em um aqui diferente.

Saio da casa, a porta de tela oscilando até fechar atrás de mim, e abaixo a cabeça enquanto corro até o carro e coloco a chave na fechadura.

— Ei — chama uma voz abafada pela distância. Olho para cima, girando o corpo no lugar. Eu o sinto segundos antes de vê-lo, de pé na outra extremidade do acesso de veículos com o milharal, o cabelo e as roupas encharcados assim como a sacola de papel que está segurando.

Apesar de tudo isso, Beau parece feliz. Sereno, contente.

— Ei.

Ele ergue a sacola.

— Estava procurando você.

Lágrimas de alívio se formam nos cantos dos meus olhos quando começo a andar lentamente na direção dele. Ele também cambaleia até mim e, quando acelero, ele joga a garrafa ensacada de lado e começa a correr sob a chuva.

Estou tão aliviada.

Estou tão perto de estar feliz, tão perto de me sentir segura.

Eu me lanço contra Beau, que me ergue, os braços me envolvendo, a boca na minha conforme a chuva desliza entre nós e ao nosso redor.

— Você está tremendo — comenta ele, olhando nos meus olhos.

Sacudo a cabeça. Não consigo falar sem chorar. Não consigo dizer a ele que sei de tudo; que não é culpa dele que Matt tenha um problema, ainda que os Kincaid o acusem disso. Tudo o que consigo dizer é:

— Achei que tinha perdido você.

— Não. — As mãos dele passam pelo meu cabelo ensopado para agarrar os lados do meu rosto e ele me dá um beijo áspero antes de sacudir a cabeça. — Não.

A chuva está caindo com força, atingindo o milho e a grama e o cascalho sem misericórdia, e mal consigo ouvir a voz dele.

— Matt é alcoólatra — falo.

Os olhos de Beau parecem tristes.

— Eu sei.

— Por que você não me contou?

Ele mal ergue o olhar, um sorriso pesaroso contraindo um canto da boca dele.

— Onde você acha que um menino de ouro como Matt aprende a beber, Natalie? Você acha que um dia ele simplesmente se depara com uma garrafa de uísque no bosque? Certamente não é com o filho perdedor de um alcóolatra que mora na casa vizinha.

— Você bebe para transitar entre os mundos — digo. — Não pode se culpar.

Ele balança a cabeça, ainda evitando meus olhos.

— Natalie, você e eu sabemos que bebo por diversos motivos — diz ele. — E quer saber o que é mais bizarro? Posso parar quando eu quiser, bem no meio de uma golada, com um copo de shot na minha boca, não importa. Mas vivi com viciados o suficiente para saber que não é assim que funciona para eles. Nunca achei... eu esperava que fosse fácil para Kincaid, tanto como foi para mim. Mais fácil, até. Eu pensava, caramba, ele perdeu o jogo, está chateado com os pais, precisa dar uma relaxada, que seja... Podemos beber para esquecer. Era o que eu fazia sempre que tinha um problema desde os catorze anos, quando minha mãe foi embora pela primeira vez. Eu não sabia o que faria com ele, o que *eu* estava fazendo com ele.

Ele inclina o queixo para baixo e fecha bem os olhos, sacudindo a cabeça para segurar as emoções.

— Eu não sabia.

— Beau. — Seguro as laterais do rosto dele entre as minhas mãos. — Matt é alcoólatra no meu mundo também. E não é porque o melhor amigo dele é Beau Wilkes. Você nem existe para ele. É porque ele tem um tipo específico de personalidade. É porque todos encaramos levianamente. *Nenhum* de nós sabia.

Inclino o rosto dele para cima, mas ele continua focalizando o chão, me evitando.

— O que aconteceu não foi culpa sua em nenhum dos mundos. E os problemas de Matt... Você não é o motivo para que ele os tenha. Eles *sempre* acabariam aparecendo.

Finalmente ele ergue o olhar para mim, a sobrancelha franzida.

— Eu te falei. Não importaria. Culpa minha ou não, eu não tentaria ficar longe de você, Natalie. Está ficando mais difícil conseguir chegar a você e estou perdendo a noção do tempo. De parcelas significativas.

Meu coração desacelera no meu peito. Achei que tinha encontrado a chave, descoberto a solução. Eu achava que podia fazer com que Beau parasse de se culpar e então ele pararia de desaparecer. Mas nesse tempo todo estava fora do nosso controle. Engulo um nó do tamanho de um punho na minha garganta.

— O que você acha que significa?

Ele passa as mãos pela minha cintura e olha para baixo antes de encontrar meus olhos.

— Que estamos ficando sem tempo.

Tento conter mais lágrimas. Eu tenho chorado demais ultimamente. Estou tão cansada de chorar. Eu me ergo na ponta dos pés e beijo o espaço entre os olhos de Beau, como se quisesse aliviar o franzido.

— Não solta.

E ele não solta.

Nem enquanto entramos na casa abandonada, rangendo sob o estufado da umidade e a queda na temperatura. Nem quando nos deitamos no chão onde deveria estar a cama dele. Nem a noite inteira enquanto nos entrelaçamos um no outro.

Ele me segura com cada parte de si a noite inteira, mal piscando, até que, de repente, desaparece dos meus braços.

27

— ESTAMOS FICANDO sem tempo — digo a Alice.

Faz pelo menos dois minutos que terminei de explicar tudo o que aconteceu, mas ela não disse uma palavra. Vi Beau por umas duas horas nos últimos dois dias, mas ambas as visitas terminaram com ele desaparecendo diante de mim: na noite de sábado enquanto estávamos sentados nas arquibancadas do estádio de futebol observando o declínio do sol e na segunda de manhã enquanto estávamos deitados na cama dele, os dedos enrodilhados nos cabelos um do outro.

— O que aconteceu quando você saiu correndo naquele dia? — pergunto. — Você descobriu alguma coisa?

Ela suspira.

— Não exatamente. Achei que tinha conseguido algo quando você mencionou que a Avó estaria se escondendo noutra época, então entrei numa espiral eterna de filosofias de viagens no tempo.

— E não descobriu nada?

— Um pouco mais do que nada. Albert Einstein achava que o tempo era uma ilusão, uma espécie de quarta coordenada para apontar onde você está com relação à velocidade com que está se movendo. Então talvez seja isso o que está acontecendo quando você e Beau veem o futuro e o passado: estão rapidamente se movendo para a frente ou para trás, mas não percorrendo comprimento, largura ou profundidade. Pode ser por isso que, quando você desliza pelo tempo, nada ao redor interage com vocês, é como se não fossem sólidos. Talvez vocês estejam viajando com tanta velocidade que seriam capazes de atravessar as moléculas de uma parede.

— Mas somos sólidos um para o outro — comento.

— Sim, e você também tinha dito que Beau não conseguiu voltar para o mundo dele na noite em que se conheceram. Acho que ele usou a palavra *ancorado*. Vai ver que, quando vocês dois estão juntos, estão acorrentados um ao outro. E, já que nenhum de vocês parece estar *fixado* no contínuo espaço-temporal, teoricamente um de vocês poderia puxar o outro junto na mesma velocidade. Talvez haja uma maneira mais solta de acorrentamento que acontece aos animais. Daí a jornada épica do hamster de Beau e seu susto com o cachorro. É como se os animais estivessem tentando de alguma maneira determinar a qual lugar no tempo pertencem e assim ricocheteassem de um momento para o outro. — Ela abre a gaveta da mesa e cavuca em busca de um Slinky, o cachorro de mola, passando as espirais metálicas da palma de uma das mãos para a outra enquanto pensa.

Ergo uma sobrancelha.

— Tem algum motivo especial para você, uma mulher adulta e pesquisadora de psicologia, manter isso aí na sua mesa?

— Me ajuda a pensar — diz ela, com naturalidade. — Uma ação física para ocupar as mãos. Enfim, eu estava doidona quando fiz a pesquisa previamente citada, o que quer dizer que eu estava manuseando este treco, e aí me veio uma ideia. — Ela comprime o Slinky entre as duas mãos. — E se este Slinky for o tempo, integralmente, e *tudo* já existir: passado, presente e futuro, mas a experiência humana ou animal está essencialmente se movendo por uma série de momentos em apenas uma direção. Não podemos ver, ouvir nem tocar momento algum a não ser o que estamos vivenciando, mas todos existem simultaneamente.

"É por isso que você viu uma versão anterior de si mesma quando Beau mostrou pela primeira vez como mover o tempo. Aquela Natalie existe continuamente assim como a Você de dois minutos atrás e de dois minutos a partir de agora existem continuamente. Tecnicamente, a percepção humana só deveria permitir que você visse uma delas de cada vez, em vez dos milhões de Natalie que vão do estacionamento até este escritório, ou os bilhões de Natalie e Beau que se estendem pela estrada de Union até aqui. É como se você estivesse se movendo para a frente em um daqueles livros com imagens animadas, só que sempre há outras versões de você que estão antes ou depois de você mesma."

— Acho que você quebrou o meu cérebro. Eu não entendi.

Alice estica o Slinky, afastando as duas partes e retesando os elos de metal, e aí aponta para um deles perto do meio com o mindinho.

— Cada um destes anéis é um instante, e agora estamos as duas vivenciando este aqui. Mas digamos que você começasse a retroceder no Slinky. Você está passando por cada momento que ocorre em seu espaço físico atual: se movendo *pelo* Slinky. Quando a passagem pelo tempo acaba, você volta direto para o lugar logo após o último momento que vivenciou cronologicamente, ainda que, a essa altura, a Você que não vivenciou a passagem temporal já tenha se movido para outro espaço físico.

— Estou me movendo por uma molinha do tempo — digo, num tom categórico.

— Para ser mais precisa, você está se movendo por um buraco de minhoca que passa pela mola do tempo, que faz com que a versão de você *deste preciso momento* se mova para outro momento.

— E isso é possível.

Alice meneia a cabeça.

— Oppenheimer, sabe, o cara da bomba atômica? Ele provou que buracos negros eram fisicamente possíveis.

— Espera, o cara do "Eu me tornei a morte"?

— Esse mesmo, apesar de que ele na verdade estava apenas fazendo uma *citação* do *Bhagavad Gita*. Enfim, Einstein parecia achar que buracos de minhoca eram outra questão lógica. Mas também postulou que um buraco de minhoca não duraria muito antes de se desintegrar.

Escorrego para a beirada da cadeira.

— Você acha que tem um buraco de minhoca na cidade de Union, no Kentucky?

— É claro que não — rebate ela. — Se houvesse, todos estaríamos vivenciando as mesmas passagens no tempo. Eu acho que tem um buraco de minhoca... *em você*.

Devo estar com a boca escancarada. A ideia de que uma menina de dezoito anos que tem medo do escuro possa na realidade conter uma fenda no tempo é quase engraçada. De um jeito meio queria-soluçar-no-banho.

— Pensa só. — Alice se apressa a acrescentar. A empolgação repentina dela está em contraste direto com a desolação que sinto no abdome. Imagino um rolo de feno girando pela minha caixa torácica, então sendo puxado pela gravidade do meu buraco negro interno e depois sendo içado pela escuridão. — Se todo o tempo é *de fato* simultâneo e a passagem dele é uma ilusão, então talvez as pessoas como nós tenham buracos negros em nossa própria *consciência*. Os outros momentos sempre existem, e uma anomalia na nossa percepção permite que a gente interaja com eles. O que faz sentido, já que tudo isto começou com um estado onírico. Assim que a sua consciência para de viajar, tenta retornar ao ponto onde *deveria* estar na sua linha do tempo.

"Ela tenta acordar e perceber o tempo da maneira que o cérebro humano deveria: de maneira linear. Ainda que você pudesse encontrar o *momento* preciso em que a Avó está escondida, duvido que conseguiria se manter lá. Presumo que o Fechamento seja o momento em que sua percepção é fixada e começa a se mover pelos seus momentos como deveria: exclusivamente para a frente, num ritmo constante."

— Mas tem que haver um jeito. Se a Avó consegue...

— Teoricamente, há — diz Alice. — Não sei se estou cem por cento nisso tudo. Presumindo que sim, ainda estou convencida de que a hipnoterapia é a chave. Determinar onde está o trauma e usá-lo para estimular a atividade cerebral que cria as visões, ou *passagens temporais*, é a nossa melhor aposta.

— E quanto a Beau? — digo. — Como ele se encaixa nisso tudo? Ele também é um buraco de minhoca?

— Bem, essa é a questão que não faz sentido. — Alice fica de pé e vai lentamente até o quadro branco que está enfiado entre as estantes de livros. Ela traça uma linha no quadro e então começa a rabiscar ramificações brotando dela até que parece uma árvore deitada. — Esta é outra teoria minha completamente diferente, que eu chamo de "interpretação dos vários mundos". Nela, cada decisão ou ação tem alternativas diferentes. Realidades paralelas. Esta é a teoria que permite que a nossa Union coexista com a de Beau, e a divisão teria em algum momento sido gerada por uma decisão ou série de decisões. — Ela circula as duas últimas ramificações que desenhou. — Hipoteticamente, até a menor das decisões poderia gerar dois resultados diferentes.

Meu estômago se contrai e meus ombros ficam tensos.
— Do tipo: talvez meus pais tenham decidido não me adotar.
Alice cerra a boca com força.
— Ou talvez sua mãe biológica tenha decidido ficar com você. Ou talvez alguém tenha oferecido um emprego diferente para a sua mãe no mundo de Beau e você more em Tombuctu. Natalie, poderia ser qualquer coisa; não tem jeito de saber se apertar o botão de soneca mais uma vez no seu despertador não poderia ter sido o momento em que esses dois mundos se separaram. A questão é que as duas teorias não me parecem completamente compatíveis. Ainda estamos deixando algo importante passar.
— As duas teorias não poderiam ser verdadeiras? Quero dizer, e se for só uma enorme mola espiralada do tempo com um zilhão de braços?
— Não faço ideia. Acredite se quiser, não passei um montão de horas estudando viagens no tempo. Fiz algumas ligações para pessoas que se dizem especialistas, mas, se formos realistas, provavelmente sabemos mais do que eles a esta altura. Eles operam com base em teorias matemáticas, sem nenhum elemento empírico.
— E *nós* estamos seguindo o rastro de fios de luz e a sua intuição. — Deixo meu rosto cair entre minhas mãos e agarro meu cabelo perto do couro cabeludo. — Eu nem me importo. Não preciso entender como tudo isto funciona nem compreender por quê. Só preciso encontrar a Avó e descobrir como salvar Matt, ou quem quer que possa estar em perigo, e não estamos mais perto disso do que estávamos na semana passada.
Fecho os olhos até ter certeza de que nenhuma lágrima vai sair, então olho para Alice de novo. Ela está de volta à cadeira, a boca retorcida e rugas finas entre as sobrancelhas. Ela se inclina para a frente e cobre desajeitadamente a minha mão com a dela. Alguns segundos se passam antes de ela soltar minha mão e vir se sentar ao meu lado.
— Vamos continuar tentando.
— Alguém vai morrer — sussurro.
Alice suspira e inclina a cabeça para trás no sofá.
— Talvez — diz ela, suavemente.
Ficamos assim pelo restante do tempo juntas, e é aí que percebo: ambas desistimos.

Quando me levanto para ir embora, ela agarra o meu cotovelo.

— Você vem na quinta. — Soa como algo entre uma pergunta e uma afirmação.

— Provavelmente — consigo falar.

PELO RESTANTE DO dia e a maior parte de quarta-feira, ligo para Beau a cada trinta minutos, mas ainda não consigo estabelecer contato com o telefone provisório. Passo o tempo andando de um lado para o outro no quarto de Megan, fazendo caminhadas indiferentes pelo bosque, mandando mal nas dolorosas conversas fiadas à mesa do jantar com a sra. Phillips e indo de carro à casa de Beau para me sentar no quarto que deveria ser o dele.

Por volta da meia-noite, estou deitada na cama quando meu telefone começa a vibrar perto da minha orelha.

— Alô? — atendo, imediatamente em estado de alerta.

— Natalie. — Beau sussurra meu nome como um suspiro de alívio.

— Graças à Avó — falo.

— Eu senti a sua falta — diz ele. — Achei que talvez...

Ele para de falar, mas sei o que ele ia dizer.

— Não, ainda não.

Ainda não foi a última vez que nos vimos.

— Posso ir aí? — pergunta ele.

— Para a casa de Megan?

— Não posso ficar em casa agora.

Reviro a questão na minha mente por um minuto. Não quero faltar com o respeito à família de Megan, mas estou bem menos disposta a perder qualquer tempo que poderia ter com Beau.

— Estaciona na rua e entra pela porta dos fundos.

— Já chego aí.

— Podemos ficar no telefone? — pergunto. — Só por precaução.

— É — diz ele. — Podemos fazer isso.

Não desligo até ele estar de pé na minha frente do outro lado da porta de vidro, o telefone na orelha e o sorriso intenso no rosto enquanto ele ergue uma das mãos. Jogo o aparelho na cadeira e deslizo a porta, puxando-o contra mim. Ele aninha o nariz na lateral do meu rosto.

— Você está aqui.

Ele me gira de maneira que as minhas costas ficam pressionadas contra a porta entreaberta e os dedos dele repousam na borda superior do meu shorts.

— Estou aqui.

Ele me encara intensamente através da escuridão e sinto calor onde os olhos dele passam.

— Você acha que, se tivéssemos mais tempo, eu pararia de me sentir assim?

— Depende — sussurra ele.

— De quê?

— Do que você *sente*.

Antes que eu possa responder, a luminária ao lado da cama se apaga e as camadas vazias de lençóis se avultam de repente ao redor de um corpo que antes não estava lá.

— Ai, meu Deus — arquejo, então tapo minha boca.

Beau olha por cima do ombro para a pessoa roncando suavemente na cama: a Outra Megan.

— Vem. — Ele mexe a boca sem emitir som, me puxando para o lado de fora e deslizando a porta para fechá-la.

Nos afastamos pelo pátio para as cadeiras reclináveis de madeira onde Megan e eu costumávamos ficar sentadas nas manhãs de sábado, bebendo café e comendo cereal açucarado para conter ressacas medianas.

— O que é que eu vou fazer? — pergunto a Beau. — Mesmo que ela desapareça, eu poderia acabar voltando para lá, caindo no sono e acordando de conchinha com uma versão dela com quem só conversei por, tipo, cinco minutos.

Beau esfrega o ponto espremido entre as sobrancelhas.

— Isto está ficando meio maluco.

— Não brinca. Não podemos mesmo ir para a sua casa?

Ele encara o chão e morde o lábio inferior.

— Não está bom lá.

Toco a lateral do rosto dele, a pele quente e escorregadia de suor.

— Ok.

Sentamos nas cadeiras umedecidas pelo orvalho, a cabeça apoiada contra a lateral da casa.

— Queria que pudéssemos descobrir — diz Beau.

— Hã?

— Como seria a sensação mais tarde, se tivéssemos mais tempo.

Suspiro e coloco os braços dele em volta dos meus ombros.

— Você provavelmente iria enjoar de mim gritando o que eu acho que vai acontecer em todos os filmes, e eu ficaria enjoada de você bebendo e largando as roupas onde as tirasse. Eu odiaria a bagunça do seu quarto e você ficaria doido com a minha incapacidade de fazer qualquer coisa sem antes planejar detalhadamente.

Beau ri.

— Que é, acha que estou errada?

Ele me observa.

— Eu acho que isso é mentira, e você sabe.

— Tá, tudo bem. O que *você* acha que aconteceria?

— A gente se casaria — responde ele.

— Ah? No meu mundo ou no seu?

— Nos dois. Aí um dia, daqui a dez ou quinze anos, você teria um bebê.

— Qual nome daríamos para ele? — digo, entrando no jogo.

— *Ela* — corrige ele.

— Qual nome daríamos para *ela*? — pergunto suavemente.

— Não sei. Talvez Natalie Júnior — diz ele. — Ela seria parecida com você.

— Mas saberia jogar bola que nem você.

— E ela seria esperta como você. Vocês duas iriam conversar sobre todas as coisas que eu não entendo, e aí você nunca ficaria entediada comigo.

Rio contra o pescoço dele.

— E você viraria treinador de futebol americano para não ficar entediado *comigo*. — O rosto dele se ilumina. Me dá vontade de repetir essa frase mil vezes. — Beau vai ser quarterback no time, é óbvio.

— Nosso filho não pode ser quarterback. E se usarem a sigla QT? Você quer que chamem o nosso filho de Beau-Quete, Natalie?

— Aaaai, bem pensado. Então como seria o nome dele?

— Não sei. — Ele alisa meu cabelo e dá um beijo na minha cabeça.

— Provavelmente o chamaríamos de Natalie também.

— Você só está dizendo essas coisas porque sabe que eu não posso te obrigar a cumprir.

— Não — diz ele. — Estou dizendo porque talvez eu não tenha outra chance.

Passo meus dedos pelo cabelo de Beau e aperto meus lábios contra a bochecha dele. As palavras ficam emaranhadas na minha garganta, nascendo e morrendo milhões de vezes. *Amo você.*

NA QUINTA-FEIRA, VOLTO do nevoeiro da hipnose e a primeira coisa que vejo é o sorrisinho do dr. Wolfgang. Imediatamente penso que devo ter revelado alguma coisa humilhante, mas então noto Alice retorcendo as mãos, os olhos arregalados.

— Vocês acharam alguma coisa?

— Sempre acho alguma coisa — grasna Wolfgang. — É para isso que se usa um mapa.

A última parte sai com certo desprezo, e os olhos dele passam para Alice, mas ela não parece notar. Ela engole em seco e diz:

— Obrigada, Frederick, podemos continuar sozinhas a partir daqui.

Ele murmura algo para si mesmo em alemão, mas guarda as coisas e sai. Quando ficamos a sós, Alice vai fechar a porta e se senta na cadeira dela, me encarando.

— E aí? — digo, desconfortável e ansiosa. — Você vai me contar?

Ela pega o gravador na mesa e o passa para mim.

— Vai em frente.

Preciso de um minuto para me recompor. O que quer que esteja nesta gravação, uma vez que eu ouvir não tenho como esquecer. Mas, se contém a chave para recuperar a Avó, não tenho escolha. Inspiro fundo e aperto o PLAY.

Num primeiro momento, tudo o que ouço é a minha própria respiração, como imagino que eu deva soar quando estou dormindo.

Um arquejo cortante interrompe o ritmo, como se eu tivesse acordado no susto.

— Mamãe? — me ouço dizer, só que minha voz está mais aguda e menor, de alguma forma mais jovem. — MAMÃE!

A eu da gravação começa a dar berros arrepiantes.

De repente, não estou apenas ouvindo o som. Eu o estou produzindo. A eu na sala. Estou vendo. Estou sentindo.

Tudo.

Não estou no consultório. Estou dentro do carro, afivelada na minha cadeirinha quando batemos de frente com alguma coisa e giramos de lado, depois de cabeça para baixo, meu estômago espiralando dentro de mim como se estivéssemos numa montanha-russa. Atingimos o chão, as janelas se estilhaçando com o impacto. Vidro por toda parte. Dor. A escuridão da noite. O trovão uivando acima, mas mal o ouço. O silêncio se dispõe por cima de todo o mundo, abafando meus ouvidos, o som da minha própria voz gritando "Mamãe, mamãe!" conforme a água do riacho e a chuva escorrem para dentro do carro.

— PARA — diz outra voz.

Não na minha memória. É a voz de Alice, e volto para o consultório, minha mente atordoada.

— Acorda ela — diz Alice no gravador. — Acorda *agora*, Frederick.

O gravador desliga ao chegar ao fim da gravação. Olho para cima, do pedaço de plástico tremendo desenfreadamente nas minhas mãos para Alice, cuja expressão é fantasmagórica.

— Meu sonho.

Ela faz que sim.

— Não é sonho. É uma memória.

— Ela caiu no sono — falo, gemendo. — Ela dormiu ao volante, e batemos. — Os traços de Alice continuam impassíveis conforme a memória se repete na minha mente, fragmentada e sombria, fria e úmida, o pânico tomando conta de mim. Não deveria ser tão assustadora; aconteceu muito tempo atrás. Eu não deveria me sentir assim, como se nada pudesse me deixar segura. Uma onda de tontura me atinge, e não consigo me lembrar de como respirar. Não paro de puxar o ar, mas ele não chega aos meus pulmões. Meu peito dói tanto que a dor chega ao meu braço.

— Natalie — diz Alice, a voz áspera, mas cuja solidez tem um aspecto reconfortante. — Inspira fundo. Se concentra na sua respiração. Vai ficar tudo bem. Posso te prometer isso. O que você está passando agora é apenas temporário.

Mal a ouço. Não consigo respirar. Vou morrer. O que quer que esteja envolvendo meu corpo, me sufocando, é inescapável.

— Natalie — chama Alice, mais duramente. Ela agarra minha mão. — Segura a minha mão com o máximo de força que puder.

Estou tão zonza, tão tonta e sem ar.

— Agarra minha mão, Natalie.

Aperto os dedos ao redor da mão dela.

— Mais forte — instrui Alice. — Com o máximo de força que puder, e inspira. Puxa o ar.

Obedeço, lutando contra a hesitação dos meus pulmões enquanto enlaço a mão de Alice.

— Bom — diz ela. — Agora relaxa e solta o ar. Você consegue fazer isso?

Consigo, e, depois de mais algumas repetições, a tontura e a dor cedem. Alice aperta suavemente a minha mão e me dá um sorriso débil.

— Se for demais, podemos trazer um terapeuta de EMDR — diz ela, baixinho. — Você não precisa ficar sentindo isto.

Solto minhas mãos da dela. Minha respiração ainda é pesada, mas a sensação esmagadora esmoreceu.

— Mais duas semanas. E só.

— Se você tem certeza — diz Alice, se reclinando.

Faço o melhor para manter minha mente neste escritório abarrotado, meus olhos no rosto de Alice, minha pulsação afastada da memória enquanto pergunto:

— Por que ela não me contou?

— Quem, a Avó?

— Minha mãe — digo. — Eu tive esse pesadelo minha vida inteira. Ela sabe. Por que ela não me contou?

Alice suspira e inclina a cabeça.

— Natalie, na única vez em que fiz sexo com um homem, quando eu tinha dezenove anos, eu engravidei.

— Eu não tinha percebido que você era...

— Gay, sim — confirma Alice. — Mas essa não é a questão. A questão é que aquele cara não queria ser pai e eu não queria tê-lo na minha vida para sempre, e eu estava no meio da faculdade em Stanford e... todos os indícios apontavam para um aborto. Só que eu realmente queria ter o bebê. Eu era lésbica, feminista, cientista, mas, lá no fundo, eu também sabia que sempre quisera ter filhos. Enfim, acabei me convencendo de que não estava pronta, mas a essa altura eu já estava num estágio bem adiantado. Arranjei uma família para adotar o bebê e desculpas para não voltar para casa nas férias. Quando meu filho nasceu, eu o entreguei e nunca contei nada à minha família.

Balanço a cabeça.

— Por que você está me dizendo isto?

— Porque o motivo para eu ter guardado o segredo de todo mundo não foi por achar que ficariam decepcionados comigo. Foi porque meu coração estava despedaçado. Sei agora que estava sofrendo de depressão pós-parto, mas não foi só isso. Eu me arrependi da minha decisão. E posso dizer a mim mesma que meu bebê estava melhor com pais adultos, com renda fixa, e provavelmente estava mesmo, mas nunca vou ter como saber disso com certeza.

Alice inspira trêmula e a voz dela enrijece.

— Faz treze anos que me arrependo da minha decisão. Nada nunca me magoou como o medo de que talvez eu tivesse feito a escolha errada para o meu filho. Às vezes, não falamos sobre as coisas porque não queremos ser consolados. Não queremos que ninguém nos diga que não foi culpa nossa, ou que nos perdoam, ou que fizemos o melhor que podíamos. Queremos nos ater à dor porque achamos que é o que merecemos. Nos preocupamos que, se nos desprendermos dela, a estaremos desonrando. E, quando olho para você... — Ela pressiona as pontas dos dedos sobre a boca, bambeando a cabeça enquanto tenta conter as lágrimas.

Não quero consolar a Alice. Eu quero que ela chore. Quero que ela chore como eu chorei, como eu queria que minha mãe biológica chorasse. Me dá medo, a maneira como me sinto agora, agora que a ansiedade se foi: furiosa, agitada, explosiva.

— Você tem que compreendê-la — sussurra Alice.

— Ela poderia ter me ajudado — digo. — Ela poderia ter me ajudado, e não ajudou.

* * *

— *OI, QUERIDA!* — A voz da mamãe ao telefone é alegre e animada, o que só me deixa mais chateada. — Estávamos sentindo a sua falta!

Levo um segundo para me acalmar enquanto caminho de um lado para o outro no pátio atrás do quarto de Megan.

— Eu sei — falo com dificuldade.

— O quê?

— Eu sei sobre o acidente.

Ar sendo exalado lentamente é o que vem depois do silêncio.

— Querida, me desculpa.

— Te *desculpar*? — Estou tão frustrada que só o que consigo fazer é rir. — Você sabia o tempo todo. Por que eu tinha os pesadelos, por que eu tinha medo do escuro, por que eu tinha *ataques de pânico*. A qualquer momento ao longo dos últimos *quinze anos* você poderia ter me ajudado, mas estava tão preocupada que eu fosse descobrir que era culpa sua que simplesmente me deixou sofrer. Você poderia ter acabado com o sofrimento, e não acabou.

— Você não entende — apela mamãe. — Eu estava tentando proteger você de uma dor desnecessária...

— Me proteger? — guincho. — Por que sequer se dar o trabalho de me enfiar na terapia se não iria me contar qual era a causa dos meus problemas?

— Eu não sabia se o acidente tinha a ver com isso! — retruca ela com voz trêmula. — Suas terapeutas sempre tiveram tanta certeza de que era por causa da...

— Meu Deus, eu sou a única pessoa que não tem o direito de saber sobre a minha vida, não é mesmo?

— Natalie, isso não é justo. Eu sou a sua mãe. É o meu dever...

— Mentir para mim? Admite, mamãe, você só estava protegendo *você mesma*.

— Querida, por favor — sussurra ela. — Você não entende. Pensei em contar a você um milhão de vezes, mas eu não queria fazer com que você revivesse se não fosse ajudar. O EMDR... funcionou. Eu não achei... Eu não achei que você precisasse saber...

— Para de tentar se justificar.

— Natalie, eu sou sua mãe!

— Eu *não tenho* mãe — grito.

Não posso fazer isto, não posso terminar esta conversa. Estou tonta. Minha respiração sai convulsiva. O peso pressiona meu peito de novo. Desligo e jogo meu telefone em direção às árvores. Quase que no mesmo instante, ele começa a tocar no matagal onde aterrissou.

As vozes de Sheryl Crow e Stevie Nicks desaceleram para um canto lento e enrolado enquanto minha mente gira, meus pulmões arquejam e minha visão fica borrada. No momento em que percebo que não consigo sentir minhas pernas, sou envolvida pela escuridão.

28

— ERA UMA vez um homem chamado Abraão, e Deus falava com ele livremente — conta a Avó.

— Como você fala comigo — digo.

— Meio que por aí. Talvez mais do jeito que Megan e Deus conversam, em pensamentos silenciosos e sentimentos profundos e intensos. De qualquer maneira, eles conversavam o tempo todo, e Abraão conhecia a voz de Deus tão bem que, quando Deus falava, ele o ouvia com precisão. E Abraão conhecia os desígnios de Deus tão bem que, quando Deus lhe pedia para fazer alguma coisa, ele confiava sem restrição, como uma criança confia nos pais antes de compreender que adultos são passíveis de falhar.

É doloroso pensar a respeito.

Por que isso me machuca?

Estou a salvo, na minha cama, e no fim do corredor estão meus pais, mas há algo errado entre nós.

O sonho que se repete. O pensamento me atinge como uma parede de vento. *O sonho sobre o acidente de carro não é um sonho. É uma memória.*

Ergo os olhos para a cadeira da Avó no canto e vejo que não tem porta ao lado dela.

— Estou sonhando agora — digo. — Isto também é um sonho.

— Não. — A Avó balança a cabeça, uma mecha rajada de cinza do cabelo caindo na frente da testa dela. — Isto é uma memória dentro de um sonho.

— Uma memória — sussurro para mim mesma, afundando nos meus lençóis.

— Você tinha catorze anos quando contei esta história.

— É mesmo — falo, apesar de a minha mente ainda estar enevoada. — A história não fez sentido para mim na época.

— Agora faz? — pergunta ela.

— Eu... eu não sei — consigo dizer. — Pelo menos a parte sobre a confiança e sobre como os pais podem falhar. Isso faz sentido.

— Ah — diz a Avó, enlaçando as mãos sobre o colo. — Então já estamos aqui.

— Onde? — pergunto, tentando me livrar do nevoeiro na minha mente.

— Na parte da história em que sua confiança foi quebrada — diz ela.

— Você sabia?

— Garota, quantas vezes vou precisar te dizer que sei de tudo?

— Todas as histórias... Elas não significaram nada quando você me contou, mas todas elas vão ser relevantes mais tarde, não é? Como profecias.

— Como profecias, sim — diz ela. — Mas não são profecias. Como parábolas, mas não são parábolas.

— Você está atrás de uma parede de fumaça nos meus sonhos — digo.

— Essa parte é culpa sua, não é? Você não pode me culpar. Não estou realmente aqui.

— Como isto funciona: uma memória dentro de um sonho?

— Exatamente como o pesadelo, suponho. Você se lembra de uma história que contei e a funde com os eventos atuais da sua vida para construir significado.

— Agora você está parecendo Alice.

— Bem, você tem um pouquinho dela guardado aqui, também. Você mantém todo mundo que ama por perto, Natalie. Guarda pedaços deles dentro de você. Se deixa afetar por cada pessoa que conhece.

— Eu gostaria que não me afetassem tanto.

— Deve estar se sentindo sem chão agora que sabe a verdade sobre o acidente — comenta ela. — Como se a sua família não fosse mais um lugar seguro. E, se eles não são, então o que seria?

— Se você diz que sim, deve ser. Já que você é apenas um produto da minha consciência.

— Que atrevimento, garota.

— Aprendi com a melhor. Antes de você ir embora.

O sorriso da Avó vacila. Ela se inclina sobre os joelhos na minha direção, me lembrando Alice.

— Nunca vou deixá-la. Não se esqueça disso — diz ela.

Ela realmente disse isso?, tento me lembrar. Não acho que tenha dito, mas, ainda assim, parece tão real que acredito nela, nesta versão da Avó em sonho. Realmente devo achar isso, lá no fundo, ou devo desejar, para conjurar estas palavras agora.

— Agora encosta aí e deixa eu contar essa história — pede ela.

— De novo — comento.

— De novo. Um dia, Deus falou com um homem chamado Abraão. "Abraão", disse ele, "pegue Isaque", ou Ismael, dependendo de quem estiver contando a história, "seu filho que você ama mais do que a própria vida, e vá até Moriá, onde você o sacrificará sobre o monte."

"E, ouvindo e conhecendo Deus, Abraão obedeceu, e levou o filho e dois servos numa jornada até Moriá. Quando viu o monte que Deus escolhera, Abraão disse aos servos que o aguardassem na base enquanto ele e Isaque subiam para adorar. 'Então voltaremos para vocês', disse Abraão aos servos, pois ele sabia que Deus não o conduziria ao perigo. Ele não provocaria dor em Abraão.

"Conforme subiam, Abraão pegou lenha para a fogueira do sacrifício. Ele a passou para Isaque, que perguntou: 'Pai, onde está o cordeiro que será ofertado?'.

"'Deus proverá', disse Abraão ao filho amado, e continuaram subindo. Quando chegaram ao topo, Abraão apurou os ouvidos, esperando pela voz de Deus. Não ouviu nada, então construiu o altar e atou Isaque a ele. Apesar de começar a sentir medo, ainda assim confiou que Deus o amava, que ele não o levaria a assassinar o filho sem trazê-lo de volta à vida. E assim ele ergueu a lâmina diante do coração de Isaque e enfim ouviu Deus falar novamente.

"'Abraão, Abraão', disse Deus. 'Repouse a lâmina. Não faça mal ao seu filho. Vi seu coração e sei que não me nega nada. Conhece meu rosto como ao do seu pai. Reconhece meu amor por você como reconhece o seu por Isaque. Você sabe o que faria pelo seu filho, e compreende que é o que eu faria por você.'

"Abraão soltou o filho e, quando olhou para cima, para os arbustos, viu um carneiro com os chifres presos na folhagem. Juntos, eles sacrificaram o carneiro, que fora enviado para tomar o lugar de Isaque. Daí em diante, chamaram a terra de Deus Proverá."

— Por que é que eles tinham que sacrificar *alguma coisa*?

— Era um símbolo — explica a Avó. — De um inocente morrendo no lugar de outra pessoa... o maior ato de amor. A escolha de morrer para que outra pessoa não precise.

— Suas histórias são cheias dos símbolos, não é mesmo?

— Toda grande história envolve sacrifício — diz a Avó.

— Você não acha que dizer isso vai contra o seu mantra de "não podemos aplicar os contextos e padrões anglo-saxões às histórias nativas"?

— Sim — responde ela. — Mas eu nunca disse isso. Quem falou foi você.

TEM ALGUÉM CHAMANDO meu nome. Uma voz baixa que soa lenta e arrastada. Mãos apertam meus ombros, tiram o cabelo do meu rosto.

— Natalie, acorda.

Pisco para afastar o sono e vejo lábios cheios, cabelo escuro e olhos castanho-esverdeados, tudo obscurecido pela escuridão, pairando sobre mim. Minha cabeça lateja inexplicavelmente, e os pios das corujas e o farfalhar da vida noturna me rodeiam.

— Beau?

Ele me ajuda a me sentar.

— Onde estou? — pergunto, antes de conseguir perceber que estou deitada no cimento frio do pátio dos fundos da casa de Megan.

— Faz horas que estou tentando te ligar — diz Beau, segurando delicadamente a minha nuca. — O que aconteceu? Você está bem?

— Meu telefone — falo, tentando lutar contra a confusão prolongada. — Joguei nas árvores.

As sobrancelhas dele se erguem em surpresa, mas o sorriso em geral suave e pesado não está lá, seus ombros estão encurvados e tensos.

— Qual é o problema? — pergunto, tocando os lábios dele.

Ele fecha os olhos.

— Kincaid acordou.

— Os dois? — A pergunta sai como pouco além de um sussurro.

— Não sei — diz ele. — Estou com cada vez menos noção de tempo. Ninguém mais parece ter percebido, mas é como se eu tivesse sumido por horas a cada vez. Acordei de pé no quarto com o telefone na mão e uma mensagem de voz de Rachel.

— Você já o viu?

Ele balança a cabeça.

— Queria encontrar você primeiro.

O que aconteceu comigo? Onde é que *eu* estava nas últimas horas? Abraço Beau e pressiono a testa contra o peito dele.

— O que está acontecendo com a gente?

Ele acaricia minha nuca.

— Não sei.

Talvez os nossos Fechamentos estejam acontecendo, mas não é só isso. Todas as coisas estão conectadas: as histórias da Avó, o aviso, nossos dois mundos e as nossas lacunas de tempo.

— Estou com medo — digo a Beau e ele me dá um beijo, que é a maneira tanto de ele me reconfortar quanto de admitir que também sente o meu medo.

Ele solta o ar longamente e diz:

— Tem outra coisa. — Me afasto dele para poder olhá-lo nos olhos enquanto ele fala. — Eu não sei o que significa, mas vi a sua família.

— O quê? Quando? Eles não estão aqui. Eles...

— Eu sei. — Ele faz que sim. — Devem estar na minha versão. Num posto de gasolina, o banco de trás cheio de coisas, como se estivessem só de passagem. Seu irmão estava usando um moletom da St. Paul. Vai ver ele estuda lá, ou estudou, ou... eu não sei.

— Não entendi... Eu não estava com eles?

Ele balança a cabeça de novo.

— Esperei até eles irem embora, só para garantir que você não estava no banheiro ou coisa parecida. — Sinto náusea e tontura de novo, como se meu corpo estivesse girando, mas meu cérebro estivesse parado. Beau toca meu ombro para me estabilizar. — Natalie.

— Tudo bem — digo a mim mesma. Não sinto como se estivesse tudo bem. A sensação é ruim; é exatamente o tipo de coisa que a palavra *ruim* deveria descrever. — Tudo bem. Podemos entender isso mais tarde. A gente deveria simplesmente ir ver Matt. — Beau não se move até eu começar a cambalear para ficar de pé e então me ajuda e vai na frente pelo caminho ao redor da casa. — Beau?

Ele para diante da camionete.

Eu me obrigo a engolir o nó na minha garganta.

— Como eles estavam?

Beau me puxa para a frente para os lábios dele repousarem contra minha testa.

— Felizes. Sua família pareceu feliz.

Fecho bem os olhos.

— Que bom.

Vamos juntos de carro até o hospital, apesar de não sabermos quais mundos encontraremos ao chegar lá. Pego a mão dele enquanto atravessamos o estacionamento.

— Que mundo é este?

Ele fecha os olhos por um segundo e então me encara.

— Não sei dizer. Está ficando mais difícil.

O que isso poderia significar? Qual seria o sentido no fato de duas versões distintas do mesmo lugar não serem mais tão distintas? Qual o sentido de Beau perder várias horas de uma vez? Qual o sentido de no mundo dele eu não estar com a minha família nem com ele também?

Entramos mesmo assim e, quando a Rachel de cabelo escuro e olhos inchados corre na minha direção pela sala de espera, sei em qual mundo estamos.

Também sei que tem alguma coisa errada.

Rachel me aperta com força e imediatamente começa a tremer e soluçar contra mim.

— Rachel — digo, minha voz vacilante, quase exasperada. O choro dela não cede, e eu a empurro com mais força do que pretendia. — Rachel, o que aconteceu?

Ela olha para mim, a boca aberta e retorcida, a testa franzida e as bochechas molhadas.

— *Rachel* — repito com mais firmeza. Beau está de pé a um metro de mim, paralisado pelo choque e na expectativa. — O que aconteceu?

— Ele... — Ela envolve com as mãos a barra da regata e solta um guincho gutural. — Ele se foi.

— *Se foi?* — sussurro.

Ela se encurva, assolada por soluços.

— Ele se foi. — As palavras saem sufocadas. — O médico disse que não tem atividade cerebral. Ele está no suporte à vida, mas eles vão... — Ela não consegue terminar a frase. Desaba no chão e estica uma das mãos para mim enquanto soluça, mas não consigo pegá-la.

Não consigo me mover.

Não consigo.

Não consigo nada.

Atrás de mim, Beau se vira e vai pisando duro até as portas automáticas, golpeando-as com as mãos e chutando-as quando demoram para abrir, e então dá passadas largas noite afora.

Permaneço paralisada.

Esta é a sensação de quando o mundo acaba.

Quando você sabe, com certeza, que não há nada mais para se fazer, que você poderia ficar ali de pé até que tudo desapareça.

Eu falhei. Não o salvei. Meu melhor amigo. Meu melhor amigo arruinado. A pessoa que mais me magoou, que eu amei profundamente, de quem eu sempre esperei um pedido de desculpas e pretendia perdoar. Tudo isso acabou agora.

Tudo acabou.

NÃO SEI QUANTO tempo leva até eu me mover. Sei que Rachel ainda está no chão chorando. Sei que os pais de Matt ainda estão além daquelas portas pelas quais não estou autorizada a entrar.

Sei que Matt ainda está deitado na cama conectado aos aparelhos, alguns mantendo os pulmões em funcionamento, outros registrando a ausência de pensamentos.

O mundo ainda está acabado.

É quando tenho certeza de tudo isso que finalmente saio. Porque não tem outra coisa para fazer a não ser ficar de pé no mesmo lugar até que eu vire um fóssil.

Beau está sentado na camionete e, quando entro do lado dele, ele ergue o telefone do colo.

— Falei com Rachel — murmura ele. — A outra Rachel. — Os olhos percorrem lentamente o caminho até mim. — O outro Matt está bem. Está acordado, falando. Não lembra muita coisa.

— Que bom — digo, a voz trêmula. Eu queria que fosse sincero, mas não é. Não é bom. Eu queria não odiar o Outro Matt por viver enquanto o meu vai morrer, mas odeio. Eu queria não odiar todo mundo naquele mundo por tê-lo enquanto todo mundo no meu não pode mais. Ou não sentir raiva porque nunca acertaríamos as coisas entre nós. Aquelas coisas não deveriam importar depois que a pessoa morreu. Deveriam?

— Sou eu — diz Beau. — Destruidor de mundos.

Não é verdade, mas eu não consigo me fazer dizer as palavras.

— Quero ir para um lugar seguro. — Algum lugar para onde a dor no meu peito não possa me seguir.

— Certo, Natalie Cleary — diz ele, baixinho. — Eu vou levar você a um lugar seguro.

Nos afastamos do hospital, de Union, nos embrenhamos pelo interior, para dentro da pedreira transformada em reserva florestal quando encontraram fósseis de mamutes-lanosos no século XVIII. Nos afastamos da vida e postes de luz até que a estrada estreita espirala de um lado para o outro pelos montes enluarados e Beau para numa casa dilapidada de tijolos vermelhos com uma varanda dianteira meio em ruínas e grandes janelas retangulares emolduradas por tinta branca descascando. Saímos da camionete em silêncio, as tábuas do assoalho na varanda chiando quando as atravessamos para dentro da casa escura.

Andamos do corredor para uma antiga sala de estar, onde retângulos de luz prateada brilham das janelas para a antiga lareira de tijolos. O chão, apesar de velho, é macio, lustroso, o papel de parede quase totalmente arrancado.

— A aparência não é grande coisa — diz Beau, baixinho, como se tivesse medo de perturbar a poeira. — Mas as fundações são sólidas.

Olho de volta para o lugar onde ele hesita na soleira da porta.

— Que lugar é este?

Ele se aproxima de mim devagar e pega minhas mãos na dele. Lentamente, começamos a nos mover pelo tempo, como se fôssemos içados para cima através de águas tranquilas. Vermelhos e dourados e então azuis e verdes brotam e cintilam contra as janelas conforme Beau nos carrega para o futuro. Eu observo outra versão dele andando a toda velocidade pela sala, substituindo tijolos na lareira e rodapés e revestimentos de madeira, remendando buracos nas paredes de gesso, pintando a sala de um pêssego suave e encostando um piano surrado contra a parede enquanto o sol e as estrelas nos banham em turnos. Flores silvestres se espalham a partir da janela pelo pátio, e morrem com a geada só para depois renascer. Glicínias se aglomeram em torno dos peitoris das janelas, as flores se abrindo e fechando em pulsações.

Lágrimas se erguem no meu peito. Elas transbordam conforme a casa fica mais clara, mais viçosa, mais parecida com um lar. A sensação de deslizar pelo tempo é diferente desta vez, no entanto, menos concreta e mais como um sonho: a *sombra* de um futuro.

— Beau, onde estamos?

Ripas de madeira caiadas aparecem numa pilha no chão. O borrão de uma pessoa do tamanho de um urso martela e prende e aparafusa as traves uma na outra. Se transformam em um retângulo, uma caixa. Se transformam em um berço.

— Quer ouvir uma história, Natalie Cleary? — Faço que sim, e ele me envolve com os braços. Ele começa a contar: — Vivemos no mesmo mundo. Depois da faculdade, você consegue um emprego como professora na NKU. Eu treino um time de ensino médio, ou talvez de ensino fundamental. Moramos numa casa antiga com um quintal grande e, um dia, convenço você a se casar comigo. — Ele repousa o queixo no topo da minha cabeça. — No nosso casamento, você usa flores no cabelo, e Mason bebe tanto que vomita durante o discurso dele, mas estamos tão felizes que apenas rimos.

— E você termina minha música — digo.

Ele balança a cabeça.

— Terminei há duas semanas — conta ele. — Escolhe outra coisa.

Fecho os olhos para impedir as lágrimas, meus braços nas costas de Beau.

— A varanda — digo. — Toda semana, eu e você ficamos sentados lá fora até o sol se pôr. E um piano. É uma surpresa minha para você.

— E você dança sempre que eu toco.

— Onde? — pergunto, rindo.

— No solário, é claro — sussurra ele.

— Ah, é claro. E viajamos no tempo quando você toca e eu danço?

As mãos dele seguram meu rosto, e ele dá um beijo na minha testa.

— Não, Natalie — diz ele. — Não viajamos no tempo. O tempo para.

— Nunca ficamos sem tempo.

Beau olha para baixo, para mim, os polegares enxugando filetes de lágrimas nas minhas bochechas.

— E isso é suficiente para você?

Engulo o nó dolorido na minha garganta.

— É mais do que suficiente.

Por um momento, me deixo acreditar que é verdade. Beau restaura esta casa para mim. Chego em nosso lar para encontrá-lo todas as noites, adormeço e acordo com as pernas entrelaçadas nas dele. Vou a todos os jogos do time que ele treina e o observo dar beijos de boa noite nos nossos filhos, e algum dia percebo que a mão dele está enrugada contra a minha. Sou eu a pessoa que tem o prazer de ver cada parte dele e que observa sua suavidade cobrir todo este mundo cruel. Ainda assim, nos movemos para a frente, para a frente e, por duas pulsações do meu coração, tenho certeza de que vejo uma mulher velha e encurvada de pé na varanda, olhando pela janela. Cabelo escuro repousa sobre os ombros caídos e a luz rosada da primeira manhã acaricia o topo da cabeça dela, desenhando uma silhueta em seu rosto, mas ainda acho que a vejo dar um breve sorriso quando suas mãos se erguem e pressionam a vidraça orvalhada. Antes que eu possa dizer uma palavra, a Avó desaparece de novo, tão integralmente que não tenho como ter certeza de que ela sequer estava ali.

— Você me perguntou o que eu queria — diz Beau. Eu me viro de volta para olhar para o rosto dele, para dentro dele. As mãos de Beau se erguem para aninhar as laterais das minhas mandíbulas.

O tempo volta para o lugar e tudo desaparece. Também quero. Quero tanto que dói.

— Você está errado, Beau. Você não é a bomba atômica. Você fez tudo isto. Você fez o mundo.

OS PESADELOS ME assolam sem trégua. Neles, sou eu dirigindo e Matt está ao meu lado, onde minha cadeirinha infantil deveria estar afivelada. Faróis altos brilham através do para-brisas, fazendo com que a chuva forte cintile como diamantes por aquele instante silencioso antes de o carro sair da estrada.

Minhas orelhas estão zumbindo tanto que não consigo ouvir meus próprios gritos, e Matt está em silêncio, os olhos vidrados, metros e metros de tubos enrolados no assento de trás e se esticando até as narinas dele.

— Matt — guincho. — *Matty*.

Acordo ofegante, meu coração a mil e, quando abro os olhos, meu corpo inteiro trinca dolorosamente quando vejo a esfera negra flutuando acima de mim.

— Não — sibilo, me arrastando para trás, para longe dela. — Não, não. *Não*.

Está começando: o fim.

A esfera me segue e eu caio da cama, correndo até a cômoda onde estão as chaves do jipe. Não sei o que estou pensando: só sei que tenho que escapar daquela esfera. Tenho que correr mais rápido do que essa coisa. Enfio os pés nas botas perto da porta e fujo do quarto, dou a volta na casa a toda velocidade e pulo para dentro do jipe.

— Avó — sussurro baixinho. — Não deixa isso acontecer. Não deixa isso acontecer.

Dou a partida no carro e recuo pelo acesso de veículos sem prestar atenção, me lançando na estrada rural para longe dali.

Como paro isso?

Primeiro sigo até a casa de Beau. Se eu conseguir vê-lo, vou enroscar meus pulsos no cabelo e na blusa dele, de modo que não possa ser tirado de mim. De modo que o Outro Matt não possa ser tirado de mim. De modo que a vida como a conheço não possa ser arrancada das minhas mãos.

Porém, conforme me aproximo da saída que dá na igreja presbiteriana, o suor brota na linha do meu cabelo, minhas mãos começam a tremer contra o volante e sei exatamente para onde estou indo, para onde sempre estive indo. Passo pela igreja e a escola e continuo dirigindo, minha boca seca e meu coração acelerando.

Tento não pensar em nada. Tento pensar em qualquer coisa que não o meu destino e o pavor se enroscando na base do meu estômago ou os arrepios na minha nuca. Eu o vejo adiante, e uma explosão de adrenalina, metálica e fria, sobe da minha garganta para a língua.

Não pensa nisso. Não vai lá. Não lembra.

Paro o carro no acostamento, as luzes do farol se lançando sobre o memorial de Matt, me assustando de novo. Deixo o farol aceso ao sair do carro, a única iluminação além do brilho vermelho das luzes enfileiradas ao lado da estrada. É uma interseção de duas vias rurais estreitas com visibilidade ruim devido à parede de árvores em ambos os lados de ambas as ruas. Costumava ter duas placas de PARE, mas aumentaram para quatro e posteriormente colocaram semáforos depois do acidente que aconteceu ali.

O meu acidente.

Corro até o memorial, sentindo o tempo todo como se estivesse sendo seguida, vorazmente perseguida pela esfera negra, por uma porta se fechando que tenta me manter fora do mundo de Beau e longe da Avó também.

Mas foi aqui que tudo começou. De alguma maneira, sei disso. De alguma maneira, acho que posso dar um basta nisto.

Caio de joelhos na frente do cartaz, meus olhos se forçando contra a escuridão. Penso nas mãos de Beau deslizando sobre o piano e visualizo meus movimentos, mas não consigo fazer com que o véu no meu interior caia para eu poder passar.

— POR FAVOR — grito para a noite. Meus olhos ricocheteiam para as margens do leito quase seco do riacho, meus ouvidos sintonizando no correr da água sobre as pedras e no zumbido dos mosquitos deslizando pela superfície.

É como se eu estivesse de volta no carro, girando sem parar, o estômago dando guinadas, a voz miúda gritando enquanto derrapamos para a água e as janelas explodem em uma névoa fina de vidro. Percebo que estou ofegante, esticando os braços para tentar me estabilizar por causa das pontadas intensas no meu estômago. Quando minha mão encosta no cartaz, mas encontra a pedra fria, percebo que finalmente consegui passar.

Não sei para qual mundo: se o de Beau ou o da Avó ou outro completamente diferente. Um mundo no qual flores silvestres roxas e amarelas crescem em arbustos grossos em torno do poste de telefone e para além dele.

Tudo o que sei é que não é o meu mundo. Não pode ser meu.

Porque embaixo de DESCANSE EM PAZ, o nome entalhado na pedra é NATALIE LAYNE.

29

ESTOU MORTA.

Em algum lugar, em algum momento, estou morta.

Tem um epitáfio também, mas as letras se misturam na minha mente, não lidas. Nuvens de chuva irrompem no céu, e percebo que estou com ânsia de vômito diante do cartaz. Corro alguns metros antes de a bile explodir pela minha garganta e atingir a grama lamacenta e úmida entre minhas botas. Eu não deveria dirigir, mas não posso ficar aqui. Só sei que não posso ficar aqui. Cambaleio de volta para o jipe e manobro para voltar para a escola, para a casa de Beau, para a minha casa, para a de Megan.

Percebo que estou na estrada de cascalho tempestuosa, atravessando a pontezinha que leva à fazenda dos Kincaid. Quando me dou conta, estou do lado de fora da casa de Beau — e é a casa de Beau, onde as luzes estão acesas, só que a camionete dele não está lá.

Ainda assim, não vou embora. Aonde eu iria? Onde eu poderia ficar a salvo sabendo que em algum lugar estou morta, que meu corpo está apodrecendo sob a terra, e que talvez amanhã de manhã eu acorde e descubra que aquela esfera desceu sobre mim, me isolando das duas pessoas que podem entender tudo isto?

Desligo o carro e é então que ouço os gritos. Duas vozes longe de serem familiares, gritando furiosas uma com a outra: a mãe de Beau, Darlene, e seu novo marido, Bill.

As palavras são indecifráveis, enturvadas pelo piso de linóleo e paredes de gesso entre mim e eles, mas dá para perceber que é sério, brutal, raivoso, e não sei o que fazer.

Dou a partida no carro e me afasto, retrocedendo de novo para os meus pensamentos e meu pavor, até que percebo que estou estacionada do lado de fora da casa de Megan, meu corpo inteiro tremendo como uma jovem árvore em um tornado e meu rosto manchado pelas lágrimas e catarro. Enxugo o nariz com o braço ao sair do carro e dar a volta na mansão branca com colunas até o pátio do porão e entro para escapar da chuva.

A esfera não está mais lá, mas sei que vai voltar. No segundo em que eu cair no sono, ela vai me engolir. Consigo sentir. Este é o fim e não vou conseguir nenhuma resposta. Não vou ter paz.

Chuto as botas e começo a andar de um lado para o outro. Minhas pernas e minhas costas doem, então me sento na beirada da cama, tentando esvaziar minha mente e também permanecer acordada, não pensar e não dormir. Horas se passam e consigo conjurar uma dormência sem pensamentos. Quando ouço a batida na porta de vidro, contudo, solto um "Graças a Deus" e percebo que estava segurando o fôlego, esperando.

Corro para abrir a porta, mas Beau hesita, oscilando na soleira com o rosto abaixado. Tem alguma coisa errada: ele está encharcado, o cabelo pingando pelas laterais do rosto virado para o chão. Pego a mão dele, e ele aperta a minha quase com força demais.

— Beau? — sussurro.

Toco o rosto dele, que se retrai sob os meus dedos. Ergo seu queixo para mim.

— Ai, meu Deus — murmuro. Ele está com um corte no lábio que, apesar de não estar mais sangrando, ainda está manchado de vermelho. A cavidade do olho esquerdo está gravemente ferida, a parte de cima das maçãs do rosto começando a inchar. — *Beau*.

Ele finalmente olha para mim e sinto meu coração se despedaçar no peito.

— Por que você está todo molhado? — Ele meio que se vira para o outro lado, o rosto pendente de novo. — Beau, o que aconteceu?

— Bill vendeu minha camionete.

— *O quê?* — pergunto. — Como? Não é dele.

— Ele é um viciado. Eles são todos viciados — diz ele. — Estava no nome da minha mãe, mas ela não sabia o que ele ia fazer. Alguém apareceu e levou embora. E aí Bill chegou em casa doidão. Minha mãe ficou com raiva e começaram a brigar.

Ele para de falar por um segundo, o lábio inferior tremendo. Não digo nada; estou esperando na beirada de um precipício, com medo de que qualquer movimento o cale, o interrompa. Enfim, ele prossegue:

— Ele começou a bater na minha mãe, e eu o tirei de cima dela, mas...
Pressiono os dedos sobre o lábio cortado de Beau, e os olhos dele encontram os meus.

— Ela me disse para ir embora.

— Sinto muito. — Estico os braços para envolver o pescoço dele. — Sinto muito mesmo, Beau.

Eu o puxo para perto e ele fica tenso e rígido sob os meus braços por um segundo antes de os olhos se fecharem e ele começar a tremer, o rosto pressionado contra o meu pescoço, meu peito, as mãos agarrando meus quadris enquanto ele chora em silêncio.

— Sinto muito mesmo — repito, segurando o rosto dele enquanto beijo sua testa, suas bochechas, seu olho roxo, seu pescoço. — Sinto muito.

Trago Beau para dentro da casa e fecho desajeitadamente a porta atrás dele enquanto ele me beija de um jeito bruto, ignorando o talho no canto da boca e as roupas encharcadas.

Chuva fria e lágrimas quentes, minhas e dele, escorrem pelos nossos rostos, ficando presas entre as nossas bocas enquanto nos entrelaçamos. Ele me ergue e me carrega até a cama, e eu me ouço dizer:

— *Não me solta.*

Ele balança a cabeça.

— Não vou soltar.

Quero dizer a ele que o amo. Se eu não conseguir contar sobre a lápide com o meu nome ou sobre a esfera negra flutuando sobre a minha cabeça ou sobre os ataques de pânico ou sobre o fim pairando sobre nós... não vai ter problema. Mas se eu não lhe disser que o amo, vou me arrepender até muito além do fim.

Preciso que ele *saiba* que é amado.

Preciso que ele se sinta seguro comigo, como ele faz com que eu me sinta. Preciso envolvê-lo com o meu amor e deixar o amor ali, mesmo depois que eu for afastada dele para sempre.

— Amo você.

Ele ergue a cabeça e me encara, e suas mãos ásperas afastam o cabelo dos dois lados do meu rosto antes de ele pressionar o nariz e a boca molhados contra a minha bochecha.

— Amo você, Natalie Cleary. — É pouco mais do que um suspiro. Mais curto que uma pulsação.

— Amo você — digo mais uma vez.

— Amo você — sussurra ele, me erguendo contra si e me segurando ali, os músculos do corpo dele e do meu retesados um contra o outro. Passo as mãos pelas costas da camisa encharcada e pela pele úmida dele. Ele se senta, deixando eu me sentar também enquanto despe a fina camiseta cinza e a joga no chão.

Meu coração está martelando, mas não estou nervosa. Só o que sinto é o peso esmagador de um futuro sem Beau, um futuro no qual não estou lá para puxá-lo para o lado de dentro e protegê-lo de toda a escuridão e derramar luz nele através de beijos e toques e palavras sussurradas.

Seus dedos roçam pela barra da regata que eu planejava usar para dormir, a parte da frente já fria e umedecida pela água torcida da camiseta dele. Suas mãos são tão cuidadosas, os olhos pesados, quando ele levanta a regata acima da minha cintura, passando-a pelos meus ombros e pela minha cabeça. Por um instante, ficamos ali sentados olhando um para o outro, as mãos dele macias na minha cintura desnuda. Então ele me faz deslizar para perto dele e coloca os braços nas minhas costas nuas, os lábios no espaço entre o meu pescoço e meu ombro quando nossos peitos se unem. A pele dele é mais macia do que eu teria esperado, com um bronzeado irregular e músculos esculpidos.

Ele pega meu queixo nas mãos e puxa minha boca de volta para a dele, um beijo profundo e ainda assim delicado enquanto o cheiro do suor e de chuva me envolve. Passo as mãos pelas suas costas, sentindo cada novo centímetro. Afasto as mãos quando meus dedos roçam algo áspero e elevado pela coluna dele, entre as omoplatas.

— O que é isto? — sussurro.

— Só uma cicatriz.

— O que aconteceu? — pergunto, tocando com cuidado a parte elevada.

— Acidente de carro — diz ele. — Eu tinha cinco anos. Meu pai estava bêbado. Quase morreu.

Meu coração para. Sinto todo o sangue se esvair do meu rosto e das minhas mãos. Engulo o nó que se forma na minha garganta conforme o peso da noite inteira me atinge.

— Onde? — pergunto, apesar de já saber a resposta.

— Onde? — repete ele, claramente confuso.

— Beau, *onde*? — Minha voz sai sufocada.

Ele encolhe os ombros.

— No mesmo lugar onde Matt bateu, na verdade.

30

DOU UMA GUINADA para fora da cama e agarro minha camiseta no chão, vestindo-a de novo e me virando para procurar minhas botas. Beau agarra meu braço, mas eu me solto de suas mãos.

— Aonde você vai? — pergunta ele enquanto calço os sapatos.

Minha voz estremece quando enxugo os olhos com a parte de trás da minha mão.

— Eu tenho que encontrar a Avó.

— *Agora*?

Faço que sim. Esfrego as lágrimas nas minhas bochechas e me viro para a porta. Beau se levanta da cama e pega a camiseta também.

— Vou com você.

— *Não* — digo, mais asperamente do que pretendia. — Eu não... eu não sei se ela vai aparecer se você estiver lá. Fica aqui. Por favor, fica aqui — imploro. — Não vai embora, tá bem? Só fica aqui e me espera.

Ele sustenta meu olhar por um longo instante.

— Está bem.

Atravesso o quarto de volta para ele e me estico para beijá-lo mais uma vez antes de ir embora. Me afasto, vou até a porta e, ao abri-la, olho para Beau de novo.

— Amo você — digo.

— Também amo você, Natalie Cleary — responde ele, baixinho, então saio correndo pela chuva.

Sei aonde tenho que ir — o único lugar onde tenho alguma chance de encontrar a Avó, de encontrar a verdade, de compreender os destinos entrelaçados meu e de Beau —, mas antes tenho que fazer um último desvio.

Entro no jipe e acelero de volta até a interseção adornada por ursinhos de pelúcia e flores e bilhetes. Deixo o carro ligado, os limpadores de para-brisas em uma dança convulsiva enquanto corro na chuva até o cartaz. É tão difícil abrir caminho pelos mundos, mas quando o faço encontro as mesmas palavras que me assombram: DESCANSE EM PAZ, NATALIE LAYNE.

Largo esse mundo e ele se retrai imediatamente, colando o cartaz REZEM POR MATT KINCAID #4 em seu lugar enquanto meu estômago volta a se estabilizar. Tateio em busca de outros mundos, mas, apesar do meu iminente ataque de pânico, as paredes que me seguram aqui estão mais sólidas que nunca. Grito de frustração enquanto tento empurrar com a mente a cortina ao meu redor, e de repente o tempo começa a retroceder de novo. Estou navegando de volta no tempo, o sol se erguendo e descendo, os carros acelerando para trás, tão rápido que quase perco o momento em que o cartaz na minha frente desaparece.

Quase.

Mas o vejo.

O cartaz de Matt desaparece, mas no lugar dele tem outra marcação: uma cruz de madeira enfiada na terra úmida e destruída pelo tempo. Cinzelada nela há uma data, de catorze anos atrás, e duas palavras: BEAU WILKES.

Recuo horrorizada, os dedos cobrindo minha boca aberta enquanto ofego e gemo. Então desaparece. Tanto a noite como a chuva voltaram a cair sobre mim, e o cartaz de Matt está onde deveria, mas ainda estou ofegante, sem ar, meio que gritando meus soluços enquanto corro para o jipe e pulo dentro dele.

Acelero até em casa, minha mente agitada. Chego à placa de pedra que guarda a entrada do bairro, viro na minha rua sem saída e estaciono em frente à minha casa.

O aro de basquete está ali. As venezianas são verdes. Este ainda é o meu mundo. Saio do carro e ando lentamente pelo pátio até ficar de pé sob a cobertura da árvore, encarando a janela do meu closet.

Tento agarrar o tempo e puxá-lo para cima, e me permito cair por ele até o passado.

Ele cede. Diferente de tentar romper aquele muro cada vez mais sólido entre o mundo de Beau e o meu, parece mais fácil do que nunca puxar o sol ao redor da Terra, observá-lo mergulhar vez após outra na extremidade da casa em que cresci até que finalmente tem uma van alugada parada com o porta-malas aberto. A luz brilha forte no céu, e minha família acelera da casa e da garagem para a van em meia dúzia de viagens diferentes.

Continuo. Caindo, caindo, caindo pelo tempo.

A van desapareceu. A chuva percorre o caminho de volta para o céu, as nuvens se dissipam, o sol se ergue e declina. Os carros no acesso se movem para trás e para a frente, desaparecendo na entrada da rua sem saída e voltando a aparecer. Vejo a camionete de Beau por um instante. Vejo eu e ele andando até a camionete e nos deitando lá dentro juntos. Eu o vejo se endireitar, me puxando para ele até minhas costas estarem pressionadas contra a lateral do carro. Vejo nós dois discutindo. Me assisto andar a passos largos de costas para a varanda e escalar de volta para a minha janela.

Continuo.

É tão simples o que tenho que fazer para encontra a Avó. Sempre foi tão simples, e eu não percebi.

O tempo ainda está passando a toda velocidade por mim. Termino de atravessar a grama e me alço até o telhado da varanda, a luz do sol e do luar e então do sol banhando minhas costas enquanto prossigo. Desço para o closet e me vejo acelerando de volta entre ele e o quarto, me despindo de manhã e me sentando de volta na cama quando volta a ficar de noite.

Ando para dentro do quarto, meu coração quase na boca, e tudo continua se movendo quando me coloco ao lado da cadeira de balanço. O tempo continua passando por mim, o mundo rebobinando até que vejo uma versão mais jovem de mim ajoelhada na frente da cadeira de balanço e minha boca fica seca.

Não faz sentido. A Avó deveria estar aqui. Eu sei que deveria: esta é a noite há três meses, quando ela veio me avisar. Quando ela chorou, me ajoelhei diante dela, assim como a garota diante de mim está fazendo, só que a Avó não está ali. A cadeira está vazia.

Dou outro passo para a frente e o tempo desliza por mim novamente, desta vez se movendo para a frente em uma guinada abrupta, como se eu tivesse acabado de ser arrastada para cima por um quilômetro de água num piscar de olhos, e o quarto muda: cada detalhe dele, mas apenas sutilmente.

Uma cama como a minha está bem ali onde a minha deveria estar, uma colcha parecida estendida sobre ela. As paredes laranja e pretas brilham à luz do luar, mas as sombras não estão bem no lugar certo, e a cadeira de balanço no canto tem minúsculas rosas entalhadas nela. É o meu quarto, mas está *diferente*.

E ali está ela: a Avó, sentada na cadeira de balanço ligeiramente diferente, a Eu de Antes agachada aos pés dela.

Paro o movimento do tempo e apareço no meu próprio quarto, atrás de mim mesma, ajoelhada encarando a mulher idosa que sempre achei que fosse Deus.

Os olhos dela, castanho escuros enevoados por uma película leitosa, se erguem da Eu de Antes, e sua boca se abre.

— *Você* — sussurra ela. — Já... *Você já está aqui*.

Observo a Eu de Antes começar a olhar por cima do ombro, exatamente como eu fiz há meses.

— Não tenha medo, Natalie. Alice vai ajudá-la — diz a Avó. — Encontre Alice Chan. Ela pode ajudar você.

Minha versão anterior desaparece antes que seus olhos possam me processar, me deixando a sós com a Avó. Ela se levanta da cadeira de balanço, a respiração áspera o único som.

— Quem é você? — exijo saber.

Os lábios rachados dela se abrem num sorriso triste.

— Natalie — diz ela, lentamente. — Eu sou *você*.

31

— **COMO É** possível? — pergunto.

Ela me abre aquele sorriso triste de novo.

— Como qualquer uma dessas coisas é possível? — Parece o que Beau falou quando me contou que também via as duas Unions.

— O que você quer? — falo, desesperada. — Não consegui salvar Matt. Você não me disse que era ele, e eu não pude salvá-lo. Ele está conectado ao suporte à vida.

Os olhos escuros dela — *meus* olhos escuros — despencam para o chão.

— Eu sei — diz ela. — Mas não vim salvar Matt.

— Quem, então?

— O que você realmente quer saber, Natalie? Faz a pergunta que tem atormentado você.

A pergunta vem aos meus lábios, apesar de eu ter cada vez menos certeza de que quero saber a resposta.

— Por que existem dois mundos: por que Beau e eu?

— Não existem dois mundos — diz ela, simplesmente.

— Do que é que você está falando?

— Você está se movendo no tempo, Natalie, vendo outros momentos no seu espaço físico. Avanço hipnopômpico e retrocesso hipnogógico.

— Alice já compreendeu as viagens no tempo — respondo, impaciente. — O que não entendo é... — Hesito, reunindo a coragem para dizer em voz alta. — Não entendo por que tem uma cruz com o nome de Beau escrito no mesmo lugar onde tem um memorial para mim.

A Avó inspira fundo.

— Ah, doce menina. Conheço você melhor do que ninguém. Sei quando está mentindo. Você entende. Só não quer aceitar.

— Não é possível que eu seja tão irritante no futuro.

— Jovens sempre acham que os velhos são irritantes — diz ela. — Mas não nos importamos, porque achamos que *eles* são irritantes.

— Para — falo. — Só me conta o que está acontecendo.

— Beau morreu, Natalie. Essa é a verdade. Se você olhar o tempo como uma linha reta, sem desvios, sem novas chances, sem reescrevê-lo e sem buracos de minhoca, o pai de Beau fez uma curva para a esquerda no trânsito intenso que vinha do outro lado. Ele estava bêbado, e a sua mãe tinha adormecido ao volante. Ele a viu se aproximar e acelerou para não bater nela. Ela acordou e girou o volante para a esquerda, mas nenhum deles foi rápido o suficiente. As laterais dos carros, na parte do banco de trás, bateram. Você sobreviveu e um menino de cinco anos chamado Beau Wilkes morreu.

Lágrimas grossas rolam pelas minhas bochechas.

— Você está mentindo — guincho. — Ele tem um futuro. Eu vi. Eu *estive* lá. — Na casa. A nossa casa. Nossa glicínia. Um berço.

— Não estou mentindo — diz ela, suavemente.

— Por que posso tocá-lo então? — grito. — Por que é que o *meu nome* também está escrito no memorial?

— Porque essa não é a verdade *integral* — conta ela, olhando para o chão mais uma vez. — Quando o assunto é tempo, às vezes *existem* maneiras de reescrever. Há buracos de minhoca. Acredito que o mundo de Beau existe para *você* porque você tem o poder de mudar as coisas.

— Que *coisas*? Do que é que você está falando?

— A morte de Beau está no passado — explica ela. — Já aconteceu. Mas, quando você rompe sua posição no tempo, o tempo se rompe no processo, acionando as viagens. Quando eu tinha a sua idade, conheci Beau Wilkes, apesar de ele ter morrido anos antes. Descobri o que eu achava ser outro mundo. Me apaixonei pelo menino que morava nele, e minha vida inteira mudou. Eu queria passar cada dia com ele, mais do que tinha vontade de me esconder ou fugir do que estava acontecendo. Amá-lo me mudou. Então descobri... — Ela faz uma pausa, a boca rígida. — Bem, a mesma coisa que *você* descobriu: uma cruz com o nome dele, marcada com a data do nosso acidente. Continuei forçando a barreira entre os nossos mundos e a do tempo, tentando ver através dela em busca de alguma explicação. Chegar ao mundo de Beau estava ficando cada vez mais difícil para mim ao longo do verão, mas eu fiquei lá, ajoelhada na lama até conseguir passar pelo tempo de novo. Quando consegui, estava encarando o meu nome, não o de Beau. Não tinha data, mas não importava. Soube naquele momento, assim como você soube, que de alguma forma nós dois deveríamos ter morrido naquela noite. Pesquisei, encontrei um artigo de jornal sobre a noite, o acidente que deu fim à presença de Beau no nosso mundo. O mesmo acidente que, no mundo dele, deixou nossa mãe chorando na mesa da cozinha e fez com que nossa família em frangalhos se mudasse desta casa e da escuridão que tomou conta dela.

"Assim como você, achei que deveria haver algum tipo de bifurcação no tempo: de um lado, Beau sobrevive; do outro, eu. Planejei contar a ele mas nunca tive a oportunidade. Naquela noite, acordei com uma esfera negra em cima do meu rosto e o mundo dele se fechou permanentemente para mim. Como se eu tivesse ficado presa de novo no tempo linear, sem viagens, sem realidades alternativas. Ou como se a passagem entre os nossos mundos tivesse sido costurada.

"Fui arrasada para a universidade. A cada vez que eu voltava para Union, tentava retornar até ele, mas não conseguia fazer o tempo se mover. Não conseguia encontrar o mundo dele. Depois da faculdade, me mudei de volta para cá e comecei a trabalhar com uma professora na Universidade Northern Kentucky que estudava experiências como a minha. Com todos os pacientes dela, encontrávamos a mesma coisa: um evento cataclísmico que precedia as viagens no tempo, algum indício de um mundo alternativo, um mundo em que aquele evento havia sido mudado ou impedido, e uma esfera negra marcando o fim de tudo. Talvez seja sempre assim para pessoas como nós, que podem se mover no tempo. Há uma razão, alguma *coisa* que poderíamos consertar ou mudar se apenas soubéssemos como.

"Talvez alguém, em algum momento, tenha conseguido fazer isso. Contudo, se alguém realmente conseguisse mudar essa coisa, todo o passado seria reescrito, deixando-os sem memória nem prova de como as coisas costumavam ser. É possível que eu e Alice tenhamos ajudado alguém a mudar uma dessas escolhas, mas isso provavelmente teria apagado nossas memórias de ter conhecido essa pessoa. Nos lembramos, no entanto, dos pacientes que falhamos em ajudar antes de o tempo deles acabar. De qualquer modo, ficou evidente que só temos uma janela de tempo durante a qual podemos acessar o passado: nenhum dos pacientes teve sucesso em se mover no tempo ou acessar realidades alternativas depois do Fechamento. Como se rupturas no tempo se curassem por conta própria, permitindo que aqueles que foram arrancados de seu curso natural atravessem livremente até ficarem presos de novo em uma trajetória linear.

"Eu sabia que tudo isso significava que não tinha como chegar a Beau. Mas, mesmo quando fui embora para a faculdade, não conseguia tirá-lo da cabeça, o que acontecera a ele e se havia algum jeito de desfazer. Ele vinha perdendo a noção de tempo antes de o meu Fechamento acontecer, como se a vedação do tempo o estivesse tornando cada vez menos real. Essa foi a primeira pista para mim e para Alice de que o mundo de Beau se desintegrara junto com o buraco de minhoca dentro de mim: que a Abertura era, na verdade, o início de uma realidade alternativa, e que o Fechamento era o fim dela. Todos os nossos pacientes depois disso perceberam que, conforme o Fechamento se aproximava, a mesma coisa acontecia àqueles que conheceram em realidades alternativas. Eles perdem a noção de tempo, como Beau. Cada vez mais, até que não haja mais nada a perder. Pode ser só conjectura, mas é uma conjectura na qual até mesmo Alice Chan tinha confiança: *nós* somos a porta para Beau e o mundo dele, Natalie. Quando essa porta se fecha, ele se vai. Quando se fechou dentro de mim, ele se foi.

"Fiz o melhor que pude para seguir em frente. Casei com o meu namorado da faculdade, trabalhei com coisas importantes para mim, me entreguei a amizades significativas. Ainda assim, não queria aceitar que Beau se fora, então continuei procurando uma maneira de chegar a ele. Depois de um tempo, Alice percebeu que eu estava tentando fazer tudo errado. Se eu não conseguia mais mover o tempo, jamais encontraria Beau. Minha única esperança era *ser encontrada* no tempo. Então comprei a antiga casa dos meus pais e a reformei, decorei meu quarto de infância tal como era, assim você não se assustaria se aparecesse aqui, e esperei."

— Esperou? — Ouço o meu sussurro.

— Por você — diz ela. — Que você *me* achasse. Nesse meio-tempo, comecei a dar aulas na Universidade de Cincinnati. Eu tinha que fazer a viagem todos os dias, para continuar trabalhando com Alice e os novos pacientes, que revelaram outra peça do quebra-cabeça: as sensações físicas da viagem no tempo. Quando os pacientes se movem adiante no tempo, sentem um puxão no abdome, como se estivessem se erguendo. Quando se movem para trás, sentem como se estivessem caindo. Bem evidente, na realidade, mas o que não tínhamos registrado anteriormente era que essa sensação física de entrar no Outro Mundo *sempre* era igual à de avançar no tempo, enquanto a de retornar ao próprio mundo sempre é igual à de retroceder.

Balanço a cabeça.

— Não entendo. O que isso significa?

— O tempo é uma ilusão, Natalie, depende da pessoa que o está vivenciando. Tem a linha temporal do mundo em geral: dinossauros, a era do gelo, época medieval, elisabetana *et cetera*… mas daí cada pessoa vivencia o curso do próprio tempo também. Para a maior parte das pessoas, é apenas uma minúscula seção do tempo dentro dessa linha temporal geral. Para gente como nós, é diferente. O curso do nosso tempo pode incluir fragmentos de fora das nossas vidas lineares. Pense em chegar ao nosso Desfile dos Veteranos. Em cinco minutos no nosso futuro, vamos ver búfalos onde deveria estar a escola. *Aquele* era o nosso futuro, um momento que aconteceu há décadas, senão séculos no passado.

"Às vezes você se move pelo tempo e vê tudo mudando diante dos seus olhos. Outras vezes você dá uma guinada, ou *passa*. Era o que acontecia com a gente quando éramos pequenininhas. Nosso corpo acordava no meio da noite, mas nossa consciência ainda sonhando dava uma guinada para outro tempo: uma alucinação hipnopômpica. Você não se via passando por cada momento. Simplesmente chegava, no *meu* presente, como se estivesse mirando em mim. É isso que você faz quando vai para o mundo de Beau. Você dá uma guinada *para a frente*, como se estivesse pulando por cima das ondas do tempo para um ponto no futuro."

— Para a frente? — digo.

— Você sente, não é? A mesma sensação de viajar para o futuro?

— Beau está no mesmo *ano* que eu, inclusive no mesmo dia... Como aquele pode ser o futuro?

Ela solta o ar.

— Vamos chegar lá. Enfim, logo depois que fizemos essa descoberta, Alice faleceu. Eu me vi sozinha, meu marido se fora, e quase desisti de achar que você viria. Então, certa noite, enquanto eu estava sentada na minha cadeira de balanço, você descobriu como chegar ao meu presente. Eu sabia, de olhar para você, que você tinha cerca de dezoito anos, provavelmente já no verão em que conheceu Beau. Você só deteve o tempo por um minuto antes de não conseguir mais segurá-lo: afinal, o seu Fechamento estava próximo. Fui pega tão de surpresa. Tentei consolar você, mas não sabia se conseguia me ouvir.

Aquela foi a noite do acidente de Matt, a última vez em que vi a Avó. Apesar de que, para ela, foi a primeira. O medo daquela noite, desta noite, me esmaga só de lembrar.

— Passei anos esperando que você me encontrasse de novo. Achei que, se eu apenas pudesse vê-la mais uma vez, poderia ao menos direcioná-la até Alice mais cedo. Quando a vi em seguida, no entanto, estávamos mais para trás na sua linha do tempo. Você era tão pequena, e eu não queria assustar você; eu não queria *pressionar*, então simplesmente contei uma história, uma das centenas que passei minha vida estudando e ensinando. Foi a coisa mais natural do mundo te contar essas histórias, porque eu sabia o que já significavam para mim e o que viriam a significar para você algum dia. Naquela noite você ouviu e, depois de quarenta minutos, se foi novamente.

"Mas um instante mais tarde você reapareceu, e deteve o tempo ali enquanto falávamos. Começou a pular, como um disco arranhado. Eu contava uma história, e aí você perdia tração. As visitas eram distantes para você: seis meses ou um ano entre cada uma. Para mim, porém, só se passavam minutos entre uma e outra, como se a sua mente em estado de sonho a trouxesse de volta para o meu tempo sempre que podia, retomando de onde havíamos parado. Eu a observei crescer no espaço de dias.

"Como disse, eu sabia nesse momento que nunca mais chegaria a Beau de novo. Alice já explicou para você a interpretação dos vários mundos?"

— Eu... acho que sim. — Minha voz não passa muito de um grunhido. — Ela desenhou o tempo com um monte de ramificações. Cada uma era um mundo diferente, acho; quer dizer, estamos falando de Alice, e ela estava em transe científico, então não tenho certeza.

A Avó abre um sorriso e assente.

— Acreditamos que aquelas ramificações sejam buracos de minhoca. Sendo assim, elas têm data de validade. Um futuro alternativo pode ser iniciado, mas, a não ser que a pessoa com acesso ao buraco de minhoca *escolha* aquele futuro, ele se desintegra. Imagine um envelope selado. Você passa o dedo na parte de cima do envelope, e esse é o tempo: um caminho reto. Aí você pega o abridor de cartas e corta um centímetro do topo.

"Agora, quando você passa o dedo pelo envelope, tem uma parte onde há dois caminhos separados, formando uma elipse. Esse é o momento entre a sua Abertura e o seu Fechamento. Digamos que você passe o dedo parcialmente por um dos lados, o da versão atual do mundo, e então decida que quer a outra. Você volta para aquela divisão inicial e muda o curso dos eventos para escolher o outro caminho. Quando chegamos ao Desfile dos Veteranos, as empreitadas para o passado eram parte do seu futuro, assim com o mundo de Beau e a versão alternativa dele do presente são parte do seu futuro. É o presente quando você se concentra em dias e anos, mas é o *seu* futuro porque a versão dele dos eventos não aconteceu *de verdade* ainda para ninguém além de você."

— Ainda estou perdida — explodo. — Nada disso faz sentido.

— Aquela divisão no envelope, aqueles catorze anos entre a nossa Abertura e o nosso Fechamento, esse é o tempo durante o qual podemos escolher uma linha do tempo diferente, Natalie. Você pode escolher que as coisas continuem como foram para mim, com o mundo de Beau se desintegrando. Ou pode voltar ao momento em que o tempo foi dividido pela primeira vez e mudar as coisas. Pode escolher o desenrolar dos eventos do mundo de Beau. Depois do seu Fechamento, quer pela ação ou pela inação, você escolhe qual caminho sobrevive. Para mim, isso significa que Beau morreu. Ele morreu quando eu tinha quatro anos e, de certa maneira, ele morreu novamente quando eu tinha dezoito, e o mundo dele, a possibilidade dele de ter um futuro, se desintegrou.

"Mas você... você ainda consegue ver... Um futuro em que..." Os olhos dela encontram os meus, e ela sacode a cabeça conforme as lágrimas brotam em seus cílios. "Em que você volta e escolhe a vida dele."

Minha cabeça está atordoada de perguntas e diagramas mentais e muito pânico enquanto tento encontrar o sentido no que a Avó está dizendo. Vez e outra e outra, meu corpo rememora a sensação de passar para o mundo de Beau, e a cada vez, sinto a mesma coisa: o movimento ascendente, a sensação de ser erguida rapidamente, a mesma de quando me movo para a frente no tempo. O que significa, o fato de o presente de Beau ser o meu futuro? O que significa que a versão dele dos últimos catorze anos não realmente aconteceu, mas que vai?

Os ombros da Avó estão trêmulos pelo esforço de conter as lágrimas, ou talvez só pareça ser o caso porque o tempo está me pressionando agora, tentando me arrastar de volta para o meu presente. Então cai a ficha, a coisa que a Avó não aguenta dizer em voz alta, pelo menos não tão claramente quanto percebo. Sussurro:

— Você acha que ver o mundo dele daquela maneira significa que eu vou ter que voltar, que vou ter que mudar o que aconteceu na noite do acidente, e aquilo vai criar o mundo de Beau.

Mas nós *dois* não estamos no mundo de Beau.

Ele viu a minha família no mundo dele. Todos eles exceto eu. *Felizes*, ele disse. *Sua família pareceu feliz.*

E eu vi o meu nome numa lápide de pedra lá.

— Você acha que ele sobrevive no meu lugar — concluo.

A Avó enterra o rosto nas mãos e começa a chorar.

— Eu não posso voltar — diz ela. — Não posso voltar, senão voltaria. Eu não saberia dizer quantas vezes tentei. Achei que talvez pudesse evitar o acidente por completo, mas, Natalie: aquele puxão, a evidência física da viagem no tempo... Quando vimos aquela lápide com o nosso nome nela, estávamos no futuro. Não o natural, mas o escolhido. Nós *sentimos* a tração. Não acho que você possa interromper o acidente por completo, mas pode mudá-lo.

— Você acha que eu escolho... — Minha voz vacila e um soluço retorce minhas palavras. — Morrer.

Ela me encara. Apesar das rugas profundas e das manchas de idade e das cataratas, ela parece jovem, minúscula. Como a Pequena Eu nas filmagens caseiras, uma forma miúda dentro de roupas grandes demais.

— Acho que você faz o que eu não pude fazer — sussurra ela.

Abro a boca, mas não consigo produzir nenhum som além de um grunhido agudo.

— A esfera — falo, enfim. — Eu a vi esta noite.

Ela assente, mas não consegue mais olhar para mim. Ela despenca no chão e envolve o próprio corpo com os braços finos.

— É esta noite. A sensação é exatamente como a da primeira vez. Como se tudo estivesse sendo costurado. A fenda no tempo se fecha esta noite.

Da primeira vez.

Hoje foi a primeira briga de verdade que tive com a minha mãe. Desmaiei pela primeira vez. Perdi um amigo pela primeira vez, meu primeiro namorado. Pensei sobre a minha própria morte pela primeira vez quando vi meu nome escrito em um lugar onde não deveria estar. E pela primeira vez disse a Beau que o amava.

E pela segunda vez.

E pela terceira.

Eu pretendia fazer amor com ele pela primeira vez.

Agora, ele está me esperando no quarto de Megan enquanto o mundo dele desmorona. Sinto o iminente frio na barriga. Algo está tentando me firmar no lugar ao qual pertenço e, quando conseguir — *se* conseguir —, Beau estará preso sob o entulho de um mundo que nunca aconteceu.

— Eu ainda não vivi — digo, porque estou desamparada. Porque tudo o que tenho para me proteger agora são palavras. Porque é uma escolha impossível de suportar, mas eu não *sinto* que há escolha a fazer, e acho que falar que não quero fazer isto é o mais próximo que posso chegar de não fazer.

A Avó estende uma das mãos na minha direção. Eu a pego enquanto me abaixo no chão diante dela.

— Deveria ser eu — responde ela. — Eu poderia fazer e não ter nenhum arrependimento. É o que *eu* escolheria, mas isso não quer dizer que sua escolha deva ser a mesma. Não posso te pedir isso Sei que você ainda não viveu. Conheço a vida que você pode ter e o quão plena ela será mesmo sem Beau, e as pessoas que você vai atingir, e aquelas que vão mudar sua vida para sempre.

"Conheço todas as histórias que você deve vir a conhecer algum dia. Conheço ambas as suas mães e o quanto as duas amam você. Sei segredos sobre Coco que a fariam torcer os dedos do pé em deleite, e conheço os filhos de Jack e sei o quanto eles o amam. Tenho todas as respostas, e você não vai ter nenhuma."

Ela aperta minha mão.

— Tudo o que você tem são as histórias que te contei e o amor no seu coração por Beau neste momento. Conheço tudo isso, Natalie, e ainda estou aqui, pedindo a você para fazer algo que eu *nunca* deveria ter que pedir a alguém da sua idade, especialmente não alguém que eu amo, cujos sofrimentos e alegrias também conheci. Estou pedindo porque é o que eu queria fazer, e você agora tem essa escolha.

— Eu não tenho escolha — retruco. — Você *sabe* que não tenho. Você praticamente me criou para isto. Você passou anos enfiando isso na minha cabeça. Você me ensinou que amar era morrer.

— Ah, querida. Você entendeu errado. Eu não contei aquelas histórias para fazê-la mudar de ideia. Contei porque me lembro de como foi doloroso não conseguir enxergar a verdade, sentir que iria ser engolida pela escuridão. O que é o amor senão colocar outra pessoa antes de você? Nossa mãe biológica nos deu para adoção porque acreditava que poderíamos ter uma vida melhor longe dela. Nossos pais mantiveram o acidente de carro em segredo porque mamãe sofreu por anos com transtorno de estresse pós-traumático. Ela se esforçou tanto para conseguir conviver com a própria dor, mas também nos protegeu dessa dor. O amor não *passa* de colocar outra pessoa na frente. Não te contei aquelas histórias para que salvasse Beau. Contei para que visse como este mundo inteiro foi criado para você, como ele se aquece com seu sorriso e sofre quando você padece. Contei para que você pudesse parar de ter medo.

— Se isso for verdade, então tem que haver outro jeito. — Minha resposta é dura. — Como você pode dizer que o mundo inteiro me ama ao mesmo tempo que diz que devo morrer? Quero saber. Quero esse seu conhecimento secreto que te dá tanta confiança de que é isso aí, ao ponto de você estar disposta a me pedir para voltar ao passado e deitar na estrada diante do meu próprio carro para matar minha versão criança. Porque eu não estou convencida. *Tem* que haver outra maneira.

— Por quê? — desafia a Avó. — Você viu provas de dois presentes. Eu tive provas de que Beau morreu naquela noite no nosso mundo. Beau viu provas de que você não existe no dele. Você viu o seu próprio memorial no mesmo lugar que o dele. Então *por que é* que precisa haver outra maneira?

— Porque isto está acontecendo — grito. — Isto não acontece todos os dias, Avó, ou pelo menos não para todo mundo. Tem que haver um motivo melhor para eu conseguir mudar as coisas. Por que Beau e eu, dentre todas as pessoas no mundo? Por que temos uma segunda chance? O que nos torna tão especiais?

— Talvez nada — diz a Avó. — Talvez sorte. Ou talvez alguém ache que a escolha é precisamente o tipo de dom que você gostaria de ter.

— Ou talvez seja porque o mundo seria melhor com nós dois nele — replico —, ou porque as coisas estão incompletas e, quando estamos juntos, sejam um pouco menos assim. Talvez seja porque estamos conectados ou nos encaixemos ou porque seja certo ficarmos juntos, e, se o tempo é realmente plano, então talvez ele tenha visto tudo isso. Talvez, apesar de Beau ter morrido, o próprio tempo tenha visto cada um dos mundos possíveis em que poderíamos nos amar, e que isso era tão bom quanto termos nos amado. Porque poderíamos ter nos amado em qualquer lugar, em qualquer mundo, e talvez a razão para podermos mudar as coisas seja que o que existe entre nós é grande o bastante para se estender por cada ramificação do tempo. Talvez nosso amor não possa morrer, nem mesmo quando nós morremos. Algo está nos puxando para perto um do outro, Avó. Algo o *trouxe de volta dos mortos* para mim. Ainda que eu volte para a noite daquele acidente e morra, por que a morte e o tempo seriam mais fortes desta vez? Tem que haver algum significado. *Tem* que significar um futuro.

— Talvez haja uma maneira, Natalie. Mas não vou prometer algo que não posso cumprir. — As palavras dela estão retesadas e trêmulas com as lágrimas, a voz descontrolada e corpulenta, uma meia-lua prestes a transbordar pela beirada do copo. — Não vou te dizer que você vai ter um futuro com Beau porque não sei disso. Eu *não vou* ser a pessoa que vai te dizer que você pode ter tudo, não importa o quanto eu queira que Beau tenha uma chance de viver. Quero acreditar nesse futuro, Natalie, mas não acredito. Você disse que viu? Bem, eu nunca vi. Mesmo que você *possa* construir um futuro, quem é que vai dizer se é realmente *você* vivendo nele? Quer dizer, olha só para a gente. Somos a mesma pessoa, mas vivendo vidas distintas. Se você pode criar um mundo com você e Beau dentro dele, ainda assim não é bem você, assim como você não é exatamente eu.

É como se ela tivesse colocado um peso no meu peito.

— Então mente para mim — imploro. — Porque eu vou fazer isso, e preciso que você me diga que vai ficar tudo bem. Preciso que você minta para mim.

Quando a boca dela se abre num sorriso, lágrimas irrompem e escorrem pelas suas bochechas.

— Não é mentira — sussurra ela. — Vai ficar tudo bem.

Fecho os olhos para conter as lágrimas e as histórias da Avó passam em flashes pela minha mente, uma corrente cálida de eletricidade permeando minha vida, como a teia da Avó Aranha e os fios de luz de Alice, me guiando e me ensinando tudo o que sei sobre o amor. Mas a teia inteira é dolorosa, como se estivesse crescendo pelas minhas veias, toda a vida que eu queria viver pulsando ao lado da que eu quero entregar a Beau. As coisas que quero colocar diante dos olhos dele e entre as mãos dele e cantar nos ouvidos dele e os lugares aos quais quero que seja carregado, os milhares fins de tarde dourados na varanda esquentada pelo sol.

— Eu vi — falo, irritada. — Vi como tudo seria. — Como nos encaixaríamos, o que construiríamos juntos. — Eu estive lá. O que faço com isso?

— Doce menina. — A Avó estica a mão e afasta dos meus olhos uma mecha de cabelo encharcada pelas lágrimas. — Posso nunca ter visto, mas nunca deixou o meu coração, todo esse tempo. Você carrega sua esperança com você até o fim, como eu estou fazendo.

Encaro-a, tentando entender o significado, e ela pressiona os dedos nos lábios e direciona o olhar para o chão. Quando volta a falar, a voz sai rouca e áspera:

— Estou morrendo.

A confirmação dela mal passa de um grunhido, e ela leva um bom tempo antes de recuperar a voz.

— Isto não é mais sobre mim. É sobre você e o que *você* quer.

— Morrendo? — sussurro. — Como?

Ela fecha os olhos.

— Não vou contar essa parte. Não quero estragar nenhuma surpresa ou te dar nenhum medo. Todo mundo morre, querida, e você já sabe disso agora, aos dezoito anos.

— E até Jesus teve medo de morrer — lembro.

— Teve mesmo.

— Você não pode me dizer nada? Nenhuma dica?

Ela enlaça as mãos para parar a tremedeira.

— Posso te dizer que a dor de viver vale a pena. Que, se você viver, sua vida será tão plena de amor quanto é sombria, e para cada momento de dor você terá um de alegria também. A única coisa que você não vai sentir é o que você tem agora com Beau, e isso não faz com que valha menos a pena viver sua vida. Mas também, valer a pena não é uma questão quando estamos vivos ou somos amados.

"Você tem a escolha de dar valor ao dom impossível de estar viva ou entregá-lo a outra pessoa. Usar seu amor para refazer o mundo. Quer você o dê a Beau ou o guarde para si, Natalie, o mundo vai continuar sendo terrível e lindo, tudo ao mesmo tempo."

Tive tanto medo dessas coisas terríveis, de tudo ruir e de nunca saber quem eu sou ou descobrir qual é o meu lugar. Mas aqui estou eu, olhando para mim mesma no fim do tempo, e ela nunca esteve sozinha, não de fato. Meu Deus, é um alívio doloroso ver que alguma versão de mim já viveu e que todos esses medos com o tempo desaparecem sem se concretizar. Ainda quero o cenário todo para mim, chegar ao fim do meu mundo e decair calmamente dele, mas não tem nenhuma escolha a ser feita de fato. Não sei com certeza o que vai acontecer quando eu voltar para a noite do acidente, mas sei que vou voltar. Não porque o futuro de Beau é tão grande, ou porque o meu é tão pequeno, mas porque amar é entregar o mundo, e ser amada é ter o mundo inteiro a entregar.

— Quanto tempo eu tenho? — pergunto.

— Horas — diz ela. — Minutos. Não sei, Natalie. Não ao certo.

— Estou com tanto medo.

Ela me puxa para um abraço e alisa o meu cabelo, afastando-o do rosto, exatamente como mamãe fez um bilhão de vezes. *Mamãe*. A última coisa que eu disse a ela foi *Eu não tenho mãe*. Tem tantas coisas a fazer. Ver meus pais, Jack, Coco. Dizer à minha mãe para parar de viver com culpa e prometer a ela que tudo vai se resolver. Dizer adeus a Megan, dizer a ela o quanto a amo. Consolar os Kincaid, que terão o filho de volta se isto funcionar. Agradecer a Rachel por me amar ferozmente, o bastante para me odiar por deixá-la para trás.

E eu preciso ser abraçada por Beau. Garantir que ele entenda o quão profundamente eu o amo. Quão gentil e delicado e suave ele é. O quanto ele faz com que as pessoas se sintam seguras e cuidadas, e o quão mais iluminado o mundo fica com tudo o que ele faz e oferece. O quão bom ele é e que tipo de vida ele merece apesar da que recebeu.

Mas talvez não haja tempo de dizer essas últimas palavras. Não posso arriscar. Esta é minha única chance. Nunca vou conseguir dizer a ele que acho que, se fosse uma opção, eu poderia amá-lo até a hora da minha morte.

Acho que *vou* amá-lo até morrer. Tenho que acreditar que o mundo vai continuar de onde eu parei. Tenho que acreditar que, quer eu esteja lá no fim do mundo com Beau ou não, o amor é maior que a morte.

— Estou com muito medo também — sussurra a Avó na minha orelha. — Mas somos muito corajosas, garota.

Dou uma risada suave. Estou a minutos da morte e da não existência, e estou rindo. De repente, rio histericamente e a Avó ri também, e nós duas oscilamos no chão do nosso quarto, lágrimas escorrendo pelo rosto de tanto rir, meleca pingando do nariz.

Ela é a primeira a recuperar a compostura, cerrando os dentes, forçando um sorriso e assentindo para mim.

— Você pode fazer isto. Eu saberia. Fui barriga de aluguel *duas vezes* para Jack e o marido dele. — Ela responde à minha surpresa com uma piscadela dramática. — Podemos fazer qualquer coisa.

Faço que sim porque não consigo falar nada. Uma sobriedade dura se instalou e, ainda assim, minha cabeça e meu peito parecem leves como balões, como se todo o peso da ansiedade tivesse ido embora agora que a escolha foi feita, e eu estivesse cheia de algo resplandecente e cálido, um presente para o garoto que amo. Eu me levanto e a Avó se levanta também, então me puxa para um abraço esmagador de ossos. Ela dá um passo para trás, mas agarra meus braços com uma força surpreendente.

— Graças a você — diz ela. — Um mundo completamente novo está prestes a nascer.

Ela me solta, e ando até a porta do closet, segurando a moldura em minhas mãos e parando. Olho de volta para onde ela está, a coluna ereta, as mãos unidas na frente da barriga e o queixo para cima.

— Avó — digo.

— Sim, querida.

— Você acha... quero dizer, é possível... que *haja* um Deus?

Ela sorri o mesmo sorriso que reconheço da infância, aquele sorriso misterioso que faz nossos olhos brilharem.

— Garota, como você acha que *qualquer uma* destas coisas seria possível se algo não quisesse que fosse? Algo rasgou uma fenda no tempo bem em cima da nossa cama só para que *você*, sua sortuda do caramba, pudesse saber o que é o *amor*. Alguém arrancou uma árvore e deixou que olhássemos lá dentro e escolhêssemos cair.

— Você acha que Deus me ama como você?

— Acho que Ele ou Ela nos ama como amamos Beau. Acho que Deus nos ama pra cacete, Natalie Cleary.

Lágrimas borram minha visão. Faço que sim com a cabeça, então me viro, entro no closet pela última vez, passo pela janela, salto para o lindo, pantanoso e verde-azulado pátio de entrada e vou para o jipe. Antes de me afastar, vejo a Avó de pé no closet, sua silhueta desenhada pela luz. Ela se inclina para a frente no peitoril da janela e grita para mim, em voz alta e clara:

— O nome dela era Bridget. O nome da nossa *ishki* era Bridget e ela nunca deixou de pensar em nós.

Bridget. Sussurro o nome duas vezes, então o guardo no meu peito com todo mundo que é parte de mim, todas as pessoas que alguma versão de mim já conheceu e aqueles que — eu preciso acreditar — alguma versão de mim ainda virá a conhecer. Dirijo até a interseção e paro no acostamento uma última vez, arrepios percorrendo sem parar cada centímetro da minha pele. Mas não estou em pânico, apesar do meu medo. Não estou tonta, apesar da leveza crescente no meu peito e na minha cabeça. Vou ficar aqui, penso, vou ficar aqui até o fim e para o que quer que venha depois.

Quero que você entenda uma coisa, Natalie. Não importa quão difícil pareça, você não precisa ter medo de seguir em frente nem precisa ter medo de ficar. Sempre há mais coisas para ver e sentir.

32

FICO DE PÉ no meio da estrada, de frente para a direção de onde sei que verei se aproximar o carro dos meus pesadelos, e sigo perigosamente sobre a linha amarela. Por ora, a chuva deu uma trégua e a noite está serena. Penso na música que ouvi pela primeira vez quando Beau a tocou e ela me ocorre — pelo menos parte dela; tomo meu tempo nas mãos com apenas um puxão suave, desenovelando-o para trás através de mim.

A noite vira dia vira noite em lampejos, como uma luz estroboscópica amarelo-dourada. Carros passam zunindo como borrões coloridos de cada um dos lados, fazendo o cabelo açoitar meu rosto e sacudindo minhas roupas até elas secarem.

Não sei como vou saber que está na hora, mas acredito que saberei. Observo diversos acidentes em reverso até ver uma mancha marrom no riacho: uma pilha de metal amassado se desdobrando e retraindo para a estrada, se afastando de uma picape preta. Vou para logo antes disso e paro de me concentrar na música de Beau, na roda do tempo, permitindo então que o mundo volte ao seu ritmo.

Nem o carro do pai de Beau, nem o da minha mãe estão no meu campo de visão, mas um calafrio percorre minhas vértebras, indicando, como a Avó deve ter sabido quando lhe contei sobre meu Fechamento iminente, que esta é a mesma noite. Sinto o próprio ar noturno pesado com a expectativa, como se as matas serenas e os grilos mudos e a pressão barométrica e as nuvens flutuando e as pedras antigas estivessem todos segurando o fôlego, se preparando para chorar por mim.

No fim disso tudo, no fim do mundo, fico parada sobre uma linha amarela de tinta e olho para o céu noturno, procurando as estrelas.

— Você está aí? — sussurro.

Não sinto nada além do hálito quente ao qual a noite se ateve desde que o Sol se pôs da última vez, o brilho suave da Lua, a pulsação distante do Trovão, a lambida do Fogo e a cintilação do Arco-Íris, e, embora nenhum desses seja a voz do meu pai ou o rosto da minha mãe, eu sei — com certeza — que sou a filha de alguém, que sou profundamente amada. Quando as luzes do farol fazem a curva da estrada na beirada do meu campo de visão, isso é o bastante.

É o bastante quando olho para trás e vejo a camionete roncando da direção oposta, quicando de embriaguez entre o acostamento e a linha que corta a estrada.

É o bastante quando fico de frente para o brilho, olho através dele para o carro marrom além e dou um passo para o meio da pista. Porque me encontrei nas histórias que a Avó contou e nos corações daqueles que me amaram.

Começo a andar em direção ao fim, caminhando para o meu próprio acidente. Ao longo disso tudo, o tempo tremula ao meu redor. Faz força contra mim, como a corrente de um rio tentando me arrastar de volta para o meu próprio tempo. Encontro uma pedra na estrada e a pego na mão. Não tenho muito tempo antes de ser arrastada para longe daqui, certamente não há tempo o bastante para refazer isto se não der certo. Tenho uma chance de provocar qualquer tipo de mudança, então firmo os calcanhares a cada passo e continuo me movendo. De certa maneira, eu me torno a massa escura e misteriosa dos meus sonhos, aproximando-se de mim.

Penso no azul em que a garota da história da Avó caiu, nas possibilidades infinitas. Até isso pode ser assustador. Tenho que acreditar no que quer que haja naquele azul, que naquela gosma primordial há outro Beau, outra Natalie, outro verão que contém todo o tempo, quando vamos parar de nos perguntar quem somos e permitir que sejamos saboreados ferozmente pelo mundo. E, se não houver outra Natalie do outro lado disto, tenho que acreditar que pelo menos há uma vida longa e excepcional para a pessoa que amo. As lágrimas começam a cair; minha velocidade aumenta.

Adeus, Sol. Adeus, Lua. Obrigada, Trovão. Amo você, Fogo. Adeus, Arco-Íris.

E mamãe, que acariciou meu cabelo quando acordei de pesadelos encharcada de suor.

E papai, apertando gentilmente meu pescoço no deque que dava para a bruma, enquanto me dizia que sempre me ouviria.

E Matt, que me amou primeiro.

E Megan, que me amou mais.

E Rachel, que me amou ferozmente.

E minha Bridget, que me amou com altruísmo.

E Beau: Beau Wilkes, que me amou até o fim.

Paro de andar conforme as luzes recaem sobre mim. Elas se avolumam. Mais e mais e mais fortes, até que se tornam apenas um brilho de puro azul. Um lindo mundo novo, perfeitamente incompleto que eu morreria para ver. Por um instante, imagino a silhueta escura de uma mulher encurvada, o sorriso dela e a mão enrugada se erguendo. Ela estava lá. A Avó que conheço disse que nunca viu Beau nem o meu futuro, mas ela estava lá. Ela ficou de pé na nossa varanda e olhou pela janela. E talvez ela tivesse ido até lá para olhar para o passado com o Beau que já havia perdido, enquanto eu estava ali olhando para o futuro dele sem mim, com outra pessoa. Mas talvez, só talvez, ela — aquela versão velha e encurvada de mim — só tivesse voltado para casa depois de fazer compras. Talvez ela estivesse de pé na varanda que o marido construiu para ela, encurvada pelas sacolas de cerveja e cereal, quando ela achou que viu algo familiar na janela. Talvez ela tenha parado e sentido um frio na barriga porque, por um instante, poderia ter jurado que viu a si mesma, sessenta anos mais jovem, de pé na sala de estar com os braços enroscados em torno do amor da vida dela. Talvez tenha erguido a mão para dizer *Estou aqui. Ainda estou aqui, depois de todo esse tempo*.

Eu pretendera jogar a pedra na minha mão no capô do carro, mas está ficando difícil enxergar. O tempo está me açoitando, cada inspiração uma luta para ficar.

Agora, agora é o momento que tenho na vida: nenhum futuro, nenhum passado. Agora é o momento que tenho para escolher como viverei, e o agora está desmoronando rápido. Deixo a pedra cair da minha mão quando ergo o braço acima da cabeça. *Estou aqui*, penso. Talvez isso seja o bastante para desfazer tudo, mas se não for... se não for, ainda estou sentindo uma tristeza meio feliz.

— ESTOU AQUI.

As luzes se expandem. Então me consomem, me envolvem em seus braços infinitos, e não sinto nada.

Nada a não ser calor.

Apesar de ver uma esfera negra se avolumando atrás do carro, para além da luz, tentando me pegar e me arrastar de volta para o lugar antes de o tempo se vedar.

Apesar de ouvir o pneu cantando e a pancada, até a inspiração ríspida detrás do vidro.

Apesar de ouvir a porta se abrir e a respiração desesperada.

E, por fim, a última coisa que vou ouvir na vida, as palavras da minha mãe:

— *Não tem ninguém lá. Juro que vi uma garota. Não tem ninguém. Ela é...*

É aí que me perco e, no meu lugar, o mundo nasce.

33

ERA UMA VEZ uma garota que se apaixonou por um fantasma. Quando ela olhava através dele, via o mundo como deveria ser: cálido, exuberante, pungente com o crescimento e trêmulo com a ternura. Através do garoto, ela via a teia do tempo e como cada momento, passado, futuro, bom e mau, conspirara para contar a história de amor deles.

Ela amava tanto o garoto fantasma que achava que esse sentimento por si só poderia ser o bastante para consertar tudo o que já se quebrara. Nela. Nele. No mundo.

E porque ela o amava tanto, finalmente compreendeu o quão profundamente era amada.

Ela sabia que faria qualquer coisa pelo garoto fantasma. Ela se enrolaria em torno dele para protegê-lo. Ela sugaria a escuridão dele e derramaria nele toda a sua luz. Ela reconstruiria o mundo inteiro para ele.

Um dia, uma voz falou com ela do alto. Talvez tenha vindo como um sussurro sereno, carregado por um vento suave. Alguns dizem que foi no ribombar do trovão ou no esmigalhar da grama seca pelo verão. Outros ainda descrevem que foi como o delicado bater de asas de uma mariposa.

— Minha filha — disse a voz. — Sou eu, o Amor, o criador de mundos. Se você quiser que o garoto fantasma volte a viver, traga-o para baixo da lua nesta noite, e eu mandarei a Morte para trocar sua vida pela dele.

A garota amava tanto o garoto fantasma que praticamente nem hesitou. Há pouco a se temer quando se ama. Não há nada a temer quando se é amado. Então a garota levou seu querido fantasma para o vale sob a lua naquela noite e descobriu a própria lâmina da Morte à espera dela. Era estranho que a Morte não a perseguisse, que não tivesse ido buscá-la nem tentara engoli-la.

Em vez disso, a garota estava de pé sob as estrelas, o hálito suave da grama aquecendo seus tornozelos, a pulsação do mundo batendo suave e devotamente contra os pés dela, e os grilos cantando uma canção de ninar. Ela olhou nos olhos do garoto fantasma e a suavidade do sorriso dele preencheu o coração dela tão depressa que ele começou a se quebrar quando ela puxou a lâmina na direção do próprio peito.

O céu se abriu nesse momento.

As estrelas caíram como chuva prateada.

O mundo parou de girar. O Universo prendeu o fôlego.

A voz apareceu de novo.

— Pare. Repouse a lâmina. Eu vi seu coração e sei que não nega nada a si mesma. Conhece meu rosto. Reconhece meu amor por você como reconhece o seu pelo garoto fantasma. Você sabe o que faria por ele, então compreende agora que, por você, minha amada, eu consertaria o mundo inteiro.

Então a luz do luar também caiu: uma extensão de branco que purgou todo o vale e deixou o mundo na completa escuridão, em perfeito silêncio como era no princípio, antes de todas as coisas. E, no escuro, a garota entrou num sono sem sonhos.

Quando acordou depois disso, o sol começava a se erguer. Pássaros cantavam. Ela não se lembrava de nada, nem da noite anterior, nem de nenhuma que a precedeu.

Era o primeiro dia da vida dela e, quando ela olhou para a lateral do vale, viu que um garoto a observava. Ele parecia familiar e ao mesmo tempo desconhecido, como alguém cuja vaga ideia vimos num sonho.

— Senti a sua falta. — Ela se ouviu dizer a ele, apesar de... Era possível sentir a falta de alguém que não se conhece? O peito dela doía nesse instante, uma explosão de dor imensurável.

— Todos os dias — respondeu ele, suavemente. — O tempo todo.

Ele veio até ela, a luz do sol da primeira manhã brilhando na pele e no cabelo e nos olhos dele.

OBRIGADA

SE VOCÊ TERMINOU este livro, provavelmente suspeita a esta altura que fui mais bem tratada pelas pessoas ao meu redor que qualquer um poderia razoavelmente esperar neste mundo. Meu coração está repleto de amor e me faltam palavras. Eis aqui algumas pessoas às quais quero agradecer.

Às Primeiras Nações, cujas histórias se encontram aqui: iroqueses (A Mulher que Caiu do Céu), nachez (Adoção da Raça Humana), sioux (História do Fantasma de Teton), seneca (Irmão Negro e Irmão Vermelho), caddo (A Inundação), creek (Os Yamasee e a Inundação), onondaga-iroqueses (O Esqueleto Vampiro) e kwakiutl (Nação Fantasma). Há diversas belas variações de cada uma dessas histórias, e recomendo veementemente que qualquer um que não esteja familiarizado com elas reserve tempo para conhecê-las melhor, quando possível, com a interpretação de um estudioso da nação correspondente a cada conto. Este livro não seria o mesmo sem essas inumeráveis histórias hipnotizantes, e fui mudada para sempre pelo que descobri nelas.

À vovó e ao vovô, por começarem uma tradição de gentileza e amor que ainda define a nossa família: vocês são as pessoas que quero ser quando crescer. À mamãe e ao papai, por lerem para nós no corredor entre os nossos quartos por tantas noites, e por sempre fazerem as vozes. Aos meus irmãos e às minhas cunhadas: obrigada por serem o tipo de gente que batalha quando as coisas estão difíceis e que valoriza o bem.

A K.A. Applegate, pela minha primeira quedinha literária (um garoto que está literalmente preso na forma de uma águia pela maior parte da série). A Lois Lowry, por ter me ensinado que palavras podem mudar seu mundo para sempre. A J.K. Rowling, por garotas espertas, meninos delicados, magia profunda e amor que afasta o medo.

A Madeleine L'Engle e a Kurt Vonnegut, por um vício no Estranho.

À srta. Hanke, por aquele primeiro dever de redação. Ao sr. Neugabauer, por aquela detenção. À srta. Richards, por não ter me punido quando entreguei a história do tipo "escolha sua aventura" em que todos os caminhos levavam a você nos trancando na sala de aula em chamas e nos espetando com flechas.

A Rhoda Janzen, por me dar alguém a quem buscar e alguém a quem admirar, e por me dizer que eu poderia e deveria fazer isto. A Beth Trembley, por me ensinar como fazer isto. A Heather Sellers, de quem pela primeira vez ouvi a frase "amar você mundo adentro". A Sarah B., Peter S., Pablo P., Stephen H., Steven I., Martha G., Jesus M., Dean Reynolds e o restante do corpo docente de Hope, por criar a incubadorazinha de adultos perfeita, apesar do lago congelado bem na vizinhança.

A Daniel Nayeri, que sem saber me encorajou a seguir em frente em pelo menos duas ocasiões distintas, e a John Silvis, por seu lindo programa da NYCAMS, que descanse em paz. Ou, em vez disso, que algum dia seja ressuscitado.

A Bri Cavallaro e Anna Breslaw, por usarem palavras para me convencer/empolgar em relação a tudo: vocês são pedras preciosas, raras e lindas. A Candice, a Rainha, por ler um manuscrito inicial deste livro além de, acho, três finais alternativos, e me ajudar a admitir qual era o certo.

A comunidade on-line de YA, blogueiros e pessoal da Sweet Sixteen: sou tão inacreditavelmente sortuda de ter sido adotada por vocês. Não se façam de desentendidos. Vocês sabem quem são.

A Noosha, por ser minha primeira fã, minha melhor amiga, um amor transformador. A Megan, por ser minha irmã, minha ternura, a pessoa a quem jamais vou dizer adeus.

A Lana Popovic, minha incrível agente, por ter lido meu primeiro livro em 23 horas e este em 36, por sempre encontrar tempo, por dissecar meus manuscritos e realizar operações neles; por sua audácia, ousadia, esperteza e amor. E por me fazer assistir a *Fringe*.

A Liz Tingue, a editora que eu queria que fosse minha, que agora posso chamar de minha do jeito menos esquisito possível. Você viu a centelha neste livro indômito, estranho, espichado e às vezes lento.

Você sabia o que esta história queria ser, e acreditou que chegaria lá. Obrigada por falar a minha língua, por amar Beau e Natalie, e por ser essa pessoa hilária, esplêndida e surpreendente que você é.

A Marissa Grossman e Jessica Harriton, cujas mãos capazes e ainda assim elegantes ajudaram a trabalhar esta história para chegar ao seu formato final e mandá-la pelo correio.

A Anthony Elder, por me dar uma capa que faria criminosos insensíveis e heroínas distópicas enfastiadas caírem de joelhos chorando.

A Ben Schrank, por essencialmente me entregar meu sonho em uma bandeja luminosa de LED e de vez em quando favoritar meus tuítes (mal posso esperar até os antropólogos analisarem esta frase no ano 3000) só para me lembrar que Ele Está Sempre de Olho das nuvens.

A Jennifer Dee, Rachel Lodi e Anna Jarzab: vocês sabem o que fizeram. Cada uma de vocês é excepcionalmente incrível.

A Krista Ahlberg, Phyllis DeBlanche, Shari Beck, Jenna Pocius, ao restante da equipe da Razorbill/Penguin e a cada pinguim, por serem incríveis, trabalhadores, resilientes e adoráveis.

A cada um que pega, lê, toma emprestado, compra ou empresta este livro: se você o amou, espero que saiba que é seu. Se não amou, espero que encontre algum dinheiro no bolso da sua roupa suja para compensar.

Para todo mundo que esqueci: sinceramente, vocês merecem mais que isso.

Por fim, obrigada a Joey, que roubou meu coração aos dezessete anos, quando eu era (mais) jovem e (mais) idiota, e diariamente me dá um amor constante e sereno do qual eu nunca soube que precisava até que o tive. Você faz com que todo este mundo seja mais suave para mim, e eu amo todas as versões de você que conheço, conhecerei e não chegarei a conhecer. Amo você a cada momento.

E ao Amor que sonhou o mundo, que me deu fôlego e que delicadamente me passou esta ideia página por página: obrigada por aquela vez em que chorou, e por me amar.

Este livro foi impresso no Rio de Janeiro,
em 2022, pela Lisgráfica, para a HarperCollins Brasil.
A fonte usada no miolo é Dante MT Std, corpo 12,4/16,3.
O papel do miolo é pólen natural 70g/m²,
e o da capa é cartão 250g/m².